Geschreven in de sterren

In het hart van Australië: moedige vrouwen en onvergetelijke paarden

Caitlyn Lynch

Shenanigans Press

Inhoudsopgave

Dankwoord

Deze serie had nooit geschreven kunnen worden zonder de gulheid van paardenspecialisten uit alle geledingen van de sector, die hun kennis met me deelden, meestal zonder het flauwste benul waarom ik zulke ogenschijnlijk krankzinnige vragen stelde.

Charlotte, paardendierenarts pur sang

Caleb, een hoefsmid die én betaalbaar én betrouwbaar is (goud waard!)

Emma, een Masterson-therapeut met werkelijk magische handen

Tamara, OTTB-hertrainer en coach

En de mensen van de paardensportgemeenschap in Elimbah, die momenteel vechten voor hun huizen tegen de moloch van Main Roads, een strijd die mij inspireerde voor de strijd om de rondweg die de McKenzies voeren.

Hoofdstuk Één

KATE MCKENZIE SCHOOF EEN verdwaalde blonde lok terug in haar elegante opgestoken kapsel en keek naar de witte stoelen die in keurige rijen langs het meer van Ridgewater stonden. Perfect, op de derde stoel in de tweede rij na, die twee centimeter uit de pas stond met haar buren. Met een snelle, efficiënte beweging zette ze hem recht, terwijl ze de nerveuze fladder in haar buik negeerde. De lentezon scheen uitbundig, liet het wateroppervlak glinsteren als puur zilver en zette de vlaggetjeslijnen tussen de eeuwenoude eucalyptusbomen in het zonlicht. Sarah en Marcus hadden zich geen mooiere dag kunnen wensen om te trouwen.

'Kate! We hebben je nodig!' Emma's stem droeg over het gazon, voorzien van de licht hysterische ondertoon die de bruiloft zelfs bij haar doorgaans nuchtere jongste zus had losgemaakt.

Kate keek op haar horloge – nog zevenenveertig minuten tot de ceremonie – en beende richting het Grote Huis, haar laarzen lieten keurige afdrukken achter in het pas gemaaide gras. De oude Queenslander zoemde van de activiteit; de brede veranda's fungeerden als commandocentrum voor de operatie van de dag. Ze zag twee buurkinderen om een hoek racen en nam zich voor ze te onderscheppen voordat ze de bruidstaart ontdekten.

'Crisis in de kamer van de bruid,' legde Emma uit toen ze elkaar bij de treden ontmoetten. De wangen van haar jongere zus waren rood, donkere haren glipten uit de speldjes. 'De sluier is gescheurd en Sarah doet alsof het haar niets kan schelen, maar je weet hoe ze dan is.'

Kate knikte. Ze wist precies hoe Sarah dan was; kalm van buiten, kolkend van binnen. 'Ik los het op. Heb jij de kinderen van de Carmichaels gezien? Ze koersen recht op de taart af.'

'Mam laat ze bedankjes vullen. Crisis afgewend.' Emma drukte een klein naaikitje in Kate's hand. 'Doe je magie. Ik moet de fotograaf checken.'

De oude houten trap kraakte vertrouwd onder Kate's voeten toen ze naar de hoofdslaapkamer liep. Ze bleef even voor de deur staan, haalde diep adem en zette gedachten aan kwalificatiepapieren, sponsorbelletjes en de naderende beslissing van de gemeente over de rondweg opzij. Vandaag was Sarah's dag. Alles kon wachten.

Ze klopte twee keer en stapte binnen, waar ze haar oudere zus onnatuurlijk stil zag zitten aan moeders antieke kaptafel, de gescheurde sluier uitgespreid over haar schoot. Sarah's aardbeiblonde haar was opgestoken in een elegante chignon, haar make-up subtiel maar effectief om haar trekken te accentueren. Ze zag er prachtig uit en absoluut woedend.

'Ik hoor dat we een sluiernood hebben,' zei Kate luchtig.

Sarah keek op, knipperde een paar keer om Kate scherp in beeld te krijgen – een gewoonte die ze had ontwikkeld sinds een ongeluk haar dieptezicht had afgenomen. 'Het is goed. Ik heb die sluier niet nodig.'

'Natuurlijk heb je hem niet nodig,' stemde Kate in, terwijl ze het tere materiaal bekeek. 'Maar je wilt hem, en het is maar een klein scheurtje.' Ze vond de schade snel, een scheur van vijf centimeter vlak bij de rand. 'Dit is niets. Tien minuten, hooguit.'

Opluchting flitste over Sarah's gezicht. 'Weet je het zeker? Ik dacht even dat het misschien een teken was.'

'Een teken waarvan? Dat sluiers blijven haken?' Kate ging op het bed zitten en begon een naald te rijgen met wit garen. 'Het enige teken dat ik zie, is dat je op het punt staat te trouwen met een man die naar je kijkt alsof jij de enige ster aan de hemel bent, op ons geliefde familie-erf, met iedereen die van je houdt als getuige, inclusief een zus die toevallig uitstekend is in noodreparaties.'

Sarah's mond trok in een kleine glimlach. 'Als je het zo zegt.'

Terwijl Kate minuscule, delicate steekjes in de sluier zette, wierp ze af en toe een blik op haar zus, die nog wat laatste make-up bijwerkte en dicht naar de spiegel boog. Twee jaar na het ongeluk dat een eind had gemaakt aan Sarah's wedstrijdcarrière en haar geliefde paard had gedood, waren de fysieke littekens vervaagd, maar Kate ving nog steeds flarden van de onzichtbare. De voorzichtige manier waarop Sarah ruimtes doorkruiste. De soms oplaaiende flits van verlies in haar ogen als ze anderen zag rijden.

'Zenuwachtig?' vroeg Kate.

'Om met Marcus te trouwen? Nee.' Sarah draaide zich helemaal naar haar toe. 'Om te struikelen als ik het gangpad afloop omdat ik de afstand tussen mijn voeten en de grond niet goed kan inschatten? Doodsbenauwd.'

'Daar is pap voor. Hij laat je niet vallen.'

'Ik weet het. Ik wou alleen maar dat...' Sarah liet haar woorden wegebben, haar blik gleed naar het raam, waar ze de daken van de stallen konden zien.

'Ik weet het,' zei Kate zacht. Ze wist het. Sarah wou dat ze nog steeds vol vertrouwen over de weides van Ridgewater kon galopperen, zonder angst over omgevallen boomstammen springen. Wou dat ze Fire niet had verloren. Wou dat haar leven niet in ervoor en erna was gesplitst.

'Gelukkig houd jij de McKenzie-vlag nog hoog in de sport,' zei Sarah, die de stilte doorbrak. 'Hoe gaat het met Misty?'

Kate knipte haar draad af en hield de gerepareerde sluier omhoog ter inspectie. 'Ze is briljant. Uitdagend, maar briljant. We gaan LA halen, Sarah. Ik weet het zeker.'

'Ik twijfel geen moment aan je.' Sarah nam de sluier aan en zette hem voorzichtig met de aangehechte kammetjes in haar haar vast. 'Zo. Hoe zie ik eruit?'

'Als een McKenzie die aan het volgende hoofdstuk begint.' Kate glimlachte; warmte brak door haar gewoonlijke reserve heen. 'Marcus boft maar.'

'Ook al is hij een dierenarts?' plaagde Sarah, doelend op de stokoude grappen van hun vader over dierenartsen.

'Zelfs dan.'

Een klop op de deur ging vooraf aan de entree van hun moeder. Ingrid McKenzie zweefde binnen, net zo elegant als altijd in een lichtblauwe jurk die haar platinablonde bob complimenteerde en haar minstens tien jaar jonger deed lijken dan ze in werkelijkheid was.

'Meisjes,' zei ze, haar stem droeg nog een flard van een Zweeds accent, ondanks meer dan veertig jaar in Australië. 'Het is bijna tijd.' Haar koele blauwe ogen taxeerden de situatie. 'De sluier ziet er perfect uit. Goed gedaan, Kate.'

Kate richtte zich op onder de goedkeurende blik van haar moeder. Ingrids goedkeuring betekende nog steeds alles.

'Sarah, je vader wacht beneden. Hij heeft al twee keer gehuild, dus wees voorbereid.' Ingrid wendde zich tot Kate. 'Ga jij maar vast naar beneden en voeg je bij hem.'

Kate knikte en kneep Sarah even in haar hand voordat ze naar buiten ging.

'En Kate?' riep Ingrid haar na. 'Vergeet niet je schoenen te wisselen!'

Kate grijnsde en keek omlaag. De stoffige laarzen die onder de zoom van haar jurk uitstaken, waren inderdaad geen gezicht. Ze griste de mooie, fijne sandaaltjes mee terwijl ze de deur uitging. Ze had nog een paar minuten, dus in plaats van meteen naar het meer te gaan om zich bij de toestromende gasten te voegen, maakte Kate een snelle omweg om bij Misty te kijken. De schimmelmerrie hinnikte toen ze haar aan zag komen en stak haar elegante hoofd over de staldeur.

'Geen kattenkwaad vandaag,' waarschuwde Kate, terwijl ze een hand over de glanzende hals van de merrie liet glijden. 'Dit is Sarah's dag.'

Misty snoof, alsof ze het belang van goed gedrag begreep, al wist Kate wel beter dan de ondeugende merrie te vertrouwen. Ze controleerde nog eens extra de grendel op de staldeur – Misty stond berucht om haar ontsnappingskunsten – voordat ze terughaastte naar de plek van de ceremonie, met een korte stop om van schoenen te wisselen.

De gasten werden net naar hun plaatsen geleid toen Kate arriveerde. Ze zag Marcus bij de ceremonieleider staan, tegelijk doodsbenauwd en in de wolken in zijn formele pak. De lange, donkerharige dierenarts ging steeds met een hand door zijn haar, een zenuwtrekje dat het zorgvuldig gestylede kapsel al had ontregeld.

Kate voegde zich bij Emma. 'Loopt alles op schema?'

'Pap is bij Sarah. Marcus ziet eruit alsof hij elk moment kan flauwvallen. De ringen zijn veilig. We zitten goed.'

Emma wierp een blik op Kate's horloge. 'Twee minuten. We kunnen beter onze plaatsen innemen.'

Kate en Emma namen hun positie in naast de ceremonieleider, tegenover Marcus, die bij zijn getuige stond – of beter gezegd, zijn vrouwelijke getuige, zijn zus Zoe.

Het strijkkwartet begon te spelen en er viel een plechtige stilte over het gezelschap. Emma's achtjarige dochter Jemima, engelachtig in een kleinere versie van de jurken die Kate droeg, liep het gangpad af en strooide bloemblaadjes uit een mandje, een gelukkige glimlach op haar gezicht, voordat ze zich bij haar moeder voegde. Kate keek toe hoe haar vader, met Sarah aan zijn arm, Jemima volgde, de gerepareerde sluier die zacht rond haar zus' mooie gezicht dwarrelde. Jim McKenzie zag er tegelijkertijd trots en geëmotioneerd uit, zijn verweerde hand vast terwijl hij zijn oudste dochter behoedzaam door het geïmproviseerde gangpad leidde.

Kate ving de blik die tussen Sarah en Marcus heen en weer ging – pure, onversneden vreugde en zekerheid – en voelde een onverwachte steek. Hoeveel ze ook had bereikt in de wedstrijdbaan, dit soort verbinding had haar altijd ontglipt. Misschien omdat ze er nooit tijd voor had gemaakt, altijd koos voor paarden en trainen boven relaties.

Terwijl de ceremonie vorderde, dwaalden Kate's gedachten even af naar haar eigen knellende zorgen. Olympische kwalificatie leek binnen bereik met Misty's talent, maar het onvoorspelbare temperament van de merrie bleef een joker. En de dreigende beslissing over de rondweg hing nog steeds boven hun hoofd – als de oostroute werd goedgekeurd, zou heel Ridgewater onteigend worden. In waarheid zou Kate het minst geraakt worden, met slechts één wedstrijdpaard in training; ze zou Misty misschien zelfs naar Europa meenemen om daar op topniveau te rijden, maar de rest van de familiebedrijven zou verwoest worden. En Kate kon zich het verlies van Ridgewater nauwelijks voorstellen, haar veilige haven en het enige thuis dat ze ooit had gekend.

'Katherine?'

De stem van de ceremonieleider haalde haar terug naar het moment. De ringen. Juist. Kate stapte naar voren en presenteerde de eenvoudige gouden band die haar was toevertrouwd. Ze keek toe hoe Marcus hem, met slechts licht bevende handen, om Sarah's vinger schoof, zijn stem vast terwijl hij zijn geloften uitsprak.

Toen de ceremonieleider hen man en vrouw verklaarde, barstte het gezelschap los in applaus. Kate voelde haar zorgvuldig bewaarde zelfbeheersing een fractie wegglippen toen Sarah en Marcus hun verbintenis met een kus bezegelden. Haar stoïcijnse oudere zus, die het verlies van haar carrière en haar geliefde paard met grimmige vastberadenheid had doorstaan, zag er echt gelukkig uit. Dat was genoeg om zelfs Kate's praktische hart te doen zwellen.

De kersverse echtgenoten draaiden zich om naar hun gasten en op dat moment ving Sarah Kate's blik. Er ging een stille boodschap tussen hen heen en weer – dankbaarheid, liefde en de onuitgesproken belofte die de zussen McKenzie altijd had gebonden: wat er ook komt, we gaan het samen aan.

Terwijl het bruidspaar richting de feesttent liep, gunde Kate zichzelf één privé moment om over Ridgewater uit te kijken – de paarden die vredig in de weides graasden, de overdekte rijhal waar ze ontelbare uren had doorgebracht om haar kunde te perfectioneren onder haar moeders vaardige begeleiding, het meer dat de perfect blauwe lucht weerspiegelde. Deze plek was het waard om voor te vechten. De erfenis van haar familie was het waard om te beschermen.

Er trok een hand aan haar jurk en Kate keek omlaag. Een klein kind, een van de jongste ponyclubleerlingen, staarde met grote ogen naar haar op.

'Juf Kate, er is een grote schimmel die de bloemen opeet.'

Kate's moment van bezinning verdween. 'O jee, Misty,' mompelde ze, terwijl ze haar pas versnelde en naar de feesttent toe haastte. Als er één constante was op Ridgewater, was het dat paarden een feilloos gevoel voor timing hadden als het om kattenkwaad ging.

Kate stapte de feesttent binnen en zag hoe Misty uiterst fijntjes een witte roos uit een van de bloemstukken plukte, haar enorme grijze hoofd dat boven de elegant gedekte tafels hing als een mythisch wezen dat op een dorp neerdaalt. Verschillende gasten keken toe met een mengeling van alarm en amusement, champagneglazen halverwege hun lippen gestopt. Niemand, merkte Kate met een steek irritatie op, deed daadwerkelijk iets om te voorkomen dat de merrie van zeventien hands de bruiloftsversiering aan gort hielp.

'Misty!' Kate's stem droeg dezelfde vaste autoriteit die ze in de dressuurbaan gebruikte. De oren van de merrie draaiden naar haar toe, maar de intelligente donkere ogen glansden onmiskenbaar schalks terwijl Misty de roos weghapte.

Kate griste een appel van een fruitschaal en hield hem omhoog. 'Ruilen.'

De merrie liet de bloemen meteen voor wat ze waren en stapte, verrassend sierlijk voor zo'n groot dier, behoedzaam tussen de tafels door. Hoewel ze noch halster noch hoofdstel droeg, had Kate die niet nodig om haar te sturen, niet met een appel in haar hand.

'Je hoort opgesloten in je stal te staan,' mompelde Kate terwijl ze het paard uit de feesttent leidde, wat heel wat geschokte blikken en gelach van gasten opleverde. 'Dit is precies waarom ik nooit iets moois kan hebben. Ik kan niet geloven dat je dat nieuwe schuifje nu al doorhebt. De vertegenwoordiger zwoer dat ze paardproof waren.'

'Hulp nodig?' Marcus verscheen naast haar; zijn nieuwe status als bruidegom ontsloeg hem blijkbaar niet van dierenartsachtige klusjes.

'Zou jij niet je bruid moeten toosten in plaats van achter paarden aan te zitten?' Kate trok een wenkbrauw op.

Marcus glimlachte; de uitdrukking verzachtte zijn serieuze gezicht. 'Sarah heeft me gestuurd. Ze zei, en ik citeer: 'Zeg tegen Kate dat als ze dat verdomde paard niet temt en binnen vijf minuten terug is op mijn receptie, ik Misty verkoop aan het circus.'

'Dat zou ze niet durven,' antwoordde Kate, al versnelde ze haar pas. 'Vijf minuten. Ik moet alleen even mijn speciale Misty-proof slot halen.' Ook wel bekend als een hangslot. Dat was de laatste keer dat Kate een vertegenwoordiger op zijn woord vertrouwde, zoveel was zeker.

Zoals beloofd was Kate exact vier minuten en dertig seconden later terug op de receptie, licht buiten adem maar met haar uitgebreide updo nog steeds intact. Het feest was nu in volle gang. Er was een dansvloer neergezet bij de liveband, al genoten de meeste gasten op dit moment nog van de hapjes en champagne die door het cateringteam werden rondgedeeld.

Kate pakte een glas champagne en koos een strategische plek vanwaar ze het hele terrein kon overzien. Sarah en Marcus werden omringd door gelukwensen, en Sarah glimlachte, oprecht gelukkig. Kate voelde een golf van beschermende liefde voor haar sterke, koppige zus, die had geweigerd zich door een tragedie te laten definiëren.

'Ze is mooi, hè?' Emma schoof naast Kate aan, haar glas champagne al bijna leeg.

'Dat is ze,' beaamde Kate. 'En Marcus kan zijn ogen niet van haar afhouden.'

'Over ogen gesproken, heb je die vriend van Marcus al gezien die naar je zit te loeren?' Emma gaf haar een duwtje in haar zij. 'De nieuwe veearts op de praktijk?'

Kate hád hem gezien, maar had de informatie als irrelevant weggezet. 'Ik ben hier niet om te flirten met vrienden van Marcus.'

'De hemel verhoede dat je je op een bruiloft eens zou vermaken,' zuchtte Emma. 'Wat spookt er door je hoofd? Je hebt die blik.'

'Welke blik?'

'De 'ik organiseer mentaal de wereld terwijl de rest plezier heeft'-blik.'

Kate nam een slok champagne in plaats van te antwoorden. In haar hoofd ging ze inderdaad haar takenlijstje na: inschrijfformulieren insturen voor een paar grote wedstrijden die deze week sluiten, voorbereiden op het sponsorbelletje van maandag, gespreksnotities opstellen voor de volgende raadsvergadering over de rondweg.

'Dames en heren,' kondigde de bandleider aan, 'neemt je alsjeblieft plaats voor het diner en de toespraken.'

Kate zocht haar plek aan de eretafel op en ging zitten tussen Emma en Pip. Het cateringteam serveerde het voorgerecht – garnalen uit Queensland met een mangosalsa, waar Kate nauwelijks iets van proefde terwijl ze in haar hoofd haar schema voor de komende week bleef repeteren.

Jim McKenzie stond op voor de eerste toost, zijn doorleefde gezicht getekend van emotie terwijl hij Marcus in de familie verwelkomde. 'Toen Sarah haar ongeluk kreeg,' zei hij schor, 'maakten we ons over van alles zorgen. Of ze ooit nog zou rijden. Of ze haar weg vooruit zou vinden. Maar we hoefden ons geen zorgen te maken, want zij is altijd de sterkste van al mijn meisjes geweest.'

Kate ving Sarah's blik aan de overkant van de tafel en knikte haar kort toe. Hun vader had gelijk.

'En toen kwam daar die Brit van een dierenarts,' ging Jim verder, met zijn glas naar Marcus wijzend, 'die naar onze Sarah keek en niet zag wat ze kwijtgeraakt was, maar alles wat ze nog steeds ís. Alleen daarvoor al had hij mijn zegen. Maar hij is ook een verdomd goede dierenarts die meer dan één van onze paarden heeft gered, dus in mijn boekje zit het wel goed met hem.'

Er ging een golfje van gelach door het gezelschap. Jim hief zijn glas hoger. 'Op Sarah en Marcus. Moge jullie partnerschap zo sterk zijn als een McKenzie-paard.'

Toen het applaus wegstierf, stond Ingrid sierlijk op van haar stoel. Anders dan Jim, die er een tikje verkreukeld uitzag, leek Ingrid zo uit een modetijdschrift gestapt: haar lichtblauwe jurk zonder kreuk, geen haartje van haar platinablonde coupe uit de plooi.

'Toen ik Zweden verliet voor Australië, dacht ik dat ik alles opgaf,' begon ze, haar accent door de emotie iets sterker. 'Mijn thuis, mijn familie, mijn dromen. Maar wat ik hier op Ridgewater vond, was nog waardevoller.' Ze glimlachte naar Jim. 'Nieuwe dromen, en deze man, die me vier prachtige kinderen heeft gegeven en elke gekke ingeving die ik ooit had heeft gesteund.'

Kate glimlachte, denkend aan alle 'gekke invallen' die haar moeder door de jaren heen had uitgevoerd – waarvan de meeste Ridgewater hadden gemaakt tot de succesvolle fok- en trainingsstal die het vandaag was. In haar glimlach zat ook een zweem van verdriet, toen haar moeder even pauzeerde om haar oudste kind te gedenken, Kate's broer Kit, die in Afghanistan was omgekomen.

De vrolijke stemming dempte even; iedereen hield een moment stilte uit respect. Vanuit haar ooghoek zag Kate hoe Pip de hand zocht van de man aan haar andere zijde.

Pip en Kit waren nog maar een paar maanden getrouwd geweest toen hij sneuvelde; de McKenzies hadden Pip gehouden, haar als eigen familie geadopteerd, en ze was een onmisbaar deel van Ridgewater. Maar pas geleden had Pip opnieuw de liefde gevonden, met Jake Harrison, een politieagent. In plaats van Pip weg te duwen, hadden de McKenzies collectief hun schouders opgehaald en Jake er gewoon bijgenomen. Hij hield nu Pip's hand vast, zijn uitdrukking eerbiedig terwijl het gezelschap eer bewees aan Pip's eerste man.

'Sarah, mijn oudste dochter,' vervolgde Ingrid toen, 'jij bent het leven altijd recht in de ogen blijven kijken, zelfs toen het je onderuit probeerde te halen. Marcus, jij bent de partner die zij verdient – iemand die naast haar staat.' Ze hief haar glas. 'Op Sarah en Marcus, moge jullie een leven opbouwen dat net zo mooi is als wat Jim en ik hier op Ridgewater hebben opgebouwd.'

Glazen tikten tegen elkaar rond de tafel. Kate nam een slok van haar champagne en voelde een steek van sentimentaliteit.

'En nu we het toch over Ridgewater hebben,' zei Ingrid wat zachter toen ze ging zitten, 'ik moet nog vermelden dat je vader en ik The Shack eindelijk hebben verhuurd terwijl we op reis zijn. Een aardige schrijver die zes maanden rust en stilte nodig heeft om zijn nieuwe boek af te maken. Hij trekt volgende week in.'

Kate's slok champagne schoot in het verkeerde keelgat. Ze hoestte hevig, tranen sprongen in haar ogen terwijl Emma haar tussen de schouderbladen klopte.

'Verkeerde keelgat?' vroeg iemand meelevend.

Kate knikte, niet in staat te praten terwijl ze haar moeders terloopse mededeling verwerkte. The Shack was hoe ze liefdevol de elegante huisje aan het meer noemden die haar ouders als pensioenhuis hadden gebouwd, maar terwijl Jim en Ingrid weg waren, had Kate hem ingepikt als haar persoonlijke toevluchtsoord voor sponsorgesprekken en nachtelijke strategische sessies. Verhuurd aan een vreemde voor zes maanden? De timing had niet beroerder kunnen zijn.

'Alles goed daar, Kate?' riep Jim van de overkant van de tafel.

'Prima,' kreeg Kate eruit, haar stem een tikje schor. 'Gewoon verrast.'

Ingrids blik ving de hare, een veelbetekenende glans in die koele blauwe ogen. Natuurlijk had haar moeder haar reactie gezien. Ingrid McKenzie ontging niets.

De toespraken gingen verder, maar Kate hoorde ze nauwelijks. Haar hoofd tolde; ze rekende alternatieve plekken door voor haar videogesprekken, vroeg zich af of het internet in het kantoortje bij de stallen kon worden opgewaardeerd, en overwoog waar nog een stille hoek was die ze kon toe-eigenen.

Zodra de formaliteiten voorbij waren en het dansen begon, begaf Kate zich naar de plek waar Ingrid stond te praten met oude familie-vrienden.

'Mam,' zei ze zacht, 'zou ik even een woordje met je mogen?'

Ingrid verontschuldigde zich gracieus en samen liepen ze naar buiten, waar het wat rustiger was, en bleven staan met uitzicht over het meer. 'Ik neem aan dat dit over The Shack gaat?' zei Ingrid veelbetekenend.

'Je had het me misschien kunnen zeggen vóór je een huur van zes maanden regelde,' zei Kate, terwijl ze probeerde niet te zeuren. 'Ik was van plan het te gebruiken voor mijn sponsorgesprekken en trainingsbesprekingen. De ontvangst is daar perfect, en door het tijdsverschil met Europa heb ik op rare uren een stille plek nodig.'

Ingrid bekeek haar middelste dochter met een mengeling van genegenheid en lichte ergernis. 'Katherine, The Shack staat leeg terwijl je vader en ik met onze camper door Australië aan het rondtoeren zijn. Het is financieel onzinnig om het niet te verhuren. Ik weet dat we het idee van kortdurende vakantiewoningen hebben afgekeurd omdat al dat wassen en schoonmaken te veel extra werk voor jullie meiden zou opleveren, maar dit is iets anders.'

'Ik snap dat wel, maar...'

'Bovendien,' ging Ingrid verder terwijl ze in haar elegante clutch tastte, 'heb ik het contract al getekend. Ben is een lieve, jonge man; hij heeft een stille plek nodig om zijn roman af te maken, en hij heeft de volledige zes maanden vooruitbetaald.' Ze haalde een klein visitekaartje tevoorschijn en gaf het aan Kate. 'Hier zijn zijn gegevens. Ik weet zeker dat jullie onderling wel kunnen afspreken dat jij het af en toe gebruikt.'

Kate nam het kaartje aan, beseffend dat ze dit verloren had, maar nog niet bereid om volledig te capituleren. 'En als we er niet uitkomen?'

'Dan vind jij een andere oplossing,' zei Ingrid eenvoudig. 'Dat doe jij altijd, Katherine. Dat is wat jou zo'n formidabele concurrent maakt; jij laat je door geen enkel obstakel stoppen.' Ze klopte Kate op haar wang. 'En nu ophouden met piekeren en genieten van je zus' bruiloft. De wereld vergaat heus niet als je één avondje geen plannen maakt voor wereldheerschappij.'

Daarmee zweefde Ingrid terug naar de receptie, en bleef Kate alleen achter met een groeiend gevoel van frustratie. Goed, dan zou ze morgen een e-mail opstellen, beleefd maar beslist, waarin ze uitlegde dat haar ouders misschien wat voorbarig waren geweest met hun aanbod; er waren verschillende prachtige verblijven in de buurt die wellicht beter bij de behoeften van een schrijver pasten. Ze kon best terugbetalen wat de schrijver had betaald, uit haar persoonlijke spaargeld.

Kate stelde haar e-mail in gedachten samen terwijl ze over het donkere water uitkeek. Ze zou natuurlijk redelijk zijn. Professioneel. Ze zou uitleggen over de Olympische kwalificaties, de Europese contacten, de omleidingskwestie die zorgvuldige strategie vereiste. Elke verstandig mens zou dat begrijpen.

'Wat is er?'

Kate draaide zich om en zag Sarah behoedzaam naderen, met één hand iets uitgestoken om in het schemerlicht de afstand beter in te schatten.

'Gewoon aan het denken,' antwoordde Kate, terwijl ze een tikje opschoof om haar plek voor haar zus duidelijker te maken. 'Moet jij niet met je kersverse man dansen?'

Het woord 'man' bracht een glimlach op Sarah's gezicht. 'Hij is bezig om pap dronken te voeren. Blijkbaar is dat de plicht van een schoonzoon.' Ze kwam naast Kate staan, hun schouders bijna tegen elkaar. 'Wat maakt dat jij je op mijn bruiloft verstopt?'

'Ik verstop me niet,' wierp Kate automatisch tegen, om vervolgens te zuchten. 'Mam heeft The Shack verhuurd.'

'Ah.' Sarah knikte en begreep het meteen. 'Jouw commandocentrum.'

'Precies. Voor zes maanden, aan een of andere schrijver.'

'Tragisch,' zei Sarah droog. 'Misschien moet je een keer vanuit je slaapkamer bellen, zoals normale mensen.'

Ondanks haar frustratie glimlachte Kate. Sarah had altijd haar neiging tot overdenken kunnen doorprikken met botte nuchterheid. 'Het zijn niet alleen de telefoontjes. Het is... alles. De kwalificaties sluiten deze week, de beslissing over de omleiding komt eraan, en ik moet uitzoeken met welke hengst we Duchess het best kunnen dekken. Ik heb ruimte nodig om te denken, om te plannen.'

'En je kunt nergens anders nadenken of plannen op onze twaalfhonderd acre?' Sarah trok een wenkbrauw op. 'Het kleinste viooltje ter wereld speelt nu voor jou, Kate.'

Kate lachte schoorvoetend. 'Goed. Ik stel me aan.'

'Een beetje.' Sarah draaide zich naar het water, haar profiel opgelicht door de feeërieke lichtjes in de bomen boven hen. 'Weet je nog dat we vroeger die boomhut hadden die pap bouwde?'

'Die waar jij me uit duwde?'

'Ik duwde je niet. Je viel omdat je al onze modelpaardjes op maat en kleur aan het ordenen was en je evenwicht verloor.' Sarah's stem verzachtte. 'Wat ik bedoel: jij hebt altijd alles om je heen willen controleren. Soms gebeuren de beste dingen juist wanneer dat niet kan.'

Kate overwoog dit. 'Zoals jouw ongeluk? Was dat een van de beste dingen?'

Sarah was even stil. 'Nee. Dat was een van de ergste. Maar Marcus die daarna op mijn pad kwam? Dat was een van de beste.' Ze draaide zich weer naar Kate. 'Ik zeg niet dat je niet moet proberen te onderhandelen met die schrijver. Ik zeg dat je niet moet missen wat recht voor je neus staat omdat je te druk bent alle stukjes te willen rangschikken.'

Voordat Kate kon antwoorden, voegde Sarah eraan toe: 'En nu terug naar mijn bruiloft, voordat mensen denken dat je een soort inzinking aan het krijgen bent bij het meer.'

Kate liet zich terug naar de feestvreugde leiden, terwijl Sarah's woorden in haar hoofd naklonken. Haar zus had natuurlijk gelijk. Ze richtte zich zo intens op haar doelen dat ze andere mogelijkheden weleens miste. Maar die focus had haar ook nationale kampioen dressuur gemaakt. Er moest ergens een balans zijn, al had die haar tot nu toe steeds ontglipt.

De receptie was in volle gang, met gasten die, inmiddels losser door de alcohol, met uiteenlopende mate van coördinatie dansten. Kate zag haar vader in een geanimeerd gesprek met Marcus en Harry Kittredge bij de bar, waarbij alle drie de mannen driftig gebaarden.

'Ik ga mijn man maar even redden voordat Harry hem zover krijgt een renpaard te kopen,' zei Sarah, doelgericht naar hen toe lopend.

Alleen achtergebleven liet Kate haar blik over het tafereel gaan en checkte of alles nog op rolletjes liep. De taart was aangesneden, de toespraken waren gedaan, en de band speelde een mix van klassiekers die de dansvloer gevuld hield. Een perfect evenement, ondanks Misty's eerdere poging tot bloemschik-kunst.

'Tijd voor het boeketgooien!' Emma's stem droeg boven de muziek uit en trok Kate uit haar gedachten.

Ze keek toe hoe Sarah op een stoel ging staan en zich klaarmaakte om haar boeket te gooien naar de groep vrijgezelle vrouwen die Emma enthousiast aan het formeren was. Kate hield zich afzijdig; ze had geen interesse in de traditie, maar Emma had haar al gezien.

'Kate! Hierheen!' riep haar jongere zus.

'Ik sta prima hier,' antwoordde Kate.

'Doe niet saai! Het is traditie!'

Om geen scène te veroorzaken voegde Kate zich met tegenzin bij de groep en ging achteraan staan. Sarah draaide zich met haar rug naar het publiek, telde tot drie en wierp het boeket over haar schouder. Kate's reflexen lieten haar in de steek toen de bloemen recht op haar af vlogen. Haar hand schoot automatisch omhoog en ze ving het boeket voordat ze zichzelf kon tegenhouden.

'Het ziet ernaar uit dat jij de volgende bent, Katie!' riep Jim, tot algemeen gelach en applaus.

Sarah ving haar blik aan de overkant van het gezelschap en gaf haar een veelbetekenende blik die leek te zeggen: 'Zie je wel? Je kunt niet alles controleren.'

'Ik wijs er even op dat Emma en Pip allebei verloofd zijn en ik nog steeds single ben,' zei Kate droog.

'Zonde. Zin in een dansje dan?' vroeg de collega van Marcus gretig, en Kate moest lachen.

'Dat heb je zó uitgelokt!' merkte Zoe, Marcus' zus, op met haar gebruikelijke gebrek aan filter.

'Weet je wat. Best. Hou dit even vast!' Kate duwde de bloemen in Zoe's handen en nam de uitnodiging voor een dans aan. Er was geen enkel kwaad mee om een uurtje of twee de teugels te laten vieren, en de gelukkige blik op Sarah's gezicht toen Kate zich bij haar voegde op de dansvloer was zelfs het pletten van haar tenen door de enthousiaste jonge rundveedierenarts waard.

Later op de avond, toen het feest langzaam op zijn einde liep, stond Kate met haar zussen bij de taarttafel, terwijl ze toekeek hoe de laatste paar stellen heen en weer wiegden op de dansvloer. Sarah leunde tegen haar aan, moe maar gelukkig.

'Dank je,' zei ze zacht. 'Voor alles vandaag.'

'Dáár zijn zussen voor,' antwoordde Kate, en voelde een golf van oprechte genegenheid.

'De McKenzie-zussen,' zei Emma, terwijl ze een arm om elk van hen sloeg. 'Eén getrouwd, één op weg naar de Olympische Spelen, en één – nou ja, ik ben de knappe.'

Ze lachten samen, een moment van perfecte eensgezindheid. Kate keek naar Sarah, stralend van geluk, en voelde zowel vreugde voor haar zus als een hernieuwde vastberadenheid om haar eigen uitdagingen op te lossen. De Olympische kwalificaties, de omleidingsdreiging, de Shack-situatie – ze zou het allemaal aanpakken, want dat was wat ze deed.

De lichten werden gedimd, de sprookjesachtige avond liep ten einde. Kate stond op de veranda en keek toe hoe Sarah en Marcus naar hun huwelijksreis vertrokken, met rinkelende blikjes achter de auto en 'Just Married' op de achterruit geschilderd. Ze gingen twee weken naar Thailand, een welverdiende strandvakantie... en lieten Kate de leiding over Ridgewater, zodra Jim en Ingrid morgenochtend terug naar West-Australië vlogen om hun camperreis te hervatten.

Met een zucht bukte Kate om haar elegante sandalen met bandjes uit te doen en haar stoffige werkschoenen weer aan te trekken. Het was meer dan traditie, het was een regel op Ridgewater dat er 's avonds laat altijd nog iemand een ronde liep om alle paarden te checken. Alle gasten waren naar huis, de familie lag al op één oor. Kate was de laatste die nog stond, en morgen zou zij als eerste uit bed zijn, zodat ze nog een trainingssessie kon inplannen voordat ze haar ouders naar het vliegveld reed.

Want, zoals iedereen met paarden maar al te goed weet, vrije dagen zijn dingen die andere mensen overkomen.

Hoofdstuk Twee

Kate's vingers tikten een ongeduldig ritme tegen het stuur terwijl ze de vertrouwde wegen terug naar Ridgewater aflegde. De rit van vanochtend naar de luchthaven van Brisbane had langer geduurd dan verwacht, en het afscheid van haar ouders was emotioneler geweest dan ze had voorzien. Nu verlangde ze alleen nog naar de rust van The Shack, haar mappen en de gezegende stilte na dagen van huwelijkschaos.

Ze rolde met haar schouders, in een poging de spanning weg te masseren die daar zwaar lag. De bruiloft was prachtig geweest, perfect zelfs, Misty's bloemschikkunst daargelaten, maar de inspanning had haar uitgewrongen achtergelaten, en het leven op Ridgewater was te druk om haar tijd te gunnen om bij te komen. Kate was die ochtend al sinds vijf uur op, had nog een trainingssessie met Misty ingepast vóór de rit naar het vliegveld, en haar hoofd jongleerde onophoudelijk met de tientallen taken die op haar bord zouden belanden nu Sarah op huwelijksreis was en haar ouders hun motorhome-avontuur hervatten.

'Twee weken,' mompelde ze tegen zichzelf, terwijl ze de dagen telde tot Sarah en Marcus terugkeerden. Twee weken waarin ze Ridgewaters dagelijkse gang van zaken moest runnen en tegelijk haar trainingsschema volhouden, haar leerlingen lesgeven, al haar papierwerk afmaken en de honderd-en-één andere punten op haar takenlijst afwerken. Het was te doen. Ze had een plan.

En centraal in dat plan stond The Shack.

Kate sloeg de privéweg in die leidde naar de cabin aan het meer die haar ouders hadden gebouwd als hun pensioenwoning. Anders dan in het Grote Huis, waar het altijd gonste van activiteit, bood The Shack de beslotenheid waar Kate naar hunkerde voor haar meest geconcentreerde werk. Het gracieuze houten gebouw lag verscholen tussen de eucalyptus, met een brede veranda die uitkeek over het meer dat de westelijke grens van Ridgewater vormde. Binnen waren haar zorgvuldig geordende mappen, uitstekende internetontvangst en, het belangrijkst, stilte. Geen Emma die meezong met de radio tijdens het koken. Geen Jemima die ratelde over haar pony's. Geen Pip die weer een opvanggeval met een dramatische achtergrond het huis in droeg.

Gewoon rust, orde en ruimte om te denken.

Kate fronste toen ze de laatste bocht in het pad naderde. Er klopte iets niet. De middagzon weerkaatste op een auto die ze niet herkende, geparkeerd in de schaduw van de veranda – een slanke, donkere sedan die pijnlijk uit de toon viel tegen het landelijke decor. En tussen de bomen door zag ze dat binnen in The Shack overal licht brandde, ondanks de heldere dag.

'Wat in hemelsnaam?' mompelde ze, terwijl ze het gaspedaal iets dieper intrapte. Haar moeder had iets gezegd over het verhuren van The Shack aan een of andere schrijver, maar zou hij nu al hier zijn? Niet de dag na de bruiloft, luttele uren nadat haar ouders waren vertrokken? Ze had eigenlijk vanmiddag een e-mail willen sturen, de schrijver willen afhouden, hem laten weten dat hij ergens anders onderdak moest zoeken... maar hij was er al!

Toen ze uit haar ute stapte en de verandatreden naderde, zag Kate meer tekenen van bewoning: een paar mannenschoenen bij de deur, beduidend groter dan die van haar vader. Een jasje nonchalant over de porchleuning geslingerd. De deur een stukje op een kier.

'Hallo?' riep ze, haar stem scherper dan bedoeld. Er kwam geen reactie van binnen.

Kate aarzelde, terwijl een golf verontwaardiging in haar borst opwelde. Dit was haar plek, of in elk geval, dat was het geweest tot haar moeders terloopse mededeling op de bruiloft. De gedachte dat een vreemde zich thuismaakte op wat zij als haar terrein beschouwde, joeg een schok van wrevel door haar heen.

Ze duwde de deur verder open en stapte naar binnen, de koele lucht was even een opluchting na de hitte. 'Hallo?' riep ze nog eens, dit keer luider.

Het interieur van The Shack was open, met de woonkamer die overliep in een keuken en eethoek. Ramen van vloer tot plafond keken uit over het meer, terwijl houten balken het hoge plafond droegen. Kate hield van de elegante eenvoud van de ruimte; modern maar warm, verfijnd maar praktisch.

Nu werd die eenvoud verstoord door de sporen van iemand anders' leven. Dozen slordig opgestapeld op de vloer. Een koffer open op de eettafel, kleding die eruit puilde alsof de eigenaar was begonnen met uitpakken en toen was afgeleid. Boeken verspreid over de salontafel, sommige open met ezelsoren die Kate deden huiveren.

Haar nette stapel wedstrijdpapieren was van het midden van de eettafel naar een hoek verplaatst, opzijgeschoven om ruimte te maken voor de koffer. Het bureau waar ze haar sponsormappen zorgvuldig had geordend, herbergde nu een onbekende laptopoplader en, zo te zien, een halflege fles whisky.

Kate voelde haar kaak verstrakken. Dit was niet iemand die even langskwam of spullen kwam neerzetten – dit was iemand die zijn intrek nam. Vandaag. Zonder waarschuwing. Zonder haar tijd te gunnen om zich voor te bereiden of alternatieven te regelen.

Ze liep verder de woonkamer in en noteerde meer details die haar tanden op elkaar deden klemmen: een mok met theeresten op het bijzettafeltje, een leesbril boven op een stapel papieren, een jasje achteloos over een van de eetkamerstoelen gegooid.

Het gevoel van inbreuk nam met elke stap toe. Deze plek, haar toevluchtsoord voor de constante eisen van Ridgewater, werd gekoloniseerd door een vreemde die duidelijk geen benul had van netheid of respect voor andermans eigendommen.

En waar was die mysterieuze schrijver dan? De auto buiten suggereerde dat hij er was, maar The Shack leek tijdelijk leeg. Misschien was hij een rondje over het terrein gaan lopen? De gedachte dat iemand vrij rondzwierf over Ridgewater, mogelijk de paarden verstoorde of zich met de dagelijkse gang van zaken bemoeide, voedde alleen maar Kate's oplopende frustratie.

Ze pakte haar telefoon, vastbesloten haar moeder te bellen en uitleg te eisen. Maar ze aarzelde, haar duim boven Ingrid's nummer. Wat schoot ze ermee op? Haar moeder had gisteravond duidelijk gemaakt dat de beslissing definitief was. Het contract was getekend, het geld betaald. En... ze wierp een blik op de tijd. De vlucht van haar ouders zou inmiddels wel opgestegen zijn. Ze zouden de komende uren onbereikbaar zijn.

Kate haalde diep adem, in een poging haar kalmte te hervinden. Dit was een tegenslag, maar tegenslagen kon je managen. Ze zou zich simpelweg moeten aanpassen, een andere oplossing vinden. Het kantoor bij de stallen kon worden heringericht. Misschien kon ze de kamer van Sarah in het Grote Huis gebruiken zolang haar zus weg was.

Nu ze dichterbij was, zag Kate nog duidelijker hoe haar zorgvuldig geordende ruimte was ontwricht. De salontafel, waar ze haar trainingsjournals in chronologische volgorde bewaarde, lag nu bedolven onder een chaotische stapel notitieboekjes, sommige open, vol dichte, met de hand geschreven pagina's met doorhalingen en kanttekeningen. Haar zorgvuldig geordende sponsordossiers waren naar één kant van het bureau geduwd om plaats te maken voor wat researchmateriaal leek te zijn – krantenknipsels, printjes en een stapel truecrimeboeken.

Zelfs het whiteboard waarop ze haar kwalificatiestrategie had uitgetekend had eronder te lijden; het was van zijn prominente plek verplaatst en leunde nu tegen de muur, haar kleurgecodeerde tijdlijn deels uitgeveegd om ruimte te maken voor wat leek op een plotopzet, haastig en slordig neergekrabbeld.

En terwijl ze keek naar de spullen van de vreemde die haar zorgvuldig geordende domein binnendrongen, voelde Kate een koppig voornemen zich in haar binnenste verharden. Dit ging niet alleen over een andere werkplek vinden. Dit ging om principe.

The Shack was haar heiligdom. En ze was niet van plan het zonder slag of stoot prijs te geven.

Een geluid vanaf de achterveranda trok Kate's aandacht – het zachte schrapen van een stoel over houten vlonders, gevolgd door een tevreden zucht. Ze draaide zich scherp naar het geluid, schoot met snelle, vastberaden passen door de keuken. De verandadeuren stonden open en lieten een warme bries binnen die de papieren op het aanrecht deed ritselen. Toen ze door de deuropening stapte, verstarde Kate, haar voorbereide eisen stierven op haar lippen.

Een man lag uitgestrekt in haar favoriete stoel, lange benen gestrekt op de rieten poef die ze perfect had geplaatst om zowel schaduw als uitzicht op het meer te vangen. Hij had een laptop op zijn knieën, naast hem een mok waar nog iets dampte, en een uitdrukking van totale concentratie terwijl zijn vingers snel over het toetsenbord tikten. Hij oogde volkomen thuis, alsof hij al jaren, in plaats van uren, precies op die plek zat.

Hij was buitengewoon lang – dat was zelfs zittend onmiskenbaar – met brede schouders die licht spanden onder zijn vaal geworden T-shirt. Zijn bruine haar was warrig, alsof hij er herhaaldelijk met zijn handen doorheen was gegaan, en meerdere dagen baardgroei schaduwden zijn kaak. Hij leek eind dertig, met zo'n doorleefd gezicht dat suggereerde dat hij meer tijd aan nadenken dan aan slapen besteedde, met fijne lijntjes rond zijn ogen en een permanente frons tussen zijn wenkbrauwen.

Dit was vermoedelijk de schrijver.

Kate bleef stijf in de deuropening staan, een storm van verontwaardiging borrelde in haar op. Deze vreemdeling had niet alleen zonder waarschuwing haar ruimte ingenomen, maar ook nog háár specifieke plek geclaimd: de stoel die ze had neergezet voor het beste uitzicht over het meer, de poef in precies de juiste hoek die zij prefereerde om dressuurproeven te memoriseren, het bijzettafeltje dat nu zijn mok droeg in plaats van haar netjes geordende naslagwerken.

Alsof hij haar aanwezigheid voelde, keek de man op. Hazelnootkleurige ogen ontmoetten de hare, werden even groter van verbazing en plooiden toen bij de hoeken door een glimlach die zijn serieuze uitdrukking onverwacht warm maakte.

'Je moet Kate zijn,' zei hij, zijn stem dieper dan ze had verwacht, met een heel lichte zweem van een accent dat ze niet direct kon plaatsen. 'Je lijkt sprekend op Ingrid; ze zei dat je de dochter was die het meest op haar leek.'

De nonchalante vertrouwelijkheid van zowel de begroeting als de opmerking over haar moeder bracht Kate even uit haar evenwicht. Ze had zich ingesteld op confrontatie, op het afdwingen van haar territorium, maar zijn gemakkelijke herkenning van haar haalde haar volledig uit haar ritme.

'Ik...' begon Kate, om zich toen te herpakken. 'Ja, ik ben Kate McKenzie.'

'Ben Crossley.' Hij legde zijn laptop opzij en kwam half overeind, reikte een hand uit die Kate, op instinct, kort schudde voordat ze weer een stap terugdeed. Zijn greep was stevig, zijn handpalm warm tegen haar koele vingers. 'Je moeder zei dat je misschien even langs zou komen. Ze zei dat je The Shack soms gebruikt om te werken.'

Soms? Kate voelde haar irritatie oplaaien. Ze gebruikte The Shack al acht maanden exclusief, sinds haar ouders op reis waren gegaan. Dat was geen 'even langsgaan', het was een cruciaal onderdeel van haar dagelijkse routine.

'Ben Crossley,' herhaalde Kate, terwijl het kwartje viel. 'De misdaadauteur.'

Hij knikte, zichtbaar ingenomen. 'Je hebt mijn werk gelezen?'

'Nee,' antwoordde Kate kortaf, korter dan ze had bedoeld. 'Maar mijn zus Emma heeft je boeken.'

Dat klopte. Emma verslond thrillers in een alarmerend tempo en bleef vaak veel te laat op om 'nog maar één hoofdstuk' te lezen. Kate herinnerde zich haar zus' opwinding toen Ben's nieuwste roman uitkwam, en hoe ze het boek aan Kate had willen opdringen met de verzekering dat ze het geweldig zou vinden. Kate had geweigerd; ze had het te druk met trainingsschema's en wedstrijdaanmaken om zich op fictie te storten.

Nu ze oog in oog stond met de auteur zelf, voelde Kate een steekje spijt over haar afwijzing. Niet omdat ze zoveel waarde aan zijn boeken hechtte, maar omdat Emma's enthousiasme erop wees dat hij iemand van betekenis was, niet zomaar een willekeurige schrijver aan wie haar moeder op een bevlieging had verhuurd.

Ben leek onbewogen door haar bekentenis en liet zich weer gemakkelijk in haar stoel zakken. 'Zegt je Emma maar dat ik me vereerd voel. Altijd leuk om een lezer te hebben.' Hij gebaarde vaag naar zijn laptop. 'Al heb ik het op dit moment liever niet te druk met ontmoetingen. Deadline, en al dat gedoe.'

Zijn laconieke houding, de manier waarop hij haar plek volledig had geclaimd, liet opnieuw een golf frustratie door Kate heen spoelen. Dit ging niet alleen over de fysieke ontregeling van haar zorgvuldig opgebouwde systeem, al was dat zeker een deel. Het was de aanname dat hij zich simpelweg in haar routine, haar heiligdom, kon voegen zonder rekening te houden met de impact.

'Ik wist niet dat je vandaag al zou intrekken,' zei Kate, terwijl ze moeite deed haar toon neutraal te houden. 'Mijn moeder noemde het pas gisteren, op de bruiloft van mijn zus.'

Bens uitdrukking verschoof, een flits van oprechte bezorgdheid gleed over zijn gezicht. 'Ah. Dat verklaart de verwarring.' Hij haalde een hand door zijn toch al verwarde haar, wat Kate's eerdere vermoeden over de oorzaak bevestigde. 'Ingrid zei dat het prima was als ik vandaag kwam, aangezien iedereen druk zou zijn met het opruimen na de bruiloft. Ze zei dat The Shack toch leeg stond.'

Leeg stond. Alsof de ruimte in een vacuüm bestond wanneer zij er niet fysiek was. Alsof haar doel ermee, haar behoefte eraan, niet telde.

Kate liet haar blik rondgaan en zag opnieuw details die tegen haar gevoel voor orde ingingen. De fruitschaal die ze vol appels hield voor snelle energie tussen telefoontjes door, lag nu vol energierepen en chocolade. Zelfs de kussens op de bank waren herschikt, niet langer in de precieze lijn die zij prefereerde.

Het was alsof iemand midden in een schaakpartij achteloos pionnen verschoof: desoriënterend en fundamenteel verkeerd.

En toch, een deel van haar – een klein, tegenstribbelend deel – erkende dat dit niet zomaar iemand was. Ben Crossley was een bestsellerauteur, zijn boeken lagen prominent in boekhandels door het hele land. Emma had iets gezegd over een verfilming. Het was geen worstelende nobody; hij was een professional op het hoogste niveau.

Net zoals zij in het hare.

Wat de situatie des te frustrerender maakte. Want ondanks haar instinctieve territoriale reactie kon Kate hem niet simpelweg wegzetten als onbelangrijk. Zijn aanwezigheid vroeg om een andere aanpak dan ze had gepland, een die zijn professionele status erkende en tegelijk haar eigen behoeftes beschermde.

En dat besef maakte haar vastberadenheid om een oplossing te vinden die niet inhield dat ze The Shack de komende zes maanden zou afstaan, alleen maar groter.

Kate zette haar schouders recht, een gebaar waarvan haar moeder vaak zei dat ze er buiten de ring ook als een dressuurruiter door ging staan. 'Meneer Crossley,' zei ze, koel en beheerst. 'Ik denk dat er sprake is van een misverstand.' Ze ging pal in zijn blikveld staan en blokkeerde doelbewust zijn zicht op het laptopscherm. 'Je bent in mijn huis.'

Ben keek op, zijn uitdrukking eerder nieuwsgierig dan bezorgd. De hoek van zijn mond krulde in een halve glimlach die deed vermoeden dat hij haar uitspraak amusant vond in plaats van confronterend.

'Mijn huis,' antwoordde hij, in een toon alsof ze het over het weer hadden. 'Voor de komende zes maanden.' Hij maakte een vaag gebaar met één hand. 'Vooruitbetaald en al. Ingrid was daar behoorlijk op gebrand.'

Kate voelde de hitte naar haar wangen stijgen, niet van schaamte maar van de moeite om haar zelfbeheersing te bewaren. Ze had defensiviteit verwacht, misschien zelfs schuldgevoel over zijn inbreuk. In plaats daarvan voelde hij zich volkomen senang, alsof haar bezwaar een klein ongemak was en geen gerechtvaardigde claim.

'Ik heb deze ruimte nodig,' zei ze, elk woord zorgvuldig gearticuleerd terwijl ze vocht om niet uit haar vel te springen. 'Ik heb WK-kwalificatiewedstrijden in het vooruitzicht. Ik voer internationale videogesprekken met Europese ruiters op onmogelijke uren vanwege tijdsverschillen. Ik beoordeel trainingsbeelden, bereid sponsormateriaal voor...'

'Klinkt fascinerend,' viel Ben in, al klonk zijn toon anders. Hij klapte zijn laptop half dicht en schonk haar zijn halve aandacht. 'Maar ik heb een contract en een deadline. Mijn redacteur verwacht het eindmanuscript vóór Kerst, en ik moet dat leveren.' Hij haalde zijn schouders op, een gebaar dat tegelijk verontschuldigend en wegwuivend was.

'Maar... dit is een privéwoning die ik al maanden als kantoor gebruik.'

'En nu is het mijn woning én kantoor,' kaatste Ben terug, zijn ontspannen houding een scherp contrast met haar strakke stand. 'Volgens de overeenkomst die ik met je ouders heb gesloten. Zij zijn de eigenaar.'

Kate voelde haar handen tot vuisten ballen langs haar zij, haar nagels in haar handpalmen priemend. Elke spier in haar lichaam leek zich te spannen bij de poging niet precies te zeggen wat ze van deze regeling vond. Ze stond roerloos, zoals wanneer ze in de dressuurring een halthouden demonstreerde – ingetoomde kracht, in toom gehouden door pure discipline.

Ben daarentegen hing op zijn gemak in haar stoel, de enkel van het ene been nonchalant over de knie van het andere geslagen, zijn houding zo ontspannen dat het tegen het uitdagende aan schuurde. Terwijl Kate voelde alsof ze van spanning zou kunnen knappen, leek hij volledig op zijn gemak, en hij bekeek haar met die opmerkzame hazelnootkleurige ogen die elk detail van haar reactie leken te registreren.

'Mijn moeder heeft verzuimd mij te laten weten dat je direct na de bruiloft zou arriveren,' zei Kate, waarbij ze zich op feiten richtte in plaats van emoties. 'Ik had gepland The Shack de komende twee weken intensief te gebruiken terwijl mijn zus op huwelijksreis is.'

'Ah, pasgetrouwd,' zei Ben, alsof ze hem in een gemoedelijk gesprek had uitgenodigd in plaats van in een territoriumstrijd. 'Ik ving gisteren een glimp op van de opstelling bij het meer. Zag er mooi uit.'

De terloopse observatie bracht Kate even uit balans. 'Je was gisteren hier?'

'Alleen om wat spullen te droppen. Ik wilde niet storen tijdens de festiviteiten, en je ouders sliepen hier natuurlijk nog, dus heb ik gisteravond een hotel in het dorp genomen.' Hij haalde een hand door zijn al verwarde haar. 'Je moeder zei dat vandaag beter was om echt te verhuizen.'

Natuurlijk zei ze dat. Ingrid McKenzie, altijd tien stappen vooruit, altijd gebeurtenissen naar haar hand zettend. Kate kon haar moeders stem bijna horen: 'Je bent te star, Katherine. Flexibiliteit is in het leven net zo belangrijk als in de dressuur.'

Kate liet haar blik opnieuw over de ruimte gaan en zag nog eens hoe grondig Ben al zijn stempel had gedrukt. Zijn laptop, boeken, aantekeningen – alle gereedschappen van zijn vak – lagen verspreid over oppervlakken die eerder haar zorgvuldig geordende materiaal droegen. Toen drong de parallel zich aan haar op: beiden professionals op topniveau, beiden aangewezen op ruimte en rust voor hun ambacht.

Dat besef temperde haar frustratie niet, maar verfijnde wel haar aanpak. Hoe graag ze ook had geëist dat hij onmiddellijk zijn spullen pakte, ze zag het futiele daarvan in. Haar moeder had een contract getekend. Er was geld overgemaakt. En dit was niet zomaar een schrijver; het was Ben Crossley, wiens laatste roman, volgens Emma, zevenendertig weken op de bestsellerlijst had gestaan. Van wie de verfilming momenteel in productie was met Hollywoodacteurs.

'Ik begrijp het,' zei ze uiteindelijk, iets minder strijdlustig. 'Niettemin is deze situatie onhoudbaar. Voor mijn werk heb ik specifieke voorwaarden nodig: privacy en consistentie.'

'Die heb ik ook,' antwoordde Ben, al nam zijn glimlach de scherpste rand van zijn woorden. 'Maar ik ben bereid te schikken als je dat ook bent. The Shack is groter dan het lijkt, er is ruimte genoeg voor twee professionals om zonder al te veel overlast naast elkaar te werken.'

Kate trok een sceptische wenkbrauw op. 'Ik doe videogesprekken met Europese sponsoren om 3 uur 's nachts.'

'Ik schrijf meestal tot 4 uur 's nachts,' pareerde hij. 'Vroege ochtend is juist mijn stilte-tijd.'

'Ik heb absolute stilte nodig om trainingsbeelden te beoordelen.'

'Ik draag noise-cancelling koptelefoons als ik aan het schrijven ben.'

Voor elk bezwaar dat Kate opwierp, had Ben een pasklaar antwoord, uitgesproken met diezelfde irritant kalme vanzelfsprekendheid. Het was alsof ze een complexe dressuuroefening probeerde te rijden op een paard dat steeds het script veranderde; frustrerend en vreemd genoeg ook uitdagend.

'Dit is geen onderhandeling,' zei Kate uiteindelijk, nu haar geduld dun werd. 'The Shack is al maanden mijn werkplek. Ik kan niet zomaar mijn hele professionele routine omgooien omdat mijn moeder het zonder mij te raadplegen heeft verhuurd.'

'En ik kan niet zomaar andere woonruimte zoeken omdat je gewend bent de plek voor jezelf te hebben,' antwoordde Ben, zijn toon steviger nu, al bleef hij vriendelijk. 'Ik heb deze locatie juist gekozen vanwege de afzondering en de stilte. Perfect om een manuscript onder deadline af te ronden.'

Ze keken elkaar aan, een patstelling bereikt. Met groeiende ontzetting besefte Kate dat er geen snelle oplossing zou komen. Ben had een wettig recht om hier te zijn, en hoeveel frustratie ze ook voelde, ze kon hem niet simpelweg het huis uit zetten.

Maar dat betekende niet dat ze het opgaf.

'Ik zal met mijn moeder spreken,' zei ze uiteindelijk, met een toon die duidelijk maakte dat dit geen concessie was maar een tactische terugtrekking.

'Doet je dat,' antwoordde Ben, met een blik die suggereerde dat hij precies wist hoe dat gesprek zou verlopen. 'Intussen zal ik proberen mijn creatieve chaos te beperken tot dit uiteinde van The Shack, als je hetzelfde doet met je...' hij maakte een vaag zwaaiend gebaar, 'rij-ambities.'

Het wegwuivende gebaar richting haar levenswerk joeg een nieuwe golf irritatie door Kate. Deze man had geen idee van de discipline, toewijding en pure vastberadenheid die nodig waren om Grand Prix-niveau in de dressuur te bereiken. Geen benul van jarenlange training, de minutieuze aandacht voor details, de meedogenloze drang naar perfectie.

Maar ze zou hem niet het genoegen geven te zien hoe diep zijn laconieke houding haar raakte.

'We zullen zien,' was alles wat ze zei, terwijl ze op haar hakken draaide.

Terwijl ze wegliep, deed Kate zichzelf een stille belofte. Deze regeling zou niet blijven. Ben Crossley had dan wel een contract, maar Kate McKenzie had vastberadenheid en thuisvoordeel. Hoe dan ook zou ze haar heiligdom terugwinnen, en liever vroeg dan laat!

Zelfs als dat betekende dat ze het niet alleen tegen een bestsellerauteur, maar ook tegen haar eigen moeder moest opnemen.

Hoofdstuk Drie

BEN HAD DIE NACHT geen oog dichtgedaan; zijn hoofd weigerde tot rust te komen na de confrontatie met Kate McKenzie. Om zes uur stond hij op en maakte ontbijt, waarna hij ging zitten om te schrijven, maar de woorden lieten hem in de steek en om negen uur besloot hij pauze te nemen en wat frisse lucht te halen. Hij zette koffie die sterk genoeg was om verf mee te strippen en slenterde naar buiten met de dampende mok als een reddingsboei in zijn handen geklemd. Het terrein strekte zich voor hem uit in het heldere ochtendlicht: een landschap van weiden, houten afrasteringen en speciaal gebouwde constructies waarvan de exacte paardensportfunctie hem een raadsel was. Hij had altijd geloofd dat schrijvers zich moesten onderdompelen in onbekende werelden. Deze ochtend, met Kates vijandigheid nog vers in zijn gedachten, voelde hij zich aangetrokken door het geluid van een vrouwenstem die scherpe commando's gaf vanuit een grote overdekte rijhal.

Ben bleef staan bij de ingang en nam het tafereel in zich op. De rijbaan was enorm, het zand geharkt in perfecte patronen die hem aan een Japanse tuin deden denken. Bovenverlichting wierp een warme gloed over de ruimte, als aanvulling op het ochtendzonlicht dat door hoge ramen langs één wand binnenstroomde. De lucht rook naar paarden, leer en eucalyptusbomen.

In het midden van deze smetteloze omgeving stond Kate McKenzie, getransformeerd van de geïrriteerde huisgenoot van gisteren in iets veel formidabelers. Ze droeg nauwsluitende beige rijbroeken, hoge zwarte laarzen die glansden in het licht, en een getailleerde donkerblauwe top van stretchstof met een gouden logo op de borst. Haar blonde haar zat strak in een knot die haar scherpe jukbeenderen en gefocuste blik benadrukte. Ze zag eruit, dacht Ben, als iemand in haar natuurlijke habitat.

Op een schitterende vos cirkelde een jonge vrouw om haar heen, naar Bens idee een paar jaar jonger dan Kate. Zelfs voor zijn ongetrainde oog was het contrast tussen ruiter en coach opvallend. Waar Kate met rustige autoriteit stond, straalde de houding van de ruiter spanning uit. Haar rijkleding leek gloednieuw en duur, blouse en rijbroek wit als sneeuw, en haar zwarte laarzen, hoewel net zo glanzend als die van Kate, oogden stijver, minder ingelopen. Het paard onder haar was adembenemend: een glanzend roodgouden dier met vier witte sokken en een bles, dat bewoog met de ingehouden kracht van een sportwagen die maar net in toom werd gehouden.

Fascinerend, leunde Ben tegen de reling om te kijken. Hij haalde zijn kleine notitieboekje uit zijn achterzak, een gewoonte die zo ingesleten was dat hij vaak pas merkte dat hij het deed als hij zichzelf betrapte op het noteren van observaties.

'Nog eens, Vanessa. H naar F met een vliegende wissel bij X, daarna K naar M met nog een vliegende wissel,' riep Kate, haar stem droeg moeiteloos door de hal. 'Denk eraan eerst met je zit voor te bereiden, en zet dan net vóórdat het leidende been de grond raakt, op de 3-takt, je buitenbeen achter de singel.'

De ruiter, Vanessa, knikte kortaf en stuurde haar paard aan in wat Ben herkende als galop, zij het een zeer verzamelde. Zijn onderzoek voor een bijfiguur in een eerdere roman had hem een basiswoordenschat paardensport opgeleverd, genoeg om te volgen wat er gebeurde, al miste hij de finesses.

Toen het paar diagonaal door de baan reed tussen de letters die Kate had genoemd, verplaatste Vanessa haar gewicht en bewoog haar benen in een volgorde die Ben niet helemaal kon volgen. De pas van het paard haperde, maar verder gebeurde er niets. Vanessas gezicht betrok van frustratie.

'Hij luistert niet,' klaagde ze, terwijl ze zo hard aan de teugels terugtrok dat het paard met zijn hoofd schudde en terugviel in draf. 'Ik gaf de juiste hulpen.'

'Je timing was niet goed,' antwoordde Kate kalm. 'En je klemt met je dijen, daarmee blokkeer je zijn beweging. Probeer je onderbeen te ontspannen en denk aan de wissel vóór X, niet erop.'

Ben bekeek de dynamiek met groeiende belangstelling. Kates aanwijzingen waren bondig, technisch, zonder emotie gebracht. Vanessas reacties werden steeds korter; haar schouders trokken zichtbaar strakker bij elke poging. Het paard, gevangen tussen hen in, leek met elke volte verwarder te raken.

'Cavalier kent deze oefening,' hield Vanessa vol na de derde mislukte poging. Er klonk een verongelijkte ondertoon in haar stem die Ben deed denken aan rijke klanten die hij op signeersessies had ontmoet, degenen die dachten dat geld hen recht gaf op voorkeursbehandeling.

'Hij is hiervoor gefokt. Zowel zijn vader als zijn moeder waren wereldkampioen!'

'Fokkerij geeft potentie, geen garanties,' antwoordde Kate, onverstoorbaar geduldig. 'En op dit moment geef jij hem tegenstrijdige signalen. Je zit en benen zeggen dat hij moet wisselen, maar je onderrug is stijf en dat zegt dat hij moet blijven.'

Vanessa's dure leren handschoenen kraakten toen ze haar greep op de teugels verstevigde. 'Hij is vandaag gewoon niet voor het been. Misschien heeft hij ergens pijn, of knelt het zadel.'

Bens pen ging bijna uit zichzelf over het papier: Afleiden. De schuld geven aan het materiaal, aan het paard. Nooit aan zichzelf. Dit waren de soort karakterdetails waar hij voor leefde, de kleine persoonlijkheidsopenbaringen die geen enkele hoeveelheid research kon opleveren.

'De de chiropractor was vorige week hier en zijn rug is perfect,' herinnerde Kate haar. 'En je rijdt in hetzelfde zadel waarmee hij dit maandag nog foutloos deed.'

De dans ging door: Vanessa die excuses zocht, Kate die correcties aanreikte. Het paard, Cavalier, raakte steeds meer geagiteerd; zijn oren speelden nerveus heen en weer, zijn bewegingen verloren hun vloeiende gratie. Ben betrapte zich erop dat hij met het dier meeleefde, gevangen tussen de frustratie van de ruiter en de verwachtingen van de trainer.

'Kunnen we iets anders proberen?' vroeg Vanessa uiteindelijk, op een toon die suggereerde dat het geen echte vraag was. 'Misschien is hij vandaag gewoon niet in de stemming voor vliegende wissels.'

Kates uitdrukking veranderde niet, maar iets in haar houding deed vermoeden dat dit een bekend gesprek was. 'We moeten hier doorheen als je op Prix St. Georges-niveau wilt starten. De wissels zijn verplichte onderdelen.'

Vanessa bracht Cavalier tot stilstand voor Kate, dicht genoeg om de zweetplekken op de hals van het paard en de strak aangespannen kaaklijn van de ruiter te zien. 'Iedereen heeft weleens een mindere dag,' zei ze, al klonk het alsof ze zichzelf niet onder 'iedereen' schaarde.

'Waar,' gaf Kate toe. 'Maar dit is de derde training waarin we met de wissels worstelen. Op een gegeven moment moeten we de technische problemen aanpakken.'

Er flitste iets in Vanessas ogen, een korte vonk van echte woede die ze snel maskeerde met een strakke glimlach. 'Misschien krijg ik meer compassie van de jury als ik op een opvangpaard zou rijden,' zei ze, honingzoet van klank maar allesbehalve lief van strekking. 'Je zus Emma krijgt zat lof voor die afdankertjes uit de renbaan.'

Ben verslikte zich bijna in zijn koffie. De opmerking was duidelijk bedoeld om te raken, een precieze aanval op wat vast een punt van familie-trots was. Hij wierp Kate een blik toe, verwachtend dat ze zou ontploffen, maar haar gezicht bleef professioneel onbewogen, al zag hij haar vingers licht krullen langs haar dijen.

'De jury deelt geen medelijdenspuntjes uit, Vanessa,' zei Kate, koeler dan daarvoor. 'Zeker niet in het springen, waar Emma aan deelneemt. En in onze discipline belonen ze technische correctheid en harmonie tussen paard en ruiter.' Ze keek op haar horloge. 'We hebben nog vijftien minuten. Laten we de wissels nog één keer proberen en dan uitstappen.'

Ben keek gefascineerd naar de spanning die tussen de twee vrouwen trilde. Vanessa zat op haar glanzende, dure paard als een koningin op haar troon, de kin geheven, haar dure kleding onberispelijk ondanks het ochtendwerk. Kate stond op de grond, haar houding militair recht, haar gezicht toonde niets van wat er ongetwijfeld onder het oppervlak borrelde.

Het was theatraal, die stille machtsstrijd die zich afspeelde via het magnifieke dier tussen hen in. Bens schrijversbrein legde elk detail vast, al bezig de scène om te vormen voor mogelijk gebruik, zich afvragend welke geheimen er onder het gepolijste oppervlak van hun interactie schuilgingen.

Hij was naar Ridgewater gekomen voor rustige afzondering om zijn manuscript af te maken. In plaats daarvan was hij een wereld binnengestapt die rijk was aan precies het soort complexe menselijke dynamiek waarop zijn beste werk dreef. Ondanks Kates duidelijke ongenoegen over zijn aanwezigheid, kon Ben niet anders dan het gevoel hebben dat hij misschien precies had gevonden wat hij nodig had.

'Mag ik?' vroeg Kate ineens, beleefd geformuleerd maar onmiskenbaar beslist van toon. Ben boog iets naar voren, een kantelmoment voelend. Dit was niet zomaar een instructrice die een voorbeeld wilde geven; dit was Kate McKenzie die de regie terugnam over een situatie die aan het glippen was.

Vanessa aarzelde, haar lippen trokken in een dunne lijn voordat ze met zichtbare tegenzin knikte. 'Natuurlijk,' zei ze, op een toon die deed vermoeden dat niets haar minder welgevallig was.

Ben keek toe hoe Vanessa afstapte en met een stijfheid die boekdelen sprak de teugels aan Kate overdroeg. De overdracht van paard van leerling naar lerares leek beladen met betekenis die verder ging dan de fysieke handeling: een onwillige machtsoverdracht die Vanessa duidelijk ergerde.

Kate verspilde geen tijd en stapte in één vloeiende, atletische beweging op Cavalier, wat Ben aan turners deed denken. Het verschil was meteen zichtbaar, zelfs voor zijn ongetrainde oog. Waar Vanessa op het paard had geprijkt als een sieraad, leek Kate er onderdeel van te worden; haar lichaam versmolt met het zijne in een partnerschap in plaats van een hiërarchie.

'Ik laat de voorbereiding en timing voor de vliegende wissels zien,' zei Kate, waarbij ze Vanessa toesprak alsof dit een normale lesonderbreking was en niet wat het duidelijk was: een meesterklas in hoe het moet. 'Let op de timing van de hulpen.'

Cavalier vertrok op een onzichtbaar commando van Kate, van stilstand naar een verzamelde galop in wat leek op één vloeiende beweging. Ben knipperde, verrast door de onmiddellijke transformatie. Hetzelfde paard dat net nog met zijn hoofd had geschud en tegen Vanessas hulpen had gevochten, bewoog nu met gretige precisie, de oren alert naar voren.

'Zie je hoe ik hier aan de wissel dénk,' riep Kate terwijl ze diagonaal door de baan reed, 'maar wacht tot vlak vóór het moment om de daadwerkelijke hulp te geven.'

Ben had geen idee welke specifieke hulp ze bedoelde, want anders dan Vanessa bewoog Kate nauwelijks in het zadel, maar zelfs hij zag iets opmerkelijks gebeuren. Cavaliers galopsprong wisselde in de lucht, als een danser die van pas verandert zonder een tel te missen. De beweging was zo soepel dat het moeiteloos leek, al vermoed Ben dat het allesbehalve dat was.

'En nog eens,' ging Kate door, haar houding onveranderd voor zover Ben kon zien, en toch ging er iets onzichtbaars tussen ruiter en paard, want Cavalier maakte opnieuw een feilloze wissel, waarbij hij wisselde welk been voorlag in zijn galopsprong. En vier sprongen later nóg een, net zo makkelijk en vloeiend als de eerste twee.

Naar Kate kijken was alsof je naar een heel ander paard keek. Cavaliers hele houding was veranderd; zijn hals boog trots, zijn bewegingen werden expressiever, zijn hele lijf deed mee in een uitvoering die zowel atletisch als artistiek was. De transformatie was zo compleet dat Ben alleen maar kon staren. Kate en Vanessa waren even groot en slank, maar de aanwijzingen die Kate het paard gaf waren zó subtiel dat Ben ze niet eens kon zien. Het contrast tussen beider stijlen was ronduit ongelooflijk.

'Let op hoe zijn rug tijdens de wissel omhoog blijft,' legde Kate uit terwijl ze terugcirkelde naar waar Vanessa bij de reling stond. 'Dat geeft hem balans en expressie.'

Bens aandacht verschoof naar Vanessa, wier reactie nog fascinerender bleek dan Kates demonstratie. Ze stond met één hand zo strak om de reling geklemd dat hij vermoedde dat haar knokkels wit waren onder de handschoen; haar andere hand zat tot een vuist gebald naast haar heup. Haar kaak werkte subtiel, alsof ze zichzelf fysiek moest weerhouden iets te zeggen. Hoewel ze op Kates uitleg knikte, volgden haar ogen het paard nooit; ze bleven op Kate zelf gericht, licht samengetrokken met onverholen wrok.

Om de paar seconden verplaatste Vanessa haar gewicht van het ene been op het andere, een lichamelijke uiting van ongemak die niets te maken had met stilstaan. Haar ademhaling was merkbaar sneller geworden; haar borstkas ging op en neer met amper ingehouden emotie. Voor Bens oog leek ze een personage op het punt van knappen, klaar om iets te zeggen of te doen wat niet meer terug te draaien viel.

Hij haalde zijn notitieboekje weer tevoorschijn en krabbelde snel: Verborgen rivaliteit. Jaloezie. Paarden als wapens... $$$? De stenoversie zou hem later herinneren aan de verhoudingen hier: hoe vaardigheid en talent wrok opriepen, hoe het paard zowel slagveld als buit werd in deze onuitgesproken competitie. En nog intrigerender, hoe geld, hoeveel Vanessa er ook had, niet kon kopen wat Kate bezat.

Terwijl Kate Cavalier door een reeks bewegingen leidde die naadloos in elkaar overliepen, vroeg Ben zich af wat de financiële kanten van deze wereld waren en krabbelde hij vragen op die hij later moest uitzoeken. Wat kosten lessen als deze? Wat is de waarde van een paard dat zo kan bewegen, maar alleen met de juiste ruiter? Wat zou iemand betalen, of doen, om zo moeiteloos bekwaam te lijken als Kate McKenzie? Hoe lang heeft het Kate gekost om dit te leren, hoeveel uren in het zadel? Wie heeft Cavalier getraind, want dat was duidelijk niet Vanessa, en wat kostte die training? Kan die training teniet worden gedaan als de ruiter niet op het niveau van het paard zit?

De duistere kanten van de menselijke natuur waren Bens handelsmerk, de impulsen die gewone mensen tot buitengewone daden dreven. Terwijl hij naar Vanessas gezicht keek terwijl Kate haar superieure kunde demonstreerde, kon hij die impulsen bijna vorm zien krijgen: de giftige mix van jaloezie en vernedering die in meer dan één van zijn romans tot moord had geleid.

'En zó hoort de voorbereiding te voelen,' besloot Kate, terwijl ze Cavalier tot een perfecte halt in het midden van de baan bracht. 'De wissel gebeurt bijna als een bijzaak wanneer de voorbereiding klopt.'

Ze stapte met dezelfde vloeiende gratie af als waarmee ze had gereden, streek even over de glanzende hals van het paard en sprak hem zachtjes een woord van lof toe voordat ze hem terug naar zijn eigenares leidde. Cavalier volgde gewillig, zijn hoofd nu laag en ontspannen, een schril contrast met zijn geagiteerde toestand van eerder.

'Hij kan het uitstekend,' zei Kate, terwijl ze de teugels aan Vanessa teruggaf. 'Het is een kwestie van timing en precisie.'

Zelfs voor Ben was de subtekst zonneklaar: het paard was niet het probleem. Vanessa nam de teugels aan met een strakke glimlach die haar ogen niet bereikte; die bleven koud terwijl ze naar Kate keek.

'Makkelijk als je al rijdt sinds je kon lopen,' zei ze, waarbij de toon het compliment onderuithaalde.

'Het gaat niet om het aantal jaren ervaring,' antwoordde Kate gelijkmatig. 'Een vriendin van mij in het Nederlandse team, Greta van Beek, leerde pas rijden toen ze veertien was en haalde op haar zesentwintigste de Olympische ploeg voor Parijs. Het draait om aanwezig zijn bij het paard.

Cavalier weet wat hij moet doen. Hij heeft alleen duidelijke communicatie nodig.'

Vanessa stapte weer op en ging met zichtbare vastberadenheid in het zadel zitten. Cavaliers houding veranderde vrijwel direct: zijn hals spande, zijn oren draaiden naar achteren. Ben vond het opmerkelijk hoe hetzelfde dier zo anders kon ogen met elke ruiter, als een acteur die door verschillende regisseurs wordt aangestuurd.

'Laten we eindigen met wat eenvoudige overgangen om positief af te sluiten,' stelde Kate voor, terwijl ze terugliep naar het midden van de baan.

Ben bleef kijken, gefascineerd door deze blik in een wereld die zo vreemd was aan de zijne. Het subtiele machtsspel tussen de vrouwen, het dure paard ertussenin, de onuitgesproken spanning die in de lucht zinderde—het was goud voor een romanschrijver.

Hij bleef tot het einde van de les en zag hoe Vanessa de eenvoudigere oefeningen redelijk voor elkaar kreeg, al kwam het in de verste verte niet in de buurt van Kates vloeiende harmonie met het paard. De hele tijd door bleef Kate professioneel: ze prees kleine verbeteringen en gaf tegelijk technische aanwijzingen.

Maar de schade was al aangericht. De demonstratie had de waarheid blootgelegd die geen geld, geen foklijnen, geen dure uitrusting kon verhullen: vaardigheid, en misschien ook aangeboren talent, zijn niet te koop. En in Vanessas strak gecontroleerde uitdrukking las Ben het universele menselijke verhaal van iemand die met haar eigen grenzen wordt geconfronteerd en zichzelf tekort vindt schieten.

De les eindigde met Vanessa die Cavalier in stap liet uitstappen, haar houding merkbaar stijver dan bij aanvang. Kate gaf nog een paar laatste aanwijzingen voordat ze zich naar de uitgang keerde—waar haar blik met schrikbarende intensiteit op Ben viel. Hij kreeg het distincte gevoel betrapt te zijn waar hij niet hoorde te zijn. Haar uitdrukking verschoof in een oogwenk van professionele instructrice naar territoriale bewoonster en Ben keek met fascinatie toe hoe ze zich bij Vanessa verontschuldigde en rechtstreeks op hem af kwam, haar laarzen lieten nette afdrukken achter in het geharkte zand.

Ben overwoog een tactische terugtocht, maar deed het niet. Weglopen zou zijn schuld alleen maar bevestigen en bovendien was hij oprecht geïnteresseerd in wat hij had gezien. Hij stopte zijn notitieboekje in zijn achterzak en kwam overeind tot zijn volle lengte, waarmee hij ruimschoots boven Kates ooghoogte uitkwam ondanks haar imposante aanwezigheid.

'Genoten van de voorstelling?' vroeg Kate, op een paar passen afstand tot stilstand komend. Ze sloeg haar armen defensief over elkaar; haar uitdrukking maakte duidelijk dat dit geen vrijblijvende vraag was.

'Absoluut fascinerend,' zei Ben met oprechte geestdrift. 'Het verschil tussen je rijden en dat van haar was opmerkelijk, zelfs voor iemand die vrijwel niets van dressuur weet.'

Kates ogen knepen een fractie samen, alsof ze wilde peilen of hij spottend deed. 'Je zat aantekeningen te maken,' merkte ze op, met een knikje naar de zak waarin hij zijn boekje had gestoken.

'Beroepsrisico,' gaf Ben toe. 'Ik vind overal materiaal. En wat ik net zag was...' hij pauzeerde, op zoek naar het juiste woord, '... verhelderend. De psychologie alleen al is het onderzoeken waard.'

'Het is geen circus,' zei Kate beslist. 'En ik zou het op prijs stellen als je tijdens lessen op afstand bleef. Mijn cliënten betalen voor privacy en professionele aandacht, niet om personages in je volgende thriller te worden.'

Ben herkende de grens die werd getrokken, ook al had hij niet het voornemen die volledig te respecteren. Schrijvers zijn beroepshalve grensoverschrijders, altijd observerend, altijd verzamelend. Maar hij wist beter dan dat hardop te zeggen.

'Genoteerd,' zei hij in plaats daarvan, in verzoenende toon. 'Al moet ik erbij zeggen dat ik erg mijn best doe om mijn inspiratiebronnen te verhullen. Niemand zou zichzelf ooit in mijn werk herkennen.'

Kate leek niet erg onder de indruk van die verzekering. 'Dit zijn mensen hun dromen en ambities, meneer Crossley. Hun reputaties. Hun investeringen. Het is niet zomaar onderhoudend drama voor je lezers.'

Er zat iets in haar verdediging van de paardensportwereld dat Ben intrigeerde. Niet alleen professionele trots, maar een dieper gevoel van verantwoordelijkheid, van bescherming. Hij borg die observatie op voor later.

'Ik begrijp het,' zei hij, ditmaal oprechter. 'En ik heb respect voor je werk. Wat je met dat paard deed was indrukwekkend.'

Kates uitdrukking verzachtte een fractie; professionele trots woog even zwaarder dan haar ergernis. 'Cavalier is heel getalenteerd. Hij heeft alleen consequente begeleiding nodig.'

Precies op dat moment leidde Vanessa haar paard langs hen richting uitgang, de kin geheven in een houding die nadrukkelijk vermeed hun gesprek te erkennen. Ben viel op hoe ze haar blik strak vooruit hield, al flitsten haar ogen even opzij om hun interactie te peilen.

'Ik moet hier afronden,' zei Kate, hem duidelijk wegsturend. 'Geniet van je koffie, meneer Crossley.'

'Ben,' corrigeerde hij automatisch. 'En dat doe ik, dank je.'

Kate knikte kort en keerde terug naar de rijbaan, waar een andere ruiter binnenkwam, dit keer een veel jonger meisje. Kates glimlach voor de junior was vriendelijk, haar stem zacht en bemoedigend, en Ben wist meteen dat er bij deze les geen drama te zien zou zijn. Hij bleef nog een moment hangen, nam een laatste slok van zijn inmiddels lauwe koffie en liep toen terug richting het hoofdgebouw van de stal.

Ondanks Kates waarschuwing was zijn nieuwsgierigheid grondig geprikkeld. De dynamiek die hij tussen de twee vrouwen had gezien, bevatte precies het soort spanning dat meeslepende verhalen drijft. En Ben had nog nooit goed kunnen doen alsof zulke verhalen niet om exploratie smeekten.

De stallen lagen vol ochtenddrukte. Grooms leidden paarden naar en van de weides, een hoefsmid was aan het werk aan de hoef van een pony aan het uiteinde, en het ritmische geluid van iemand die aan het vegen was klonk vanuit de hoofdschuur. Ben slenterde erdoorheen, ogenschijnlijk op weg terug naar The Shack, maar in werkelijkheid hopend meer te weten te komen over wat hij zojuist had gezien. Misschien zelfs met Vanessa praten, al maakte het feit dat hij getuige was geweest van haar vernedering toen Kate haar op haar eigen paard had overtroefd, het waarschijnlijker dat ze hem zou proberen te ontwijken.

Het geluk was met hem toen hij een slanke, bruinharige vrouw een grote zwarte ruin zag borstelen voor een van de boxen. Aan haar duidelijke gelijkenis met Kate te zien, gokte Ben dat dit een van de andere zussen McKenzie moest zijn, vermoedelijk Emma, aangezien Sarah op huwelijksreis was.

'Goedemorgen,' riep hij, terwijl hij luchtig naderde. 'Jij moet Emma zijn. Ik ben Ben, de nieuwe huurder van je ouders in The Shack.'

Emma keek op; haar uitdrukking was veel hartelijker dan die van haar zus. 'Oh, juist! Mam zei al dat je zou verhuizen. Hoe bevalt het tot nu toe?'

'Ik moet mijn draai nog vinden,' gaf Ben toe. 'Ik heb net je zus een les zien geven. Heel indrukwekkend.'

'Kate is een van de besten,' beaamde Emma, terwijl ze weer begon te borstelen; het paard genoot zichtbaar, met halfgesloten ogen. 'Welke leerling had ze?'

'Vanessa? Op een vos genaamd Cavalier.'

'Ah,' zei Emma, en er klonk iets in haar toon dat op geschiedenis duidde. 'Hoe ging dat?'

'Interessant,' zei Ben diplomatiek. 'Uiteindelijk deed Kate het even voor op het paard. Het verschil was frappant.'

Emma lachte zacht. 'Wedden dat Vanessa dat heerlijk vond.' Haar toon maakte duidelijk dat Vanessa het had gehaat, wat Bens indrukken over de spanning tussen hen bevestigde.

Een opening voelend leunde Ben nonchalant tegen de stalmuur. 'Het paard leek ongelooflijk. Ik ben benieuwd: wat is zo'n dier waard? Gewoon voor research hoor,' voegde hij er snel aan toe.

Emma wierp hem een geamuseerde blik toe. 'Schrijf je over de paardenwereld?'

'Niet specifiek, maar ik wil de inzet in elke setting begrijpen,' legde Ben uit. 'Geld maakt dingen altijd interessant ingewikkeld.'

'Nou,' zei Emma, terwijl ze de andere zijde van de ruin borstelde, 'het is geen geheim; Vanessa heeft het aan iedereen verteld die het horen wil. Cavalier is als vierjarige uit Duitsland geïmporteerd. Vanessas ouders hebben er vijfhonderdduizend dollar voor betaald.'

Ben liet bijna zijn lege mok vallen. 'Vijfhonderdduizend dollar?' herhaalde hij, niet in staat de schok uit zijn stem te houden.

Emma lachte hardop om zijn gezicht. 'Welkom in de wereld van de elite-dressuur. En dat is nog niet eens de bovenkant voor een paard met zijn foklijnen en potentie.'

Ben probeerde deze informatie te verwerken; zijn hoofd worstelde met de achteloze manier waarop Emma over zulke astronomische bedragen praatte. 'En wat bepaalt of die investering zich uitbetaalt?'

'Succes in de sport, vooral,' legde Emma uit, terwijl ze om het paard heen liep. 'Zeker voor hengsten als Cavalier. Als hij de top bereikt, kunnen de eigenaren flinke dekkingsgelden vragen. Een topphengst dekt vijftig of meer merries per jaar voor enkele duizenden dollars per dekking. Meestal via kunstmatige inseminatie, dus hij hoeft er niet eens wedstrijdpauzes voor te nemen.'

Ben deed snel het rekensommetje; zijn ogen werden groter bij de potentiële jaarlijkse inkomsten. 'Dus Vanessas succes met hem beïnvloedt zijn waarde rechtstreeks?'

'Precies,' bevestigde Emma. 'Een hengst moet zich in de sport bewijzen voordat fokkers willen betalen om hem te gebruiken. Alleen goede bloedlijnen zijn niet genoeg; hij moet laten zien dat hij kan presteren.'

'En als dat niet lukt?' vroeg Ben, gefascineerd door de economie van deze onbekende wereld.

'Dan is hij gewoon een heel duur rijpaard,' zei Emma met een schouderophalen. 'Nog steeds waardevol, maar lang niet wat hij waard zou zijn als bewezen sport- en dekhengst.'

De implicaties zakten in Bens hoofd op hun plek en vormden patronen die hij herkende uit jaren misdaadliteratuur. Motief. Gelegenheid. Inzetten die hoog genoeg zijn om wanhopige daden te voeden.

'Geen wonder dat de les zo gespannen was,' mompelde hij, meer tegen zichzelf dan tegen Emma.

'Vanessa voelt de druk,' zei Emma, die zijn opmerking verkeerd interpreteerde. 'Haar ouders hebben geen half miljoen uitgegeven om Cavalier mooi in de wei te laten staan. Ze verwachten resultaten, en Kate is hun beste kans om die te krijgen.'

'Ook al moet Vanessa zelf met hem in de ring?' verduidelijkte Ben.

'Dat is de crux,' zei Emma, terwijl ze de bruine hals van de ruin liefdevol klopte. 'Kate kan Cavalier de gevorderde oefeningen aanleren—en dat heeft ze ook gedaan, de afgelopen zes maanden sinds hij op Ridgewater staat—maar Vanessa moet uiteindelijk zélf de wedstrijden rijden.'

'Een netelig parket,' constateerde Ben.

'Zo is de paardenwereld,' antwoordde Emma met een glimlach. 'Veel geld, veel ego, en dieren die zich door geen van beide laten foppen.'

Ben bedankte Emma voor haar inzichten en liep verder terug naar The Shack, zijn hoofd zoemend van nieuwe informatie. Wat als een simpele ochtendwandeling begonnen was, had een schat aan materiaal opgeleverd voor zijn creatieve proces.

Hij dacht aan wat hij in de rijhal had gezien: het scherpe contrast tussen de twee ruiters, de zichtbare wrok op Vanessas gezicht. Tel daarbij op de financiële inzet die Emma net had geschetst, en de situatie bevatte alle elementen van de hogedrukomgevingen waarin zijn fictieve misdaden zich doorgaans afspeelden.

Vijfhonderdduizend dollar voor een paard waarvan de waarde volledig afhing van een ruiter die niet kon tippen aan de kunde van haar instructrice. Een rijke cliënte die wanhopig op succes aasde dat haar ondanks al haar voordelen bleef ontglippen. Een trainer wier expertise zowel afhankelijkheid als wrok opriep.

Ben glimlachte in zichzelf terwijl hij doorliep, de elementen al mentaal knedend tot een verhaal. Hij was naar Ridgewater gekomen voor afzondering om zijn huidige manuscript af te maken, maar het leek erop dat hij ook inspiratie voor zijn volgende had gevonden.

Kate McKenzie wilde misschien dat hij uit haar professionele wereld wegbleef, maar Ben Crossley had nog nooit erg goed grenzen gerespecteerd als er een verhaal te vertellen viel. En dat was er hier zonder meer, met alle ingrediënten waar zijn beste werk om vroeg: geld, ambitie, jaloezie en de mogelijkheid dat iemand iets zeer destructiefs zou doen wanneer de druk te hoog werd.

Hoofdstuk Vier

Kate keek toe terwijl Vanessa Cavalier door de laatste oefeningen van hun ochtendles begeleidde. De voshengst bewoog met vloeiende gratie, zijn hals precies goed gebogen, de hoeven tilde hij exact op de juiste momenten op. Twee weken consequent werken hadden hun harmonie verbeterd, al was de spanning tussen paard en ruiter die Kate nog altijd voelde niet helemaal verdwenen. De ochtendzon viel door de hoge ramen van de overdekte rijbaan naar binnen en ving de glans van zweet op Cavaliers blinkende vacht. Kate wierp een blik op haar horloge – kwart voor tien. Sarah en Marcus zouden over minder dan twee uur thuiskomen van hun huwelijksreis, en er was nog genoeg te doen voor de welkomthuisbarbecue.

'Veel beter vandaag,' riep Kate toen Vanessa de proef had afgerond en Cavalier tot een prachtig vierkant halthouden bracht. 'Je zit was constanter in het appuyement.'

Vanessa knikte, haar kin ging bij het compliment een fractie omhoog. 'Ik heb thuis op de houding geoefend. Vader heeft zo'n balansstoel voor me gekocht waar je het over had.'

'Dat is te zien,' antwoordde Kate, oprecht blij met de vooruitgang, al vermoedde ze dat de dure balansstoel er minder mee te maken had dan simpelweg herhalen. 'Stap hem goed uit, en dan zijn we voor vandaag klaar.'

Terwijl Vanessa Cavalier keurig uitstapte, dwaalde Kate's aandacht af naar de bedrijvigheid die door de open deuren van de rijbaan zichtbaar was. Op de parkeerplaats voor het Big House waren Jake en Ryan de benodigdheden voor de barbecue van vanmiddag aan het uitladen, terwijl Ben Crossley, die er volledig uitzag alsof hij niet op zijn plek was, worstelde met wat een gigantische koelbox leek.

Ondanks dat hij nu al twee weken op Ridgewater was, bewoog de schrijver zich nog steeds met de voorzichtige onzekerheid van iemand die onbekend terrein verkent. Zijn brede schouders spanden onder zijn casual overhemd terwijl hij de koelbox optilde, die hij bijna liet vallen voordat Jake ingreep om te helpen. Ryan lachte om iets wat Jake zei en gaf Ben een vriendschappelijke klap op zijn rug.

Kate voelde een bekende steek van irritatie bij het zien van Ben. Haar pogingen om The Shack terug te krijgen waren vruchteloos gebleken – haar moeder was onwrikbaar dat het contract bleef gelden, en Ben had geen enkele neiging getoond om te vertrekken ondanks haar steeds doorzichtiger hints over geschikte accommodatie elders. En nog vervelender, iedereen op Ridgewater leek hem ook nog eens erg aardig te vinden: vooral Jake had een band met hem opgebouwd, onder de indruk van hoe nauwkeurig Ben politiewerk in zijn boeken weergaf.

Kate had zich uiteindelijk met tegenzin bij de situatie neergelegd, al wees ze iedereen er regelmatig op dat het tijdelijk was. Nog maar vijf en een halve maand te gaan.

'Is dat voor de welkomthuis van Sarah en Marcus?' vroeg Vanessa, die Kate's gedachten onderbrak terwijl ze Cavalier tot stilstand bracht.

Kate draaide zich om, verrast dat haar leerlinge met ongebruikelijke interesse naar de barbecuevoorbereidingen keek. Gewoonlijk stapte Vanessa af en vertrok ze meteen na de les, met minimale sociale interactie. 'Ja. Ze komen vandaag terug uit Thailand.'

'Heerlijk,' zei Vanessa, terwijl ze afstapte zonder de moeite te nemen Cavalier ook maar een klopje te geven. 'Thailand is prachtig in deze tijd van het jaar.'

Kate wachtte op het gebruikelijke vervolg – een opmerking over Vanessa's eigen exotische reizen of over de privévilla van haar familie ergens exclusiefs – maar die kwam niet. In plaats daarvan begon Vanessa Cavaliers singel te verlichten en haar beugels op te trekken, terwijl ze ondertussen wat bleef kletsen.

'Komt de hele familie? Het moet fijn zijn om iedereen weer bij elkaar te hebben.'

'De meesten,' antwoordde Kate voorzichtig. 'Emma, Ryan en Jemima, Pip en Jake. Zoe natuurlijk, aangezien ze nu bij ons woont. En Ben, aangezien hij... in de buurt is.' Ze kreeg het niet voor elkaar het vleugje berusting bij dat laatste te verbergen.

'Die schrijver die in het huisje van je ouders verblijft?' Vanessa's toon was luchtig, maar Kate merkte dat haar ogen scherper werden van interesse. 'Ik hoorde dat hij behoorlijk succesvol is. Bestsellerlijsten en verfilmingen, klopt dat?'

Kate fronste licht. 'Dat zou ik niet weten. Ik heb zijn boeken niet gelezen.'

'Ik wel,' zei Vanessa, tot Kate's verbazing. 'Zijn laatste was briljant. Zo slim geconstrueerd.' Ze klopte Cavaliers hals, haar aandacht ogenschijnlijk verdeeld tussen het paard en het gesprek. 'Is het alleen familie bij de barbecue, of zijn vrienden ook welkom, aangezien Ben er zal zijn?'

De vraag hing even in de lucht, de bedoeling ervan ineens duidelijk. Kate voelde hoe haar wenkbrauwen omhoogschoten voordat ze haar uitdrukking onder controle kreeg. In de twee jaar dat Vanessa op Ridgewater trainde, had ze nog nooit interesse getoond om buiten de lessen met de McKenzies om te gaan. Haar kring bestond uit exclusieve countryclubbijeenkomsten en champagne-lunches, niet uit informele barbecues op een werkend paardenbedrijf.

'Het is heel informeel,' zei Kate, zorgvuldig haar woorden kiezend. 'Gewoon een simpel welkom thuis.'

Vanessa knikte, haar blik gleed opnieuw naar waar Ben met Jake en Marcus stond te praten. 'Soms is informeel wel fijn. Even een ander tempo.'

Kate bestudeerde haar leerlinge en probeerde de motivatie achter deze plotselinge belangstelling te achterhalen. Vanessa Hughes bewoog door het leven met berekende precisie; elke handeling diende een doel. Welk doel kon gediend zijn met het bijwonen van een familiebarbecue op Ridgewater?

Misschien was het professioneel netwerken? Of misschien was het simpele nieuwsgierigheid naar hoe de andere helft leefde.

Of – en Kate voelde een stroompje achterdocht bij die gedachte – misschien had het iets te maken met Ben Crossley, wiens aanwezigheid Vanessa met ongebruikelijke interesse had opgemerkt.

'Je bent welkom om mee te doen als je wilt,' hoorde Kate zichzelf zeggen, de uitnodiging uitsprekend omdat ze niet goed wist hoe ze het anders moest weigeren zonder onbeleefd te lijken. 'Niks formeels. We beginnen rond het middaguur.'

Vanessa's glimlach bloeide op met een enthousiasme dat voor de gelegenheid wat overdreven leek. 'Dat zou heerlijk zijn! Ik kom graag.' Ze keek op haar horloge, een strak, ongetwijfeld duur uurwerk. 'Ik heb net genoeg tijd om naar huis te gaan en me om te kleden. Wat zal ik meenemen?'

'Niks,' zei Kate automatisch. 'Het is gewoon een simpele familiebarbecue.'

'Onzin, ik neem iets mee. Wijn, misschien?' Vanessa draaide zich om en leidde Cavalier richting uitgang, met een veer in haar stap. 'Tot het middaguur!'

Kate keek haar na, terwijl dat knagende gevoel dat er iets niet helemaal klopte, toenam. Vanessa's interesse leek oprecht, maar het was zó buiten haar karakter dat Kate op haar hoede bleef. Had ze iets gemist? Zag ze een invalshoek niet?

Ze zuchtte, pakte haar trainingsaantekeningen op en liep richting het huis. Misschien overdacht ze het. Misschien wilde Vanessa gewoon haar sociale kring uitbreiden, even buiten de zeldzamefied wereld van countryclubs en liefdadigheidsgala's stappen. Het meisje had misschien eindelijk door dat de meeste professionele ruiters privé vrij eenvoudig leefden, ongeacht hoe duur hun paarden waren en hoe goed ze verzorgd werden.

Maar toen Kate de treden naar de veranda opliep, waar Ben nu onhandig probeerde een tuinstoel uit te klappen onder Jake's steeds meer geamuseerde aanwijzingen, kreeg ze haar onrust niet van zich afgeschud. In haar ervaring veranderden mensen zelden zonder reden hun patronen, zeker mensen die zo statusbewust waren als Vanessa Hughes.

Was ze onrechtvaardig? Kate deed haar best professioneel objectief te blijven met Vanessa ondanks hun verschillende karakters. De verwende houding van de jongere vrouw en haar neiging het paard de schuld te geven van haar eigen tekortkomingen botsten met Kate's persoonlijke discipline en werkethiek, maar ze had het nooit haar lesgeven laten beïnvloeden.

Misschien was dát het probleem. Misschien was ze zo gefocust geweest op het handhaven van professionele afstand dat ze had nagelaten Vanessa als een volledig mens te zien, met verlangens en interesses buiten dressuurtraining en competitief succes. Misschien reikte Vanessa gewoon uit, probeerde ze op persoonlijker niveau contact te maken.

Of misschien, fluisterde die voorzichtige stem achterin Kate's hoofd, had Vanessa Hughes een agenda, en speelde de familiebarbecue van de McKenzies daar op de een of andere manier een rol in.

Hoe dan ook, het was te laat om de uitnodiging in te trekken. Kate zou moeten afwachten en hopen dat wat Vanessa's motivatie ook was, het Sarah en Marcus' thuiskomst niet zou verstoren.

De brede veranda van het Big House zoemde van gesprek en gelach terwijl de welkomthuisbarbecue op gang was. Kate leunde tegen de verweerde houten balustrade en overzag het gezelschap met een gevoel van stille tevredenheid. Sarah en Marcus stonden bij de treden, zongebruind van de Thaise stranden, en ontvingen felicitaties en vragen over hun huwelijksreis met de moeiteloze synchroniciteit van pasgehuwden. Sarah zag er meer ontspannen uit dan Kate haar in jaren had gezien, haar aardbeiblonde haar los over haar schouders in plaats van in haar gebruikelijke praktische vlecht, haar glimlach ongekunsteld en frequent.

Emma en Ryan stonden bij hen, Emma gebaarde levendig terwijl ze Phoenix' nieuwste trainingsdoorbraak beschreef. De voormalige topmanager knikte aandachtig, zijn arm nonchalant om Emma's middel geslagen op een manier die sprak van hun groeiende gemak met elkaar. Kate vond het nog steeds licht onwerkelijk hoe grondig Ryan zich in hun wereld had geïntegreerd, gestreken chino's inruilend voor afgedragen spijkerbroeken, vergaderpolitiek voor hooibalen en paardenmest, zonder zichtbare spijt.

Jake stond aan de grill met de geconcentreerde aandacht die hij op alle taken bracht, draaide burgers om en hield de worstjes in de gaten terwijl hij Jemima's salvo's aan vragen over politiewerk beantwoordde. Het lengteverschil tussen de lange agent en Emma's tengere dochter maakte het tafereel bijna komisch, maar Jake beantwoordde elke vraag met oprechte bedachtzaamheid en wuifde Jemima's vragen nooit weg zoals andere volwassenen misschien zouden doen.

Aan een van de twee tafels zaten Pip en Zoe in een geanimeerd gesprek, Pip's handen vlogen terwijl ze iets beschreef waar Zoe dubbel van het lachen om hing. De kleine ex-jockey en de Britse paardenmasseuse hadden onmiddellijk een vriendschap gesloten toen Zoe arriveerde, verbonden door hun gedeelde liefde voor lastige paarden en ongepaste grappen.

Het was een perfect familietafereel, dacht Kate. Informeel, comfortabel, verbonden door gedeelde passies en oprechte genegenheid in plaats van verplichting.

Alleen Ben Crossley stond een beetje apart, met een koud drankje in zijn hand, terwijl hij het gezelschap gadesloeg vanaf het uiteinde van de veranda. Hoewel iedereen hem hartelijk ontvangen had sinds Kate haar campagne om hem uit The Shack te krijgen had opgegeven, hield hij toch een zekere afstand, meer observator dan deelnemer. Kate herkende de uitdrukking van de schrijver, die licht ongerichte blik die suggereerde dat hij in gedachten aantekeningen maakte, gedrag en interacties catalogiseerde voor mogelijk gebruik in zijn werk.

Ze had hem de afgelopen twee weken meerdere keren in dat kleine notitieboekje zien krabbelen, meestal na een interactie tussen de zussen of als hij iets over de paarden had opgevangen. Het zou haar meer moeten irriteren dan het deed. Misschien raakte ze simpelweg gewend aan zijn aanwezigheid, als een steentje in je schoen dat, hoewel nog steeds oncomfortabel, niet langer om onmiddellijke aandacht vraagt.

'Ik hoop dat ik niet te laat ben!'

De stem sneed door Kate's overpeinzingen heen en trok ieders blik naar de treden, waar Vanessa Hughes naar boven kwam, zo onberispelijk gekleed alsof ze naar een tuinfeest bij Government House ging in plaats van naar een informele familiebarbecue. Haar kraakwitte blouse en op maat gemaakte marineblauwe pantalon zagen er duur en nieuw uit, haar designer enkellaarsjes glansden als een spiegel. In haar handen klemde ze een fles wijn die Kate herkende als aanzienlijk duurder dan wat zij vandaag zouden schenken, zelfs met het goede spul dat Ryan meestal meebracht uit de kelders van de golfclub.

'Vanessa!' Kate liep naar voren om haar te begroeten, zich pijnlijk bewust van de verrassing op de gezichten van haar familie. 'Welkom. Je kent iedereen, denk ik?'

'Bijna iedereen,' zei Vanessa, haar glimlach breed maar haar ogen bereikend het net niet, terwijl ze het gezelschap opnam. Ze overhandigde de wijn met een zwierige beweging. 'Iets om de terugkeer van Sarah en Marcus te vieren. Frans, natuurlijk.'

'Wat attent,' zei Kate, terwijl ze de fles aannam. 'Laat me je even fatsoenlijk voorstellen.'

Terwijl Kate Vanessa langs de noodzakelijke kennismakingen leidde, kon ze de subtiele signalen in het gedrag van haar leerlinge niet negeren – de lichte rimpeling van haar neus bij de plastic bekers op de drankentafel, de vluchtige grimas toen Jake aankondigde dat de burgers klaar waren, de berekening in haar ogen. De andere manier waarop Vanessa tegen Ryan sprak, de meest zichtbaar succesvolle persoon daar, dan tegen de rest van hen.

'Wat een... charmante opzet,' merkte Vanessa op, terwijl haar blik over de niet-bij-elkaar-passende tuinstoelen en klaptafels gleed. 'Er valt iets voor eenvoud te zeggen, nietwaar? Een zekere rustieke charme aan zulke oude boerderijen.'

Emma ving Kate's blik op over Vanessa's schouder heen, een opgetrokken wenkbrauw als stille communicatie. Kate haalde kort haar schouders op in antwoord. Ze voelde zich nu ongemakkelijk over de uitnodiging, had gewild dat ze sneller een reden had bedacht waarom het niet kon.

'Ben!' riep Sarah, waarmee ze het ongemakkelijke moment doorbrak. 'Kom ons iets vertellen over je nieuwe boek. Mam zei dat je tegen een deadline aan zit?'

Ben duwde zich los van de balustrade waar hij had staan observeren en voegde zich bij de groep met die licht lome tred van hem, al die lange ledematen en nonchalante gratie. 'Ik werk aan de laatste versie. Mijn redacteur zit me op de huid, maar dat is niets nieuws.'

'Waar gaat het over?' vroeg Marcus, terwijl hij Ben een koud biertje aanbood uit de koelbox aan zijn voeten.

'Vooral moord,' antwoordde Ben met een grijns, terwijl hij de fles aannam. 'Dat betaalt de rekeningen.'

'In al je boeken valt er een moord,' zei Vanessa, die zich soepel in het gesprek schoof. 'Ik heb ze allemaal gelezen, hoor. De manier waarop je spanning opbouwt is meesterlijk.'

'Tja, dat is zo'n beetje het punt van een moordmysterie,' gaf Ben toe, zichtbaar een tikje ongemakkelijk van het compliment. 'Al denk ik liever aan ze als studies in de menselijke natuur onder druk dan als simpele whodunits.'

'Zitten er in een van je boeken ook paarden?' klonk Jemima's stem, die plotseling naast Ben opdook, haar gezichtje vol nieuwsgierigheid. 'Want als dat niet zo is, zou dat wel moeten. Paarden maken alles beter.'

De groep lachte, de spanning zakte weg terwijl Ben door zijn knieën ging tot Jemima's hoogte. 'Nog geen paarden,' gaf hij toe. 'Maar ik begin te denken dat dat een omissie is. Misschien kun jij me adviseren hoe ik ze goed kan beschrijven?'

Jemima knikte plechtig. 'Dat kan ik. Ik weet heel veel over paarden. Meer dan de meeste grote-mensen.'

Terwijl het gesprek zich om haar heen ontvouwde, betrapte Kate zichzelf erop dat ze Vanessa stond te bestuderen, in een poging te doorgronden wat haar ambitieuze leerlinge naar dit samenzijn had gebracht. Vanessa stond net iets te dicht bij Ben, haar aandacht met een intensiteit op hem gericht die niet helemaal paste bij losse belangstelling. Om de paar momenten flitste haar blik naar Sarah en terug naar Ben, alsof ze een verbinding tussen hen aan het aftasten was.

'Vanessa is gewoonlijk te deftig om met ons te komen slenteren,' fluisterde Pip aan Kate's elleboog, waardoor Kate opschrikte. De kleine ex-jockey was geruisloos komen aanlopen, met twee borden eten in haar handen. 'Moet een doelwit in het vizier hebben.'

'Doelwit?' herhaalde Kate, even zacht.

Pip knikte met haar kin in de richting waar Vanessa nu net iets te enthousiast lachte om iets wat Ben gezegd had. 'Heb je het niet gezien? Ze houdt hem al in de gaten sinds ze aankwam. Als een havik die een veldmuis bespiedt.'

Kate fronste en dacht na over dit nieuwe perspectief. Ze was zo gefocust geweest op de professionele kant van Vanessa's aanwezigheid dat ze een persoonlijke drijfveer niet had overwogen. Nu ze keek, zag ze wat Pip bedoelde. De zorgvuldige positionering, de attente houding, het net te vaak lachen, de manier waarop Vanessa haar haar gladstreek en Ben vanonder haar wimpers aankeek.

'Interessant,' was alles wat Kate zei, al raasden de implicaties door haar hoofd. 'Ik had gedacht dat hij wat te oud voor haar was?' Vanessa was pas net drieëntwintig, en hoewel Kate Ben's exacte leeftijd niet wist, vermoedde ze dat hij midden tot eind dertig was.

Ze drukte een vreemd steekje jaloezie weg. Wat maakte het haar uit als Vanessa een poging deed bij Ben? Al voelde Kate ook een klein vleugje voldoening dat Ben totaal niet ontvankelijk leek voor Vanessa's overduidelijke geflirt; hij beantwoordde haar vragen beleefd, maar schonk haar geen bijzondere aandacht.

Aan de overkant van de veranda kruiste Ben's blik heel even die van Kate over Vanessa's schouder heen. Er ging iets tussen hen door in dat moment; een gedeerd bewustzijn, een wederzijdse erkenning van de onderstromen die speelden. Toen werd Ben's aandacht opgeëist door Marcus, en het moment was voorbij.

Kate nipte van haar drankje en keek toe hoe de bijeenkomst zich verder ontwikkelde. Twee weken samenleven met Ben Crossley had haar geleerd te herkennen wanneer zijn schrijversinstincten geactiveerd waren. Nu, ondanks zijn losse gesprek met haar familie, merkte ze dat hij volledig in de ban was van de dynamiek die zich op hun veranda ontvouwde.

En om de een of andere reden maakte dat besef haar bijna net zo onrustig als Vanessa's onverwachte aanwezigheid.

Ben leunde tegen de verandahekken, nipte van zijn bier en keek hoe Vanessa Hughes het gezelschap bespeelde met de vaardigheden van een politica. De afgelopen twintig minuten bewoog ze zich van groep naar groep, haar glimlach strak en stralend, haar houding onberispelijk. Voor een oppervlakkige toeschouwer leek ze simpelweg te mengen, maar Ben herkende de berekende aard van haar bewegingen. Elk gesprek leek strategisch gekozen, haar aandacht bleef het langst hangen bij degenen met invloed of informatie die voor haar waardevol kon zijn. Het was fascinerend om te zien, alsof een personage uit een van zijn romans tot leven kwam.

'De aardappelsalade is best goed,' merkte Vanessa tegen Emma op, met een toon alsof dit haar verbaasde. 'Hebt je die zelf gemaakt?'

'Familierecept,' zei Emma met een gemakkelijke glimlach die haar ogen net niet bereikte. 'Onze mam heeft het ons allemaal geleerd.'

'Wat leuk,' zei Vanessa, terwijl ze over de veranda heen keek. 'Het is een charmant oud boerderijtje, nietwaar? Zo veel... karakter. Al lijkt me het onderhoud een nachtmerrie.'

Ben merkte de lichte verstijving in Emma's schouders op bij de dun verhulde neerbuigendheid. Het ouderlijk huis van de McKenzies was tot in de puntjes onderhouden; het verweerde hout sprak van historie, niet van verwaarlozing. De subtiele sneer ontging Emma niet, al bleef haar reactie beleefd.

'We redden het,' zei ze eenvoudig, voordat ze zich excuseerde om naar Jemima te kijken, die naar binnen was verdwenen.

Vanessa's blik gleed door het gezelschap en bleef hangen op Kate, die bij de drankentafel met Sarah stond te praten. Met berekende achteloosheid dreef Vanessa in hun richting, en timede haar aankomst precies toen Sarah door Marcus werd weggeroepen om Ryan en Emma wat huwelijksreisfoto's op haar telefoon te laten zien.

Ben verplaatste zich een fractie, zodat hij het gesprek beter kon observeren terwijl hij zijn positie aan de rand behield. Kate's houding veranderde subtiel toen Vanessa naderde: een nauwelijks waarneembare rechtering van haar rug, een lichte vierkanting van haar schouders, alsof ze zich op een vorm van strijd voorbereidde.

'Je zus ziet er schitterend uit,' begon Vanessa, met een knikje naar Sarah. 'Het huwelijk bevalt haar duidelijk.'

'Zeker,' beaamde Kate, haar toon vriendelijk maar waakzaam.

'Ik wilde je nog vragen naar je trainingsschema,' vervolgde Vanessa, met een souplesse van onderwerp wisselend die bijna ingestudeerd leek. 'Nu Cavalier zo goed vordert, overweeg ik onze wedstrijdkalender uit te breiden. Welke wedstrijden mikt je dit seizoen met Misty op?'

Ben lette aandachtig op Kate's uitdrukking. Er zat iets puntigs in Vanessa's vraag, een visexpeditie vermomd als losse conversatie. Kate leek dat ook te voelen, haar antwoord bleef afgewogen.

'Ik heb mijn kalender nog niet vastgelegd,' zei ze, terwijl ze een slok van haar drankje nam. 'Ik wacht nog op een paar sponsorverplichtingen.'

'Over sponsors gesproken,' duwde Vanessa door, 'ik zag dat je nieuwe zadeldekje het Equitex-logo heeft. Steunen zij je voor de Tour dit jaar? Father's bedrijf heeft daar wat connecties.'

Terwijl hij zijn nonchalante houding behield, greep Ben in zijn achterzak naar zijn kleine notitieboekje en maakte, zonder omlaag te kijken, vlug een aantekening. De interactie tussen de twee vrouwen fascineerde hem; het subtiele duwen en trekken, de informatie die gezocht en achtergehouden werd. Precies het soort interpersoonlijke dynamiek dat zijn beste verhalen dreef.

Kate's antwoorden werden steeds vager naarmate Vanessa's vragen specifieker werden. Toen ze rechtstreeks naar haar trainingsmethode met Misty vroeg, wimpelde Kate die vakkundig af.

'Elk paard is anders,' zei ze met een professionele glimlach. 'Wat voor Misty werkt, is misschien niet passend voor Cavalier. Zij is een paar jaar ouder, en een merrie; merries en hengsten hebben echt verschillende karakters en ik vind persoonlijk dat elk paard een persoonlijke, unieke trainingsaanpak nodig heeft. Cavalier gaat heel netjes vooruit, en je ook. Het kost veel tijd en geduld om een paard, én een ruiter, naar Grand Prix-niveau te brengen.'

Ben zag de frustratie achter Vanessa's gepolijste façade groeien; een lichte verstrakking rond haar ogen, een nauwelijks zichtbaar klemmen van haar kaak. Welke informatie ze ook was komen halen, Kate gaf haar die niet.

'Emma?' riep Kate, die haar zus zag binnengaan met een stapel lege borden. 'Zal ik helpen met het dessert?'

'Graag,' antwoordde Emma, en Ben miste de veelzeggende blik die tussen de zussen wisselde niet, terwijl Kate zich aan Vanessa's gezelschap onttrok.

Even alleen achtergelaten, liet Vanessa haar beheersing net genoeg zakken dat Ben een flits van berekening in haar uitdrukking opving, voor ze die weer gladstreek en naar Marcus en Jake liep, die bij de grill ergens over spraken.

Ben maakte nog een aantekening, zijn instincten zoemden van mogelijkheden. Hier zat een verhaal, meerdere zelfs, gelaagd met ambitie, competitie en de bijzondere spanningen die ontstaan wanneer veel geld en reputatie op het spel staan. Precies de elementen die overtuigende motieven vormen in zijn romans. Het verhaal begon zich in zijn hoofd te ontvouwen, en hoewel het een afleiding was die hij niet kon gebruiken bij de laatste versie die hij snel moest inleveren, wist hij ook dat hij dit niet kon negeren.

De middag vorderde, de ontspannen familiesfeer werd af en toe onderbroken door Vanessa's zorgvuldig gekalibreerde opmerkingen – observaties over de 'schilderachtige' setting of vragen die net iets te diep in professionele zaken groeven. Ben keek naar alles, en sloeg details in zijn geheugen op voor mogelijk gebruik.

Uiteindelijk, toen de bijeenkomst verschoof naar lome nagesprekken na de maaltijd, maakte Vanessa een show van op haar horloge kijken. Een gelimiteerde editie roségouden Audemars Piguet, merkte Ben op. Natuurlijk. Een jonge vrouw van wie de ouders haar een paard van een half miljoen zouden kopen, had alleen het beste van het beste.

'Ik moet gaan,' kondigde ze aan, luid genoeg om aandacht te trekken. 'Dank je wel dat ik erbij mocht zijn. Het was... verhelderend.' Ze draaide zich naar Sarah en Marcus. 'Welkom thuis. Thailand zag er absoluut goddelijk uit op jullie socials.'

Ben merkte op dat Vanessa, ondanks haar zorgvuldig georkestreerde afscheid, geen kant van de stallen op ging voor ze naar haar luxe SUV liep. Geen snel bezoek om bij Cavalier te kijken, geen tussendoor een appel of een klopje, en hij was inmiddels lang genoeg op Ridgewater om te weten dat het niet gebruikelijk was dat ruiters hun paarden zo weinig genegenheid toonden. Het paard was beduidend minder aandacht waard dan het sociale netwerken waarvoor ze gekomen was.

Toen Vanessa's auto de oprit af verdween, leek er een collectieve zucht van verlichting door het gezelschap te gaan. Pip liet zich in de stoel naast Ben vallen, haar kleine lijfje dat zich wonderlijk wijd liet vieren, en Ben glimlachte. Hij had minder dan tien minuten nodig gehad in Pip's gezelschap om te beseffen hoe dol hij op haar was. Samen zagen ze er vast komisch uit, Pip net geen 1,50 m en Ben ruim twee meter, maar hij wist nu al dat hun vriendschap nog lang zou duren nadat hij Ridgewater verlaten had. Ze stuurden elkaar nu al memes op social media.

'Zonder twijfel op weg naar haar privéchef,' mompelde Pip, net hard genoeg voor Ben om het te horen. 'Ons plebs kan ze maar zo lang verdragen.'

Ben grinnikte en nam nog een slok van zijn bier. 'Ze lijkt... intens.'

'Dat is diplomatiek uitgedrukt,' zei Kate, die zich bij hen voegde met een vers drankje. 'Ze betaalt de hoofdprijs voor Cavalier om hier op volpension te staan. Wij doen al zijn verzorging terwijl zij alleen komt rijden.'

'Volpension?' vroeg Ben, wiens interesse gewekt werd door de onbekende term.

'Wij regelen alles,' legde Kate uit. 'Voer, stalling, dagelijkse beweging, poetsen, dierenarts en hoefsmid inplannen. Sommige klanten zijn hands-on met hun paarden; anderen kiezen voor het gemak van alleen verschijnen voor lessen of trainingssessies.'

'En wat is voor het paard het beste?' vroeg Ben, oprecht nieuwsgierig.

Kate's uitdrukking verzachtte een beetje bij de vraag. 'De meeste paarden hechten zich het diepst aan de persoon die het meeste tijd met ze doorbrengt. Eigenaren die dat doen, profiteren van die consistente relatie.'

'Ik wou dat ze me die arme gestreste knol eens liet behandelen,' viel Zoe in, die zich bij hun kleine kring aansloot. 'Zijn rug is net beton, en zijn TMJ zit zo vast dat ik me verbaas dat hij nog normaal kan eten.'

'TMJ?' vroeg Ben, opnieuw naar zijn notitieboekje grijpend.

'Temporomandibulair gewricht,' legde Zoe uit, terwijl ze wees op het gebied net onder haar oor. 'Bij paarden beïnvloedt spanning daar alles, van soepelheid tot stemming. Met mijn Masterson Method-technieken kan hij zóveel fysieke en emotionele stress loslaten, maar Vanessa...' Ze rolde veelbetekenend met haar ogen.

'Vanessa vindt Zoe's methoden 'vrijwel hekserij',' vulde Kate aan met een wrange glimlach. 'Ondanks overweldigend bewijs van het tegendeel.'

'Bewijs zoals Phoenix,' voegde Emma toe, die zich met een bord dessert bij hen voegde. 'Weet je nog hoe hij was toen hij net kwam? Hij kon niet eens aangeraakt worden zonder te panikeren. Nu wint hij op wedstrijden.'

Ben krabbelde nog een aantekening, de rijke mogelijkheden van deze wereld breidden zich met elk detail uit. Het contrast tussen Vanessa's benadering van haar dure paard en de filosofie van de McKenzies leek emblematisch voor bredere waarden; geld tegenover zorg, uiterlijk tegenover wezen, controle tegenover partnerschap.

'Je zit weer aantekeningen te maken,' merkte Kate op, niet verwijtend, maar ook niet helemaal op haar gemak.

'Beroepsrisico,' gaf Ben toe, terwijl hij het boekje wegstak. 'Jullie wereld is fascinerend. De relaties, de emotionele én financiële investeringen, de verschillende filosofieën van training en verzorging. Het is rijk terrein voor een schrijver.'

'Vergeet niet dat dit echte mensen en echte dieren zijn,' herinnerde Kate hem, al was haar uitdrukking merkbaar zachter dan bij hun eerste ontmoetingen. 'Niet alleen personages in je volgende bestseller.'

'Genoteerd,' zei Ben met een glimlach. 'Al zou ik zeggen dat de beste personages altijd geïnspireerd zijn op echte menselijke complexiteit, maar ik beloof dat niemand zichzelf ooit zou herkennen in een personage dat ik schrijf.' Zelfs Vanessa niet, hoe verleidelijk ook, maar zij was bijna een karikatuur met haar snobisme en jaloezie. Zijn redacteur zou hem vertellen dat ze te overdreven was om geloofwaardig te zijn.

Terwijl het gesprek naar andere onderwerpen verschoof, merkte Ben hoe snel hij was ondergedompeld in een wereld waar hij twee weken geleden niets van afwist. Hij was naar Ridgewater gekomen op zoek naar afzondering om zijn manuscript af te maken, maar had zich in plaats daarvan omringd gevonden door precies de rijke, complexe menselijke dynamiek die zijn creatieve proces voedde.

En, dacht hij met een vleugje spijt, terwijl hij zag hoe Kate McKenzie's gezicht zacht werd in een lach om een van Pip's hilarische verhalen, het meest fascinerende personage hier was degene die wilde dat hij hier helemaal niet was.

Hoofdstuk Vijf

BEN WERD KORT NA zonsopgang wakker, het onbekende koor van ochtendvogels haalde hem eerder uit zijn slaap dan hij van plan was geweest. Na twee weken op Ridgewater begonnen de ritmes van het plattelandsleven zijn stedelijke biologische klok te resetten. Met sterke koffie in de hand slenterde hij van The Shack naar het hoofdcomplex van de stallen, wetend dat het er al een drukte van belang moest zijn. Gouden ochtendlicht viel schuin door de hoge ramen van de schuur, wierp lange rechthoeken over de betonnen vloer en verlichtte stofdeeltjes die in de lucht dansten als miniatuursterrenbeelden.

De rijke, aardse geur van paarden, hooi en leer omhulde hem toen hij door de brede deuropening stapte. Het was een complexe geur die in het begin overweldigend had geleken, maar nu vreemd genoeg geruststellend voelde. Verschillende paarden volgden hem met hun ogen toen hij voorbijliep, hun nieuwsgierige blikken op hem gericht; sommigen hinnikten zacht ter begroeting of, waarschijnlijker, dacht Ben, in de hoop op een lekkernij van de lange vreemdeling.

Hij volgde de ritmische schraapgeluiden tot hij bij een grote box kwam waar Kate, Jake en Pip in een gecoördineerd ritme aan het werk waren. Ieder zwaaide met een schop, schepte vuile houtkrullen op en wierp die in wachtende kruiwagens. Kate's blonde haar was in een praktische paardenstaart getrokken en ze droeg oude spijkerbroek en een vaal T-shirt, een opvallend contrast met haar gebruikelijk verzorgde uiterlijk tijdens de lessen. Jake had de mouwen van zijn geruite overhemd opgerold, waardoor gespierde onderarmen zichtbaar werden, terwijl kleine Pip er op de een of andere manier in slaagde een schop die bijna zo lang was als zijzelf met verrassende kracht te hanteren.

'Morgen,' riep Ben, terwijl hij bij de ingang van de box bleef staan. 'Voorjaarsschoonmaak?'

Kate keek op, een flits van verbazing gleed over haar gezicht voordat ze knikte. 'Deze box moet helemaal worden leeggehaald voordat er later een nieuw paard komt. We vervangen alle oude krullen.'

'Handje helpen nodig?' vroeg Ben, zichzelf verrassend met het aanbod. Hij had nog nooit in zijn leven een stal uitgemest, maar er was iets aan hun ontspannen kameraadschap dat hem deed willen meedoen in plaats van vanaf de zijlijn toe te kijken.

'Je maakt die schoenen kapot,' merkte Pip op, terwijl ze met haar schop naar zijn casual instappers wees.

Ben haalde zijn schouders op. 'Ze hebben erger meegemaakt.' Dat was niet helemaal waar, maar hij zette zijn koffiemok op een richel in de buurt en keek rond. 'Wat moet ik doen?'

Jake wees naar een reserveschop die tegen de muur stond. 'Pak die en ga los. We schrapen tot op het beton voordat we er vers strooisel in leggen.'

Ben voelde dat Kate hem aankeek, duidelijk in de verwachting dat hij zich nu wel zou terugtrekken nu de realiteit van de handenarbeid duidelijk was. In plaats daarvan stroopte hij zijn mouwen op, greep de schop en stapte de box in. De blik van lichte schok op haar gezicht was de onvermijdelijke blaren waard.

'Begin in die hoek,' instrueerde Kate, terwijl ze met haar kin wees. 'Werk naar het midden toe.'

De eerste paar scheppen waren onhandig; Ben miste duidelijk de techniek terwijl hij worstelde met de juiste hoek. Jake merkte zijn moeite op en liet terloops de juiste beweging zien: een soepele schep en lift, in plaats van de stekende beweging die Ben had geprobeerd.

'Je krijgt er zo handigheid in,' zei Jake zonder oordeel. 'Bij mij duurde het ook niet lang.'

Al snel vielen ze in een ritme, met z'n vieren werkten ze in een gezellig stilzwijgen dat alleen werd doorbroken door het schrapen van metaal op beton en af en toe een zachte kreun van inspanning. Ben's rug protesteerde tegen de ongekende beweging, en hij voelde het zweet zijn shirt vochtig maken ondanks de koelte van de ochtend. Maar er zat iets bevredigends in het fysieke werk, zo anders dan de mentale gymnastiek van het schrijven.

'Dus,' zei Pip na een tijdje, terwijl ze stopte om een verdwaalde donkere lok uit haar gezicht te vegen, 'heeft Jake je al verteld over ons avontuur eerder dit jaar? De fokzwendel?'

Ben spitste zijn oren, zijn instincten meteen geprikkeld. 'Fokzwendel?'

Jake grijnsde en bleef scheppen terwijl hij sprak. 'Een van de interessantere zaken die ik heb behandeld, en ik had het niet kunnen oplossen zonder Pip's kennis. Iemand stal drachtige merries.'

'Drachtige paarden stelen?' Ben leunde op zijn schop, geboeid. 'Hoe werkt dat?'

'Vooral vervalste transportpapieren,' legde Pip uit. 'Ze namen waardevolle merries vlak voor het veulenen mee, hielden ze tot ze hadden gefoald en verkochten de veulens dan zonder papieren, als op het bedrijf gefokt, aan malafide kopers.'

'Het was verdomd slim bedacht,' ging Jake verder, met een vleugje professionele bewondering in zijn stem ondanks zijn duidelijke afkeuring. 'Sommige van die veulens hadden tonnen waard kunnen zijn, en niemand had het gemerkt. De gestolen merries droegen allemaal veulens van top Western sportpaardenhengsten, gedekt nadat hun eigenaren een fors dekgeld hadden betaald.'

Ben voelde die vertrouwde vonk van creatieve interesse, die altijd gepaard ging met een goed verhaal met criminele elementen. 'Hoe hebben jullie ze gepakt?'

'De politie had niet eens door dat er alleen merries werden meegenomen,' zei Pip met een verontschuldigende glimlach naar Jake. 'Ik kreeg toevallig een dossier onder ogen en viel het op. Toen werden een paar vriendinnen van mij hun merries gestolen, en zijn we alles bij elkaar gaan leggen – ze waren drachtig, of zouden gedekt worden, door hele waardevolle hengsten.'

'Het was echt slim,' zei Jake. 'Insiderkennis, met een manegehouder en zijn broer die een transportbedrijf runden die het regelden, en een local met veel connecties die ze informatie gaf over welke merries ze moesten stelen. Eerlijk gezegd is nog niet alles ontrafeld, maar ze hadden zeker een netwerk van kopers klaarstaan die bereid waren enkele zeer waardevolle veulens voor een fractie van hun werkelijke waarde te nemen, om ze dan als onbekenden uit te brengen in de sport en te hopen een fortuin te winnen. Er gaat veel meer geld om in Westernevenementen dan je denkt; prijzengelden alleen al voor barrel racing lopen bij een enkel evenement makkelijk in de duizenden.'

Ben nam de details in zich op, gefascineerd. De fijnmazigheid van de zwendel intrigeerde hem; de vereiste kennis, de brutaliteit, de berekening van risico en beloning. 'Wat verraadde hen, behalve Pip's scherpe oog?'

'Hebzucht,' zei Kate simpel, voor het eerst sinds het begin van het verhaal. 'Ze kozen het verkeerde doelwit.' Ze glimlachte naar Pip. 'Ze namen een van Pip's merries. Pip zou dat nooit laten zitten.'

'En dat deden we niet,' zei Pip trots. 'We hebben ze allemaal teruggekregen, inclusief mijn merrie Honey. Al hebben ze haar wel laten dekken door een onbekende hengst, en moeten we nog zes maanden wachten om te zien wat we krijgen!'

'En de straffen?' vroeg Ben, altijd geïnteresseerd in de consequenties.

'De rechtszaak tegen de kopstukken loopt nog,' antwoordde Jake. 'Maar ze kunnen rekenen op serieuze gevangenisstraffen. Het is niet alleen diefstal, het is fraude, vervalsing van officiële documenten en criminele misleiding. Om nog maar te zwijgen van de welzijnsproblemen door hoogdrachtige merries te vervoeren en ze in niet-ideale omstandigheden te houden.'

Ben knikte, terwijl hij al aan het construeren was hoe hij deze elementen in zijn schrijven zou kunnen gebruiken. De paardenwereld bood een perfect decor voor misdaadfictie: waardevolle dieren, felle concurrentie, grote geldbedragen die van eigenaar wisselen en uitgebreide papierwerksystemen die gemanipuleerd kunnen worden door wie ze begrijpt. Hij zag de contouren van een personage al ontstaan, iemand met insiderkennis van de paardensportwereld, die de complexiteit ervan uitbuit voor winst. De stal om hem heen, met zijn mix van dure dieren en hard fysiek werk, leek ineens rijk aan verhalend potentieel.

'Je hebt die blik,' merkte Kate op, terwijl ze haar werk even staakte om hem te bestuderen.

'Welke blik?' vroeg Ben, al vermoedde hij het antwoord.

'Die waarin je ons allemaal tot personages maakt,' antwoordde ze, maar er zat minder ergernis in haar toon dan hij verwacht had. Misschien waren ze een soort van détente aan het bereiken.

'Beroepsrisico,' gaf hij toe met een glimlach. 'Maar ik beloof dat alle paarden in mijn boeken met de grootst mogelijke fictieve zorg behandeld worden.'

Dat leverde een aarzelende lach van Kate op, en Ben beschouwde het als vooruitgang. Terwijl ze teruggingen naar hun geschep, voelde hij een merkwaardige voldoening die niets met zijn schrijven te maken had en alles met het opgenomen worden in dit kleine moment van gedeeld werk en verhalen.

'Daarom zijn de DNA-registers zo cruciaal,' zei Jake terwijl hij een schep vol vuile bodembedekking in de kruiwagen kieperde. 'Omdat het onder Western sportpaarden nog niet zo gebruikelijk is...' Hij stopte midden in zijn zin, zijn aandacht getrokken door beweging buiten de box die ze aan het leegmaken waren. Ben draaide zich om en zag Vanessa Hughes voorzichtig de stalgang binnenstappen; ze zag eruit alsof ze voor een fotoshoot kwam in plaats van voor een ochtendrijles. Het contrast tussen haar smetteloze uitstraling en hun zweterige, stoffige werkploeg kon niet groter zijn.

Vanessa droeg smetteloos witte rijbroek zonder een enkel vlekje, een lichtblauw technisch shirt dat waarschijnlijk meer kostte dan Ben's hele outfit, en hoge, glanzende zwarte laarzen die in het ochtendlicht blonken. Haar korte donkere haar zat perfect in model, en Ben merkte op dat ze zelfs make-up had aangebracht – subtiel maar elegant – voor een ochtend op stal. Geen stofje ontsierde haar verschijning, en ze bewoog met berekende voorzichtigheid om dat zo te houden.

'Zoiets zou nooit kunnen gebeuren met een raszuivere Hannoveraan als Cavalier,' wierp ze ertussendoor, haar stem droeg die kenmerkende zweem van superioriteit die Ben gister bij de barbecue al had opgemerkt. 'Alle echte rassen hebben DNA in het systeem; er is een reden dat mensen voor kwaliteit betalen.'

De ontspannen sfeer verdampte op slag. Ben voelde eerder dan dat hij zag hoe Kate naast hem verstijfde, haar schouders haast onmerkbaar rechtten. Pip's gezicht onderging een fascinerende transformatie, haar vriendelijke uitdrukking klapte dicht als jaloezieën die voor een raam worden neergelaten. Jake's nonchalante houding verschoof naar iets formelers, meer agentachtig.

'Morgen, Vanessa,' zei Kate neutraal. 'Je bent vroeg voor je les.'

'Ik wilde ons wedstrijdschema bespreken,' antwoordde Vanessa, terwijl ze zich zorgvuldig tegen de schone muur enkele meters van hun werkplek positioneerde. 'Maar ik zie dat je... bezig bent.' Ze liet haar blik met nauwelijks verholen afkeer over hun vieze kleren en de halfgevulde kruiwagens glijden.

Ben keek toe hoe ze de dure rijhandschoenen die ze vasthield in plaats van droeg, rechtstreek; het soepele leer boog mee terwijl haar gemanicuurde vingers denkbeeldige kreukels gladstreken. Ze checkte de tijd op haar Audemars horloge van rosegoud met een bedachtzame beweging die suggereerde dat hun handenarbeid in haar schema sneed.

Gefascineerd door de sociale dynamiek die zich voor hem ontvouwde, zette Ben zijn schop tegen de boxwand en deed een klein stapje naar voren. Als schrijver waren dit precies de authentieke interacties die hij wilde begrijpen en vangen.

'Ik ben benieuwd naar die DNA-verificatie waar je het over had,' zei hij tegen Vanessa. 'Hoe werkt dat bij raszuivere paarden?'

Vanessa's uitdrukking verschoof onmiddellijk van verveelde minachting naar geanimeerde superioriteit; ze was duidelijk in haar nopjes om als expert te kunnen optreden. 'Het is behoorlijk uitgebreid,' legde ze uit, al pratend warm draaiend. 'Voor Hannoveranen zoals Cavalier worden DNA-monsters bij de geboorte afgenomen en bewaard bij de fokvereniging. Beide ouders moeten DNA-geverifieerd zijn om te waarborgen dat de bloedlijnen exact zijn zoals opgegeven.'

'Dus er is geen mogelijkheid om de afstamming te vervalsen?' vroeg Ben, oprecht geïnteresseerd ondanks de neerbuigende ondertoon in haar uitleg.

'Niet bij gerenommeerde fokkers en degelijke registers,' antwoordde Vanessa met de zekerheid van iemand die nooit systemen heeft bevraagd waarvan zij profiteert. 'Elk veulen wordt ook gechipt en fysieke inspecties worden uitgevoerd door vertegenwoordigers van de vereniging. Het papierwerk volgt het paard zijn hele leven. En hengsten moeten natuurlijk worden geregistreerd... zoals Cavalier. Hij is een Hannoveraanse hengst, dus hij moest in Duitsland de keuringen doorstaan voordat hij in het stamboek werd ingeschreven en mocht dekken. Alleen de besten worden goedgekeurd. Het gaat niet alleen om uiterlijk, maar ook om hun beweging, karakter en hoe ze onder het zadel presteren. Als ze niet slagen, mogen ze geen geregistreerde Hannoveranen vererven.'

Ben knikte nadenkend en zette deze details mentaal op een rij. De uitgebreide verificatiesystemen, het belang van gedocumenteerde bloedlijnen, de aanzienlijke investeringen die door deze processen worden beschermd; het kon allemaal rijk materiaal opleveren voor zijn fictie.

'Wat gebeurt er als er een discrepantie is?' vroeg hij, zich ervan bewust dat Kate, Jake en Pip hun geschep hadden hervat, al vermoedde hij dat ze aandachtig luisterden.

'Het paard wordt uit het register gezet,' zei Vanessa, haar lip krullend alsof ze een paria beschreef. 'Het verliest alle fokrechten en wedstrijdkwalificaties binnen de vereniging. De waarde keldert meteen, soms met honderdenduizenden dollars.'

Ze verplaatste zich om haar afstand tot de werkplek te bewaren en keek opnieuw met duidelijke ongeduld op haar horloge. 'Natuurlijk, bij rescuepaarden en kruisingen maakt dat allemaal niets uit. Niemand ligt wakker van hun bloedlijnen, want er valt niets van waarde te beschermen.'

De nonchalante afservering was duidelijk gericht op de thuisgefokte paarden van de McKenzies, Emma's ex-renpaarden en Pip's pony's. Ben merkte dat Jake's schouders zich spanden bij de impliciete belediging, al hield de politieman zijn gezicht zorgvuldig neutraal.

'Toch begrijp ik dat Emma het heel goed doet met Phoenix in de competitie,' merkte Ben mild op. 'Hij is een rescue, toch?'

Vanessa's glimlach verstrakte minimaal. 'Springen is anders. Dat draait om fysieke capaciteit, niet om fokpotentieel. In de dressuur zijn bloedlijnen alles. Je kunt niet trainen wat er genetisch niet is.'

'Interessant standpunt,' antwoordde Ben, terwijl hij haar reactie samen met haar uitleg opsloeg. 'En de verificatie voor wedstrijden, hoe werkt dat?'

'Paspoortcontroles op grote evenementen,' legde Vanessa uit, duidelijk in haar sas om haar kennis te etaleren. 'Chip scannen, controle van aftekeningen. Voor internationale wedstrijden zijn er extra gezondheidsverklaringen en tijdelijke invoerdocumenten.'

Ben knikte en stelde zich voor hoe deze systemen in zijn fictieve wereld te manipuleren waren. De mogelijkheden voor fraude, misleiding en criminaliteit met hoge inzet leken legio in een wereld waar dieren van miljoenen van eigenaar wisselden op basis van papierwerk en DNA-tests.

'Het verschil is meteen zichtbaar wanneer je kwaliteit ziet,' ging Vanessa verder, terwijl ze vaag gebaarde naar de boxen waar de paarden van de McKenzies stonden. 'Vergelijk Cavalier maar met sommige van deze... kruisingprojecten. Goede fokkerij zie je in elke beweging, elke lijn van het lichaam.'

Ben bekeek haar aandachtig en merkte hoe ze erin slaagde dit soort uitspraken te doen met een glimlach die suggereerde dat ze gewoon objectieve feiten weergaf in plaats van beledigingen uit te delen. Het was een meesterlijke voorstelling van passief-agressief gedrag, het soort karaktertrek dat prachtig naar de pagina te vertalen was.

'Dus Cavalier's volledige waarde is gekoppeld aan zijn geverifieerde bloedlijnen?' vroeg hij, net iets verder duwend.

'Zijn bloedlijnen garanderen zijn potentieel,' corrigeerde Vanessa, terwijl haar kin een fractie omhoogkwam. 'Zijn waarde komt voort uit wat hij kan voortbrengen wanneer hij goed getraind en gemanaged wordt.' Haar nadruk op 'goed' droeg een onmiskenbare lading.

Ben nam dit in zich op en legde mentale verbanden tussen de financiële inzet in Vanessa's wereld en de druk die dat creëerde. Geen wonder dat de lessen die hij had gezien zo gespannen waren; met honderdenduizenden dollars geïnvesteerd en toekomstige fokinkomsten op het spel droeg elke trainingssessie enorme druk.

'Ik laat jullie maar weer... scheppen,' zei Vanessa, nog eens op haar horloge kijkend. 'Kate, ik zie je om negen uur in de piste voor mijn les.' Daarmee draaide ze zich om en liep behoedzaam de stalgang door, waarbij ze haar onberispelijke uiterlijk bij elke stap handhaafde.

Ben keek haar na en was haar maniertjes en houding in zijn hoofd al aan het omvormen tot een personage. De zelfingenomenheid, de nonchalante snobistische toon, de absolute zekerheid in de superioriteit van dure dingen – het was allemaal heerlijk rijk materiaal. Niet dat hij Vanessa één op één zou gebruiken; zijn personages waren altijd composieten, getrokken uit meerdere bronnen en hervormd door verbeelding. Maar haar essentie, die specifieke mix van privilege en dedain, zou zeker zijn weg naar zijn werk vinden.

Terwijl Vanessa's voetstappen wegstierven in de stalgang, viel er een geladen stilte over de box. Ben zag hoe Kate en Pip een blik wisselden die zo beladen met gedeelde betekenis was dat het net zo goed een hele conversatie had kunnen zijn. Pip rolde veelzeggend met haar ogen; haar kleine gestalte trilde bijna van ingehouden commentaar. Kate's reactie was subtieler, een lichte verstrakking rond haar ogen, een nauwelijks waarneembaar schudden van haar hoofd dat duidelijk communiceerde: nu niet, niet hier. De stille uitwisseling duurde slechts seconden, maar Ben ving elke nuance.

Wat hem het meest fascineerde, was het besef dat tot hem doordrong toen hij Kate's zorgvuldig neutrale uitdrukking observeerde: ze mocht Vanessa Hughes persoonlijk totaal niet, maar hield de relatie strikt professioneel. De spanning tussen die tegenstrijdige posities moest uitputtend zijn om vol te houden, dacht Ben. Zeker gezien Vanessa's talent om beledigingen in glimlachpapier te verpakken.

'Nou,' zei Jake uiteindelijk, de stilte doorbrekend terwijl hij weer begon te scheppen, 'zo subtiel als een moker.'

Pip snoof, haar kleine handen grepen de schop met hernieuwde felheid. 'Op een dag, echt waar...'

'Ze betaalt vol pension voor Cavalier,' viel Kate zachtjes in, haar stem zorgvuldig afgemeten. Ben merkte hoe haar kaak tussen zinnen aanspande, de lichte witheid rond haar knokkels terwijl ze de schophandgreep vastklemde. 'En het volle tarief voor vier lessen per week. Bovendien is ze al twee jaar klant.'

'Betekent niet dat ze zo over onze paarden mag praten,' mompelde Pip, al leek ze Kate's impliciete verzoek om het te laten rusten te aanvaarden.

Ben lette op Kate's ademhaling, de bewuste manier waarop ze door haar neus in- en langzaam door licht geopende lippen uitademde. Het was een gecontroleerde stressreactie die hij herkende van zijn eigen technieken tijdens deadlinedruk: een bewuste poging om emotie te beheersen in plaats van te uiten. Haar schouders bleven gespannen, haar bewegingen net iets preciezer dan vóór Vanessa's onderbreking, wat de spanning verraadde die ze probeerde te kanaliseren.

'Ik heb vandaag na Vanessa nog drie lessen,' zei Kate, die het onderwerp doelbewust verlegde. 'Elise Sutherland om elf uur, Jillian Carmichael om twee uur, en de Sullivan-tweeling voor hun ponyclubvoorbereiding om vier uur.' Haar stem had haar professionele kalmte hervonden, al hoorde Ben de onderliggende spanning nog steeds.

'Ik heb om twaalf uur een potentiële koper die komt kijken naar wat pony's,' voegde Pip toe, terwijl ze Kate's hint oppakte om naar veiligere onderwerpen te gaan. 'En ik neem Emma's groepsles springen voor junioren om half vier over, want zij gaat met Jemima naar de tandarts.'

Ben nam dit alles rustig op, en maakte mentale aantekeningen over de complexe sociale hiërarchie die speelde. Kate, die duidelijk geïrriteerd was door Vanessa's houding, stelde de zakelijke relatie boven persoonlijke gevoelens. Er lag een economische realiteit onder de interactie; Vanessa vertegenwoordigde aanzienlijke inkomsten voor Ridgewater met Cavalier's volpension en frequente lessen. De professionele noodzaak om lastige, maar waardevolle cliënten te tolereren, creëerde een fascinerende spanning die Ben onmiddellijk herkende als rijk verhalend terrein.

'Ik kan helpen bij de springles als je wil,' bood Jake aan, terwijl hij zijn schop leegde in de inmiddels volle kruiwagen. 'Al moet je me wel zeggen hoe hoog. Ik begin te wennen aan die angstaanjagende, bijna-zo-hoog-als-ik parcoursen die Emma met Phoenix springt.'

Dat ontlokte Pip een oprechte lach. 'Lieve hemel, nee, deze kinderen doen maximaal vijftig centimeter! Kniehoogte. Ze zouden doodsbang zijn als we ze Em's hindernissen überhaupt lieten zien; je kunt zo met me mee naar de springpiste na dit werk en dan zetten we alles ruim op tijd laag voordat ze komen.'

Ben ging weer scheppen en dacht na over hoe hij deze dynamieken naar de pagina kon vertalen. De economische druk, de botsing van waarden tussen Vanessa's focus op raszuiverheid en de ogenschijnlijke liefde van de McKenzies voor hun rescuepaarden, de professionele concessies die worden gedaan voor moeilijke maar waardevolle klanten; het sprak allemaal tot bredere thema's van compromis en principe die een meeslepend verhaal konden dragen.

'We moeten dit afmaken voordat je prinses klaar is voor haar les,' zei Pip tegen Kate, haar stem lager maar voor Ben nog goed hoorbaar. 'Anders zou ze nog denken dat je je handen echt vuil maakt.'

Kate's lippen trokken in wat een onderdrukte glimlach kon zijn. 'Ze wéét dat ik het werk doe. Ze kiest er alleen voor te geloven dat het optioneel is.'

'Voor haar ís het optioneel,' merkte Jake op, terwijl hij aan een ander deel van de box begon. 'Dat is wat geld je oplevert: de mogelijkheid te kiezen aan welke delen van het paardenbezit je wil meedoen.'

Ben ving de filosofische ondertoon in Jake's opmerking. 'Lijkt me een terugkerend thema in deze wereld,' observeerde hij, peilend of ze het gesprek met hem wilden voortzetten. 'Het verschil tussen mensen die paarden als investeringen zien en mensen die ze als partners zien.'

Kate wierp hem een blik toe; haar uitdrukking deed vermoeden dat ze licht verrast was dat hij dit onderscheid oppikte. 'Het is niet altijd zo zwart-wit,' zei ze na een moment. 'Sommige mensen met dure paarden houden zielsveel van ze. En niet elke achtertuinbezitter gaat goed met zijn dieren om.'

'Maar er is zeker een verschil in benadering,' hield Pip vol. 'Je ziet binnen vijf minuten aan iemands omgang met zijn paard of ze het zien als een levend wezen of als een sportwagen op poten.'

Ben knikte en voegde dit inzicht toe aan zijn mentale verzameling. 'En naar welke kant neigt Vanessa?'

De korte stilte die volgde zei hem alles. Uiteindelijk antwoordde Kate met behoedzame diplomatie: 'Vanessa heeft heel specifieke doelen voor Cavalier. Haar focus ligt vooral op zijn competitieve potentieel.'

'En op zijn fokwaarde,' voegde Pip onomwonden toe. 'Ze praat vaker over zijn toekomstige dekgeld dan over zijn welzijn. Hoeveel ze ook praat over de zuiverheid van het Hannoveraanse ras, we weten allemaal dat ze het níét kan laten om te hopen dat we vragen of we hem bij een van Legend's dochters of kleindochters kunnen zetten, ook al suggereert ze dat die allemaal bastaards zijn vanwege hun gemengde afstamming. Ze weet dat je naar potentiële hengsten kijkt voor het volgende veulen van Duchess; ik zou erg verbaasd zijn als ze niet heel snel subtiele hints begon te droppen dat Cavalier zo ontzéttend handig beschikbaar is.'

Kate vertrok haar gezicht. 'In veel opzichten zou hij een goede optie zijn,' zei ze met tegenzin. 'Ik wil alleen... niet in een positie komen waarin ik Vanessa een gunst verschuldigd ben.'

'Dat zou ik ook niet willen als ik jou was!' zei Pip met een volle lach. Ze wierp Ben, die geboeid luisterde, een paar extra kruimels informatie toe. 'Met Cavalier's bloedlijnen zou Vanessa binnen moeten lopen met dekgelden. Maar totdat hij zich op Grand Prix-niveau bewezen heeft, gaat geen serieuze fokker topgeld betalen, ook al heeft hij twee wereldkampioenen als ouders. Het draait allemaal om prestaties. Op dit moment is hij gewoon weer zo'n dure misschien.'

De onuitgesproken ondertekst, af te lezen aan Pip's halfslachtige grijns, was dat Vanessa simpelweg niet goed genoeg reed om Cavalier naar dat topniveau te brengen. En misschien zou dat haar nooit lukken.

Ben borg deze observaties op; de contrasterende perspectieven schetsten een rijker beeld van de paardensportwereld dan welk deskresearch dan ook. De persoonlijke conflicten, professionele compromissen en onderliggende waardesystemen waren precies de elementen die fictieve werelden diepte en authenticiteit gaven. Hij moest zijn notitieboekje pakken en wat aantekeningen maken voordat hij dingen door elkaar ging halen, maar hij ging dit karwei niet halverwege verlaten. Ze waren bijna klaar.

'Nog vijf minuten en dan zijn we hier klaar, en kan ik me wassen en omkleden om er zo professioneel uit te zien als Vanessa van me verwacht,' zei Kate, terwijl ze hun voortgang overzag. 'Ben, je was verrassend behulpzaam voor een stadsjongen.'

Hij grijnsde om het compliment met een sneer, en herkende het als vooruitgang in hun voorzichtige détente. 'Ik ben van vele markten thuis,' antwoordde hij. 'Al vrees ik dat mijn schouders me hier morgen nog aan zullen herinneren.'

'Schrijversspieren,' plaagde Jake. 'Anders dan agentenspieren of paardensportspieren.'

De losse banter bracht de comfortabele sfeer terug die er vóór Vanessa's komst was, maar Ben had de les in het intermezzo niet gemist. Onder de oppervlakte van de dagelijkse gang van zaken op Ridgewater stroomden onderstromen van spanning, compromis en tegenstrijdige prioriteiten die een afspiegeling waren van de menselijke dynamiek die hij in zijn romans onderzocht. Kate's professionele omgang met een klant die ze persoonlijk niet mocht, de economische realiteit die zulke concessies noodzakelijk maakte, de botsing tussen verschillende benaderingen van dezelfde passie; het was allemaal heerlijk complex materiaal voor een schrijver wiens handelsmerk menselijke motivatie en conflict was.

Toen ze de box af hadden, kon Ben niet anders dan constateren dat zijn verblijf op Ridgewater onverwacht waardevol bleek. De wereld waarin hij min of meer was binnengerold, was veel rijker en gelaagder dan hij zich had kunnen voorstellen, bevolkt door personages wier complexiteit nooit netjes in de stereotypen zou hebben gepast die hij zonder deze directe ervaring had kunnen creëren.

En in het midden van dit alles stond Kate McKenzie, van wie hij de lagen nog maar net begon te ontdekken; professionele trainster, competitieve sporter, terughoudende gastvrouw, en een vrouw die haar persoonlijke gevoelens kon inslikken omwille van zakelijke noodzaak. Hij had geen intrigerender personage kunnen verzinnen, al had hij nog zo zijn best gedaan.

Hoofdstuk Zes

Kate verwijderde met backspace weer een halfbakken zin, haar kaken gespannen terwijl ze naar het lichtgevende laptopscherm staarde. Het voorstel voor haar nieuwste potentiële sponsor had uren geleden al klaar moeten zijn, maar er zat iets hols in, iets gemaakt. Buiten de ramen van The Shack was de duisternis volledig neergedaald over Ridgewater, doorbroken alleen door de verre beveiligingslichten van het hoofdcomplex van de stallen. Ze rolde met haar schouders om de spanning weg te werken die daar in de afgelopen uren was opgebouwd, en greep naar haar glas water zonder haar ogen van het scherm te halen.

Het kleine bureaulampje wierp een poel warm licht over haar werkplek, die nauwelijks reikte tot waar Ben languit op de bank lag, zijn lange ledematen in ongemakkelijk ogende hoeken gevouwen. Zijn laptop balanceerde wankel op zijn knieën, het scherm verlichtte zijn gefronste wenkbrauwen en de groeiende verzameling verkreukelde papiertjes om hem heen als gevallen bladeren. Voor iemand die eerder beweerde absolute stilte nodig te hebben om te werken, had hij het afgelopen uur zitten mompelen en dramatisch zuchten.

Kate dwong zichzelf haar aandacht terug naar haar document te brengen. 'Ridgewaters wedstrijdprogramma combineert klassieke trainingsprincipes met innovatieve technieken,' las ze zachtjes hardop, waarna ze kreunde. 'Innovatieve technieken? Wat betekent dat in vredesnaam?' Ze verwijderde de zin en begon opnieuw, snel typend.

De waarheid was: Kate wist precies wat ze deed en waarom het werkte. Haar resultaten spraken voor zich: nationale kampioenschappen, internationale klasseringen, paarden die ze van groene talenten had ontwikkeld tot Grand Prix-combinaties. Maar dat vertalen naar marketingtaal die een internationale luxeleren-merkennaam – bekend om handtassen, niet om zadels – zou aanspreken, leek onmogelijk. Sponsors wilden gelikte verhalen over de reis en merkfit, niet de realiteit van om 5.00 uur beginnen en minutieuze administratie.

'Je klinkt alsof je een verloren strijd levert met dat toetsenbord,' doorbrak Bens stem haar concentratie.

Kate keek op, even geschrokken dat hij haar zat te observeren. 'Gewoon een sponsorpitch aan het uitwerken,' antwoordde ze, verbaasd over haar bereidheid om te reageren. Twee weken geleden had ze hem genegeerd of kortaf afgepoeierd. 'Het is niet mijn favoriete deel van het werk.'

Ben knikte en gooide zijn potlood met een verslagen gebaar op de salontafel. 'Waar loop je op stuk? Misschien helpt een frisse blik. God weet dat ik even aan iets anders moet denken dan dit concept.'

Kate aarzelde. De pitch was persoonlijk; hij vertegenwoordigde niet alleen haar trainingsprogramma maar ook haar professionele identiteit. Het delen ervan voelde vreemd kwetsbaar. 'Het is voor een groot internationaal merk. Mij is verteld dat ze dit jaar een paar Australische ruiters voor de nationale tour willen overwegen, en ik moet uitleggen waarom ze voor mij zouden moeten kiezen.'

'En dat vind je moeilijk omdat...?' moedigde Ben aan, terwijl hij rechter ging zitten.

'Omdat ze de waarheid niet willen,' zei Kate, de frustratie hoorbaar in haar stem. 'Ze willen een inspirerend verhaal over de reis en de band met het paard en het leven van mijn dromen. Ze willen niet horen over de uren videoanalyse of het feit dat ik spreadsheets bijhoud waarin ik Misty's dieet tot op de gram bijhoud.'

Ben strekte zich uit; zijn lange lijf ontvouwde zich terwijl hij opstond. 'Vind je het goed als ik even meekijk?'

Kates eerste reflex was om te weigeren, haar laptop dicht te klappen en te beweren dat ze het prima zelf kon. Maar het werd laat, het document moest morgen inleverklaar zijn, en ze had de openingsalinea al zeven keer herschreven.

'Vooruit dan,' gaf ze toe, terwijl ze het scherm een tikje draaide toen hij dichterbij kwam. 'Maar onthoud: het gaat erom hen te overtuigen dat ik de investering waard ben, niet om de volgende grote Australische roman te schrijven.'

Ben grinnikte en ging achter haar stoel staan om over haar schouder mee te lezen. Hij stond zo dichtbij dat ze zijn aftershave rook, iets houtachtigs en subtiels. Kate richtte zich vastberaden op het scherm, zich pijnlijk bewust van zijn nabijheid.

'Je hebt al je diploma's en resultaten hier,' zei hij na een moment, terwijl hij naar haar opsommingslijst met prestaties wees. 'Maar het leest als een cv, niet als een verhaal. Sponsors kopen niet alleen je resultaten; ze kopen je verhaal.'

'Precies dát is het probleem,' antwoordde Kate, terwijl ze gefrustreerd naar het scherm gebaarde. 'Ik bén geen verhaal. Ik ben een dressuuramazone. Ik train paarden. Ik start wedstrijden. Ik win soms. Dat zou genoeg moeten zijn.'

Ben tikte licht op het scherm bij haar kwalificatiestrategie. 'Maar zo werkt marketing niet, en dat weet je. Kijk, wat als je je successen niet alleen opsomt, maar reframed? Laat niet alleen de reis zien, maar ook de tegenslagen. Juist de strijd zorgt ervoor dat mensen voor je gaan duimen.'

Kate fronste. 'Wil je dat ik mijn mislukkingen benadruk?'

'Geen mislukkingen. Uitdagingen,' corrigeerde Ben. 'De dramatiek van de competitie. Ridgewaters generaties lange fokprogramma dat je ouders zijn begonnen, dat tot hier heeft geleid. Je relatie met Misty, inclusief de lastige kanten.'

Kate dwong zichzelf zijn woorden te overwegen. Met tegenzin moest ze toegeven dat er logica in zijn suggestie zat. Sponsors willen niet alleen kampioenen; ze willen verhalen waar mensen zich aan kunnen spiegelen.

'Je hoeft je ziel niet bloot te leggen,' zei Ben zacht, alsof hij haar gedachten las. 'Net genoeg om het menselijk te maken. Mensen verbinden zich eerder met strijd dan met perfectie.'

Kate staarde naar het document en dacht na. Toen begon ze langzaam te typen, haar introductie herschrijvend met het verhaal over Misty's moeder, een geredde volbloedmerrie, over de intelligentie en het ondeugende karakter van de merrie, en de tegenslagen die ze samen hadden overwonnen. Tot haar eigen verbazing vloeiden de woorden makkelijker; de vertelling kreeg vorm op een manier die zowel authentiek als meeslepend voelde.

'Zo?' vroeg ze na een paar minuten, verbaasd dat ze zijn goedkeuring zocht.

Ben las de nieuwe alinea, zijn uitdrukking bedenkelijk. 'Veel beter. Nu voelt het als iets dat iemand écht wil lezen. Je had de papieren al, maar nu heb je ook het hart.'

Kate las nog eens wat ze had geschreven en was met tegenzin onder de indruk van hoe veel sterker het was. De professionele prestaties stonden er nog steeds, maar nu ingebed in een context die ze betekenis gaf voorbij louter statistiek.

'Ik neem aan dat jij wel iets weet van verhaallijnen,' gaf ze toe terwijl ze het document opsloeg.

'Het is zo'n beetje mijn werk,' antwoordde Ben met een glimlach die zijn vermoeide trekken verzachtte. 'Mensen onthouden geen feiten; ze onthouden gevoelens. Zelfs als je leerwaren verkoopt.'

Kate knikte, en een kleine, oprechte glimlach vond zijn weg naar haar lippen. 'Dank je,' zei ze, de woorden kwamen makkelijker dan ze had verwacht. 'Dit helpt echt.'

Even keken ze elkaar aan, terwijl er een nieuw begrip ontstond in de stille ruimte tussen hen. Toen draaide Kate zich weer naar haar document, haar vingers gleden met hernieuwde doelgerichtheid over het toetsenbord; de eerdere frustratie maakte plaats voor heldere focus. Misschien viel er iets voor te zeggen voor een frisse blik, zelfs als die van de meest onverwachte hoek kwam.

Kate sloeg het document nog één keer op en sloot het bestand met een golf van tevredenheid. De sponsorpitch was sterker dan welke ze eerder had geschreven, met een narratieve flow die zowel professioneel als authentiek aanvoelde. Ze keek naar Ben, die naar de bank was teruggekeerd maar met dezelfde gefrustreerde blik naar zijn laptopscherm staarde die zij eerder had gedragen. Eerlijk is eerlijk, vond ze. Hij had haar geholpen; misschien kon zij iets terugdoen.

'En jij?' vroeg ze, terwijl ze haar stoel naar hem toe draaide. 'Jij voert vanavond je eigen strijd, zo te zien.'

Ben keek op, verrassing flitste over zijn gezicht. Misschien was hij niet gewend dat zij een gesprek begon. 'Zo duidelijk, ja?'

'Het gemompel en het haar-trekken verraadde je,' zei Kate, tot haar eigen verbazing met lichte plagerij in haar toon. 'Plus al die verkreukelde papiertjes. Ik dacht dat schrijvers tegenwoordig alles op computers deden.'

'Sommige dingen moet je eerst met de hand uitwerken,' zei Ben, wijzend naar de verspreide aantekeningen om hem heen. 'Ik krijg de innerlijke drijfveren van mijn personage niet te pakken. Hij is profvoetballer en raakt per ongeluk betrokken bij illegale wedstrijdmanipulatie. Ik weet wat er met hem gebeurt, maar niet waarom hij de keuzes maakt die hij maakt.'

Kate dacht na en kantelde haar hoofd. 'Wat voor soort voetballer is hij? Ik bedoel, qua persoonlijkheid.'

'Getalenteerd maar geen superster,' antwoordde Ben, terwijl hij rechter ging zitten omdat Kate interesse toonde. 'Iemand die goed genoeg is om prof te zijn maar net niet uitzonderlijk. Hij is meerdere keren overgeslagen voor de nationale ploeg.'

Kate knikte langzaam; herkenning roerde zich. 'Dus hij leeft in dat niemandsland. Goed genoeg om erbij te horen, net niet goed genoeg om groots te zijn.'

'Precies,' zei Ben, vooroverleunend, zijn hazelnootkleurige ogen opeens intens. 'Wat zou iemand zoals hij ertoe brengen een grens over te gaan waarvan hij wéét dat hij die niet over mag?'

Kate liep naar de keukenhoek en zette de waterkoker aan. De vraag voelde vreemd persoonlijk, resonerend met gedachten die ze in haar eigen carrière had gehad. Terwijl ze wachtte tot het water kookte, formuleerde ze haar antwoord.

'Het gaat niet alleen om winnen,' zei ze uiteindelijk, terwijl ze twee koppen thee zette en naar een kastje reikte om haar geheime snackpot te pakken. 'Het gaat om bevestiging. Als je je leven aan iets hebt gewijd, er alles in hebt gegoten, en je haalt nog steeds net niet dat hoogste niveau...' Ze pauzeerde, zoekend naar de juiste woorden. 'Is er die constante angst dat je misschien gewoon niet goed genoeg bent. Dat je, hoe hard je ook werkt, die laatste kloof nooit overbrugt.'

Ben keek haar nu aandachtig aan; van zijn eerdere frustratie was niets meer te zien. 'Ga door,' spoorde hij zacht aan.

Kate bracht de twee mokken terug naar het bureau en gaf er één aan Ben. 'Dus ga je naar verklaringen zoeken. Misschien ligt het aan je materiaal. Misschien aan je trainer. Misschien aan politiek of vriendjespolitiek. En als die verklaringen de pijn niet verzachten, ga je aan shortcuts denken.'

'Ben jij ooit in verleiding gekomen?' vroeg Ben, en voegde er snel aan toe: 'Niet voor het boek, gewoon nieuwsgierig.'

Kate pakte de snackpot en overwoog de vraag. 'Niet op de manier die jij bedoelt. Er zijn geen prestatiebevorderende middelen voor dressuurruiters; het paard moet presteren. Maar ik heb het anderen zien doen. Er zijn een paar spraakmakende gevallen in de media geweest, ruiters kort- of langetermijn geschorst. De verleiding om dubieuze trainingsmethoden te gebruiken, of medicatie om een paard door te laten lopen terwijl het eigenlijk rust nodig heeft.' Ze opende de pot en bood hem aan Ben aan. 'De grens wordt vaag als je wanhopig bent.'

Ben greep naar zijn notitieblok en sloeg een leeg blad open. 'Dit is precies wat ik miste,' zei hij, terwijl hij snel krabbelde. 'Het is niet alleen hebzucht of ambitie, het is die giftige mix van wanhoop en rechtvaardiging.'

'En als je eenmaal dat pad opgaat, wordt elke concessie makkelijker,' vulde Kate aan terwijl ze hem zag schrijven. 'Je vertelt jezelf dat het tijdelijk is, alleen tot je staat waar je moet zijn. Maar er is altijd weer een nieuw doel, een nieuwe reden om door te gaan.'

Ben keek op van zijn notitieblok, zijn uitdrukking gloeiend van creatieve energie. 'En de druk van anderen? In het geval van mijn personage heeft hij een vader die een voetbalster was, verwachtingen waarvan hij het gevoel heeft dat hij die nooit kan evenaren.'

Kate voelde een steek van herkenning. 'Dat voegt een hele laag toe. Als je identiteit is verknoopt met je prestaties, en er komen andermans verwachtingen bij, is falen niet alleen teleurstellend, het is existentieel.'

'Je klinkt alsof je daar iets van weet,' merkte Ben zacht op.

Kate ontmoette zijn blik en aarzelde even voordat ze antwoordde. 'De naam McKenzie betekent iets in de Australische paardensport. Mijn ouders hebben elkaar letterlijk ontmoet toen ze allebei op de Olympische Spelen uitkwamen; pa in het springen voor Australië en mam in de dressuur voor Zweden. Excellentie wordt niet alleen aangemoedigd; het wordt verwacht.'

Ben knikte en bleef aantekeningen maken. 'En als je personage al de rest heeft opgeofferd – relaties, andere carrièremogelijkheden – voor dit ene pad...'

'Dan wordt de gedachte dat het allemaal voor niets is ondraaglijk,' maakte Kate de zin af. 'Je kunt bijna alles rechtpraten om die mogelijkheid niet onder ogen te hoeven zien.'

'Dit is fantastisch.' Ben hield even in, zijn blik viel op de pot die Kate op het bureau had gezet. 'Wat zijn dat precies?'

Ze grijnsde, nam een van de snacks en stopte die in haar mond. 'Mijn ballen.'

Zijn wenkbrauwen schoten omhoog en hij lachte. 'Jouw... ballen?'

'Energieballetjes,' verduidelijkte ze. 'Mijn eigen recept. Havermout, macadamia's, gedroogde mango, kokosrasp... en een paar geheime ingrediënten.' Ze knipoogde.

Ben pakte een snack ter grootte van een pingpongbal met een twijfelende blik en nam er een hapje van. Een een moment later werden zijn ogen groot en stopte hij de rest in zijn mond.

'Hiervan hebben we er meer nodig,' mompelde hij, waardoor Kate moest lachen.

Het volgende uur werkten ze de pot met energieballetjes naar binnen terwijl ze hun uitwisseling voortzetten: Kate deelde inzichten uit haar ervaringen in hoge-drukcompetities, Ben vertaalde die naar drijfveren voor zijn personages. De spanning die hun eerdere interacties had gekenmerkt, maakte plaats voor een soepel geven-en-nemen, ideeën die op elkaar voortbouwden. Bens creatieve blokkade loste zichtbaar op; zijn notitieblok vulde zich met observaties en plotlijnen.

Kate merkte dat ze genoot van het proces, meer dan ze had verwacht. Er zat iets bevredigends in om haar ervaringen door Bens schrijverslens terug te zien, omgevormd tot materiaal dat hem menselijk gedrag beter kon laten begrijpen. Ze had fictie altijd afgedaan als afleiding van echte prestaties, maar terwijl ze Ben aan het werk zag, begon ze de kunst ervan te waarderen.

'Wat als dit,' zei Ben, al ijsberend in de kleine ruimte tussen bureau en bank, zijn lange lijf opgewekt door creatieve vaart. 'Wat als onze voetballer gelooft dat het fixen de ploeg op de lange termijn juist zal helpen?

Een misplaatste poging om iets waar hij van houdt te beschermen?'

'Dat voelt waar,' antwoordde Kate, nu opgerold in haar stoel met een tweede kop thee. 'De gevaarlijkste concessies komen altijd verpakt in goede bedoelingen.'

Hun blikken kruisten elkaar door de kamer heen, een moment van gedeeld begrip dat tussen hen doorschoof. Kate voelde onverwacht een warmte opbloeien in haar borst, iets dat verder ging dan de voldoening van een opgelost probleem. Deze samenwerking, deze ontmoeting van geesten uit zulke verschillende werelden, voelde verrassend goed.

Het kleine bureaulampje wierp een warme gloed over hun werkruimte; het licht reikte nauwelijks tot in de hoeken van de kamer. Kate wierp een blik op de klok: 00.45 uur. Ze waren hier al uren mee bezig, maar ze voelde zich energieker dan moe.

'We zijn best een goed team,' zei Ben, alsof hij haar gedachten las. Hij glimlachte, een oprechte uitdrukking die zijn trekken verzachtte en zijn ogen deed lachen. 'Wie had dat gedacht?'

'Ik in elk geval niet,' gaf Kate toe met een kleine antwoordende glimlach. 'Ik was van plan je eruit te zetten, wist je dat?'

'Ik had zo mijn vermoedens,' antwoordde hij licht. 'Betekent dit dat ik wat langer mag blijven?'

'Laten we niet op de zaken vooruitlopen,' zei Kate, maar er zat geen venijn in haar woorden. 'Ik heb alleen besloten dat je marginalaal handig kunt zijn om in de buurt te hebben.'

Ben lachte, het geluid warm en laag in de stille kamer. 'Dat beschouw ik als een groot compliment, uit jouw mond.'

Kate merkte dat ze opnieuw glimlachte, breder dit keer, onbewaakt op een manier die ze zichzelf zelden toestond. De territoriale irritatie die haar eerste indruk van Ben had bepaald, was verschoven naar iets nieuws; respect misschien, of het begin van vriendschap. Hoe dan ook, ze kon het niet meer over haar hart verkrijgen zijn aanwezigheid in The Shack te verafschuwen, niet nu die tot deze onverwachte connectie had geleid.

'Ik moet afronden,' zei ze, terwijl ze haar laptop sloot. 'Het is mijn beurt om de laatste ronde langs de paarden te doen voordat ik naar bed ga.'

'Op dit uur? Heb je daar geen stalknechten voor?'

'Die hebben we, maar de laatste controle wordt altijd door familie gedaan,' legde Kate uit, terwijl ze opstond en haar nek rolde om de stijfheid weg te werken. 'Het is traditie. Bovendien hou ik van de rust bij de paarden als er verder niemand is.'

Ben sloot zijn notitieboek en legde het opzij. 'Vind je het goed als ik meeloop? Ik kan wel wat frisse lucht gebruiken om mijn hoofd leeg te maken.'

Kate aarzelde slechts kort voordat ze knikte. 'Het is behoorlijk fris buiten,' waarschuwde ze terwijl ze naar de deur liepen. 'Septembernachten kunnen koud zijn.'

'Komt goed,' zei Ben, terwijl hij naar hun jassen reikte die bij de ingang hingen. Hij gaf Kate de hare, een versleten gewaxte katoenen jas die ongetwijfeld talloze vroege ochtenden en late nachten in de stallen had meegemaakt. De zijne was een strakke leren jas die meer geschikt leek voor de stad dan voor een landgoed.

De nachtelijke lucht sloeg fris in hun gezicht toen ze de veranda opstapten. Boven hen lagen de sterren uitgespreid aan de heldere Queenslandse hemel, beter zichtbaar hier, weg van het stadlicht. Hun adem vormde kleine wolkjes in het maanlicht terwijl ze het pad naar het hoofdcomplex van de stallen volgden.

'Doe je dit elke nacht?' vroeg Ben, zijn lange pas aanpassend aan haar meer beheerste tempo.

'Iemand uit de familie wel,' antwoordde Kate. 'We rouleren.'

Ze liepen een moment in comfortabel stilzwijgen, hun voetstappen knerpend op het grindpad. Het erf zag er 's nachts anders uit; de vertrouwde bedrijvigheid van overdag maakte plaats voor een vredige stilte. Beveiligingslampen wierpen poelen van zacht licht over het erf, terwijl de maan de afrastering van de paddocks in de verte verzilverde.

'Het is prachtig hier,' zei Ben zacht. 'Ik snap wel waarom je zo territoriaal was over The Shack. Deze hele plek voelt... bijzonder.'

'Dat is het ook,' gaf Kate toe, verrast door zijn scherpte. 'Ridgewater is voor ons niet alleen een bedrijf. Het is ons erfgoed, onze toekomst. Alles wat de McKenzies in generaties hebben opgebouwd.'

In de hoofdschuur was de lucht warmer, gevuld met de zoete geur van hooi en de zachte geluiden van paarden die in hun boxen verplaatsten. De meesten sliepen; al staken er hier en daar nieuwsgierige hoofden over de halfdeuren toen Kate en Ben langsliepen.

'Ik wil eerst bij iemand bijzonders kijken,' zei Kate, terwijl ze Ben naar het einde van de schuur leidde. Ze stopte bij een box waar een vosmerrie staand dommelde, haar hoofd laag in vredige rust. 'Dit is Duchess.'

De oren van de merrie gingen naar voren bij Kates stem, en ze kwam in beweging om naar de deur te stappen. Kate reikte uit en aaide liefdevol de zachte neus van het paard.

'Ze is prachtig,' zei Ben, op respectvolle afstand blijvend.

'Ze was mijn Olympische droom,' zei Kate zacht, terwijl haar hand naar het plekje achter het oor ging waar Duchess het liefst gekrabd werd. 'We waren in Europa aan het rijden, op de shortlist voor de Spelen van Parijs. Alles waar ik mijn hele leven voor had gewerkt, lag daar, binnen handbereik.'

Ben bleef stil; hij voelde aan dat wat Kate deelde gewicht had.

'Toen, tijdens een training, viel het paard van een andere ruiter haar aan in de losrijbaan. Raakte haar achterbeen. Pees doorgesneden.' Kates stem bleef beheerst, al kneep haar hand op Duchess' hals iets steviger. 'De dierenartsen hebben alles gedaan wat ze konden, maar wedstrijden rijden was uitgesloten. We hadden geluk dat we haar konden redden voor een comfortabel pensioen en de fokkerij.'

In de aangrenzende box trok beweging hun aandacht. Een klein bruin hoofd met een witte ster verscheen; heldere, nieuwsgierige ogen namen de late bezoekers in zich op.

'En dit,' zei Kate, haar stem warmend, 'is Miracle. Duchess' zoon. Hij is pas net afgespeend.'

Het hengstveulen duwde gretig zijn neus naar voren, duidelijk hopend op wat lekkers. Kate lachte zacht, haalde een stukje appel uit haar zak en bood het aan op een vlakke hand.

'Dus toen Duchess geblesseerd raakte, moest je naar huis?' vroeg Ben voorzichtig.

Kate knikte terwijl ze toekeek hoe het veulen enthousiast kauwde. 'Ik heb haar eerst laten dekken door de beste hengst die ik kon vinden, een dubbele Franse Olympische kampioen genaamd Chiaroscuro. En ik moest opnieuw beginnen met Mystery.'

'Mystery?' vroeg Ben.

'Ridgewater Mystery. Misty,' verduidelijkte Kate. 'De schimmel waarmee ik nu werk. Ze was gelukkig al in training bij mam. Mam is haar de afgelopen vier jaar stilletjes blijven opbouwen.'

'Je moeder is niet de eerste de beste,' merkte Ben op.

'Ze kwam voor Zweden uit op de Spelen voordat ze papa ontmoette,' antwoordde Kate. 'Ze weet wat ervoor nodig is om daar te komen, en ze heeft me letterlijk alles geleerd wat ik weet. Zonder haar basiswerk met Misty zou ik nog jaren verwijderd zijn van een nieuwe kans op kwalificatie.' Ze gaf Duchess een laatste aai. 'Zoals het nu is, is Misty talentvol genoeg, als ik haar... unieke persoonlijkheid tenminste kan managen.'

Ze liepen verder door de schuur; Kate controleerde de wateremmers, keek of dekens goed zaten en of er geen enkel teken van onrust bij de paarden was. Ben volgde haar, af en toe vragen stellend die blijk gaven van oprechte interesse in plaats van beleefdheid.

'Mis je Europa?' vroeg hij toen ze de laatste boxen naderden. 'Het wedstrijdcircuit daar?'

Kate overwoog de vraag – een luxe die ze zichzelf zelden gunde. 'Soms,' gaf ze toe. 'De faciliteiten, het niveau van competitie, de intensiteit... er is niets dat daarbij in de buurt komt. Maar Ridgewater is thuis. Na Duchess' blessure had ik die stabiliteit nodig. En ik geef de Olympische droom niet op. Ik neem alleen een andere route ernaartoe.'

Toen ze de controles afrondden en terugliepen richting het hoofdgebouw, vroeg Kate zich af hoe gemakkelijk ze deze stukjes van zichzelf met Ben had gedeeld. Misschien kwam het door het late uur, of de stille intimiteit van de schuur 's nachts, of de manier waarop hij luisterde zonder te duwen. Wat de reden ook was, ze voelde zich lichter nu ze over Duchess en haar ontspoorde dromen had gesproken, onderwerpen die ze normaal vermeed.

'Dank je dat je me dit liet zien,' zei Ben toen ze de splitsing op het pad bereikten waar ze uit elkaar zouden gaan, hij naar The Shack, zij naar the Big House. 'Ik weet dat je waarschijnlijk denkt dat ik alleen maar materiaal verzamel voor mijn volgende boek.'

Kate glimlachte licht in het maanlicht. 'Ben je dat niet?'

'Nou, ja,' gaf Ben toe met een zachte lach. 'Maar dat betekent niet dat ik niet ook oprecht geïnteresseerd ben. Schrijvers zijn van nature nieuwsgierig. We kunnen het niet laten om verhalen te verzamelen, zelfs als we niet aan het werk zijn.'

'Ik begin dat te begrijpen,' antwoordde Kate. En dat deed ze, op een manier die haar verraste. De Ben Crossley die twee weken geleden haar domein had ingenomen, leek nu een andere persoon dan de man die naast haar liep, zijn lange gestalte afgetekend tegen de met sterren bezaaide hemel. Of misschien zag ze gewoon meer van wie hij al die tijd al was geweest.

'Welterusten, Kate,' zei hij, zijn stem stil in de nachtelijke lucht.

'Welterusten, Ben,' antwoordde ze, en ze meende het oprecht.

Terwijl ze het resterende stuk naar the Big House liep, voelde Kate een onbekende warmte die niets te maken had met fysieke inspanning. Ergens, in de loop van één avond, was de schrijver verschoven van onwelkome indringer naar iets dat dichter bij een vriend kwam. En hoewel een deel van haar behoedzaam bleef, verwelkomde een ander deel – een deel dat ze zelden erkende – die verandering.

Hoofdstuk Zeven

BEN LEUNDE TEGEN DE omheining van de piste en keek toe hoe Vanessa's les met Cavalier opnieuw hinkend tot een onbevredigend einde kwam. De voshengst draaide nerveus zijn oren naar achteren terwijl Vanessa hem aanspoorde tot weer een poging tot een vliegende wissel; haar gezicht strak van frustratie toen de beweging instortte in een onhandig gehaspel met benen, waardoor Cavalier de galop helemaal verloor en in draf viel. Kate's stem bleef beheerst, met technische aanwijzingen die Vanessa met korte knikjes en steeds brozere reacties erkende. De spanning tussen paard, ruiter en trainer was tastbaar, als drukkende lucht vlak voor onweer.

'Ik vind het wel genoeg voor vandaag,' zei Kate uiteindelijk, haar professionele toon verhullend wat Ben vermoedde opluchting was. 'Cavalier heeft knap lang zijn focus gehouden.'

Vanessa's lippen trokken zich tot een dunne streep. 'We hebben de pirouettes amper aangestipt.'

'Hij laat ons weten dat hij mentaal moe is,' antwoordde Kate, terwijl ze wees op de stijve houding en de snelle ademhaling van de hengst. 'Het is beter om op deze positieve noot te eindigen dan hem over zijn concentratielimiet heen te duwen.'

Ben keek gefascineerd toe hoe het subtiele machtsspel zich ontvouwde. Hij had inmiddels genoeg van dit soort sessies gezien om het patroon te herkennen: Vanessa die meer wilde, Kate die opkwam voor de grenzen van het paard, en Cavalier ertussenin, wiens prestaties verslechterden naarmate de spanning toenam.

'Goed,' gaf Vanessa toe, en ze stapte af met de stijfheid die wees op lichamelijk ongemak dat ze nooit zou toegeven. Ze gaf de teugels aan een wachtende groom, zonder Cavalier nauwelijks een blik waardig te keuren. 'Zelfde tijd donderdag?'

'Ik ben er,' bevestigde Kate, haar aandacht al verschuivend naar de schimmel merrie die door een stalhulp de bak in werd geleid.

Vanessa liep Ben voorbij zonder hem op te merken, haar gezicht strak van woede. Ben vond het allerminst erg dat ze na de barbecue haar ongemakkelijke flirtpogingen niet had hervat. Ze was blijkbaar verstandig genoeg om zijn totale gebrek aan interesse te herkennen en zichzelf een pijnlijke afgang te besparen.

Het contrast tussen haar vertrek en Kate's houding toen ze op Misty afliep, was frappant. Kate's hele lichaamstaal veranderde; haar schouders ontspanden, haar gezicht verzachtte tot een oprechte glimlach terwijl ze naar het halster van de schimmel greep.

'Daar is mijn meisje,' murmelde ze, terwijl ze over Misty's gevlekte hals streek. De merrie liet haar hoofd zakken en duwde met duidelijke vertrouwdheid tegen Kate's jaszak. 'Ja, ik heb je pepermuntje, schaamteloze bedelaar.'

Ben betrapte zichzelf erop dat hij glimlachte om het tafereel. Kate McKenzie had vele gezichten; de strenge, technisch nauwkeurige instructeur bij Vanessa, de georganiseerde zakenvrouw tijdens sponsorafspraken, en nu deze zachtere, aanhankelijke versie die tegen haar paard sprak zoals je een geliefde vriendin toespreekt.

Kate keek op en merkte Ben op. 'Nog meer materiaal verzamelen?' vroeg ze, al miste haar toon de defensieve onderlaag die die twee weken eerder misschien nog had gezeten.

'Gewoon van het uitzicht genieten,' antwoordde Ben met een nonchalante schoudertrek. 'Vindt je het goed als ik blijf kijken?'

'Doe vooral wat je wilt,' zei Kate, terwijl ze haar aandacht weer op Misty richtte. 'Ik loop alleen even onze kür door. Niets bijzonders.'

Ben maakte het zich gemakkelijk tegen de reling terwijl Kate zélf Misty's zadel en hoofdstel opzette, elke riem en gesp zorgvuldig naliep, en daarna hurkte om bandages om Misty's lange benen te doen. Zoe kwam binnen met een opgewekte knik naar Ben en droeg wat leek op een draagbare luidspreker en een tablet.

'Alles klaar, Zoe?' vroeg Kate.

De Britse knikte. 'Geladen en klaar.'

Ben keek toe terwijl Kate zich met een vloeiende beweging in het zadel hees. Ze wandelde enkele minuten met Misty langs de rand van de piste; de merrie liep met een ontspannen hals en een lange, doorzwaaiende pas. Af en toe hield Kate halt, corrigeerde ze subtiel haar houding en reed dan weer aan. Het was alsof je een muzikant zijn instrument zag stemmen voor een optreden.

'Klaar wanneer jij dat bent,' riep Zoe vanaf de speaker.

Kate knikte en stuurde Misty naar het midden van de piste. Ze sloot even haar ogen, haalde diep adem en gaf Zoe een kleine knik. De piste vulde zich met de openingstonen van een pianostuk dat Ben niet herkende; iets klassieks, maar met moderne ondertonen. De verandering in Misty was onmiddellijk: haar oren schoten naar voren, haar houding kwam omhoog alsof de muziek rechtstreeks haar lichaam binnenstroomde.

En toen begonnen ze te dansen.

Er was geen ander woord voor. Ben had Kate zien lesgeven, had haar bewegingen zien voordoen op verschillende paarden, maar dit was totaal anders. Kate en Misty bewogen als één geheel; de krachtige benen van de merrie raakten de grond in perfecte pas met het tempo van de muziek. Ze gleden door de piste in wijde bogen en haarscherpe rechte lijnen; elke overgang naadloos, elke beweging vloeide in de volgende over als water.

De muziek zwol aan en Misty zette aan tot een uitgestrekte draf die de zwaartekracht leek te tarten: haar voorbenen reikten ver naar voren terwijl de achterhand met zichtbare kracht afdrukte. Kate bleef perfect stil in het zadel, haar handen rustig, haar lichaam leek boven de golvende beweging van de merrie te zweven. Ben merkte dat hij zijn adem inhield, gegrepen door de pure atletiek en kunstzinnigheid die hij zag.

Wat hem het meest trof, was Kate's gezicht. Weg was het masker van professionele concentratie dat ze tijdens lessen droeg, vervangen door een uitdrukking van pure vreugde, vermengd met intense focus. Haar ogen glansden, haar lippen bewogen soms alsof ze telde of zachtjes bemoedigende woordjes tegen Misty fluisterde. Op dit moment trad ze niet op voor juryleden of als demonstratie voor leerlingen; ze maakte kunst uit pure liefde daarvoor.

De muziek verschoof naar iets dramatischer en Misty verzamelde zich in een verzamelde galop die zo gecontroleerd was dat ze leek te zweven. Voor Ben's ongetrainde oog waren Kate's hulpen onzichtbaar; welke signalen ze de merrie ook gaf, ze waren zo subtiel dat het bijna telepathisch leek. Misty begon aan een reeks bewegingen die Ben herkende als de vliegende wissels waarmee Vanessa zo worstelde, maar Kate en Misty lieten het kinderlijk eenvoudig lijken: bij elke pas soepel van voorbeen wisselen, perfect gesynchroniseerd met de maat van de muziek.

Ben dacht aan zijn eigen creatieve proces, die zeldzame, perfecte momenten waarop de woorden zonder enige moeite stroomden, wanneer het verhaal zich door hem heen leek te schrijven in plaats van door hem. Kate en Misty hadden diezelfde ongrijpbare staat gevonden, waar de grens tussen technische uitvoering en artistieke expressie oploste in iets wat het alledaagse overstijgt.

Toen de muziek naar zijn climax bouwde, leidde Kate Misty in wat Ben inmiddels wist een pirouette was: de merrie draaide in wezen om haar plaats terwijl ze de verzamelde galop behield. De vereiste precisie tartte zijn begrip, en toch lieten zij het moeiteloos lijken: meer dan een halve ton aan paard dat draait alsof op één punt, terwijl Kate's lichaam perfect uitgelijnd bleef.

De slotbeweging bracht hen terug naar het midden van de piste; Misty ging van uitgestrekte draf naar verheven passage en tot een smetteloze halthouding, exact op de laatste noten van de muziek. Heel even heerste er perfecte stilte in de bak. Toen blies Misty zacht uit, en de betovering verbrak.

Ben realiseerde zich dat hij zelf zijn adem had ingehouden en ademde langzaam uit. Hij was naar Ridgewater gekomen om zijn boek af te maken, om rust en isolement voor zijn werk te vinden. In plaats daarvan was hij deze wereld binnengegleden van hartstochtelijke toewijding en partnerschap tussen mens en dier, die alles overtrof wat hij zich had kunnen voorstellen. En in het hart van dit alles stond Kate McKenzie, haar hand die zachtjes over Misty's bezwete hals klopte, haar gezicht stralend van de voldoening van een perfect uitgevoerde kür.

Op dat moment, terwijl hij haar bekeek in het zachte namiddaglicht, omringd door gouden stofdeeltjes die in de baklucht dansten, wist Ben met absolute zekerheid dat zijn volgende boek zich in deze wereld zou afspelen. Niet omdat het interessante achtergrond bood, maar omdat hij in Kate's relatie met Misty iets dieps had gezien over toewijding, partnerschap en de jacht op uitmuntendheid dat het verdiende om onderzocht te worden.

En als hij eerlijk was tegenover zichzelf, was het niet alleen de artistieke openbaring die hem in de ban hield. Het was Kate zelf.

Kate straalde toen ze afstapte. De schimmel draaide haar hoofd en hinnikte zacht terwijl Kate haar armen om de gespierde hals van het paard sloeg en haar gezicht in Misty's zilveren manen begroef. 'Dat is mijn briljante meisje,' murmelde ze; haar stem droeg over de stille bak. 'Helemaal perfect.'

Ben merkte dat hij glimlachte om die ongefilterde blik van genegenheid.

Kate greep in haar zak en haalde nog een pepermuntje tevoorschijn, dat Misty met zachte lippen aannam, haar ogen half gesloten van zichtbaar genoegen.

'Dat was prachtig,' riep Zoe. 'De overgang van uitgestrekte draf naar piaffe is nu veel vloeiender.'

'Ze leert zichzelf beter in balans te houden,' antwoordde Kate, terwijl ze de singel losser maakte. 'Linksom in de pirouette is ze nog een tikje afwachtend.'

'Voor mij zag het verdomd perfect uit,' kaatste Zoe terug met een grijns.

Ben duwde zich van de reling af en liep naar Kate toe, met een vreemde schroom om het moment te verstoren. Er hing iets bijna sacraals om de stille nasleep van zo'n optreden, de private verbondenheid tussen Kate en haar paard. Toch voelde hij zich naar voren getrokken door een impuls die hij niet helemaal kon duiden.

'Dat was bijzonder,' zei hij toen hij naderde, zijn stem laag. 'Ik heb nog nooit zoiets gezien.'

Kate keek op, haar uitdrukking nog altijd zacht. 'Dank je,' zei ze eenvoudig. 'Ze was vandaag echt bij me.'

Misty rekte haar hals naar hem uit, haar neusgaten wijd geopend terwijl ze deze bekende-maar-niet-helemaal-betrouwbare mens inspecteerde. Ben bleef stil staan en liet haar beslissen of hij haar aandacht waard was.

'Ze is nieuwsgierig naar je,' merkte Kate op, terwijl haar hand gedachteloos over Misty's schouder streek. 'Meestal doet ze geen moeite voor vreemden.'

'Ik voel me vereerd,' zei Ben, en stak voorzichtig zijn handpalm uit zoals hij anderen had zien doen. Misty's snorharen kietelden zijn huid terwijl ze snuffelde, waarna ze haar interesse verloor en weer tegen Kate's zak duwde. 'Ze weet precies waar het lekkers zit.'

Kate lachte, een oprechte klank die Ben zich realiseerde zelden te hebben gehoord. 'Ze is een opportunist. Altijd al geweest. Ze zou het voer van de andere paarden jatten als we haar niet constant in de gaten hielden.'

Zoe verontschuldigde zich om de muziekapparatuur op te bergen, waardoor ze met z'n drieën achterbleven. Kate begon met de merrie in rustige cirkels te stappen, om haar af te koelen na de inspanning van de kür. Ben viel naast hen in, zijn tempo afstemmend op hun ontspannen pas.

'Het verschil tussen hoe zij voor je loopt en hoe Cavalier met Vanessa werkt, is opvallend,' zei Ben na een moment.

Kate's uitdrukking werd bedachtzamer. 'Het is eigenlijk geen eerlijke vergelijking. Vanessa is nog aan het leren, en Cavalier...' Ze zweeg even en leek haar woorden zorgvuldig te kiezen. 'Cavalier kan de oefeningen, maar hij heeft een zelfverzekerde ruiter nodig. Hij is gevoelig, en hij leest aarzeling als reden tot zorg.'

'Maar het is meer dan techniek, toch?' drong Ben aan. 'Wat ik net zag, daarin zat vreugde. Bij jullie allebei.'

Kate knikte, haar blik verzachtte terwijl ze naar Misty keek. 'Dat is de kern, eigenlijk. Je kunt de oefeningen jaren drillen, elk technisch element perfectioneren, maar zonder die connectie...' Ze haalde haar schouders op. 'Dan is het niet meer dan een heel duur paard dat kunstjes doet.'

'Hoe lang duurt het?' vroeg hij. 'Om zo'n partnerschap op te bouwen?'

'Daar staat geen vaste tijd voor,' antwoordde Kate. 'Met sommige paarden klikt het meteen. Andere kosten jaren. En sommige...' Ze glimlachte schamper. 'Sommige werken gewoon nooit. Ik kreeg ooit in Europa de kans om een Olympische medaillewinnaar te rijden, een Duits paard. Hij had een hekel aan me vanaf de eerste blik. Hij heeft meerdere keren geprobeerd me letterlijk tegen de muur af te schrapen.'

Ben knikte en dacht aan zijn eigen creatieve relaties met personages, aan verhalen die soms moeiteloos stroomden en andere keren hem bij elke stap bevochten. 'Klinkt een beetje als schrijven,' zei hij. 'Sommige boeken schrijven zichzelf bijna. Andere zijn een strijd van de eerste tot de laatste pagina.'

Kate wierp hem een peinzende blik toe. 'Ik had niet gedacht dat er parallellen zouden zijn.'

'Meer dan je zou verwachten,' zei Ben. 'De discipline, het dagelijkse oefenen ook als de inspiratie ontbreekt, de af en toe opduikende flowmomenten waarin alles klikt...' Hij gebaarde naar de piste. 'Hoewel mijn proces beslist niet de elegantie heeft van wat ik net heb gezien.'

Er kwam nog iets zachters in Kate's uitdrukking, een nauwelijks waarneembare ontspanning rond haar ogen. 'De meeste mensen zien alleen het optreden,' zei ze zacht. 'Ze snappen de jaren aan alledaags werk erachter niet.'

'Ik wel,' antwoordde Ben, terwijl hun blikken even kruisten.

De late namiddagzon viel schuin door de open zijde van de overdekte piste en ving in Kate's blonde haar, dat goud oplichtte. Met haar wangen nog rood van de inspanning en haar pantser even neergelaten, oogde ze jonger, benaderbaarder. Ben voelde een onverwachte verstrakking op zijn borst, een warmte die niets te maken had met hun gesprek en alles met de vrouw die voor hem stond.

Het was niet alleen respect voor haar kunde of waardering voor haar toewijding, al waren die er zeker. Het was iets primairs, een aantrekking tot de oprechte persoon onder het gepolijste oppervlak. Ben had zich altijd aangetrokken gevoeld tot complexe karakters, tot de tegenstrijdigheden en verborgen dieptes die mensen fascinerend maken. Kate McKenzie, met haar felle streven naar uitmuntendheid en haar momenten van ongeveinsde tederheid, was intrigerender dan welk personage hij ooit had bedacht.

Het besef trof hem met onverwachte kracht: zijn interesse was voorbij professionele nieuwsgierigheid of met moeite afgedwongen respect geëvolueerd. Hij voelde zich tot haar aangetrokken; niet alleen fysiek, al speelde dat zeker mee, maar tot haar in haar geheel, tot de hartstochtelijke kern onder het gedisciplineerde oppervlak.

'Ik moet haar goed uitstappen,' zei Kate, waarmee ze het moment doorbrak. 'Ze heeft na zo hard werken een echte wasbeurt en wat elektrolyten nodig.'

Ben knikte en stapte terug. 'Natuurlijk. Laat je zich vooral niet door mij ophouden.'

Terwijl ze Misty naar de wasplaats leidde, bleef Ben staan en keek hen na. De schimmelglans van de merrie ving het licht, haar krachtige spieren bewogen soepel onder de zweetglans. Kate liep naast haar, met één hand losjes op de hals van de merrie; haar houding was ontspannen maar waakzaam, klaar om op elke verandering in het gedrag van haar partner te reageren.

Ben was naar Ridgewater gekomen om in afzondering zijn manuscript af te ronden. In plaats daarvan had hij een wereld gevonden die barstte van precies die menselijke gelaagdheid die zijn beste werk voedde. En, besefte hij met een mengeling van verwachting en behoedzaamheid, hij had iets gevonden waarnaar hij helemaal niet op zoek was: een onverwachte aantrekkingskracht tot de laatste vrouw die zulke aandacht zou verwelkomen.

Kate McKenzie, met haar olympische dromen en een tunnelvisie op haar doel, had geen ruimte voor afleiding in haar leven. En Ben, met zijn naderende deadline en zijn neiging om zijn privéleven te delven voor materiaal, was niets minder dan een wandelende afleiding.

Toch kon Ben, toen hij zich omdraaide om de piste te verlaten, zichzelf niet helemaal wijsmaken dat dit een complicatie was die hij moest vermijden.

Kate staarde naar de inschrijfformulieren voor de wedstrijd op het scherm van haar laptop; de woorden begonnen licht te vervagen na uren gefocust werken. De digitale klok in de hoek gaf 23.37 uur aan, maar ze voelde zich vreemd genoeg helder ondanks de lange dag. Aan de andere kant van de open leefruimte van The Shack zat Ben voorovergebogen over zijn eigen laptop; zijn lange lijf opgevouwen in de bank, vingers die in ongelijke rukken over het toetsenbord gleden, afwisselend razendsnel typen en bedachtzame pauzes. Het geluid was opmerkelijk troostend, een ritmische achtergrond bij haar eigen werk die de late uurtjes op de een of andere manier minder eenzaam maakte.

Ze leunde achterover en strekte haar armen boven haar hoofd om de spanning in haar schouders los te laten. De dag was productief geweest: van Misty's briljante freestyle-optreden tot het sponsorvoorstel dat ze zojuist had afgerond, met video's van de trainingssessie van vandaag als extra steun voor haar aanvraag. Kate voelde die zeldzame voldoening van alles wat in elkaar klikt, van vooruitgang die meetbaar en tastbaar is.

Ben keek op bij haar beweging, zijn ogen een beetje afwezig op de manier die ze inmiddels herkende als: hij zat mentaal nog in zijn fictieve wereld. 'Sorry,' zei hij, terwijl hij terug de realiteit in knipperde. 'Zei je iets?'

'Gewoon even rekken,' antwoordde Kate, terwijl ze haar laptop dichtklapte. 'Je bent lekker op dreef vanavond.'

Zijn gezicht brak open in een vermoeide glimlach. 'Het personage besloot eindelijk mee te werken. Zodra ik zijn motivatie begreep, viel de rest op z'n plek.' Hij zette zijn computer opzij en ging met een hand door zijn al verwarde haar. 'Ik heb sinds het avondeten bijna vijfduizend woorden geschreven.'

Kate knikte, vertrouwd met de voldoening van doorbraakmomenten. 'Goede woorden? Of gewoon woorden?'

'Goede, denk ik,' zei Ben, terwijl zijn glimlach breder werd. 'In elk geval voelden ze goed toen ze eruit kwamen. De herlezing morgen wordt de echte test.'

Er viel een comfortabele stilte tussen hen, het soort dat de afgelopen weken steeds gebruikelijker was geworden. Kate betrapte zichzelf erop dat ze zijn gezicht bestudeerde in het warme lamplicht. De frons tussen zijn wenkbrauwen was verdwenen, vervangen door de ontspannen uitdrukking die hij droeg als zijn schrijven goed ging. Er zaten schaduwen onder zijn ogen, een teken van de late uurtjes die hij maakte, maar zijn blik was alert, bijna opgeladen door de creatieve doorbraak.

'Thee?' vroeg Kate, terwijl ze uit haar stoel opstond.

'Graag,' antwoordde Ben, terwijl hij zijn lange benen voor zich uitstak.

Kate liep naar het keukengedeelte, vulde de waterkoker en zette mokken klaar. Een paar minuten later droeg ze beide mokken naar de zithoek, gaf er één aan Ben en ging zelf in de fauteuil tegenover hem zitten.

'Dank je,' zei hij, de mok koesterend in zijn grote handen. 'Ik neem aan dat je niet toevallig van die energieballetjes hebt meegenomen?'

Ze glimlachte. 'Sorry. Geen minuut gehad om de keuken in te duiken. Ik maak ze snel weer.'

Ze nipten even in vertrouwelijke stilte. Kate liet haar blik dwalen naar het maanverlichte meer dat door de ramen zichtbaar was en dacht aan de training van die dag en wat die betekende voor haar ambities. Na weken van behoedzame vooruitgang voelde de doorbraak van vandaag met Misty significant, een tastbare stap richting kwalificatie.

'Mijn tijd raakt op,' zei ze plots, de woorden ontsnapten voordat ze had besloten ze uit te spreken. 'Voor de WK-kwalificatie.'

Ben keek op, zijn uitdrukking aandachtig maar niet vragend, wachtend tot ze verderging.

'Na Duchess' blessure dacht ik...' Kate stopte, op zoek naar de juiste woorden. 'Ik zei tegen mezelf dat het slechts een tegenslag was. Dat ik een ander paard zou vinden, een nieuwe samenwerking zou opbouwen. Maar de kwalificatieperiode loopt af en Misty en ik zijn nog niet consistent genoeg om voor het nationale team geselecteerd te worden.' Ze staarde in haar thee, volgde de stoom die in delicate spiralen opsteeg. 'Vandaag was geweldig, maar we moeten elke keer zó goed zijn, niet alleen op onze beste dagen.'

'En als je je niet kwalificeert?' vroeg Ben zacht.

Kate voelde onverwacht haar keel dichtknijpen. 'Als ik niet terugkom in het nationale team, weet ik niet meer wie ik ben.' De bekentenis voelde rauw, onthulde een kwetsbaarheid die ze zelden zelfs tegenover zichzelf erkende. 'De McKenzie-erfenis, de verwachtingen van mijn ouders, mijn eigen dromen... het bouwt allemaal hiernaartoe. Zonder dat, waar was al dat opofferen dan voor?'

Ben knikte langzaam, peinzend. 'Die angst ken ik,' zei hij na een moment. 'Andere context, zelfde gevoel.'

'Je boek?' moedigde Kate aan, dankbaar dat hij haar kwetsbaarheid beantwoordde met de zijne.

'Dit, het volgende, en al de rest.' Ben zette zijn mok neer en boog voorover, ellebogen op zijn knieën. 'Wat als ik geen bestseller meer kan schrijven? Wat als ik mijn top al gehad heb?' Zijn glimlach was zelfspot, maar ze zag de oprechte zorg eronder. 'Mijn eerste boek deed het goed, het tweede nog beter en het derde zorgde dat de filmwereld aanklopte. De druk om die lijn door te trekken is...' Hij schudde zijn hoofd. 'Soms kijk ik naar een leeg scherm en denk: "Vandaag komen ze erachter dat ik een bedrieger ben."'

Kate voelde een onverwachte golf van herkenning. 'Precies dat. De angst dat je het al die tijd maar een beetje hebt gefaked, en dat iedereen het uiteindelijk zal doorzien.'

'impostersyndroom,' zei Ben. 'Komt vaak voor bij hoge presteerders, volgens mijn therapeut.'

'Heb jij een therapeut?' vroeg Kate, haar verbazing niet ganzend.

'Een thrillerschrijver met jeugdtrauma en verslavingsproblematiek in de familie? Natuurlijk heb ik een therapeut,' antwoordde Ben met een zachte lach.

Kate merkte dat ze terugglimlachte. 'En helpt therapie tegen die angst?'

'Soms,' gaf Ben toe. 'Andere keren helpt alleen het werk zelf. Iets schrijven waarvan ik wéét dat het goed is, dat me herinnert dat ik dit echt kan.'

'Zoals Misty's optreden vandaag,' mompelde Kate. 'Bewijs dat we op de goede weg zitten, ook al zijn we er nog niet.'

'Precies.' Ben keek haar aan, warm en begrijpend in het schemerlicht. 'De momenten die ons eraan herinneren waarom we zo hard duwen, waarom we zo veel geven om dit alles.'

Kate voelde iets tussen hen verschuiven, een verdieping van het voorzichtige rapport dat ze hadden opgebouwd. Er zat troost in begrepen worden, in het erkend zien van haar angsten zonder oordeel. Ben Crossley, met zijn eigen creatieve druk en onzekerheden, liet haar zich op de een of andere manier minder alleen voelen in haar worstelingen.

'Het helpt, te weten dat iemand het snapt,' zei ze zacht. 'De meeste mensen zien alleen het eindresultaat, niet de twijfel onderweg.'

'Het glamoureuze leven van een bestsellerauteur,' zei Ben met een wrange glimlach. 'Allemaal champagne en boektours, als je mijn Instagram gelooft. Dat ik trouwens niet eens zelf beheer. Dat doet de marketingafdeling van de uitgeverij.'

'En de perfecte ruiterswereld,' vulde Kate aan. 'Prachtige paarden, smetteloze witte rijbroeken, geen stal uitmesten om 5.00 uur in de stromende regen.'

Ze wisselden een blik van wederzijds begrip die langzaam uitgroeide tot iets meer, een verbinding die hun aanvankelijke reserve overstegen had. Kate voelde haar hartslag iets versnellen toen Ben haar blik vasthield, de lucht tussen hen plotseling geladen met onuitgesproken mogelijkheden.

'Dank je,' zei ze zacht. 'Voor het begrip. Voor het niet wegwuiven als onzin.'

'Jouw angsten zouden voor mij nooit onzinnig kunnen zijn,' antwoordde Ben even stil. 'Niet als ik ze zó goed herken.'

De stilte rekte zich tussen hen, anders dan de comfortabele stilte van eerder. Kate werd zich pijnlijk bewust van kleine details: de gelijkmatige rijzing en daling van Bens borstkas terwijl hij ademde, hoe het lamplicht in zijn ogen ving, de lichte curve van zijn mond terwijl hij naar haar keek. Ze moest bewegen, dat wist ze, opstaan en aankondigen dat het tijd was om te gaan slapen, de behoedzame afstand herstellen die ze de afgelopen weken hadden bewaakt. Maar iets hield haar op haar plaats, een onzichtbare draad van verbondenheid die sterker was geworden door hun gedeelde openhartigheid.

'Het wordt laat,' zei ze uiteindelijk, zachter dan ze had bedoeld.

Ben knikte, maar maakte geen aanstalten om op te staan. 'Dat is zo.'

Er viel opnieuw een stilte, verzwaard door onuitgesproken mogelijkheden. Kate betrapte zich erop dat ze zijn gezicht bestudeerde en merkte hoe vertrouwd zijn trekken geworden waren in de weken dat ze samen woonden. De frons die verscheen als hij zich concentreerde, de lachlijntjes bij zijn ogen, de manier waarop zijn hand gedachteloos door zijn haar ging als hij nadacht. Wanneer had ze deze details vastgelegd? Wanneer was zijn aanwezigheid verschoven van inbreuk naar iets waar ze naar uitkeek?

'Nog wat thee?' vroeg ze, hoewel hun mokken nog halfvol waren.

'Ik zit goed zo,' antwoordde Ben, zonder zijn blik van haar gezicht los te maken.

Kate zette haar mok op het bijzettafeltje neer; het zachte tikje klonk onnatuurlijk luid in de stille kamer. Zonder het keramieken schild tussen haar handen voelde ze zich ineens blootgelegd, niet goed wetend wat ze met haar vingers aan moest. Ze streek haar handpalmen over haar dijen, maar het praktische denim van haar jeans bood weinig afleiding.

Ben boog een fractie naar voren en verkleinde zo de afstand tussen hen. 'Kate,' zei hij, haar naam bijna als een vraag.

Ze ontmoette zijn blik en voelde een fladdering onder haar ribben, een zo onbekend gevoel dat het even duurde voor ze het herkende als verwachting vermengd met zenuwen. 'Ja?'

'We zouden waarschijnlijk welterusten moeten zeggen,' zei hij, al maakte hij geen aanstalten om weg te lopen.

'Waarschijnlijk wel,' stemde zij toe, evenmin in beweging.

De lucht tussen hen leek dikker te worden, geladen met potentiële energie. Kate's hartslag versnelde, een fysieke reactie die ze niet kon sturen. Dit hoorde niet bij haar plan, deze onverwachte aantrekkingskracht tot de man die haar zorgvuldig geordende leven had verstoord. Ben Crossley was tijdelijk, een voorbijgaande aanwezigheid op Ridgewater. Haar focus moest bij Misty blijven, bij de selectie voor het Australische team, bij de doelen waar ze haar hele leven omheen had opgebouwd.

En toch.

Ze merkte dat ze naar voren boog, zijn houding onbewust spiegelend. De ruimte tussen hun stoelen voelde ineens zowel immens als onbeduidend. Als ze opstond, als hij opstond, waren ze binnen handbereik van elkaar. Die gedachte stuurde opnieuw een trilling door haar borst.

'Kate,' zei Ben opnieuw, haar naam dit keer zwaarder geladen.

Voordat ze zichzelf kon tegenhouden, stond Kate op uit haar stoel. Ben volgde en zijn lengte werd des te duidelijker nu hij stond; zijn aanwezigheid vulde de kleine ruimte tussen hen. Ze stonden nu dicht bij elkaar, zó dicht dat ze de groene spikkels in zijn hazelnootkleurige ogen kon zien, dat ze de vage geur van zijn aftershave kon opmerken onder de kruidige tonen van de thee die ze hadden gedronken.

Geen van beiden sprak. Kate voelde zich opgehangen in een moment van perfecte onzekerheid, balancerend tussen terugtrekken en vooruitgaan. Bens blik dwaalde kort naar haar lippen en keerde toen terug naar haar ogen, een stille vraag in zijn uitdrukking.

Later zou ze niet zeker weten wie er als eerste bewoog. Misschien deden ze het allebei, aangetrokken door dezelfde onstuitbare kracht. Het ene moment stond er nog een smalle kier tussen hen, en het volgende raakten zijn lippen de hare, warm en verrassend zacht. Het contact joeg een schok van sensatie door haar heen, een stroomstoot van verbinding die haar even de adem benam.

De kus verdiepte zich; Bens hand kwam omhoog naar haar wang, zijn aanraking voorzichtig, alsof hij haar alle ruimte gaf om zich terug te trekken. Kate merkte dat ze juist in die aanraking leunde; haar handen zochten zijn schouders en voelden de stevige warmte van hem onder de zachte stof van zijn shirt.

Er was iets onverwacht juist aan dit moment, een gevoel van puzzelstukjes die op hun plek vielen, dat Kate niet had zien aankomen. Ben kuste haar met een grondigheid die deed vermoeden dat hij hier al een tijd aan gedacht had; zijn lippen verkenden de hare met zorgvuldige aandacht waardoor haar polsslag nog verder versnelde.

Het rationele deel van haar brein, het deel dat trainingsschema's bijhield en klassementen uitrekende, sloeg alarm bij deze onverwachte wending. Maar die stem klonk ver weg, overschaduwd door de meer onmiddellijke sensaties van Bens hand die van haar wang naar haar nekholling gleed, vingers die met zachte druk door haar haar streken en haar dichter tegen hem aan trokken.

De werkelijkheid drong langzaam terug. Kate week een fractie, haar ademhaling onregelmatig, haar gedachten alle kanten op. Bens ogen openden zich; in zijn blik mengden zich verwondering en bezorgdheid terwijl hij haar gezicht aftastte.

'Ik...' begon Kate, en viel weer stil, niet wetend wat te zeggen. De plotselinge afstand tussen hen voelde zowel noodzakelijk als ongewenst.

'Te veel?' vroeg Ben zacht, terwijl zijn hand van haar haar naar zijn zijde zakte.

Kate schudde haar hoofd en probeerde zichzelf te herpakken. 'Nee, dat is het niet. Het is...' Ze deed een stap achteruit, had ruimte nodig om helder te denken. 'Dit kan niet.'

De woorden bleven tussen hen hangen, in tegenspraak met de warme nasmaak van de kus die nog op haar lippen tintelde. Bens uitdrukking verschoof subtiel; begrip kwam in de plaats van bezorgdheid, al ving ze een flits van teleurstelling op voordat hij die maskeerde.

'Waarschijnlijk niet,' gaf hij laag toe. 'Slechte timing. Gecompliceerde situatie.'

'Precies,' zei Kate, opgelucht dat hij het zo snel begreep. 'Ik moet me focussen op de komende wedstrijden. Jij hebt je boekdeadline.'

'En ik ben hier maar tijdelijk,' voegde Ben toe.

'Juist,' bevestigde Kate, en de herinnering aan zijn tijdelijke status voelde vreemd onrustbarend. 'Dus dit zou...'

'Een afleiding zijn waar geen van ons twee op zit te wachten,' maakte Ben haar zin af.

Kate knikte, al voelde het woord 'afleiding' te mager voor de intensiteit van wat er net tussen hen was gebeurd. 'We moeten hier verstandig in zijn.'

'Absoluut,' stemde Ben in, al hield zijn blik de hare vast met een intensiteit die zijn nonchalante toon loochende. 'Verstandig.'

Geen van beiden bewoog. De praktische woorden die ze hadden uitgewisseld, hingen tussen hen in: redelijk, logisch en totaal in tegenspraak met de elektriciteit die nog steeds knetterde in de ruimte die ze deelden. Kate wist dat ze zich moest omdraaien, welterusten zeggen en terugkeren naar haar kamer in het Grote Huis. In plaats daarvan bleef ze staan waar ze stond, zich pijnlijk bewust van Bens nabijheid op slechts enkele passen afstand, dichtbij genoeg om hem aan te raken als ze haar hand zou uitsteken.

'Dus we zijn het eens,' zei ze, haar stem niet helemaal vast. 'Dit was... een moment. Niets meer.'

Bens lippen krulden tot een kleine glimlach. 'Een moment,' herhaalde hij. 'Al was het, als ik eerlijk ben, wel een behoorlijk gedenkwaardig moment.'

Kate voelde ondanks zichzelf een glimlach trekken aan haar mondhoeken. 'Het was... niet wat ik verwachtte toen ik ermee instemde mijn werkruimte met je te delen.'

'Het leven geeft zelden wat we verwachten,' antwoordde Ben, zijn toon luchtiger maar zijn ogen nog altijd serieus. 'Soms geeft het ons in plaats daarvan wat we niet wisten dat we wilden.'

De woorden bleven tussen hen hangen, vol implicatie. Kate voelde haar vastberadenheid wankelen; de verstandige keuze om hier te stoppen voordat het echt begon, voelde ineens als de moeilijkste weg. Het zou zó makkelijk zijn om weer een stap naar voren te doen, zichzelf toe te staan te ervaren wat deze connectie zou kunnen worden.

In plaats daarvan deed ze nog een stap terug en zette de salontafel tussen hen in. 'Welterusten, Ben,' zei ze, met een finaliteit die net zo goed voor haarzelf bedoeld was als voor hem.

'Welterusten, Kate,' antwoordde hij, zonder de afstand te verkleinen die ze had gecreëerd.

Terwijl Kate haar laptop en aantekeningen bij elkaar pakte om te vertrekken, voelde ze Bens blik haar bewegingen volgen. De kus had iets fundamenteels tussen hen veranderd, een deur geopend waarvan geen van beiden had erkend dat die bestond. En hoewel ze het er in woorden over eens waren dat het nergens toe zou leiden, wist Kate met absolute zekerheid dat de mogelijkheid nu tussen hen bleef hangen, te krachtig om met een paar verstandige zinnen weg te wuiven.

Wat er ook daarna zou gebeuren, naar de behoedzame neutraliteit van voorheen zouden ze niet terugkeren. De vraag was of ze sterk genoeg zouden zijn om de grenzen te handhaven die ze net mondeling hadden opgetrokken, of dat dit nieuwe bewustzijn te verleidelijk zou blijken om te weerstaan.

En toen Kate vanuit de deuropening nog één keer naar Ben keek en de intensiteit in zijn blik nog altijd duidelijk zag, wist ze niet helemaal zeker welke uitkomst ze werkelijk wenste.

Hoofdstuk Acht

Bens eerste indruk van het Lockyer Indoor Equestrian Centre was dat het meer op een luchthaven leek dan op een sportaccommodatie. Het uitgestrekte complex lag over hectares terrein, met meerdere arena's, stallenblokken en tijdelijke handelsstands. Paardentrailers en vrachtwagens van elk formaat vulden de parkeervakken, van bescheiden enkelpaards trailers tot enorme paardenvrachtwagens met oplegger, blinkend chroom en custom spuitwerk. Hij bleef even staan naast Kates praktische kleine tweepaardsvrachtautootje, schoof zijn zonnebril recht tegen de felle Queensland-ochtend, en nam de schaal in zich op van wat duidelijk een groot paardensportevenement was.

'Cultuurschok?' vroeg Kate, haar stem neutraal maar niet onvriendelijk. Ze hielden sinds die kus drie avonden geleden zorgvuldig afstand: professioneel en beleefd, zonder het moment te noemen waarop hun grenzen even waren opgelost. Maar toen Ben vroeg of hij mee mocht naar de wedstrijd om 'de sfeer op te snuiven', had ze slechts kort geaarzeld voordat ze knikte.

'Zo zichtbaar?' antwoordde Ben met een flauwe glimlach. 'Het voelt alsof ik een andere wereld ben binnengelopen.'

'Dat ben je ook,' zei Kate, terwijl ze de laadklep van de truck liet zakken en Misty ging begroeten om haar uit te laden. 'Welkom in de bovenste regionen van de paardensport.'

De schimmelmerrie stapte kalm achterwaarts, haar oren nieuwsgierig naar voren gericht bij de nieuwe omgeving. Ondanks de drukte om hen heen bleef Misty rustig, al flakkerden haar neusgaten terwijl ze de geuren van onbekende paarden opving.

'Ze lijkt ontspannen,' merkte Ben op, terwijl hij naast Kate meeliep richting de stallen.

'Ze heeft hier eerder gelopen,' antwoordde Kate, haar aandacht volledig bij het veilig door de drukke paden leiden van Misty. 'Ze kent het riedeltje.'

De overdekte hoofdarena doemde op, een indrukwekkende constructie met zitplaatsen voor honderden toeschouwers. Ernaast werkten ruiters hun paarden in op losrijbanen, een kolkende choreografie van beweging die Ben aan synchroonzwemmers deed denken: elk paar hield ondanks de beperkte ruimte precies genoeg afstand.

'Daar is onze box,' zei Kate, knikkend naar een rij stallen. 'Nummer 47.'

Toen ze dichterbij kwamen, zag Ben dat Zoe op hen wachtte, bezig spullen uit een grote plastic kist te halen. De Britse paardentherapeut glimlachte ter begroeting.

'Alles is klaargezet,' riep ze. 'Wateremmer is gevuld en ik heb het hooinet opgehangen.'

'Perfect, dank je,' antwoordde Kate, terwijl ze Misty de box in leidde. Ze begon meteen de reisspullen van de merrie af te doen en controleerde zorgvuldig Misty's benen om zeker te zijn dat ze zich niet bezeerd had tijdens het vervoer.

Ben leunde tegen de boxdeur en keek naar de dynamiek om hen heen. In tegenstelling tot Kates gefocuste, op zichzelf gerichte voorbereidingen, leken de meeste andere combinaties in het oog van een kleine wervelwind te opereren. In de box recht tegenover hen dirigeerde een ruiter in hagelwitte rijbroek drie verschillende grooms, ieder bij een ander paard. Even verderop zat een andere amazone op haar telefoon te scrollen terwijl twee mensen haar paard poetsten.

'Doen jullie deze wedstrijd met z'n tweeën?' vroeg Ben, met een gebaar naar Zoe, die Kates harnachement op een rek aan het klaarleggen was.

Kate knikte en haalde een borstel over Misty's glanzende vacht. 'Ja, en ik heb geluk dat Zoe is gevraagd om bodywork te doen bij de paarden van een andere combinatie en mij een handje kan helpen. Vaak doe ik het solo.'

'Maar bijna iedereen hier lijkt een klein leger bij zich te hebben,' merkte Ben op. 'Is dat normaal?'

'Op dit niveau? Vrijwel wel,' zei Kate, terwijl ze haar grooming onderbrak om op haar horloge te kijken. 'De meeste Grand Prix-ruiters hebben twee of drie paarden op topniveau en nog meerdere op lagere niveaus. De grotere stallen hebben acht of meer wedstrijdpaarden, fulltime grooms en leerlingen.'

'En ik dacht dat schrijven competitief was,' mompelde hij.

Kates lippen trokken in wat een onderdrukte glimlach had kunnen zijn. 'De sport wordt elk jaar professioneler. Gespecialiseerder. Duurder.' Ze klopte Misty liefdevol op de hals, pakte vervolgens een kam en verdeelde de manen in plukken, om er knotjes van te maken. 'Wij zijn klein in vergelijking. Ik heb nog een jong paard op Medium-niveau, maar hij staat een paar maanden stil na een nare hoefzweer die is doorgebroken, dus op dit moment is het alleen Misty voor mij.'

'Kwaliteit boven kwantiteit,' zei Zoe, terwijl ze Kates wedstrijdjasje uit de beschermhoes haalde.

Hun gesprek werd onderbroken door commotie aan het einde van de stallenrij. Er was een strakke, zwarte op maat gemaakte vrachtwagen met gouden letters voorgereden en een klein publiek verzamelde zich om te kijken naar het uitladen. Ben herkende Vanessa Hughes toen ze uit de cabine stapte en richting de stallen liep, gekleed in wat spiksplinternieuw wedstrijdtenue leek, van haar glanzende laarzen tot haar getailleerde jasje.

Een vrouw die alleen maar Vanessa's moeder kon zijn, volgde haar; haar designer broekpak paste beter bij een fotoshoot dan bij een werkende stal. Achter hen liet een groom de klep zakken en leidde Cavalier naar buiten, de voshengst glanzend alsof hij was opgepoetst.

'Over chique operaties gesproken,' zei Zoe met een half lachje.

Vanessa's aankomst veroorzaakte een golfje van belangstelling. Combinaties keken opzij, zowel paard als ruiter taxerend. De groom leidde Cavalier naar zijn aangewezen box, terwijl Vanessa en haar moeder de omgeving opnamen met identieke blikken van gereserveerde beoordeling.

'Behoorlijke entree,' merkte Ben zachtjes op tegen Kate.

'De familie Hughes laat nooit een kans voorbijgaan om indruk te maken,' antwoordde Kate neutraal, haar handen onverminderd bezig terwijl ze nog een keurige knot draaide, er een elastiekje om deed en hem vervolgens vastzette. 'Cavalier verdient de aandacht tenminste. Het is een prachtig dier. Ik heb aangeboden hem met mij mee te nemen – Misty is niet hengstig en ze zouden prima samen reizen – maar ze zeiden nee.' Haar lippen trilden. 'Die truck is gloednieuw. Heeft bijna net zoveel gekost als Cavalier. En die groom is een Oostenrijkse backpacker die ze hebben gevonden... wiens vader toevallig rijdt bij de Spaanse Rijschool van Wenen.'

Ben keek toe hoe Vanessa haar groom met gebiedende gebaren instrueerde en aanwees waar elk stuk materiaal moest liggen. Het contrast tussen haar hands-off benadering en Kates persoonlijke zorg voor Misty kon niet groter zijn.

Het kostte Kate niet lang om Misty's knotjes af te maken, en al snel zadelde ze de merrie op en leidde haar richting een van de losrijbanen. Ben en Zoe volgden, met de paar spullen die Kate nodig had voor het inrijden. In de losrijbaan stapte Kate met vloeiende gratie op Misty, nestelde zich in het zadel en stelde met stille zekerheid haar teugels bij. Om haar heen lieten andere ruiters flitsende oefeningen zien, sommigen duidelijk evenveel voor de toeschouwers als ter voorbereiding.

Kate daarentegen begon met eenvoudige stapoefeningen, haar aandacht volledig bij Misty.

'Ze zit nu in haar bubbel,' zei Zoe, naast Ben komend staan. 'Als Kate rijdt, verdwijnt de rest van de wereld voor haar.'

Ben knikte; hij begreep het precies. Het was dezelfde staat waarin hij belandde als het schrijven lekker liep, een focus-tunnel waarin alle externe zorgen vervaagden. Terwijl hij Kate haar warming-up zag doorlopen, haar communicatie met Misty zo subtiel dat die bijna onzichtbaar was, voelde Ben opnieuw waardering voor haar kunde, en voor de doelgerichte concentratie die haar zowel een uitdagende huisgenoot als een fascinerend onderwerp maakte.

'Ik ga misschien even rondkijken,' zei Ben zacht tegen Zoe, die knikte.

'Tuurlijk.' Ze wierp hem een snelle zijwaartse blik toe. 'Ik hoorde net dat ze de combinaties hebben opgeroepen naar de verzamelring voor de Prix St. Georges. Als je Vanessa's proef kunt zien, wil Kate vast graag horen hoe het ging.'

'Ik betwijfel of mijn lekenblik haar iets nuttigs vertelt,' zei Ben, 'maar ik ga wel kijken.'

De wedstrijd was al een paar uur aan de gang, met de lagere proeven eerst en uiteindelijk in de namiddag de Grand Prix. Ben vond een plek aan de rand van de hoofdpiste; dankzij zijn lengte had hij goed zicht over de hoofden van andere toeschouwers. Hij zag Vanessa en Cavalier rondstappen in de collecting ring, wachtend op de bel die het begin van hun Prix St. Georges zou aangeven. De beweging van de voshengst was precies maar wat houterig, terwijl Vanessa hem in een strak, sterk verzameld frame hield dat meer beknepen leek dan anders.

De bel ging, en Vanessa stuurde Cavalier over de middellijn, hun binnenkomen ontlokte waarderend gemompel uit het publiek. Ben moest toegeven dat ze een imposant plaatje vormden: de dure hengst met een koperkleurige vacht die in het licht glansde, zijn knotjes nog onberispelijker dan die van Misty, Vanessa kaarsrecht erboven. Ze hielden halt op X, Cavalier stond vierkant en aandachtig, en Vanessa groette de jury met een vloeiende, beheerste groet.

Wat volgde was een technisch vaardige uitvoering, elke oefening met zorg en precisie gereden. Ben, die nog leerde de finesses van dressuur te onderscheiden, kon zien dat Cavalier correct op Vanessa's hulpen reageerde. De vliegende wissels die in de training zo problematisch waren geweest, kwamen nu op commando, de hengst die in de sprong zijn leidende been wisselde zoals het programma vereiste.

Toch ontbrak er iets. Na het zien van Kate en Misty's trainingssessies, zag Ben het verschil meteen. Waar Kate en Misty als één geheel bewogen, opereerden Vanessa en Cavalier als bestuurder en voertuig, hun communicatie puur mechanisch. Cavalier deed wat hem gevraagd werd, maar zijn oren flikkerden onzeker heen en weer, zijn uitdrukking gespannen in plaats van betrokken, en Vanessa's handen hielden voortdurend strak contact, haar gezicht strak en gespannen.

'Ze krijgt hem wel aan het antwoorden, maar er zit geen vreugde in,' merkte een toeschouwster naast Ben op tegen haar gezellin.

Ben wierp de spreekster een blik toe, een vrouw van middelbare leeftijd in rijkleding die duidelijk verstand van zaken had. Haar beoordeling kwam overeen met zijn eigen ondeskundige indruk en sterkte zijn groeiende begrip van wat dressuur meer maakt dan een paard dat kunstjes doet.

Vanessa reed haar laatste oefening, hield op X stil en groette de jury met een zelfverzekerde glimlach die deed vermoeden dat ze goede punten verwachtte. Ze liet de teugels niet eens iets vieren en klopte Cavalier's bezwete hals niet toen ze de baan uit reden; haar houding bleef stijf, zelfs nu het erop zat.

Ben keek naar het scorebord, benieuwd hoe de jury de proef zou beoordelen. Om hem heen werd er onder toeschouwers en ruiters gedempt gespeculeerd.

'Technische cijfers zullen wel goed zijn, maar de artistieke scores...,' mompelde een vrouw, terwijl ze met haar hoofd schudde.

'Ik weet niet eens of de technische cijfers zo best zijn,' zei een andere ruiter vrij luid. 'Jury's worden tegenwoordig best streng op rollkur, en hij liep voor het grootste deel achter de loodlijn; arm beest leek alsof zijn hals dubbelgeklapt stond! Trainde ze niet bij Kate McKenzie? Kate zal haar de huid vol schelden, als ze dat gezien heeft!'

De scores verschenen op het digitale bord en een rimpeling ging door de menigte. Achtenveertig komma twee procent. De score zette Vanessa op de een-na-laatste plek van de tien ruiters tot dan toe, met nog drie te gaan.

Vanaf zijn positie kon Ben zien hoe Vanessa naar het scorebord keek, en het moment waarop de score tot haar doordrong. Haar gezicht veranderde in een oogwenk van een gespannen glimlach naar pure woede.

Zonder het beleefde applaus te erkennen, draaide Vanessa Cavalier scherp om en ging terug richting stallen, haar moeder met strakke pas naast haar, met een vertrokken uitdrukking die deed vermoeden dat iemand deze teleurstelling heel snel zou mogen horen.

Ben aarzelde, en volgde toen op discrete afstand. Hij voelde dat er een veelzeggend moment stond te gebeuren, het soort rauwe reactie dat iemands karakter meer blootlegt dan eender welke overwinning, en hij kon niet weerstaan om te zien wat er zou gebeuren.

Toen hij de stallen bereikte, was Vanessa al afgestegen en zocht ze naar haar groom, die nergens meer te bekennen was. Ook haar moeder was verdwenen, vermoedelijk om met officials te praten; zij leek het type dat de jury zou afblaffen, dacht Ben. Vanessa stoof alleen Cavalier's box in, de hengst die haar nerveus gevolgd was.

Wat er daarna gebeurde, trok Ben zijn maag samen. Vanessa draaide zich naar Cavalier om, haar stem net hard genoeg om te dragen tot waar Ben stond.

'Jij zou een half miljoen dollar waard moeten zijn!' beet ze hem toe, haar beheerste façade volledig verdwenen. 'Waarom kun je me niet gewoon geven wat ik nodig heb? Eén simpele proef, dat is alles wat ik vroeg!'

Cavalier week zo ver terug als de confines van de box toelieten, zijn oren snel heen en weer spelend van verwarring. De neusgaten van de hengst flakkerden terwijl hij probeerde de woede van zijn ruiter te begrijpen, zijn hoofd hoog met oogwit zichtbaar, duidelijk van streek door haar toon en zonder mogelijkheid eraan te ontsnappen.

'Al die training, al die lessen, en nog steeds kun je niet presteren als het ertoe doet,' ging Vanessa door, haar stem trillend van frustratie. 'Heb jij enig idee hoe gênant dit is? Zo goed als laatste! Na alles wat we in jou hebben geïnvesteerd!'

Cavalier schoof nerveus en stootte tegen de achterwand van de box. Zijn reactie leek Vanessa's boosheid alleen maar aan te wakkeren; haar handen maakten scherpe gebaren terwijl ze het verwarde dier bleef afblaffen. De ingehuurde Oostenrijkse groom kwam naast Ben staan, zijn mond open van verbazing toen hij Vanessa hoorde. De jongen wist duidelijk niet waar hij zich moest laten.

'Hij doet zijn uiterste best voor je, Vanessa,' sneed Kates kalme stem door de tirade terwijl ze vanuit het naastgelegen gangpad in beeld stapte. 'Misschien probeert je eens te benoemen wat hij wél goed deed?'

Vanessa draaide zich om, haar gezicht diep rood aangelopen toen ze besefte dat ze was gehoord. Heel even flitste er oprechte schaamte over haar trekken, voordat die snel plaatsmaakte voor defensieve boosheid.

'Dit is een privégesprek,' zei ze stijf. 'Ik kan me niet herinneren dat ik om jouw mening vroeg.'

'Paarden begrijpen geen 'privégesprekken',' antwoordde Kate ferm. 'Ze begrijpen alleen dat iemand die ze vertrouwen ineens boos op hen is, om redenen die ze niet kunnen bevatten.'

Cavalier was iets bedaard sinds Kates komst; zijn oren stonden nu naar voren, alsof hij hoopte dat zij de onrust van zijn ruiter kon duiden.

'Ik heb geen lesje paardenpsychologie nodig,' snauwde Vanessa, al was haar stem aanzienlijk zachter. 'We hadden een teleurstellende proef, en ik mag daar toch mijn gevoelens over hebben.'

'Natuurlijk mag je dat,' zei Kate instemmend. 'Maar die gevoelens op Cavalier afreageren gaat jouw volgende proef niet verbeteren. Vertelt je me eens iets dat wel goed ging.'

Vanessa's houding bleef stijf, maar iets in Kates woorden leek door haar boosheid heen te dringen. Ze keek terug naar Cavalier, die haar wantrouwig gadesloeg, en haar schouders zakten een fractie.

'De vliegende wissels waren beter,' gaf ze met tegenzin toe.

'Dan is dat vooruitgang om te vieren,' zei Kate gelijkmatig.

Er viel een gespannen stilte. Ben ving even Kates blik. Ze schudde heel subtiel haar hoofd, met een uitdrukking die zowel aangaf dat ze precies wist waarom hij bleef hangen, als dat ze dit liever zonder publiek afhandelde.

'Ik moet terug naar Misty,' zei Kate na een moment. 'Mijn klasse begint. Ik ben een-na-laatste, maar ik moet me klaarmaken.'

Vanessa knikte stijf en draaide zich terug naar Cavalier met wat een poging tot zelfbeheersing leek. Terwijl Kate wegliep, merkte Ben hoe haar focus direct verschoof naar haar eigen voorbereiding, en hoe ze Vanessa's teleurstelling achter zich liet alsof ze er een deur achter sloot.

'Zorgt je alsjeblieft goed voor dat paard,' zei Ben zacht tegen de jonge Oostenrijkse groom. 'Want ik denk niet dat zijn ruiter dat gaat doen.'

De sfeer in de hoofdarena was intenser geworden tegen de tijd dat Kate moest rijden. De tribune was aanzienlijk voller, toeschouwers beseften dat de belangrijkste competitie van de dag gaande was. Ben zocht een plek aan de rand bij de ingang, omdat hij ongestoord zicht wilde op Kates proef met Misty. De inzet voelde hoger nu; de gedempte gesprekken om hem heen waren doorspekt met verwijzingen naar selectie voor het nationale team. Dit was niet zomaar een wedstrijd; voor ruiters als Kate was dit een cruciale stap richting hun hoogste ambities.

Ben haalde zijn telefoon tevoorschijn, opende de camera-app en paste de instellingen aan. Hij hield zichzelf voor dat dit puur voor research was, referentiemateriaal voor zijn schrijven, maar hij kon niet ontkennen hoe persoonlijk geïnvesteerd hij zich voelde in Kates succes. Ondanks hun afspraak om na die kus hun grenzen te bewaken, merkte hij dat hij steeds meer werd aangetrokken door haar gefocuste vastberadenheid, haar stille competentie, haar zeldzame maar oprechte glimlach.

De vorige ruiters hadden indruk gemaakt, hun paarden voerden complexe oefeningen met precisie uit. Maar toen de omroeper Kate's naam noemde, ging er een rimpeling van herkenning door het publiek; hier en daar klonk gemompel dat Kate McKenzie in deze wereld geen onbekende was, een combinatie om in de gaten te houden.

Kate en Misty kwamen binnen in een verzamelde draf, de zilverige vacht van de merrie glanzend onder de arenalampen. Zelfs voor Ben, die inmiddels iets wijzer was geworden, was de kwaliteit van Misty's beweging meteen duidelijk: haar benen tilden met een natuurlijke verheffing waar sommige andere paarden zichtbaar moeite voor leken te doen.

'Dát is echte cadans,' merkte iemand in de buurt waarderend op. 'Niet gefabriceerd. En kijk eens naar die zachtheid in haar hals!'

Wat volgde, leek in niets op wat Ben tijdens de vorige proeven had gezien. Waar andere combinaties vooral techniek hadden getoond, lieten Kate en Misty expressie en gratie zien, een demonstratie van waar partnerschap. Elke overgang vloeide naadloos in de volgende, de merrie alert en gewillig, haar oren voortdurend naar Kate spelend, alsof ze gretig wachtte op de volgende hulp van haar ruiter.

De piaffe, die stilstaande draf die bij andere paarden gespannen had geleken, werd onder Misty's hoeven een dans van gecontroleerde kracht. Ze leek te zweven, haar benen tilden en plaatsten met ritmische precisie terwijl ze nauwelijks voorwaarts ging, de beweging komend van diep binnenuit in plaats van kunstmatig opgewekt.

Wat Ben het meest trof, was de bijna onzichtbaarheid van Kate's hulpen. Waar Vanessa's handen en benen tijdens haar proef nadrukkelijk hadden bewogen, bleef Kate's lichaam zo stil dat de communicatie tussen paard en ruiter bijna telepathisch leek. Alleen af en toe een subtiele verplaatsing van haar gewicht of een nauwelijks waarneembare beweging van haar vingers aan de teugels verried dat zij Misty actief door de proef leidde.

Het publiek was gaandeweg stiller geworden, het gebruikelijke geschuifel en gemurmel van toeschouwers maakte plaats voor een aandachtige rust. Ben keek even weg van zijn telefoonscherm om de gezichten om zich heen te zien, en herkende op andere gezichten dezelfde geconcentreerde waardering die hij zelf voelde.

'Zo hóórt het,' merkte een oudere heer naast hem tegen zijn gezelschap op. 'De technische elementen in dienst van de artistieke expressie, niet andersom.'

Toen Kate en Misty het moeilijkste onderdeel naderden, een serie ééntemps vliegende wissels over de diagonaal, merkte Ben dat hij opnieuw zijn adem inhield. Hij had genoeg trainingssessies gezien om te weten hoe uitdagend die oefeningen waren: het paard moest bij elke pas het voor- en achterbeen wisselen, als een soort galopperend huppelen. Misty voerde ze met zo'n vloeiende gratie uit dat het bijna moeiteloos leek, elke wissel perfect getimed op een onzichtbaar ritme dat Kate ongetwijfeld voelde, maar waarvan zij uiterlijk geen spoor van meetellen toonde.

De volgende lijnen brachten hen terug naar het midden, waar Misty de pirouette liep, op de plaats draaiend en toch in galop blijvend, in een vertoon van balans dat de natuurwetten leek te tarten. Vervolgens, zoals het proefverloop vroeg, schakelde ze soepel door naar passage, daarna naar een uitgestrekte draf die haar ruimtewinnende passen liet zien, voordat ze terugkwam naar verzamelde draf en de eindhalt op X.

Misty stond perfect vierkant, haar hals trots gebogen, terwijl Kate nog eens naar de jury groette. Heel even heerste er volmaakte stilte in de arena. Toen, alsof een betovering werd verbroken, barstte het publiek los in spontaan applaus. Ben merkte dat hij meedeed, zijn telefoon even vergetend terwijl hij meeklakte met de waarderende menigte.

Kate's gezicht brak open in een glimlach van pure vreugde, en ze liet de teugels helemaal los om haar armen om Misty's hals te slaan en de merrie stevig te omhelzen. 'Wat een braaf meisje. Wat een geweldig meisje!' hoorde Ben haar roepen, zelfs vanaf zijn plek halverwege de immense ruimte.

'Ahw,' zei iemand vlak achter Ben.

'Mooi om zo'n band te zien,' knikte de oudere heer instemmend. 'En kijk die merrie eens; geen spier die beweegt terwijl de ruiter de teugels laat vallen! Dát zie ik graag.'

Kate pakte uiteindelijk de teugels weer op, zette Misty in beweging en uit de arena om plaats te maken voor de volgende combinatie. Haar gezicht bleef één en al glimlach.

Ben keek naar het scorebord, kauwend op zijn onderlip van spanning. Toen het eindpercentage verscheen, was de reactie van het publiek direct en enthousiast.

'Achtenzeventig komma vier procent,' zei de oudere heer onder de indruk. 'Dat zet haar beslist op de radar van de selecteurs.'

Ben glimlachte, oprecht blij voor Kate. De score stond duidelijk voor een aanzienlijke prestatie, eentje die haar sportieve ambities wezenlijk kon vooruithelpen. Zijn blik gleed weg van het scorebord, langs het publiek en de ruiters, hun reacties opnemend voor zijn mentale notitieboek.

Niet ver weg, half verscholen achter een steunpilaar, zag hij Vanessa. Haar gezicht was een complexe studie in tegenstrijdige emoties, haar lippen op een strakke lijn, haar ogen samengeknepen terwijl ze toekeek hoe het feest losbarstte. Zelfs op afstand kon Ben de storm van jaloezie en wrok in haar blik lezen, des te opvallender doordat ze die probeerde te verbergen achter een façade van beheerste onverschilligheid.

Er hoefde nog maar één combinatie te rijden, en zodra die proef was afgerond, toonde het scorebord de eindrangschikking. Kate en Misty stonden niet alleen bovenaan; ze hadden meer dan vier procentpunten voorsprong op de nummer twee.

Toen de omroeper de geplaatste ruiters opriep terug te keren, wendde Vanessa zich abrupt af. Ze drong zich langs een groep toeschouwers, zonder zich te verontschuldigen voor het duwen, en verdween richting de stallen nog voor Kate de arena opnieuw betrad voor haar ereronde.

Ben richtte zijn aandacht weer op de ingang toen Kate en Misty opnieuw verschenen. De merrie leek haar prestatie te begrijpen, haar pas veerkrachtiger, haar houding nog trotser dan daarvoor. Kate's uitdrukking was nu professioneel beheerst, maar Ben zag de twinkeling in haar ogen, de krul aan de rand van haar lippen die verried dat ze haar glimlach probeerde te temperen.

De ereronde verliep met formele waardigheid: de geplaatste ruiters reden onder hernieuwd applaus in een grote cirkel voordat ze in formatie halt hielden voor foto's en om rozetten aan de hoofdstellen te laten spelden, plus een speciale winnaarsdeken voor Misty. Gedurende dit alles behield Kate haar uitstraling, ze nam felicitaties aan met gracieus knikken en hield Misty perfect opgesteld. Pas toen ze werden gevraagd een ereronde in galop te rijden, ving Ben een oprechtere glimlach op: Kate boog zich voorover om iets vertrouwelijks in Misty's oor te fluisteren, haar hand streelde de hals van de merrie met onmiskenbare genegenheid terwijl ze onder luid applaus in galop de arena rondgingen.

Op dat moment, terwijl hij Kate's ingehouden vreugde gadesloeg, begreep Ben iets fundamenteels over haar karakter. De overwinning telde, de score telde, maar het belangrijkste was het partnerschap dat beide mogelijk had gemaakt: de band tussen vrouw en paard die linten en percentages overstijgt. En hij merkte tot zijn eigen verbazing hoe fel hij hoopte dat de wereld die kwaliteit net zo helder zou zien als hij nu deed.

Het stallengebied zoemde van de energie na de wedstrijd, een mengeling van felicitaties, troostende woorden en de onvermijdelijke nabespreking die op elk groot sportmoment volgt. Ben bleef aan de rand hangen en keek hoe Kate het middelpunt werd van een kleine maar vastberaden menigte. Misty stond geduldig naast Kate, duwde zo nu en dan met haar neus tegen de jaszak van haar ruiter als duidelijke hint naar snoepjes, zalig onwetend van haar nieuwe status als een van Australië's meest veelbelovende dressuurtalenten.

Ben herkende de berekende nadering van de keurig geklede personen die nu op Kate afstevenden. Anders dan de informele felicitaties van collega-ruiters, bewogen deze mensen doelgericht, met visitekaartjes en brochures uit dure leren mappen tevoorschijn getoverd. Sponsorvertegenwoordigers, hun bedrijfslogo's subtiel zichtbaar op getailleerde poloshirts of discrete reversspeldjes. Tussen hen in stond een soberder gekleed drietal iets apart, zacht overleggend voordat ze op Kate afstapten met de ernst van juryleden die een uitspraak kwamen doen.

'Teamselecteurs,' mompelde Zoe, die naast Ben opdook met Misty's zadel in haar armen, nadat ze zich door de menigte had gewurmd om het snel af te nemen. 'Die man in het marineblauwe colbert is de High Performance Director van Equestrian Australia.'

Ben knikte; hij begreep de strekking. Dit waren niet zomaar welgemeende gelukwensen; zij vertegenwoordigden potentiële wegen naar Kate's ultieme ambities, de poortwachters van olympische dromen en internationale competitie.

Wat hem vooral trof, was Kate's zelfbeheersing. Ondanks de intensieve inspanning van zojuist stond ze rechtop, haar antwoorden afgewogen, haar aandacht ogenschijnlijk onverdeeld terwijl ieder om beurt zijn benadering maakte. Alleen de donkere zweetplekken op haar wedstrijdshirt en de lichte spanning rond haar ogen verraadden de fysieke en mentale vermoeidheid die ze moet voelen.

'Hier is ze goed in,' merkte Ben zachtjes tegen Zoe op.

'Moet ook,' antwoordde Zoe. 'Sponsors willen niet alleen prestaties; ze willen het juiste plaatje. Kate kent het spel.'

De teamselecteurs kwamen uiteindelijk zelf op haar af; hun gesprek was korter, maar overduidelijk veelbetekenender. De High Performance Director gebaarde naar Misty met wat op oprechte bewondering leek, terwijl zijn collega's knikten met de professionele blik van mensen die beoordelen.

'Dat is een goed teken,' fluisterde Zoe, haar lichaamstaal verried dat ze haar best deed flarden van het gesprek op te vangen.

Na bijna veertig minuten van dit soort interacties wist Kate zich eindelijk los te maken; ze gaf beleefd maar resoluut aan dat Misty verzorging nodig had. Ze begon de merrie terug naar de stallen te leiden, terwijl Zoe naar voren schoot om een pad te banen door de aanhoudende goedwensers.

Ben volgde op respectabele afstand en zag de subtiele verandering in Kate's houding zodra ze uit het zicht van het publiek raakte: haar schouders ontspanden een fractie, haar pas werd doelgerichter in plaats van het beheerste ritme van de professionele presentatie. Nu zag ze er moe uit; het masker van sportieve kalmte begon te zakken in de relatieve beslotenheid van de weg terug naar Misty's box.

Ze waren bijna bij het stallenblok toen Vanessa's moeder hen de pas afsneed.

'Kate, lieverd,' riep ze, met de geoefende warmte van iemand voor wie charme een tactiek is. 'Wat een prachtige proef. Werkelijk uitmuntend.'

Kate hield in en riep zichtbaar haar professionele houding weer op. 'Dank je, mevrouw Hughes.'

'Zeg alsjeblieft Elizabeth,' drong de vrouw aan, terwijl ze heel even een gemanicuurde hand op Kate's arm legde. 'Vanessa raakt zó geïnspireerd door jouw succes. Ze bestudeert jouw techniek zeer trouw, hoor.'

Ben bleef op afstand en bekeek het schouwspel met interesse. Er school iets roofdiers in de benadering van mevrouw Hughes, ondanks haar vriendelijke woorden; een gevoel van berekende doelgerichtheid onder de sociale beleefdheden.

'Dat is heel vriendelijk,' antwoordde Kate, terwijl haar hand gedachteloos over Misty's hals streek. 'Ik hoorde dat Vanessa haar vliegende wissels vandaag erg goed reed.'

'Ja, het gaat vooruit,' stemde mevrouw Hughes toe, al reikte haar glimlach net niet tot haar ogen. 'Hoewel we zo zwaar in Cavalier geïnvesteerd hebben, en zijn dekgeld wekt niet de belangstelling die we verwacht hadden.' Haar toon verschoof subtiel en werd directer. 'Misschien zou je wat van jouw marketingstrategieën kunnen delen? Jouw familiehengst Legend is zo populair, heb ik begrepen, ondanks zijn... diverse bloedvoering.'

Ben zag hoe Kate's houding bijna onmerkbaar verstijfde, al bleef haar uitdrukking beleefd neutraal.

'We zitten al decennialang in de fokkerij,' zei Kate behoedzaam. 'Het kost tijd om een reputatie op te bouwen. Cavalier is nog jong, hij moet zich nog bewijzen.'

'Natuurlijk, natuurlijk,' viel mevrouw Hughes snel bij. 'Maar er zijn vast technieken, connecties die je zou kunnen delen? Professionele collegialiteit?' Ze boog zich iets naar voren en verlaagde haar stem. 'We zouden het graag de moeite waard maken. Misschien een speciale regeling? Cavalier zou prachtig passen bij een van jouw merries.'

Precies op dat moment schudde Misty ongeduldig haar hoofd, waardoor het bitwerk rinkelde en het gesprek effectief onderbrak. Kate greep haar kans.

'Ik moet nu echt voor Misty zorgen,' zei ze beslist. 'Ze heeft hard gewerkt vandaag en verdient goede verzorging.'

De glimlach van mevrouw Hughes verstrakte een fractie. 'Natuurlijk, de paarden gaan voor alles. Maar misschien kunnen we dit later voortzetten? Onder het genot van een drankje? Er is zóveel potentie voor wederzijds profijtelijke samenwerking.'

Ben herkende de beklemde blik die even over Kate's gezicht flitste; haar vermoeidheid maakte het lastig haar gebruikelijke diplomatieke muren hoog te houden. Hij stapte naar voren en voegde zich doelbewust in het gesprek.

'Sorry dat ik stoor,' zei hij, terwijl hij mevrouw Hughes met een vriendelijke glimlach de hand toestak. 'Ben Crossley. Ik ben Kate's onderzoeksproject.'

Mevrouw Hughes knipperde, een moment uit het veld geslagen door de onverwachte introductie. 'Onderzoeksproject?'

'Voor mijn volgende boek,' ging Ben soepel verder. 'Ik ben misdaadschrijver en doe achtergrondonderzoek in de paardenwereld. Kate is zo vriendelijk geweest me mee te laten lopen voor de authentieke details. je weet hoe lezers het merken als je de feiten niet klopt.'

'Schrijver?' De aandacht van mevrouw Hughes verschoof en ze bekeek Ben met nieuwe interesse. 'Oh. Ja, Vanessa heeft je genoemd. Wat voor boeken waren het ook alweer?'

'Misdaadthrillers,' antwoordde Ben, terwijl hij zijn lengte bewust benadrukte door zich tot zijn volle twee meter eenenzestig te strekken. 'Mijn laatste ging over de wereld van kunstvervalsing met hoge inzet. De huidige draait om hoe passie en obsessie ethische grenzen kunnen doen vervagen.' Hij glimlachte nietsverhullend vriendelijk. 'je zou verbaasd staan wat ogenschijnlijk gewone mensen tot stand brengen als ze maar genoeg gemotiveerd zijn.'

Kate greep het moment van afleiding. 'Als je ons wilt excuseren, mevrouw Hughes. Ben, wil je Zoe helpen met het tuig?'

'Natuurlijk,' zei Ben, terwijl hij mevrouw Hughes beleefd toeknikte en Kate volgde, die Misty al resoluut richting haar box leidde.

Terwijl ze wegliepen, zag Ben de spanning in Kate's schouders, de strakheid rond haar mond die zelfs onder de wedstrijdspanning niet zichtbaar was geweest. De glans van haar overwinning leek nu al te verbleken onder het gewicht van andermans verwachtingen en eisen.

'Bedankt voor de redding,' zei ze zacht toen ze buiten gehoorsafstand waren. 'Ik wist niet zeker of ik nog een beleefde ontwijking in me had.'

'Graag gedaan,' antwoordde Ben. 'Al vrees ik dat ik me nu op de radar van mevrouw Hughes' netwerkambities heb gezet.'

'Beter jij dan ik,' zei Kate met een vermoeide glimlach. 'Jij vertrekt tenminste over een paar maanden. Ik zit nog wel even aan de familie Hughes vast.'

Ben keek toe hoe ze zich weer op Misty concentreerde, haar handen teder terwijl ze het hoofdstel van de merrie afdeed en een vochtige doek pakte om het zweet rond Misty's oren weg te vegen. Zelfs nu, na haar triomf en met de vermoeidheid in elke lijn van haar lichaam zichtbaar, lag Kate's focus bij het welzijn van haar paard; haar eigen behoeften kwamen op de tweede plaats.

'Je was vandaag schitterend,' zei hij eenvoudig. 'Jullie allebei.'

Kate keek op, verrassing flitste over haar gezicht door de oprechtheid in zijn toon. Heel even viel het professionele masker volledig weg en onthulde een oprechte glimlach die haar ogen bereikte en haar vermoeide trekken onverwacht warm maakte.

'Dank je,' antwoordde ze zacht. 'Dat betekent meer dan je misschien denkt.'

Het moment rekte zich tussen hen, een stille verbinding die betekenisvoller aanvoelde dan publiek applaus of professionele erkenning. Toen duwde Misty ongeduldig tegen Kate's schouder, waardoor de betovering brak en er een zachte lach aan de ruiter ontsnapte.

'Ja, ik weet het,' zei Kate tegen de merrie, terwijl ze naar een borstel reikte. 'Jij bent hier de echte ster, en jij verdient je verwennerij.'

Terwijl Ben Zoe hielp alles weer veilig in de truck te leggen, merkte hij dat hij nadacht over de complexe wereld die hij vandaag had gezien, met zijn mix van kunst en commercie, oprechte passie en berekend voordeel. En in het midden van dat alles bewoog Kate McKenzie zich door de stromingen met een gratie die niets met haar rijkunst te maken had en alles met haar karakter.

Hoofdstuk Negen

D E STAL WAS STIL, op de zachte geluiden na van paarden die zich voor de nacht klaarlegden. Kate stond in Misty's stal en streelde de hals van de schimmelmerrie, terwijl de gebeurtenissen van de dag zich eindeloos in haar hoofd herhaalden. Ze waren al uren thuis van de wedstrijd; het uur rijden terug naar Ridgewater was voorbijgegaan in een tevreden maar uitgeput zwijgen. Buiten was de nacht volledig gevallen, die het terrein hulde in duisternis, slechts doorbroken door beveiligingslichten en de zilveren gloed van een kwart maan. Binnen in de stal omringde de vertrouwde geur van hooi en paard Kate als een behaaglijke deken.

'Je was briljant vandaag, meisje,' murmelde Kate, haar stem nauwelijks hoorbaar boven het zachte knarsen van Misty's tanden die haar avondhooi verwerkten. De oren van de merrie draaiden even naar achteren bij het geluid van Kate's stem, en weer naar voren; ze was meer geïnteresseerd in eten dan in de lof die ze die dag al zo vaak had gekregen.

Kate's lijf deed pijn met die specifieke vermoeidheid die na een wedstrijd komt; niet alleen lichamelijke uitputting, maar ook de mentale en emotionele leegte van perfecte focus vasthouden bij elke beweging, elke overgang. Haar armen en benen voelden als slappe spaghetti, maar haar geest weigerde tot rust te komen. Steeds weer zag ze de ring voor zich, voelde ze Misty's krachtige bewegingen onder zich, hoorde ze het waarderende publiek en de beheerste complimenten van de selecteurs.

Toen doemde, als een ongewenkte schaduw, Vanessa's strakke, samengeknepen uitdrukking op in haar herinnering. De jongere vrouw had de prijsuitreiking volledig gemeden, maar had het toch voor elkaar gekregen een bijzonder bijtende opmerking te plaatsen terwijl Kate Misty in de vrachtwagen laadde.

'Fokproducten van eigen bodem doen het best aardig op dit niveau,' had Vanessa gezegd, ogenschijnlijk tegen haar groom, haar stem net hard genoeg om hoorbaar te zijn. 'Maar internationaal?' De lach die volgde, was doordrenkt van minachting.

Kate's vingers verstarden op Misty's hals. Ze had de opmerking toen weggewuifd; ze was te gefocust op haar paard veilig thuis krijgen om zich te bekommeren om Vanessa's jaloezie. Maar nu, in de stille duisternis, kroop twijfel als een tocht langs de randen van haar zekerheid. Was vandaag een toevalstreffer? Zouden zij en Misty dat optreden consequent genoeg kunnen herhalen om voor teamselectie in aanmerking te komen, en als dat lukte, waren ze dan op internationaal niveau echt opgewassen tegen de rest?

Het geluid van laarzen op beton doorbrak haar gedachten. Kate hoefde niet op te kijken om te weten wie eraan kwam; ze herkende het eigen ritme van Ben's langbenige pas.

'Daar ben je,' zei Ben zacht, terwijl hij bij de staldeur opdook. Hij leunde met zijn lange lichaam tegen de deurstijl. 'Ik dacht al dat je hier nog zou zijn.'

Kate kreeg een vermoeide glimlach op haar gezicht, maar verroerde zich niet van Misty's zijde. 'Ik wil zeker weten dat ze rustig is. Voor paarden zijn wedstrijddagen ook stressvol.'

'Voor mij ziet ze er opperbest uit,' merkte Ben op, knikkend naar Misty, die zijn komst nauwelijks had opgemerkt en veel te druk was met haar hooinet. 'Haar mens daarentegen kan wel wat rust gebruiken.'

'Gaat wel,' antwoordde Kate automatisch, een reflex die geen nadenken vergde.

Ben's wenkbrauwen gingen een fractie omhoog. 'Je was vandaag ongelooflijk,' zei hij, zijn stem lager, intiemer in de stille stal. 'Jullie allebei.'

Kate probeerde het compliment van zich af te zetten met een schouderophalen, maar iets in zijn oprechte blik maakte haar gebruikelijke ontwijking hol. Ze draaide zich weg en deed alsof ze Misty's wateremmer controleerde, omdat ze niet wilde dat hij de plotselinge prikkeling van tranen in haar ogen zou zien.

'Was ik dat?' vroeg ze, haar stem kleiner dan ze bedoelde. 'Vanessa beweert nu al tegen iedereen dat ik gewoon geluk heb gehad. Misschien is dat zo.' Ze haalde schokkerig adem, verbaasd over de woorden die eruit stroomden. 'Ik ben zo moe van vechten voor elk beetje respect, van me keer op keer te moeten bewijzen omdat ik geen paarden van zes cijfers koop.'

'Je hebt geen geluk gehad,' zei Ben, zijn stem zachtaardig maar beslist. 'Je hebt het verdiend, allemaal. Iedereen die jullie vandaag heeft gezien, kon dat merken.'

Kate knipperde snel, terwijl ze haar zelfbeheersing probeerde terug te vinden. De triomfen en spanningen van de dag hadden haar onverwacht rauw achtergelaten; haar gebruikelijke emotionele pantser was door uitputting dun geworden.

'Ik zag de gezichten van de selecteurs,' ging Ben verder. 'Ze keken niet naar iemand die mazzel had. Ze keken naar iemand uitzonderlijks, met een uitzonderlijk paard dat ze niet door iemand anders de foefjes heeft laten aanleren.'

Een verraderlijke traan ontsnapte en gleed over Kate's wang voordat ze hem kon wegvegen. Ze hield haar rug naar Ben toe, beschaamd over deze onkarakteristieke kwetsbaarheid.

'Hé,' zei Ben zacht. De staldeur kraakte toen hij hem openduwde en naar binnen stapte, onverschillig voor het stro en stof dat aan zijn spijkerbroek en laarzen zou blijven kleven. 'Het is oké om moe te zijn, weet je. Zelfs kampioenen moeten uitrusten.'

Zijn aanwezigheid achter haar voelde solide, standvastig. Kate bleef verstijven, gevangen tussen haar instinct om afstand te bewaren en een overweldigend verlangen om gewoon achterover tegen hem aan te leunen, om iemand anders even sterk te laten zijn.

'Iedereen wil iets van me,' fluisterde ze, haar stem onvast. 'De sponsors willen een gladgestreken imago, de selecteurs willen consequente resultaten, mijn ouders hebben mij met hun nalatenschap opgezadeld, en Vanessa...' Ze schudde haar hoofd. 'Vanessa wil alleen dat ik haar naar de top breng terwijl ik zelf faal.'

'En wat wil jij?' vroeg Ben, nu zo dichtbij dat ze zijn warmte voelde uitstralen in de koele avondlucht.

Die vraag brak haar open. Kate draaide zich om, zonder zijn blik helemaal te ontmoeten, en liet zich tegen hem aanleunen, eerst alleen met haar schouder, om deze onbekende overgave te testen. Toen hij niet terugdeinsde, draaide ze verder en drukte haar gezicht tegen zijn borst, haar adem schokkerig.

Ben's armen sloten zich zonder aarzeling om haar heen, sterk en zeker. De ene hand gleed naar de holling van haar rug, terwijl de andere de basis van haar schedel omvatte, zijn vingers die zacht door haar haar gleden, nog altijd iets stug van de haarspray van de wedstrijd.

'Ik heb je,' murmelde hij tegen de kruin van haar hoofd. 'Je hoeft niet altijd de sterke te zijn.'

Kate voelde zichzelf tegen hem wegzinken, te moe om haar gebruikelijke zelfbeheersing vol te houden. Zijn shirt was zacht tegen haar wang en daaronder hoorde ze het gelijkmatige ritme van zijn hart. De eenvoud van menselijk contact, van vastgehouden worden zonder verwachting, deed haar keel samentrekken van emotie.

Ze bleven zo staan, lange momenten, terwijl Ben's hand trage cirkels op haar rug maakte en Kate's ademhaling geleidelijk rustiger werd. Misty, ongeïmpressioneerd door het menselijke drama in haar stal, knabbelde onverstoorbaar door aan haar hooi.

'Kom,' zei Ben uiteindelijk, zijn stem een lage grom die ze net zozeer voelde als hoorde tegen haar oor. 'Jij bent voor vandaag klaar. Laat mij eens voor jou zorgen.' Hij week net genoeg achteruit om naar haar neer te kijken, met een blik die zo teder was dat het pijn deed in haar borst. 'Misty heeft haar avondeten gehad; laat haar rusten.'

Kate knikte, ineens te uitgeput om tegen te spreken. Met een laatste klop op Misty's stevige schouder liet ze Ben haar mee naar buiten leiden, zijn hand stevig op haar taille. Voor een keer hoefde ze niet degene te zijn die alles aankon, degene die sterk was, degene met alle antwoorden. Voor vannacht mocht ze gewoon Kate zijn, moe en triomfantelijk en niet helemaal alleen.

Het pad van de stal naar The Shack glansde zilver in het maanlicht; de vertrouwde route leek 's nachts bijna betoverd. Kate liep langzaam, dankbaar voor Ben's steunende aanwezigheid naast haar, zijn hand een zachte steun bij haar elleboog. Haar benen voelden alsof ze uitgehold en met lood gevuld waren; elke stap vergde bewuste inspanning. De euforie van de overwinning was uren geleden weggeëbd en had een vermoeidheid tot op het bot achtergelaten, waardoor zelfs het korte stukje lopen een opgave leek.

'Voorzichtig hier,' murmelde Ben toen ze een kuiltje in het pad naderden. 'Het heeft geregend terwijl wij bij de wedstrijd waren.'

Kate knikte, te moe om nog woorden te verspillen. Ze leunde tegen zijn stevige lijf en liet zich zijn hulp welgevallen, zonder de reflexmatige onafhankelijkheid die haar normaal op afstand van anderen hield. Ben paste zijn pas aan de hare aan, zijn aanzienlijke lengte boog zich een fractie naar haar toe, alsof hij haar wilde beschutten tegen de koele nachtlucht.

In de verte klonk een uil, een ijl oehoe, het enige andere geluid boven het zachte ruisen van de wind in de bomen.

'Ik kan me niet herinneren wanneer ik voor het laatst zó moe was,' gaf Kate toe, nauwelijks luider dan een fluistering. 'Niet alleen mijn lijf. Alles.'

Ben kneep zacht in haar elleboog. 'Je hebt de hele dag op adrenaline gedraaid. De klap daarna was onvermijdelijk.'

'Is dát het? Een klap?' Ze struikelde licht op een ongelijk stuk grind en Ben's arm gleed meteen om haar middel om haar te stabiliseren.

'De technische term is "post-competitieve decompressie",' antwoordde hij, met een vleugje plagerij in zijn toon die haar ondanks haar moeheid verwarmde.

'Een stukje onderzoekskennis?' vroeg Kate, terwijl er tegen wil en dank een glimlach aan haar lippen trok.

'Absoluut,' bevestigde Ben. 'Ik heb zo veel interessante weetjes in mijn hoofd. We moeten eens naar de pubquiz; in Sydney ben ik bij de meeste competities verbannen, maar hier kennen ze me niet.'

Ze lachte schor, ze kon hem zó voor zich zien, de hele pub voor zich innemend als een onuitstaanbare betweter. 'Misschien toch niet. Ik wil niet ook nog een verbod bij The Exchange. Het is de enige pub binnen een half uur rijden.'

Ze sloegen de laatste bocht van het pad om en The Shack kwam in zicht, het verweerde hout verzilverd door het maanlicht. Maar wat Kate's aandacht trok, waren de warme, gele lichten die het dek verlichtten. Ben moest ze hebben laten branden voordat hij haar was komen zoeken.

Toen ze dichterbij kwamen, zag Kate stoom opstijgen uit de hottub in de hoek van het dek. De cover was verwijderd en het wateroppervlak rimpelde uitnodigend in het zachte nachtbriesje.

'Je hebt dit gepland,' zei ze verrast, terwijl ze naar Ben opkeek.

Hij haalde zijn schouders op, een zweem van verlegenheid gleed over zijn gezicht. 'Ik dacht dat je na vandaag wel wat ontspanning kon gebruiken. De hottub stond er al, maar je familie zei dat niemand hem nog had gebruikt sinds je ouders op reis gingen. Ik heb hem gisteren gevuld en vanmorgen aangezet voor we vertrokken, zodat hij kon opwarmen. Ik dacht dat je hem nodig zou hebben, ongeacht hoe de wedstrijd zou verlopen.'

De doordachtheid van het gebaar raakte haar dieper dan ze had verwacht. Toen ze het dek opstapten, omhulde de vochtige warmte van de hottub hen, met de lichte chloorlucht van behandeld water.

'Ik heb hier niet eens een badpak,' zei Kate, terwijl ze hunkerend naar het stomende water staarde.

'Ik kijk niet,' bood Ben aan, terwijl hij zich al omdraaide. 'Je kunt dragen waar jij je prettig in voelt. Of ik ga even naar binnen terwijl jij...'

Kate was te moe voor preutsheid of schijn. Ze trapte haar laarzen uit en stroopte haar rijbroek naar beneden. Haar rijshirt volgde, over haar hoofd getrokken en achteloos bovenop de stapel gegooid; ze legde haar horloge en het lintje uit haar haar erbij en stond nu in alleen haar eenvoudige sport-bh en slip, haar huid prikkelend in de koele nachtlucht.

Toen ze opkeek, betrapte ze Ben op gluren, vlak voordat hij gehaast zijn blik afwendde, een blos die omhoog kroop in zijn nek. Zijn adamsappel bewoog toen hij moeilijk slikte.

'Je gaat toch niet flauwvallen, Crossley?' vroeg Kate, tot haar eigen verbazing met een plagerige ondertoon. Ondanks haar uitputting, of misschien juist daardoor, waren haar gebruikelijke filters opgelost en was ze directer dan normaal.

Ben draaide terug met een licht gespannen glimlach, zijn ogen zorgvuldig op haar gezicht gericht. 'Niet tenzij jij dat wilt,' antwoordde hij, met een zweem van een grijns die zijn verwarring niet helemaal verborg.

Kate voelde een vlindering van voldoening bij zijn reactie, een onverwachte warmte die niets met de hottub te maken had. Jarenlang was ze gewaardeerd om haar rijden, haar trainingsvaardigheden, haar familienaam – niet om de vrouw onder al die prestaties. De onverbloemde waardering in Ben's ogen, hoezeer hij die ook probeerde te verbergen, liet haar zich gezien voelen op een manier die niets met dressuurcijfers te maken had.

'Help je me erin?' vroeg ze, haar hand naar hem uitstrekkend. 'Mijn benen voelen nog steeds alsof ze van iemand anders zijn.'

Ben stapte naar haar toe en nam haar hand in de zijne, die veel groter was. Zijn andere arm gleed om haar middel om haar te ondersteunen terwijl ze voorzichtig de twee treden naar de rand van de hottub beklom. Zijn aanraking was respectvol maar stevig, praktisch eerder dan aanmatigend, al kon Kate de lichte trilling in zijn vingers tegen haar huid niet negeren.

De eerste aanraking van het hete water op haar vermoeide spieren ontlokte Kate een onwillekeurige kreun. Ze zakte langzaam in het bad; de warmte omhelsde haar als vloeibare armen en begon meteen haar stramme lijf te betoveren. Ze liet zich op de onderwaterbank zakken, kantelde haar hoofd tegen de rand en sloot haar ogen.

'Dit is precies wat ik nodig had,' zuchtte ze, terwijl ze voelde hoe de spanning in haar schouders begon op te lossen. 'Je bent misschien een genie.'

'Allesbehalve,' antwoordde Ben, zijn stem warm van amusement. 'Gewoon oplettend.'

Kate opende haar ogen en zag hem op de rand van de hottub gaan zitten, zijn spijkerbroek opgerold en zijn blote voeten bungelend in het water. Hij reikte achter zich en haalde een dampende mok tevoorschijn, die hij haar aanreikte.

'Kamille met honing,' legde hij uit toen ze hem aanpakte. 'Emma zei dat dat je favoriet is na een lange dag.'

De onverwachte aandacht die uit het gebaar sprak – niet alleen de hottub, maar ook precies de thee zoals zij die graag dronk – legde een brok in Kate's keel. Ze sloot haar handen om de warme mok en snoof de rustgevende geur van kamille op.

'Dank je,' zei ze eenvoudig, wetend dat de woorden tekortschoten maar te overmand om meer te zeggen.

Ben glimlachte, iets zachts en ongekunstelds in zijn blik. 'Graag gedaan.'

Damp kringelde in tere spiralen om hen heen en vervloog in de koele nacht. Kate nipte van haar thee en voelde hoe de warmte zich van binnen door haar heen verspreidde, terwijl het hete water haar spieren van buiten losmaakte. Voor het eerst in dagen voelde ze de knopen van spanning in haar lijf ontrafelen, haar ademhaling vertraagde tot het zachte ritme van het water dat tegen de wanden van het bad klotste.

Het gewicht van de dag – de druk, de triomfen, de berekeningen en de competitie, binnen en buiten de ring – leek op te lossen in het warme water. Kate sloot haar ogen opnieuw en gaf zich over aan het eenvoudige genoegen om verzorgd te worden, al was het maar even.

'Vertel me over de selecteurs,' zei Ben na een paar minuten vredig zwijgen, zijn stem laag en zacht in de stille nacht. 'Wat zeiden ze tegen je na de prijsuitreiking?'

Kate opende haar ogen en keek naar de damp die van het wateroppervlak opsteeg. 'De High Performance Director noemde mogelijke teamtrainingskampen die eraan komen. Ze zeiden dat ze contact zouden opnemen om Misty en mij op te nemen.' Ze nam nog een slok van haar thee, de warmte verspreidde zich in haar borst. 'Het is geen garantie, maar het is een stap dichterbij.'

Ben knikte, peinzend. 'Dat is behoorlijk significant, toch?'

'Dat kan het zijn,' gaf Kate toe. 'Of het is gewoon beleefde aanmoediging. In deze wereld weet je nooit of je aan het lijntje wordt gehouden, tot je dat opeens niet meer wordt.' Ze zuchtte en liet haar hoofd weer tegen de rand rusten. 'Iedere ruiter daar vecht voor dezelfde paar plekken. Eén slechte dag, één fout, en je staat langs de kant.'

'Is dat wat er met Duchess gebeurde?' vroeg Ben voorzichtig.

Kate's borst trok samen bij de gedachte aan haar geblesseerde merrie. 'Met Duchess was het niet eens een fout, of in elk geval niet mijn fout. Gewoon pech. Verkeerde plaats, verkeerde moment.' Ze staarde in haar thee en herinnerde zich. 'Het ene moment lag alles waar ik voor had gewerkt binnen handbereik, en het volgende... niets. Jaren werk weg in seconden.'

'En toch ben je hier,' merkte Ben zacht op. 'Iets nieuws aan het opbouwen met Misty.'

'Wat had ik anders moeten doen?' Kate's stem haperde licht. 'Opgeven? Weglopen van alles waar ik sinds mijn kindertijd voor train?' Ze schudde haar hoofd. 'Dit is wie ik ben, Ben. Zonder rijden, zonder competitie... ik weet niet wie ik dan zou zijn.'

'Je zou nog steeds Kate McKenzie zijn,' zei hij eenvoudig. 'Koppige, briljante, capabele Kate die in alles zou uitblinken waar ze haar zinnen op zet.'

Ze keek op, verrast door de zekerheid in zijn stem. 'Je klinkt daar wel heel zeker over.'

'Dat ben ik ook.' Ben's ogen hielden de hare vast. 'Het rijden, de wedstrijden; dat is wat je doet, niet wie je bent.'

Kate voelde iets in haar borst losser worden bij zijn woorden. 'Soms weet ik zelf het verschil niet meer.'

'Dat is de valkuil, niet?' zei Ben, terwijl zijn vingers patronen trokken in het water. 'Als je je leven aan iets hebt gewijd, vervaagt de grens tussen identiteit en activiteit. Ik voelde het toen mijn eerste boek een succes werd. Opeens was ik niet meer gewoon Ben die boeken schrijft; ik was Ben Crossley, bestsellerauteur.'

'En de verwachtingen die daarbij horen,' vulde Kate aan, meteen begrijpend.

'Precies. De druk om het succes te herhalen, om aan het plaatje te voldoen.' Hij glimlachte wrang. 'Maar je hoeft hier niemand te imponeren. Niet mij, niet je familie. Al helemaal Vanessa niet.'

Kate sloot haar ogen weer en liet zijn woorden bezinken. Er was iets diep rustgevends aan bij iemand zijn die haar zag, die werkelijk háár zag, onder de prestaties en de familienaam. Iemand die het gewicht van verwachtingen begreep, omdat hij zijn eigen versie van dezelfde last droeg.

Het water klotste zacht rond haar schouders terwijl ze zich verlegde en uitrekte, en voelde hoe spieren langzaam spanning loslieten die ze zo lang bij zich had gedragen dat ze die bijna vergeten was. Alleen in dit moment hoefde ze haar volgende wedstrijd niet te plannen, haar optreden niet te analyseren, of de McKenzie-erfenis niet te bewaken. Ze mocht gewoon bestaan in deze vredige ruimte, met deze man die niets van haar vroeg behalve haar aanwezigheid.

Zonder haar ogen te openen reikte Kate uit; haar natte hand vond Ben's hand, die op de rand van het bad rustte. Haar vingers sloten zich om de zijne, water dat van haar huid drupte op zijn onderarm.

'Kom erin,' zei ze zacht. 'Jij verdient ook een bad.'

Ze voelde hoe zijn hand onder de hare spande. 'Kate,' zei hij, zijn stem ineens schor. 'Als ik erbij kom, weet ik niet of ik me kan gedragen.'

De onomwonden eerlijkheid van zijn bekentenis joeg een siddering door haar heen die niets met het hete water te maken had. Kate opende haar ogen en vond zijn blik op haar gericht met een intensiteit die haar adem deed stokken. Hun kus van een paar dagen geleden flitste door haar hoofd, het moment waarop professionele grenzen even waren opgelost en de aantrekkingskracht onder hun bedachtzame beleefdheid zichtbaar was geworden.

Kate voelde een roekeloze, vrije glimlach opkomen. 'En als ik nu niet wíl dat je je gedraagt?' vroeg ze, en trok toen scherp aan zijn hand voordat hij kon antwoorden.

Ben tuimelde met een verraste kreet voorover en belandde in de hottub met een enorme plons die het water over de randen deed gutsen. Hoestend kwam hij boven, zijn shirt aan zijn borst geplakt, zijn haar druipend in zijn ogen.

'Je bent een ongeleid projectiel, Kate McKenzie,' hapte hij naar adem, maar er klonk gelach in zijn stem.

Kate's eigen lach borrelde op, helder en ongeremd. 'Je moest je gezicht nu eens zien.'

'Ik ben helemaal aangekleed!' protesteerde hij, terwijl hij met komische wanhoop naar zijn doorweekte kleren keek.

'Niet mijn probleem,' antwoordde Kate, haar glimlach ondeugend. 'Al lijken die natte kleren me inderdaad niet erg comfortabel...'

Ben's ogen werden donkerder bij haar suggestieve toon. Een tel staarden ze elkaar aan, het lachen maakte plaats voor iets geladeners. Toen pakte Ben de zoom van zijn doorweekte shirt en trok het in één vloeiende beweging over zijn hoofd. Met een natte klap gooide hij het op het dek, waarmee hij een slank, met donkere haartjes bestoven torso blootgaf.

Kate keek toe, haar geamuseerdheid overgaand in waardering. Ondanks zijn ranke bouw waren zijn schouders breed en zijn armen subtiel gespierd. Hij keek naar haar terug, een uitdaging in zijn ogen terwijl zijn handen naar de knoop van zijn spijkerbroek gleden.

'Draai je om als je gaat blozen,' plaagde hij, haar eerdere woorden echoënd.

'Ik bloos niet,' antwoordde Kate, al voelde ze de hitte in haar wangen die niets met het hete water te maken had.

Ben hield oogcontact terwijl hij het natte denim over zijn benen werkte, duidelijk een hele toer in de beperkte ruimte. Na wat onbeholpen gemanoeuvreer kreeg hij zijn spijkerbroek en boxers uit en voegde ze toe aan de kletsnatte stapel op het dek. Hij liet zich tegenover haar in het water zakken, zijn lange benen die de hare raakten in de beperkte ruimte.

'Beter?' vroeg Kate, haar stem lager dan ze had bedoeld.

'Veel beter,' antwoordde Ben, terwijl hij haar blik vasthield. Het speelse moment was verschoven; de lucht tussen hen was dik van verwachting.

Kate bewoog als eerste, gleed het kleine stukje dat hen scheidde naar hem toe, tot haar knieën zijn dijen raakten. Ben bleef roerloos en keek haar aan met een intensiteit die haar huid deed tintelen ondanks de hitte van het water. Ze legde haar handen op zijn schouders en voelde de stevige warmte van hem onder haar handpalmen.

'Ik denk hier al aan sinds die avond dat we kusten,' gaf ze zacht toe.

'Ik ook,' zijn handen vonden haar taille, zijn vingers omspanden met zachte druk haar ribben. 'Meer dan ik zou moeten.'

Kate boog voorover en overbrugde de laatste afstand tussen hen. Deze kus was anders dan de eerste; geen aarzeling, geen verrassing. Ze drukte haar lippen vastberaden op de zijne en Ben reageerde meteen, met één hand die langs haar ruggengraat omhoog gleed om de achterkant van haar hoofd te omvatten.

De kus verdiepte zich, het water klotste om hen heen terwijl Kate nog dichterbij kwam en haar lichaam zijn plek tegen het zijne vond. Ben's hand op haar taille gleed lager, volgde de ronding van haar heup door de dunne stof van haar slip. Zijn aanraking was eerbiedig maar zeker, verkennend eerder dan opeisend.

Kate zuchtte tegen zijn mond, terwijl haar handen de vlakken van zijn borst verkenden, de lijnen van hem lerend. Hun lichamen pasten vanzelf, haar dijen aan weerszijden van de zijne, terwijl de kus dringender werd. Het gelijkmatige dreunen van verlangen dat al weken tussen hen had gezoemd, zwol aan, veegde de laatste aarzeling weg, en ze liet haar hand zakken om de zijne te leiden en haar ondergoed naar beneden te schuiven.

Ze vonden elkaar langzaam, hun bewegingen teder uit respect voor haar vermoeide spieren. Kate hapte naar adem tegen Ben's schouder toen ze samenkwamen, haar vingers die zich in zijn armen groeven. Zijn handen leidden haar heupen in een loom ritme; het water klotste in zachte golven die hun bewegingen volgden.

Er was geen haast, geen wanhopige drift, alleen het geleidelijke opbouwen van genot, onderbroken door gefluisterde woorden en gedeelde adem. Ben keek met verwondering naar haar terwijl ze boven hem bewoog, zijn handen tegelijk ondersteunend en zoekend. Toen de ontlading eindelijk kwam, spoelde die door Kate heen als een golf; ze beefde en klemde zich aan Ben vast toen hij haar kort daarna volgde.

Later, gewikkeld in te grote handdoeken op de lounges op het dek, lag Kate met haar hoofd tegen Ben's schouder. Haar lijf gonsde van aangename loomheid, spieren los en warm van zowel de hottub als hun samenzijn. Ben's arm lag om haar heen, zijn vingertoppen trokken lome patronen op haar arm door de handdoek heen.

De nacht was stil op het zachte gefluister van de wind door de bomen na. Boven hen was de heldere Queenslandse hemel bezaaid met sterren, ontelbare speldenprikjes licht in het donker. Kate merkte dat ze glimlachte, een tevredenheid tot in haar botten zakte neer die ze zich niet kon herinneren ooit zó gevoeld te hebben.

'Ik kan je horen denken,' murmelde Ben tegen haar haar.

Kate grinnikte zacht. 'Niet denken. Gewoon... zijn.'

Zijn arm trok iets steviger om haar heen. 'En, hoe is dat? Gewoon zijn?'

'Onwennig,' gaf ze toe. 'Maar fijn.' Ze kantelde haar gezicht omhoog om naar hem te kijken en vond zijn uitdrukking zacht in het schemerlicht. 'Ik doe dit niet vaak, weet je.'

'In een handdoek op het dek zitten?' plaagde Ben zacht.

Ze stootte hem met haar elleboog aan. 'Je weet wat ik bedoel.'

'Dat weet ik,' erkende hij, zijn toon serieuzer wordend. 'En voor wat het waard is: ik ook niet. Niet zo.'

Kate leunde weer tegen hem aan en begreep precies wat hij bedoelde. Dit was niet alleen lichamelijke aantrekkingskracht of handige nabijheid. Er was iets diepers tussen hen ontstaan; een band die was begonnen met wederzijds respect en uitgegroeid tot iets wat geen van beiden had voorzien.

Voor het eerst sinds ze zich kon heugen, voelde Kate zich volledig vrij van verwachtingen; die van haarzelf, van haar familie, van de paardensportwereld. Morgen zou plichten brengen en wedstrijden en alle druk die bij haar gekozen pad hoort. Maar vannacht was er alleen dit: de sterren, de zachte nacht, en Ben's standvastige aanwezigheid naast haar.

Hoofdstuk Tien

ZONSOPGANG BIJ RIDGEWATER WAS altijd goudkleurig, maar juist op deze maandag was hij tegelijk spectaculair en toch zacht; de eerste stralen waaierden over het meer en maakten van de dauw op het gras een veld vol piepkleine diamanten. De wereld voelde alsof ze schoon-gespoeld was. Kate, gehuld in een zachte badjas en met haar haar nog druipend van de douche, zat kleermakerszit op de loungeset op het dek van The Shack met haar laptop op haar knieën. Ze kneep haar ogen dicht, niet tegen het scherm zelf maar tegen de schittering die erop weerkaatste, en mompelde iets over de grenzen aan "terug naar de natuur" als je kwartaalrapportages verschuldigd was aan een Europees bedrijf.

Ben, nog verfrommelder dan anders, kwam uit de keuken met twee niet-bij-elkaar-passende mokken. Op de ene stond een paard dat over een hek sprong; op de andere een schreeuwerige slogan in blokletters: IK HEB MIJN BOEK GEPAUZEERD VOOR DIT? Beiden dampten stevig in de ochtendkou.

Hij stak het brede veranda-dek behoedzaam over, zijn blote voeten stil op de oude planken. 'Koffie,' zei hij, terwijl hij haar de paardenmok aanbood als een vredesoffer. 'Wit met één, zoals gevraagd.'

Kate nam hem aan met een dankbare knik, koesterde even de warmte in haar handen en nam toen een slok. 'Je bent m'n redding,' zei ze, en bij de eerste smaak brak er een echte, onbewaakte glimlach door op haar lippen.

'Ik heb mijn best gedaan. Het espressomachientje daarbinnen is een relikwie. Ik durf te wedden dat het ouder is dan ik. Je ouders mogen zichzelf weleens trakteren op een nieuwe.' Hij liet zich naast haar op de loungebank zakken, zo dichtbij dat hun knieën even tegen elkaar tikten voordat Kate haar been verlegde naar een meer zakelijke, minder verstrengelde houding.

Ze zaten in een vertrouwde stilte, keken hoe de zon de nevel van het meer joeg. Iets achter hen zong een ekster een uitgebreide aria, en af en toe klonk er uit de weides het slaperige gesnuif van een paard. De stilte was volledig, maar niet leeg.

'Heb je geslapen?' vroeg Ben uiteindelijk, en hij keek over de rand van zijn mok naar haar.

'Uiteindelijk wel,' zei Kate. 'Werd om vier uur wakker, wat technisch gezien uitslapen is op wedstrijddagen.' Ze wierp hem een blik toe, keek toen weg, ineens verlegen. 'Jij?'

Hij haalde zijn schouders op. 'Beetje beneveld, eerlijk gezegd. Ik ben het niet gewend om naar bed te gaan met iemand in de buurt, laat staan ermee wakker te worden.' Hij aarzelde even en voegde toe: 'Maar het was wel fijn. Huiselijk. Op een rare, post-atletische-glorie-manier.'

Kate schoot in de lach. 'Is dat een compliment of een recensie?'

'Allebei een beetje,' zei Ben, met die makkelijke, licht scheve glimlach die zij gisteravond had bestempeld als het gevaarlijkste aan hem.

Ze nipte van haar koffie en liet haar blik weer langs de gloedvolle horizon dwalen. 'Ik hóór eigenlijk te werken,' bekende ze, knikkend naar haar laptop. 'Als ik deze sponsorvoorstellen vandaag niet indien, mis ik de deadline. Sarah gaat me dan die Blik geven.'

'Die ken ik maar al te goed,' zei Ben, 'maar ik begin te denken dat jij meer om de blik geeft dan om het geld.'

Kate wierp hem een schuine blik toe. 'Ik geef om allebei. Maar die blik achtervolgt me in mijn dromen.'

Ben grijnsde en boog zich toen over om het scherm te lezen. 'Wie is vandaag de gelukkige firma?'

'Equinova. Een Zweeds biotechbedrijf. Ze willen uitbreiden naar de Australaziatische markt, en wij zijn blijkbaar "een geloofwaardige partner voor hun waarden- en alignmentsinitiatieven".' Ze maakte aanhalingstekens in de lucht en keek toen fronsend naar de frase in haar concept. 'Ik kan niet kiezen of ik ze moet binnenhalen met ons duurzaamheidsprogramma of met het slagingspercentage van onze eigen fokproducten. Op papier klinken ze allebei even nep.'

Ben dacht even na en tikte toen op het touchpad om omhoog te scrollen. 'Ze willen een verhaal, geen spreadsheet. Begin met het ontstaan: een internationale liefdesgeschiedenis tussen Olympiërs, de dochters die hun nalatenschap voortzetten, de droom om iets te bouwen dat hen overleeft. De wereld is dol op een dynastie, vooral als er tegenslag en triomf in zitten.'

Kate snoof. 'Tegenslag is gewoon een ander woord voor "blut zijn terwijl al je concurrenten businessclass vliegen".'

Ben haalde zijn schouders op. 'Het is nog steeds een goed verhaal. Laat ze jouw passie zien, niet alleen je resultaten.'

Ze klapte de laptop dicht en draaide zich naar hem toe. 'Je bent hier niet de slechtste in, weet je.'

'Lof uit onverwachte hoek,' zei Ben, en hij tikte zijn mok zachtjes tegen de hare. 'Over verhalen gesproken, mag ik iets op je uitproberen?'

Kate knikte, haar nieuwsgierigheid geprikkeld. Ben reikte naar het bijzettafeltje, griste zijn gehavende notitieboekje mee en sloeg een pagina open die halfvol stond met zijn kleine, schuine handschrift.

'Ik ben gisteravond aan de nieuwe opzet begonnen,' zei hij, 'na... alles.' Zijn hand aarzelde boven de pagina, alsof hij niet zeker wist of hij hem moest overhandigen, maar uiteindelijk las hij gewoon voor. '"Boek één: Outback noir. Ex-agent keert terug naar klein stadje voor begrafenis van vervreemde zus, vindt bewijs van corruptie in lokale paardenracesyndicaat. Problemen escaleren: verdwenen paarden, geheime doping, witwassen, lichamen in de bush. Thema's: nalatenschap, verlossing, vertrouwen."'

Hij keek op. 'Het is duidelijk niet Ridgewater, maar...'

'Duidelijk,' zei Kate droog, 'want niemand van ons is een ex-agent of al dood.'

Ben grijnsde. 'Maar het raamwerk staat. Ik denk eraan om de hoofdrechercheur van de serie een vrouw te maken. Ze is gedreven, stoïcijns, technisch heel sterk, maar met een blok aan haar been over zichzelf bewijzen in een macho-wereld.'

Kate grijnsde terug. 'Pure fantasie.'

'Precies,' zei Ben. 'En hier heb ik je input nodig: het keerpunt is dat er een paard gedrogeerd en achtergelaten in een paddock wordt gevonden. Maar ik weet niet of dat realistisch is. Dope is duur, toch?'

Kate schudde haar hoofd. 'Nee. Het punt is: je komt er nooit mee weg op een echte wedstrijd. Ze testen nu op elk niveau. Als jouw ex-agent slim is, weet ze dat het allemaal een opzetje of een afleidingsmanoeuvre is.' Ze fronste. 'Maak de waarde van het paard de sleutel, niet de middelen. Misschien draait het om fokkerij, of om een paard dat is verwisseld, of om vervalste papieren om geld wit te wassen... of om gokken, al weet ik dat je gokken als thema in je huidige boek hebt.'

Bens ogen lichtten op. 'Wacht. Maar dat kan ik juist gebruiken om het te linken... om een spin-off naar de nieuwe serie te maken!' Hij begon koortsachtig te krabbelen in zijn notitieboekje, lippen samengeperst in concentratie. 'Perfect. Zie je wel, ik wist dat jij de insidekennis had. Anders had ik duizend fouten gemaakt.'

'Waarschijnlijk maar negenhonderd,' plaagde Kate, en zachter: 'Het is goed wat je doet. Hoe je dit alles pakt en er iets nieuws van maakt.'

Hij keek op, en even werd de lucht zwaarder, geladen met onuitgesproken dankbaarheid. Kate wendde als eerste haar blik af, terug naar het uitzicht.

Een scherpe ping van haar telefoon liet hen allebei opschrikken. Ze checkte de melding en haar mond trok in een harde, dunne streep. 'Nog eentje,' zei ze. 'Dat is vijf vanmorgen, als je het "dringende geheugensteuntje" van de agent over de deadline meetelt.'

Ben bestudeerde haar gezicht. 'Grote aanbiedingen, of meer van het gebruikelijke?'

'Gebruikelijk,' zei Kate, 'kleinere, lokale merken, of die alleen een paar posts willen. Niet de hoofdacts.'

'Die hoofdacts komen wel,' zei Ben, laconiek.

Ze liet een korte, scherpe lach ontsnappen. 'Dat zeg jij zo zeker als iemand die nog nooit zadelzeep of vliegenspray in ruil voor een Instagram-post heeft aangenomen.'

Hij reikte uit en legde zijn hand op de hare. Zijn vingers waren warm, verrassend vast. 'Ik zeg het omdat ik weet wat je waard bent. En omdat de rest gewoon ruis is, Kate.'

Ze keek naar hun handen, haar duim volgde vanzelf de lijn van zijn knokkel. 'Is het zó simpel?'

'Waarschijnlijk niet,' zei Ben, 'maar ik ben koppig. Dus als de wereld jouw talent niet bijbeent, blijf ik het je gewoon vertellen tot je het gelooft.'

Heel even bestond er niets anders dan de druk van zijn hand. Toen haalde Kate diep en gelijkmatig adem en liet zichzelf aarden, aanwezig zijn. De meldingen konden wachten, de deadlines konden wachten, zelfs de sponsors konden wachten. Voor nu was ze precies waar ze wilde zijn.

Ze keek hem van opzij aan. 'Ga je mij in het boek zetten?'

Ben grijnsde. 'Nou, ik wil niet wegens smaad worden aangeklaagd.'

'Of omdat je je feiten niet op orde hebt,' zei ze, terwijl ze met hernieuwde doelgerichtheid naar haar laptop greep. 'Ik factcheck elk woord.'

Ben beeldde terreur uit, maar toen Kate weer opkeek, stonden in zijn ogen alleen maar stille bewondering. En in dat opgeschorte moment, met de zon die hoger kroop, de koffie die afkoelde en de wereld op pauze, leek het heel goed mogelijk dat alles kon gebeuren.

Om 8:30 was de septemberzon al warm genoeg om de laatste nevel weg te snijden. Kate ritste haar bodywarmer dicht en liep het grindpad op richting de stal, een kort stukje dat langer voelde door de manier waarop de verwachting in haar buik oprolde. Ochtenden na wedstrijddagen waren altijd een gejaagde mix van inhaallessen, nieuwe aanvragen van ouders of klanten, en twee keer zoveel klusjes als normaal, maar het was een ritme dat ze door en door kende. Wat ze nog niet helemaal had uitgevogeld, was hoe ze Ben in dat ritme moest passen, maar ze begon te beseffen dat ze dat wilde.

Ze zag hem net voor zich, zachtjes mopperend tegen zijn telefoon terwijl hij probeerde een kookaburra op een hekpalen te fotograferen. Hij keek op toen ze langsliep en grijnsde schuldbewust.

'Interview met de lokale kleur?' vroeg Kate, knikkend naar de kookaburra, die zijn vleugels spreidde en wegvloog.

'Aan mijn gevoel voor plaats aan het werken,' zei Ben, die naast haar kwam lopen. 'Dat en proberen één fatsoenlijke foto te maken voor het socialkanaal van mijn uitgever. Ze blijven "authentieke rurale content" vragen, maar ik vermoed dat ze iets willen met mij in een Akubra en jij die een veulen de fles geeft.'

Kate snoof. 'Veel succes. Ik zit binnen in de baan en geef mijn cafeïneverslaving de fles.'

Bens glimlach werd breder, maar hij sloeg af richting de koffiemachine in de zadelkamer, waardoor Kate de zware staldeur open kon duwen. Ze trof Emma al druk aan het werk; die was met een handhark het laatste stukje zand bij de poort van de piste aan het effenen, nadat ze duidelijk al met de tractorhark was rondgegaan.

'Je bent vroeg,' zei Emma, nauwelijks opkijkend.

'Vanessa ook,' zei Kate, knikkend naar de Range Rover die al bij de stal geparkeerd stond. 'Niet haar stijl. Misschien heeft ze besloten om voor één keer Cavalier zelf op te zadelen.'

Emma lachte, maar haar uitdrukking werd een tikje serieuzer. 'Ze is in een bui. Ik zag haar haar groom afblaffen op de parkeerplaats. Ik heb dat arme kind gezegd dat ze even een kop thee moest gaan drinken en het uit moest laten razen.'

Kate zuchtte. 'Perfect.'

Vanessa verscheen even later, met Cavalier aan de hand. De hengst, hoe groot ook, liep met een ingehouden, bijna argwanende pas, alsof hij elk moment een commando verwachtte. Vanessa's handen, met die belachelijke French manicure, klemden de leadrope vast alsof die een verlengstuk van haar eigen wil was.

Kate zag hoe Vanessa's blik langs de stal schoot en op Ben landde, die net uit de zadelkamer kwam met een mok koffie; en heel even trok Vanessa's hele gezicht samen in een frons. Maar tegen de tijd dat ze de baan binnenstapte, was haar uitdrukking weer gladgestreken tot een zorgvuldig, professioneel masker.

'Goedemorgen, Kate,' zei Vanessa, de vrolijkheid in haar stem net zo nep als haar nagels. 'Prachtige dag, nietwaar?'

'Perfect om te trainen,' antwoordde Kate. 'Hoe was jouw herstel na de wedstrijd van zaterdag?'

Vanessa trok een gezicht. 'Prima. Cavalier is degene met problemen. Hij is links stijf sinds we thuis kwamen.'

Kate keek naar de beweging van het paard terwijl ze de ring rondgingen. 'Hij oogt hier prima. Wilt je hem even voortraven voordat je opstapt, voor de zekerheid?'

Vanessa kneep haar ogen samen, maar knikte. 'je bent de expert,' zei ze. 'Al wil ik graag vooruitgang op die pirouettes. Ik zie de scores niet die ik wil.'

'Daar komen we,' verzekerde Kate haar, 'maar alleen als we zijn lichaam én geest verzorgen. Dat levert consistentie op.'

Kate zag geen tekenen van onregelmatigheid toen Vanessa Cavalier voortrouwde en gaf Vanessa groen licht om op te stijgen. Ze probeerde niet te verkrampen toen ze de spanning in de hengst zag kruipen zodra Vanessa haar voet in de beugel zette, en Vanessa's handen die de teugels al aanspanden terwijl ze nog maar net aan het stappen waren.

Ben kwam op dat moment aanlopen met zijn koffie en leunde discreet tegen de omheining aan het uiteinde van de baan met zijn notitieboek. Kate voelde een piepklein steekje irritatie – hij moest opgaan in de achtergrond, niet zich installeren als vast onderdeel – maar ze drukte het weg. Ze wist inmiddels dat Bens gefocuste aandacht kon overkomen als bewaking, maar hij legde het altijd uit: research voor het volgende boek, gevoel krijgen voor de taal en ritmes van het paardenleven. En Vanessa leek niet eens te merken dat hij er was.

De les begon nog best goed. Cavalier, wat gespannen, reageerde op de lichtste hulpen, maar zodra ze aan het zijwaartse werk begonnen, liep de spanning op. Bij de tweede poging tot travers verloor Cavalier het ritme en aarzelde. Vanessa rukte meteen aan de teugels, haar mond in een dunne lijn.

'Zachtjes in zijn mond,' riep Kate. 'Hij luistert, hij verloor alleen zijn balans. Geef hem een pas om te herpakken.'

Vanessa's glimlach flikkerde, aan en uit als een kapotte lamp. 'Sorry. Ik ben gewoon gefrustreerd. Hij kan dit.'

Kate liep naar het midden van de baan, zodat ze de aandacht van paard én ruiter opeiste. 'Hij komt net terug van twee dagen vrij en een lange rit. Het is alsof je een marathon loopt na drie uur in de auto. Laten we opnieuw beginnen, vanaf het begin.'

Vanessa knikte, maar terwijl ze achter Kate langs reed om bovenaan de baan opnieuw te beginnen, hoorde Kate de kenmerkende tik van Vanessa's dressuurzweep en draaide zich om. Cavalier schoot met zijn hoofd omhoog; zijn kaak zette zich tegen het bit, zijn staart trok strak tussen zijn achterhand — een duidelijk teken van stress.

Kate slikte haar opborrelende woede in en besloot te laten zien wat ze preekte. 'je moet hem vertrouwen,' zei ze. 'Hij wíl het goed doen.'

'Ik vertrouw hem,' hield Vanessa vol, 'ik heb alleen nodig dat hij mij terug vertrouwt.'

Kate hield haar mond, omdat ze zichzelf niet vertrouwde om zonder sarcasme te spreken. In plaats daarvan legde ze de rest van de les de nadruk op oefeningen die zachtheid en samenwerking beloonden, en prees ze alles wat Cavalier goed deed.

Toen het uur om was, gleed Vanessa met haar gebruikelijke gratie uit het zadel, maar haar gezicht stond in haar nieuwe, standaardfrons.

'Ik zet hem morgen in de Pessoa,' kondigde ze aan, zonder Cavalier ook maar een plichtmatig klopje te geven. 'Hij moet achter meer gaan ondertreden.'

Kate klemde haar kaken op elkaar. 'je weet dat ik niet geloof in het gebruiken van hulpteugels om paarden in een frame te duwen of te trekken. Cavalier heeft van nature een prachtige houding.'

'Als hij die nou eens gebruikte als het hem gevraagd wordt,' sneerde Vanessa, maar het was duidelijk dat ze deed wat zij wilde, en Kate kon haar niet tegenhouden.

Vanessa leidde Cavalier weg, haar passen kort en fel. Kate hoorde haar de groom bevelen toeblaffen voordat de deur dichtzwaaide. De lucht in de baan werd meteen lichter, maar ook zwaarder door alles wat onuitgesproken bleef.

Ben verscheen aan haar elleboog en sloot zijn notitieboek. 'Dat zag er gezellig uit,' zei hij droog.

'Ze staat onder veel druk,' zei Kate, zonder dat ze zeker wist wie ze precies probeerde te overtuigen.

Ben aarzelde en zei toen: 'Ik hoorde iets op de wedstrijd. Over haar rijkunst?'

Kate voelde een koude prikkel in haar nek. 'Wat dan?'

'Een vent op de tribune had het over "rolkur" en dat Cavaliers neus bijna zijn borst raakte tijdens de halve proef. Hij klonk behoorlijk pissig, zei dat het nu niet meer door de beugel kan en dat de jury haar daarom zo laag had gezet. Ik snapte de details niet helemaal.'

Kates gezicht versteende. 'Het is niet alleen "niet door de beugel". Het is in Europa verboden en tegen de geest van elke code die we hier onderwijzen. Als je een paardenhoofd zó dwingt, knijp je hun luchtweg af, hun wervelkolom, hun hele lijf. Het is…' ze zocht naar een woord zonder krachtterm, '… onmenselijk.'

Ben wachtte, liet de stilte zich vullen met alles wat Kate niet zei. Hij keek toe hoe ze hurkte om een gevallen hoevenkrabber op te rapen, haar kaak opzij bewoog — een gewoonte die ze had ontwikkeld na jaren haar eerste reactie op domheid inslikken.

'Denk je dat ze het expres doet?' vroeg hij, laag.

Kate schudde haar hoofd. 'Niet bewust. Maar ze raakt wanhopig. Als het paard haar niet geeft wat ze wil, dán pakt ze het, en voor je het weet zie je blauwe tongen en witte ogen op de foto's.'

Ben keek bezorgd en tikte met het notitieboek tegen zijn dij. 'Kun je haar erop aanspreken?'

'Ze is mijn cliënt, niet mijn leerling. Dat is een verschil. Als ik te hard duw, stuurt haar moeder me de laan uit, en dan gaat ze ergens anders heen waar het nog erger wordt.'

Bens blik was standvastig, onbewogen. 'Dus jij moet gewoon toekijken?'

'Ik moet haar beter maken, ondanks zichzelf,' zei Kate, laag maar fel. 'En voorkomen dat Cavalier kapot is vóór hij tien is.'

Sarah stak haar hoofd om de deur van de baan. 'Ik moet even naar het dorp; kun je me een enorme dienst bewijzen en Legend longeren?' vroeg ze, over Ridgewaters dekhengst, die ondanks zijn leeftijd nog steeds regelmatig lichte beweging nodig had om vrolijk en rustig te blijven.

Kate kwam overeind, haar boosheid voorlopig opgeborgen. 'Ja, natuurlijk. Mijn volgende les is pas om twaalf uur.'

'Dank je, lief! Ik ben je er eentje schuldig!' Sarah verdween met een zwaai.

Ben keek haar na en wendde zich toen weer tot Kate. 'Wil je dat ik de volgende keer iets zeg? Tegen haar, of wie dan ook?'

De vraag verraste haar. 'Waarom zou je?'

'Omdat het jou dwarszit,' zei Ben, alsof dat de simpelste verklaring ter wereld was. 'En omdat ik van paarden houd, ook al zijn het voor mij gewoon dure huisdieren.'

Kates gezicht verzachtte, heel even. 'Dank je. Maar als je wilt helpen, blijf dan gewoon vastleggen wat je ziet. Soms is het enige wat de wereld verandert, bewijs.'

Ben knikte, tevreden. 'Komt in orde.'

Hij klemde zijn notitieboek onder zijn arm en pauzeerde bij het weggaan, keek nog even om. 'Voor wat het waard is: je handelde haar perfect. Alsof ze een lastige verdachte was. Ik hou van je stijl.'

Ze keek hem na, en de spanning in haar schouders zakte een fractie. Misschien had Ben gelijk. Misschien was haar taak om te doen wat ze kon, in de tijd die ze had, voor de paarden die haar pad kruisten. Misschien was dat genoeg.

Ze sloot even haar ogen, verzamelde zich voor de dag die kwam, en marcheerde toen richting de deur, bemoedigd door de gedachte dat ze het komende halfuur Legend zou helpen de stijfheid uit zijn oudere lijf te werken.

De wereld veranderde zichzelf niet. Maar misschien kun je haar, mens voor mens, les na les, een duwtje in de goede richting geven.

Het avondeten in het Grote Huis was zelden een stille aangelegenheid. Vanavond stond de tafel boordevol schalen curry, een paar enorme schalen rijst en niet minder dan drie soorten huisgebakken brood, courtesy of Sarah, die volhield dat zelfs de meest professionele atleten koolhydraten nodig hadden.

Ben zat tussen Pip en Marcus, met Kate tegenover hem en Sarah aan het hoofd van de tafel. Pip, met haar ellebogen schaamteloos op het linnen, werkte haar biryani naar binnen met de gretigheid van iemand die de hele dag met pittige pony's had gewerkt en elk hapje had verdiend. Marcus, minder thuis in de rumoerige sfeer, werkte behoedzaam zijn rijst naar binnen en wierp af en toe een blik op zijn telefoon om de tijd te checken.

Het was bijna prettig, dat gevoel van omringd zijn maar niet ingeklemd, tot Pip, halverwege een hap, floepte: 'Het raarste: Miracles weitje stond wagenwijd open toen ik uit de round yard kwam. De hengst heeft brains, maar nog net geen "ik maak mezelf los"-brains. Gelukkig was hij te druk met zijn ronde baal om het te merken.'

De woorden gleden soepel het gesprek in, maar Ben zag hoe Kates ogen scherper werden.

Marcus maakte een bedenkelijk geluid. 'Die grendels van de hekken zijn stug. Als je de klik niet hoort, kunnen ze je foppen.'

'Dank je, dokter,' zei Pip, 'maar dit is niet de eerste keer. Vorige week stond de kuddepaddock de hele ochtend open tot Zoe het met de lunch vond. En de deur van de voerkamer stond vrijdag te klapperen.'

Marcus fronste en legde zijn vork neer. 'Dat is een gezondheidsrisico, niet alleen een ergernis. We kunnen geen willekeurige dieren of mensen in de voerkamer hebben rondlopen.'

Sarah zuchtte en legde eindelijk zelf ook haar vork neer. 'Ik stuur iedereen wel een bericht. Maar dit soort kleine ongelukjes gebeuren als je zoveel handen aan dek hebt, zeker nu we een paar nieuwe backpackers hebben voor het farmwork-deel van hun visum, Vanessa's nieuwe groom die onze routines nog niet kent, en een stel nieuwe leerlingen dat voor lessen binnenloopt.'

Kate, die tijdens dit alles stil was geweest, sprak eindelijk. 'Het zijn niet alleen de hekken,' zei ze laag. 'Drie keer in de afgelopen week heb ik de medicijnkast in de zadelkamer niet op slot gevonden. Niet wagenwijd open, maar ook niet hergrendeld.'

Bens brein schakelde meteen in en puzzelde de gebeurtenissen tot er Iets Verdachts ontstond. 'Was er iets verdwenen?'

'Niet dat ik zag,' zei Kate, terwijl ze haar rijst in een keurige heuvel schoof. 'Maar vanmiddag, toen ik Misty's hoefsupplement klaarzette, stonden er een pot bute en een tube breedspectrumantibiotica op het aanrecht. Geen van beide was uitgeschreven, en we hebben op dit moment geen paarden die een van beide zouden moeten krijgen.'

'Kan iemand vergeten zijn het op te schrijven,' opperde Pip, al klonk ze weinig overtuigd.

Marcus keek echter somber. 'Phenylbutazon is alleen op recept. Niemand mag daaraan zitten zonder mijn goedkeuring. Antibiotica al helemaal niet. Ik doe morgen een volledige audit.'

Het viel stil aan tafel, ongemakkelijk, onderbroken alleen door het schrapen van borden en het zachte, nerveuze gehinnik van een paard buiten, hoorbaar door het open raam.

Ben, die mentale aantekeningen maakte, probeerde de sfeer te lichten. 'Misschien is Miracle gewoon een wonderkind. Grote ontsnappingskunstenaars worden geboren, niet gemaakt. En Misty is zijn tante, tenslotte; ik heb alle verhalen gehoord over haar ontsnappingen, waaronder dat ze Sarah's bruiloftsreceptie binnenviel!'

De lach veegde de vreemde spanning niet helemaal weg. Ben keek naar Kate, ving haar blik en haalde heel licht zijn schouders op: Denk jij wat ik denk?

Na het dessert — een veel te rijke kokosrijstpudding waar iedereen over klaagde en die toch opging — viel het gezelschap uit elkaar. Marcus stond als eerste op, mompelend over cliëntendossiers die hij moest bijwerken. Sarah bleef om op te ruimen en joeg Pip naar Jake's huis, om er te zijn als hij om tien uur klaar was met werken. Kate bleef aan tafel hangen en trok gedachteloos cirkels in de condens op haar waterglas.

Ben wachtte tot ze alleen waren voordat hij zei: 'Je denkt niet dat het gewoon slordigheid is, hè?'

Ze schudde haar hoofd. 'Als het één ding was, of zelfs twee, misschien. Maar alles bij elkaar? Nee. Iemand is slordig, of dom, of erger.'

Hij liet de woorden hangen. 'Heb je een verdachte?'

Kates kaak spande. 'Te veel. Het kan iemand zijn die gratis medicijnen voor zijn eigen paarden wil. We hebben veel in- en uitlopende krachten. Het kan zelfs een van de kids zijn, die denkt dat een pony ziek is en hem wil behandelen.'

Ben woog dit af, tikkend met een vinger tegen zijn kin. 'Wil je dat ik eens rondvraag? De onschuldige stadsjongen spelen, kijken wat mensen zeggen als ze denken dat ik de finesses toch niet snap?'

Kate glimlachte. 'Je bent daar beter in dan je toegeeft. Maar wees voorzichtig. Dit is geen plottwist in een boek. Het zijn grote dieren, en een beetje nalatigheid gaat een lange weg.'

Hij knikte en prentte de waarschuwing zich in.

Later, terug bij The Shack, nam Ben zijn eigen advies ter harte en ging op de veranda-treden zitten, een gehavende kampeerlantaarn wierp een poel geel licht over zijn notitieboek. De nacht was dik van het gekwaak van kikkers en het verre gerommel van een trein, maar verder stil.

Hij sloeg een nieuwe pagina open en schreef in blokletters:

VREEMDHEIDEN BIJ RIDGEWATER
Medicijnkast ontgrendeld – twee keer
Miracles paddockhek open
Broodmerriehek open – één keer, misschien twee
Deur voerkamer open
Supplementen, antibiotica achtergelaten op het aanrecht in de zadelkamer

Hij stopte en staarde naar de lijst. Het las meer als de opmaat naar een truecrime-podcast dan als het leven op een manege.

Hij tikte met de pen tegen zijn tanden. Toevalligheden? Misschien. Of iets anders? Hij voegde een laatste regel toe:

Let op patroon.

Ben sloot het notitieboek en bleef een tijdje zitten, kijkend naar de lichtjes die knipoogden vanuit de stallen aan de andere kant van het verduisterde gazon. Als er een patroon was, zou hij het vinden, eerst voor een goed verhaal, maar nu misschien voor iets meer.

Een briesje stak op vanaf het meer en heel even meende Ben het schrapen van een hoef over grind te horen. Hij luisterde, maar het geluid herhaalde zich niet. Waarschijnlijk niets. Maar in zijn hoofd schreef hij het volgende hoofdstuk al.

Hoofdstuk Elf

Ben leunde tegen de reling van de losrijbaan en zette in zijn hoofd alle details op een rij die hij nodig kon hebben om een authentieke moordscène in de paardensport te schrijven. Het Queensland State Equestrian Centre gonste van de activiteit, een vreemde mix van beheerste elegantie en koortsachtige voorbereiding. Paarden die meer waard waren dan zijn laatste voorschot dansten voorbij, hun vachten glanzend als natte verf in de ochtendzon. Hun ruiters, gezichten in een masker van concentratie, leidden ze door complexe patronen terwijl ze terloops de concurrenten groetten die ze waarschijnlijk al maanden van plan waren te verslaan.

Het was allemaal heel beschaafd, heel gecontroleerd, en onder het oppervlak absoluut ziedend van spanning.

Ben had de tijd van zijn leven.

Hij zag Kate bij de ingang van het hoofdgebouw van de stallen, waar ze voor de derde keer in vijf minuten op haar horloge keek. De aanstaande afspraak met Equinova zat haar duidelijk dwars. Ze droeg haar wedstrijdoutfit al: kraakwitte rijbroek, lange glanzende zwarte laarzen en een getailleerd zwart jasje dat haar atletische bouw accentueerde, maar haar gebruikelijke beheerste houding was aan de randen gebarsten. Haar schouders waren iets naar voren getrokken, haar vingers friemelden aan de manchetten van haar jasje en haar blik schoot steeds naar de sponsortent, waar vertegenwoordigers van allerlei bedrijven als chic geklede aasgieren samenklonterden.

'Dit kun je,' riep Ben terwijl hij zich van de reling afduwde en naar haar toe liep.

Kate keek op, haar ogen stelden niet helemaal scherp op hem, nog steeds verzonken in welke mentale voorbereiding ze ook aan het doorlopen was. Ze knikte afwezig, haar vingers tikten een patroon tegen haar dij in wat hij inmiddels herkende als het in haar hoofd doornemen van een dressuurproef.

'Equinova lijkt er erg op gebrand je te spreken,' moedigde hij aan, in een poging haar in het moment te trekken. 'Met je Zweedse connectie via Ingrid lijk je een logische match voor ze.'

'Dat was vroeger,' antwoordde Kate, haar stem gespannen. 'Voordat Vanessa ze tagde in een van haar glanzende, perfecte Instagram-posts.'

Ben fronste. 'Kunnen ze niet meer dan één ruiter sponsoren?'

'Het zou kunnen,' zei Kate, 'maar ze doen het niet. Het is of zij of ik.' Ze keek langs hem heen, haar uitdrukking verhardde licht. 'Over gesproken...'

Ben draaide zich om om haar blik te volgen. Aan de andere kant van het terrein had zich een kleine menigte verzameld bij het VIP-gedeelte. In het midden stond Vanessa, haar groom achter haar met Cavalier aan de hand. Vanessa leek meer klaar voor een fotoshoot dan voor een wedstrijd, stralend in een smetteloze witte outfit die leek alsof die nog nooit daadwerkelijk een paard had geraakt. Elk detail schreeuwde dure investering, van de met kristallen bezette frontriem aan Cavaliers hoofdstel tot de bijpassende kristallen die wedijverden met de glans van lakleer op haar eigen laarzen.

Zelfs op afstand zag Ben dat ze aan het optreden was, haar glimlach oogverblindend, haar gebaren levendig maar gecontroleerd terwijl ze het gezelschap bespeelde. Haar moeder hing aan de rand van de groep, knikkend en goedkeurend bij wat Vanessa ook zei.

'Zou je het erg vinden?' vroeg Kate, knikkend richting de stallen. 'Zoe appte dat Misty er klaar voor is, maar ik moet naar die afspraak.'

'Ik kijk wel even bij haar,' verzekerde Ben haar. 'Richt jij je maar op het charmeren van de Zweden. Jij spreekt tenminste hun taal!'

Kates lippen trokken even, wat onder andere omstandigheden een glimlach had kunnen zijn. 'Dank je,' zei ze, terwijl ze kort in zijn arm kneep voordat ze naar de sponsortent liep.

Ben bleef staan en keek toe hoe ze haar schouders rechtte en haar kin hief, zichzelf fysiek transformeerde tot Kate McKenzie, olympisch hoop en vertegenwoordiger van Ridgewater. De kwetsbaarheid die hij enkele momenten eerder had gezien, verdween onder een professionele façade.

Geprikkeld door nieuwsgierigheid dreef hij dichter naar Vanessa's gezelschap in plaats van rechtstreeks naar de stallen te gaan. Hij herkende een paar gezichten van de vorige wedstrijd: de Australische distributeur van een Europees high-end ruitersportmerk, een vertegenwoordiger van een groot voermerk, en een vrouw met een badge van Equinova, precies het bedrijf waarmee Kate zo zou spreken.

'Cavaliers bloedlijnen zijn simpelweg uitzonderlijk,' zei Vanessa, haar stem zo afgestemd dat die net natuurlijk klonk en toch iedereen in de buurt het kon horen. 'Beide ouders waren wereldkampioenen, en er is nu al veel interesse in hem als dekhengst. Natuurlijk richten we ons eerst op zijn sportcarrière, maar het potentieel is opmerkelijk.'

Cavalier stond geduldig bij de groom, zijn voskleurige vacht gepolijst tot een koperglans, het beeld van equine aristocratie. Toch merkte Ben hoe de hengst nerveus met zijn oren speelde, een wit randje zichtbaar in zijn oog wanneer Vanessa breed gebaarde. Voor al haar praat over zijn potentie en kwaliteit schonk ze het paard nauwelijks aandacht; ze gebruikte hem als accessoire bij haar monoloog in plaats van hem als partner te behandelen.

Het contrast met hoe Kate met Misty omging, altijd afgestemd op de kleinste reactie van de merrie, trof Ben des te sterker. Zijn blik gleed heen en weer tussen Vanessa's voorstelling en Kate, die nu met doelgerichte passen naderde.

Toen Kate binnen gehoorsafstand van de groep kwam, haperde Vanessa's glimlach even. Iets scherps flitste in haar ogen voordat ze zich herpakte en zich met een sierlijk gebaar tot de dichtstbijzijnde persoon wendde.

'Als je me één moment wilt excuseren,' zei ze tegen de groep, 'ik zie iemand met wie ik absoluut even moet spreken.'

Met perfecte timing onderschepte ze een man van middelbare leeftijd wiens badge aangaf dat hij van het tijdschrift Dressage Australia was. Haar lichaamstaal veranderde subtiel, intiemer, haar hand raakte zijn arm aan alsof ze oude vrienden waren in plaats van zakelijke contacten.

'James, hoe is het?' kirde ze, terwijl ze hem een tikkeltje van de groep wegstuurde maar duidelijk binnen Kates gehoorsafstand bleef terwijl die langs liep. 'Oh, daar is Kate. Ze heeft de laatste tijd wel erg veel aan haar hoofd. Ik hoop echt dat ze zich vandaag kan focussen.'

De woorden waren gebracht met een perfecte mix van bezorgdheid en insinuatie. De vertegenwoordiger van het tijdschrift trok een wenkbrauw op, duidelijk geïnteresseerd in dit potentiële roddeltje. Hij boog dichter naar Vanessa toe en greep al naar het notitieboekje in zijn zak.

Ben keek naar Kates reactie, zag de lichte verstijving van haar rug, het momentane haperen in haar pas voordat ze doorliep, weigeren het aas te slikken. Haar gezicht bleef beheerst, maar hij kende haar inmiddels goed genoeg om de spanning in haar kaak te herkennen, de manier waarop haar vingers zich lichtjes aan haar zijden krulden.

Het hele gebeuren duurde misschien tien seconden, maar Ben begreep precies wat hij had gezien. Vanessa's optreden draaide niet alleen om zichzelf promoten; het ging ook om het subtiel ondermijnen van Kate. De schijnbaar onschuldige opmerking droeg veel in zich: hints van persoonlijke drama's, suggesties van afleiding, zaadjes van twijfel geplant in het hoofd van iemand wiens woorden de publieke opinie konden beïnvloeden.

Het was het psychologische equivalent van een mes tussen de ribben, bezorgd gebracht met een glimlach en aangekleed als vriendschappelijke attentie. Op dat moment bewonderde Ben Kates zelfbeheersing. Hij zou in de verleiding zijn gekomen zich om te draaien en Vanessa direct aan te spreken, maar Kate had eenvoudigweg geweigerd in te gaan, en Vanessa zo het genoegen onthouden van een reactie die tot meer roddel kon worden verdraaid.

Toen Vanessa terugkeerde naar haar bewonderaars, bereikte haar glimlach haar ogen niet. Hij bleef op haar lippen rusten als zorgvuldig aangebrachte make-up, een instrument in plaats van een uitdrukking. Haar blik volgde Kate echter tot die in de sponsortent verdween, berekenend en kil.

Ben fronste en maakte mentaal aantekening van de interactie. Dit was niet alleen competitieve rivaliteit; er zat iets persoonlijks in Vanessa's vijandigheid dat verder ging dan professionele jaloezie. Als schrijver vond hij de dynamiek fascinerend. Als iemand die om Kate gaf, vond hij het zorgwekkend.

Met een laatste blik op Vanessa, die nu lachte om iets wat de vertegenwoordiger van het tijdschrift had gezegd, draaide Ben zich om en liep richting de stallen. Hij had beloofd bij Misty te gaan kijken en, belangrijker, hij wilde er zijn wanneer Kate terugkwam van haar afspraak. Iets zei hem dat ze vandaag een bondgenoot aan haar zijde kon gebruiken, iemand die Vanessa's tactieken had gezien en precies begreep welk soort strijd Kate aan het voeren was.

'Ik loop nu door de stallen,' mompelde Ben in zijn telefoon terwijl hij filmde en probeerde zijn hand stil te houden, hoewel zijn lengte de hoek onhandig maakte. 'Het contrast tussen de openbare ruimtes en daarachter is frappant. Vooraan is het allemaal glans en presentatie. Hierachter is het chaos.' Hij bewoog langzaam over de drukke gang waar grooms tussen de boxen door schoten met emmers en tuig, terwijl paarden nieuwsgierig over de halve deuren keken. Bij een wasplaats aan het einde stonden twee ruiters een bezwete schimmel af te spuiten, hun gesprek een mix van vaktermen die Ben nog aan het ontcijferen was. Perfect materiaal om authenticiteit te geven aan zijn nieuwe serie.

Hij glimlachte in zichzelf, al bedenkend hoe hij de beelden en geluiden in proza zou omzetten. Zijn agent was sceptisch geweest toen hij in hun laatste gesprek het idee pitchte voor een misdaadserie in de paardensport, maar deze wedstrijdlocaties boden het perfecte decor: rijkdom, ambitie en de vurige intensiteit die mensen tot wanhoopsdaden kon drijven. Het onderzoeksfilmpje zou hem helpen details te vangen die zijn stadsbrein anders misschien zou vergeten: de specifieke kwaliteit van het licht door de dakramen van de stallen, de symfonie van snuiven en stampen uit de boxen, de bijzondere manier waarop ruiters zich droegen, met rechte rug zelfs als ze uitgeput waren. Nu hij wist waar hij naar keek, was Ben er vrij zeker van dat hij overal in een menigte een dressuurruiter zou kunnen aanwijzen.

Ben draaide zich naar de losrijbaan en filmde al lopend. Hier was de spanning tastbaar. Een dozijn ruiters cirkelde in schijnbaar willekeurige patronen, en toch wisten ze botsingen te vermijden ondanks de verschillende gangen. Coaches stonden aan de rand en riepen instructies in korte, autoritaire toon:

'Meer buiging in de hoek!'

'Halve ophouding, halve ophouding, nu verruimen!'

'Hou je buitenteugel, in godsnaam!'

Ben zoomde in op een ruiter die een galoppirouette uitvoerde, het paard leek op één punt te draaien terwijl het toch voorwaarts bleef. Een andere ruiter in de buurt worstelde met een soortgelijke oefening; haar paard verzette zich, viel uit het ritme terwijl de stem van de coach steeds gefrustreerder klonk.

'Ze krijgen hier maar tien minuten voordat hun proef begint,' legde een voorbijlopende official uit, die Bens filmen had opgemerkt. 'Het is een ware snelkookpan.'

'Is dat waarom iedereen eruitziet alsof ze elk moment kunnen knappen?' vroeg Ben.

De official lachte. 'Dat, plus het feit dat ze duizenden dollars en ontelbare uren hebben geïnvesteerd voor vijf minuten voor de jury.' Hij knikte naar een ruiter die er bijzonder gespannen uitzag. 'Die daar probeert zich te kwalificeren voor het nationale team. Stel je voor dat je olympische dromen afhangen van de vraag of je paard vanmorgen aan de goede kant van de box is opgestaan.'

Ben bedankte hem en filmde verder, nu gefocust op de gezichten van de ruiters: de strakke concentratie, de af en toe opvlakkerende frustratie die snel werd onderdrukt, het zeldzame moment van voldoening wanneer een onderdeel perfect lukte. Kate had hem dit gevoel eens beschreven, het vlijmscherpe randje tussen controle en chaos dat de dressuur op dit niveau typeert.

Hij liep door naar de rij met boxen van de toppaarden. Elke box had gepersonaliseerde naamplaatjes, kampioensrozetten en sponsorbanners. Ben pande langzaam, en vertelde zachtjes:

'Het economische verschil is fascinerend. Sommige ruiters komen aan in op maat gemaakte vrachtwagens die meer waard zijn dan rijtjeshuizen, terwijl anderen tweedehands spullen bij elkaar sprokkelen en vervoer lenen. Maar eenmaal in de ring draait het om de combinatie, niet om het prijskaartje.'

Hij stopte bij een box waar een groom meticuleus een reeks hoofdstellen poetste die glansden van het zilver en lakleer.

'Dat is voor enkele duizenden dollars aan hoofdstellen,' merkte Ben tegen zijn telefoon op. 'En mij is verteld dat sommige bitten op zichzelf al boven de vijfhonderd dollar kunnen kosten. De gemiddelde toeschouwer heeft geen idee van de investering die hiermee gemoeid is. Dat zadel daar? Dat is Hermès – ja, dat designermerk dat Birkin-tassen maakt. En hoewel het zadel je niet zo veel zou kosten als een Birkin, heb je het nog steeds over tussen de zes en tienduizend dollar… en elk paard moet zijn eigen hebben, speciaal voor hem of haar aangemeten.'

Terwijl hij sprak, ving een beweging zijn aandacht.

Vanessa Hughes stond bij Misty's box en keek schichtig om zich heen. Ben fronste, zich afvragend wat ze in dit gedeelte deed in plaats van bij Cavalier te zijn. Voordat

Ben Vanessa kon aanspreken, brak achter hem rumoer los. Een massieve zwarte hengst kwam dansend de gang door, zijn elegante hoofd werpend, zijn begeleider bijna uit zijn handen trekkend. De vacht van het paard glansde als gepolijst obsidiaan, zijn kracht zichtbaar in elke spelende spier.

'Pardon, we komen erlangs!' riep de groom, worstelend om het opgewonden dier onder controle te houden.

Ben sprong haastig opzij, realiseerde zich dat hij in de weg stond, en struikelde over een voerbak, die rammelend tegen een boxdeur ketste. De zwarte hengst schrok van het geluid en steigerde dramatisch.

'Sorry, sorry,' zei Ben, terwijl hij zijn telefoon liet zakken en zich tegen de muur drukte om ruimte te maken. 'Prachtig paard.'

'Netherland's Pride,' hijgde de groom, die de hengst eindelijk rustig kreeg. 'Prachtig, maar dat weet hij zelf iets te goed, ben ik bang.'

Ben keek hen na, de hoeven van de hengst sloegen met theatrale nadruk op het beton, voordat hij merkte dat hij Vanessa uit het oog was verloren. Hij wierp een blik terug naar Misty's box, maar de gang was nu leeg. Met een mentale schouderophaling hief hij zijn telefoon weer op en ging door met zijn documentatie.

Het stalgebied maakte plaats voor een reeks voorbereidende ringen, waar paarden en ruiters in steeds meer gefocuste settings losreden. Ben filmde de verfijnde dans van de wedstrijdvoorbereiding: grooms die het tuig naverstelden, trainers die lastminute-adviezen gaven, ruiters die ademhalingsoefeningen deden terwijl hun paarden geduldig rondjes stapten.

'Het interessante aan deze wereld,' vertelde hij zacht, 'is hoe de partnerschappen verder reiken dan paard en ruiter. Er is een heel ondersteunend netwerk: grooms, trainers, dierenartsen, familieleden. De dromen van meerdere mensen rusten op vier hoeven en een paar minuten voor de jury.'

De sfeer veranderde toen hij het hoofdwedstrijdterrein naderde: formeler, publiekelijker. Toeschouwers vulden de tribunes, en een combinatiedeelde een vlekkeloze eindreverence, beloond met beleefd applaus. Ben stopte zijn telefoon weg en schakelde van observator naar deelnemer. Hij had genoeg achtergrondmateriaal verzameld voor vandaag en wilde nu aanwezig zijn om de proeven te bekijken.

Kate keek vanuit de voorring toe terwijl Vanessa en Cavalier hun Prix St. Georges-proef reden met wat alleen als agressieve vastberadenheid kon worden omschreven. De voshengst bewoog met in elke pas zichtbare spanning, zijn hals te streng opgericht, zijn bewegingen misten de veerkracht die Kate wist dat hij in zich had. Vanessa's gezicht stond in een masker van concentratie dat tegen woede aan schuurde, haar handen rigide aan de teugels terwijl ze duwde voor steeds dramatischer verruimingen en verzameling. Kate kromp ineen toen Cavalier in de travers licht struikelde, zijn balans aangetast door de overmatige druk. Dit was geen partnerschap; dit was dominantie, en het paard verzette zich duidelijk.

Naast haar verplaatste Misty haar gewicht, oren gespitst naar de arena. Kate streek automatisch over de hals van de schimmel, haar ogen nog steeds op Vanessa's proef gericht. Nog een fout, dit keer in de vliegende wissel; Cavalier sprong uiteindelijk om, maar veel te laat, Vanessa's hulpen herhaaldelijk gegeven zonder effect. Kate kon Vanessa's frustratie bijna voelen over de arena heen, terwijl de hengst niet reageerde.

'Dat gaat geen hoge punten opleveren,' mompelde Zoe, die naast Kate was opgedoken. 'Arme Cavalier lijkt elk moment te kunnen ontploffen daar. Verrast dat hij het nog niet heeft gedaan, eerlijk gezegd. Voor een hengst is hij zo goedzak.'

Kate knikte en hield haar stem laag. 'Ze zet te veel druk. Hij probeert haar te vertellen dat er iets niet goed is, en ze luistert niet.'

De laatste halthouding was rommelig; Cavalier friemelde en stond niet helemaal vierkant, stapte een pas achteruit toen Vanessa hem wilde corrigeren. Vanessa's groet aan de jury was plichtmatig, haar gezicht stond op onweer terwijl ze richting uitgang reed. Het applaus was beleefd maar ingehouden; het publiek had duidelijk gezien dat dit een moeizame proef was.

De punten bevestigden wat Kate al had vermoed: 42,4 procent, waarmee Vanessa stijf onderaan eindigde. Net binnen het uitrijgedeelte zag Kate hoe Vanessa's zelfbeheersing brak. De jongere vrouw sprong met een scherpe beweging af, rukte aan Cavaliers teugels terwijl de hengst nerveus naast haar danste. Vanessa's moeder dook op, haar gezicht een spiegel van de woede van haar dochter, terwijl de groom op afstand bleef, duidelijk terughoudend om dichterbij te komen.

'Waardeloos,' hoorde Kate Vanessa snauwen; het woord droeg moeiteloos over de afstand tussen hen. 'Absoluut waardeloze proef.'

Kate wendde haar blik af; ze wilde niet nog meer van Cavaliers mishandeling zien. Ze had nu haar eigen proef om zich op te concentreren. De steward riep de volgende combinatie al op.

'Vijf minuten,' zei Zoe, terwijl ze Kate's plastron nog één laatste keer rechtlegde. 'Voelt Misty er klaar voor?'

Kate knikte en pakte de teugels om op te stijgen. 'Ze was perfect tijdens het losrijden. Reactief, voorwaarts, in balans.' Ze zakte in het zadel en voelde Misty's solide aanwezigheid onder zich. Dit was het moment waar al hun training naartoe had gewerkt: de kwalificerende scores voor selectie voor het wereldkampioenschap waren binnen bereik.

De vertrouwde routine stelde haar gerust terwijl ze met Misty langs de omtrek van de losrijring stapte. Kate voelde zichzelf in die toestand van gefocuste concentratie glijden waarin niets bestond behalve zijzelf, haar paard en de proef die ze gingen rijden. Vanessa's drama, de druk van sponsorafspraken, zelfs Bens steunende aanwezigheid op de tribune vervaagden tot achtergrondruis.

'Nummer 42, Kate McKenzie op Ridgewater Mystery,' klonk de stem van de omroeper over de geluidsinstallatie.

Kate stuurde Misty naar de ingang van de baan en voelde de krachtige spieren van de merrie onder haar aanspannen. Ze maakten nog één volte terwijl de vorige combinatie de baan verliet, en toen was het tijd. Kate knikte naar de steward, haalde diep adem en reed binnen.

De baan leek tijdens wedstrijden altijd groter dan in de training, de letters die de oefeningen markeerden leken verder uit elkaar te staan, de jurytafels oncomfortabel prominent. Toch voelde Kate alleen zekerheid toen ze bij X halthield en de jury met geoefende precisie groette, voordat ze hun proef begon.

De eerste onderdelen verliepen vloeiend; Misty's uitgestrekte draf liet prachtige zweefmomenten en schoudervrijheid zien. Kate voelde het vertrouwde ritme van hun partnerschap: haar subtiele hulpen werden met een gewillig antwoord beantwoord. De eerste pirouette was leerboekperfect; Misty verzamelde zich en draaide alsof ze op één punt pivoteerde, terwijl ze het galopritme behield.

Het was tijdens de uitgestrekte galop over de diagonaal dat Kate voor het eerst voelde dat er iets niet klopte. Misty, normaal zo gretig om haar pas te verruimen, leek terughoudend. De rug van de merrie, die onder Kate's zit meestal zo soepel was, voelde lichtelijk stug. Kate maakte met haar zit een minuscule aanpassing, moedigde Misty aan voorwaarts te gaan zonder de druk te verhogen.

Er kwam wel respons, maar het was niet met Misty's gebruikelijke enthousiasme. Toen ze terugnam naar arbeidsgalop, voelde Kate een subtiele maar duidelijke verandering in de manier van gaan van de merrie. Geen onregelmatigheid, precies, maar een mindere kwaliteit in de beweging, alsof Misty zich inhield.

Terwijl ze de voorgeschreven onderdelen van de proef bleef rijden, raasden Kate's gedachten. Was Misty gewoon moe? Het losrijden was perfect geweest. Had ze een steentje opgepikt? Onwaarschijnlijk, gezien de zorgvuldig verzorgde bodems. Was ze afgeleid door het publiek? Nee, Misty was een doorgewinterde wedstrijdmerrie, gewend om onder druk te presteren.

De daaropvolgende passage bevestigde Kate's zorgen. Misty's karakteristieke veer en verheffing waren gedempt, haar achterhand schakelde niet in met de gebruikelijke kracht. Voor een ongetraind oog reden ze nog steeds een proef op hoog niveau met ogenschijnlijke precisie, maar Kate voelde het verschil in elke pas. Er klopte iets niet.

Kate paste haar rijden daarop aan: ze ondersteunde Misty met haar benen terwijl ze haar handen zachter hield, zodat de merrie meer vrijheid kreeg. Ze stelde haar verwachtingen subtiel bij en gaf Misty's comfort voorrang boven maximale expressie. Waar ze normaal om meer brillé in de uitgestrekte draf zou vragen, nam ze nu genoegen met correctheid. Waar ze meer verheffing in de passage zou hebben aangemoedigd, accepteerde ze Misty's voorzichtige inzet.

Ze reden de laatste middellijn, en Kate bracht Misty tot een vierkant halthouden bij X. De merrie stond rustig terwijl Kate de jury groette, maar de gebruikelijke vibrerende energie die na een proef door Misty's lijf leek te zoemen, ontbrak opvallend. Kate klopte haar hals en mompelde zachte lof terwijl ze de baan onder beleefd applaus verliet.

Het wachten op hun punten leek eindeloos. Kate stapte af, maakte Misty's singel los en liet haar hand over de hals glijden, voelde de vochtigheid van de inspanning maar merkte ook Misty's gedempte stemming op. Dit was niet de helderogige, tevreden Misty die na een goede proef normaal pratend en dansend terug naar de stallen ging.

'67,8 procent,' klonk uiteindelijk de omroeper.

Kate knikte naar het juryhokje en hield een professionele glimlach, ondanks de teleurstelling die in haar maag kolkte. De score was degelijk, maar ver onder wat ze in recente wedstrijden consequent hadden gereden. Belangrijker: het zou de nationale selecteurs niet imponeren.

'Er klopt iets niet,' zei ze zacht tegen Zoe terwijl ze Misty weg leidden. 'Ze was zichzelf niet daarbinnen.'

Zoe fronste en liet haar ervaren blik over de merrie glijden. 'Ze loopt rad. Temperatuur lijkt normaal.' Ze streek met een hand langs Misty's benen. 'Geen warmte of zwelling die ik voel.'

Kate deed rustig Misty's tuig af; haar handen controleerden automatisch op signalen van ongemak of blessure terwijl ze bezig was. Niets sprong eruit: geen schuurplekken van het zadel, geen wondjes van het bit, geen aanwijzing van fysieke problemen. Toch was Misty's gebruikelijke helderheid na een wedstrijd merkbaar gedoofd; haar ogen waren minder alert en haar reacties op Kate's stem en aanraking minder enthousiast.

'Zou ze iets onder de leden kunnen hebben?' vroeg Kate hardop, terwijl ze haar handpalm tegen Misty's neusgaten legde om op koorts te checken. 'Of heeft ze misschien iets gegeten dat haar niet goed viel?'

'We houden haar in de gaten als haviken,' herinnerde Zoe haar. 'Zelfde voer, zelfde routine. Niets anders.'

Kate controleerde zorgvuldig Misty's ogen; ze leken normaal, niet te helder van koorts en niet te dof van pijn. Ze liet haar handen nog eens langs de benen van de merrie glijden, op zoek naar ook maar een hint van warmte of zwelling die op een sluimerende blessure zou kunnen wijzen. Niets.

'Ik snap het niet,' zei Kate, met een randje frustratie in haar stem. 'Ze was perfect vanmorgen. Perfect in het losrijden. En in de proef was het alsof iemand haar energieniveau had gehalveerd.'

Ze koelde Misty verder uit en stapte rustig met haar door terwijl de ademhaling van de merrie weer normaliseerde. Met elke pas nam Kate's bezorgdheid toe. De merrie mankte niet, vertoonde geen duidelijke tekenen van ongemak, en toch leek de ongrijpbare sprankeling die Misty's aanwezigheid normaal kenmerkte, gedimd.

Kate kende dit paard sinds ze een veulen was, geboren op Ridgewater uit een geredde volbloed, en gedekt door Legend zelf. Ze had elke stemming van Misty gevoeld, van speels tot koppig tot gretig om te plezieren. Deze vlakke, licht afgestompte versie van haar partner voelde verkeerd op een manier die Kate niet eens aan zichzelf goed kon uitleggen. Het was alsof iemand haar briljante, reagerende merrie had vervangen door een overtuigende maar net iets mindere kopie.

Terwijl ze terugliepen naar de stallen, maalde Kate's hoofd door mogelijke oorzaken, elk minder overtuigend dan de vorige. Wat hun optreden had beïnvloed, bleef een verontrustend raadsel—één dat Kate koste wat kost wilde oplossen voor de volgende wedstrijd. Het kwalificatievenster werd kleiner, en ze konden zich geen volgende middelmatige prestatie veroorloven.

Wat haar het meest verontrustte, waren niet de verloren punten of de gedaalde klassering. Het was het knagende gevoel dat er fundamenteel iets mis was met het paard dat ze beter kende dan zichzelf, en dat ze het niet had kunnen vaststellen, laat staan verhelpen.

Ben tikte op zijn toetsenbord; de woorden stroomden deze ochtend gemakkelijk. Kate zat aan de overkant van de keukentafel, haar laptop open op de video van haar proef van drie dagen geleden. Ze had hem inmiddels zeker twee dozijn keer bekeken sinds ze thuis waren, haar wenkbrauwen gefronst terwijl ze elke pas, elke overgang analyseerde, op zoek naar aanwijzingen voor Misty's onkarakteristieke optreden. Ben merkte dat zijn blik af en toe van zijn scherm afdwaalde om haar profiel te bestuderen: de vastberadenheid in haar kaaklijn, de intensiteit in haar ogen.

'Zie je dat?' mompelde Kate, eigenlijk niet tegen hem maar hardop denkend. 'Er zit een aarzeling vóór de overgang. Dat doet ze nooit.'

Ben boog mee om te kijken, al betwijfelde hij of hij de subtiliteiten zou zien die voor Kate zo duidelijk waren. 'Misschien was ze afgeleid?'

Kate schudde haar hoofd en spoelde weer terug. 'Het is geen afleiding. Het is alsof ze nét niet bij haar normale kracht kon komen.' Ze zuchtte en haalde een hand door haar haar. 'Ik heb haar sindsdien al een dozijn keer gecheckt. Geen koorts, geen onregelmatigheid, eet en drinkt normaal; de dag na de wedstrijd was ze weer helemaal zichzelf. Wat het ook was, het lijkt voorbij, maar ik snap nog steeds niet wat er is gebeurd.'

Ben wilde net reageren toen Kate's telefoon ging. Ze nam op met een professionele: 'Met Kate McKenzie.'

Ben typte door, half meeluisterend naar Kate's kant van het gesprek, dat vooral uit korte bevestigingen bestond. Maar iets in de kwaliteit van haar stiltes deed hem opkijken.

Kate werd lijkbleek; haar ogen werden groot en haar lippen weken een fractie, alsof ze in shock was.

'Dat is onmogelijk,' zei ze, met onnatuurlijk vlakke stem. 'Er moet een vergissing zijn.' Een nieuwe pauze. 'Ja, ik ken het protocol. Maar ik zég je: er is een fout gemaakt.' Haar vingers klemden zich om de telefoon. 'Ik wil dat het B-monster direct wordt getest.'

Ben klapte zijn laptop dicht; elke schijn van werken liet hij varen terwijl hij toekeek hoe Kate's wereld in realtime leek in te storten. Haar hand trilde toen ze de telefoon liet zakken en hem aanstaarde alsof het toestel haar fysiek had aangevallen.

'Wat is er?' vroeg Ben, met een benauwd gevoel in zijn borst. 'Kate?'

Haar telefoon gleed uit haar vingers en kletterde op het houten tafelblad. 'Misty testte positief op bute,' fluisterde ze, haar stem hol van ongeloof.

Ben fronste; hij overzag niet meteen de draagwijdte. 'Bute?'

'Fenylbutazon,' zei Kate, alsof het woord haar pijn deed. 'Het is een pijnstiller. Strikt verboden in competitie.' Ze schoof abrupt haar stoel naar achteren, de poten schuurden over de vloer. 'Dit slaat nergens op. Ik zou nooit...' Haar stem brak, en zonder nog een woord stormde ze naar de deur.

'Kate, wacht,' riep Ben, maar ze was al weg; de hordeur klapte achter haar dicht.

Ben bleef een moment zitten, verbijsterd door de plotselinge wending. Hij had inmiddels genoeg van de paardensport gezien om te begrijpen dat dopingtests routine waren, maar de implicaties van een positieve uitslag waren hem nog niet helder. Wat hij wél begreep, was de ontreddering op Kate's gezicht, het absolute ongeloof in haar stem. Wat dit ook betekende, het was ernstig.

Hij trok haastig zijn laarzen aan en ging Kate achterna naar buiten, maar zij was al uit zicht, waarschijnlijk op weg naar de stallen. Ben jogde het pad af, zijn lange benen maakten snel terrein goed, maar bij de hoofdschuur aangekomen, was er geen spoor van Kate.

'Ben?' klonk Pip's stem vanuit een van de boxen. Ze kwam tevoorschijn met een kleine grijze pony aan de hand; haar tengere gestalte deed het al kleine dier groter lijken. 'Als je Kate zoekt: die kwam hier net langsstuiven alsof haar hielen brandden. Ze greep Marcus mee en is naar de zadelkamer gegaan.'

'Heeft ze je gezegd wat er gebeurd is?' vroeg Ben.

Pip schudde haar hoofd, haar blik nieuwsgierig. 'Nee, maar ze keek alsof ze een spook had gezien. Wat is er aan de hand?'

Ben aarzelde, niet zeker of hij het nieuws moest brengen. 'Ze kreeg een telefoontje. Iets over dat Misty positief heeft getest op... bute? Fenylbutazon?'

Pips reactie was onmiddellijk en alarmerend. De halstertouw slipte uit haar vingers toen haar ogen zich van schrik wijd openden, al bleef de pony gelukkig stil staan. 'Wat? Dat kan niet!'

'Wat is dat middel precies?' vroeg Ben, terwijl hij Pip volgde. Zij klikte de pony snel vast aan een ring in de muur en liep richting het hoofdgebouw. 'Ik begrijp dat het ernstig is?'

'Ernstig?' Pip wierp hem een ongelooflijke blik toe. 'Zó ernstig dat carrières erop kunnen stuklopen. Bute is een veelgebruikte pijnstiller voor paarden, volledig legaal voor therapeutisch gebruik, maar absoluut verboden in competitie omdat het kreupelheid kan maskeren. Als een paard bute krijgt, kan het presteren terwijl het geblesseerd is, zonder de pijn te tonen die het normaal zou doen stoppen.'

Ben legde meteen de verbanden. 'Dus als Misty positief testte...'

'Dan betekent dat dat iemand haar vóór de wedstrijd een verboden middel heeft gegeven,' maakte Pip zijn zin af. 'En omdat Kate de amazone en de geregistreerde verantwoordelijke is, is zij automatisch aansprakelijk, ongeacht wie het feitelijk heeft toegediend.'

Ze bereikten de zadelkamer precies toen Marcus naar buiten kwam, zijn gezicht strak. Kate stond binnen met haar rug naar de deur, haar houding gespannen als een veer.

'Ze zullen de test van het B-monster met voorrang doen,' zei Marcus, 'maar Kate...' Zijn stem werd zachter, meelevend maar eerlijk. 'Je moet je voorbereiden op bevestiging. Deze tests zitten zelden fout.'

'Ik heb haar niets gegeven,' hield Kate vol, haar stem gespannen van emotie. 'Je weet dat ik dat nooit zou doen, Marcus.'

De dierenarts knikte. 'Dat weet ik. Wat betekent dat iemand anders het heeft gedaan.'

Pip schraapte haar keel en trok hun aandacht. 'Kate, Ben heeft me over de test verteld. Wat kunnen we doen?'

Voordat Kate kon antwoorden, begon haar telefoon onophoudelijk te trillen in haar hand. Ze keek omlaag, en haar uitdrukking versomberde nog verder.

'Het staat al online,' zei ze mat. 'Hoe kan het nu al openbaar zijn?' Ze draaide het scherm naar hen: melding na melding van sociale media, berichten van vrienden en concurrenten, en het meest dreigend: telefoontjes van sponsors, onder wie Equinova.

Ben stapte dichterbij en las mee over haar schouder terwijl Kate een sms van Sarah opende: 'Waarom belt het tijdschrift Dressage Australia me over een positieve dopingtest? Wat is er aan de hand?'

Terwijl ze toekeken, rolden er nog meer meldingen binnen. Kate's vingers gleden snel over het scherm; ze opende de website van de paardensportfederatie. Daar stond het al, geplaatst op de officiële resultatenpagina: 'Ridgewater Mystery (K. McKenzie) gediskwalificeerd na positieve test op verboden substantie'.

'Ze moeten wachten op het B-monster,' zei Marcus, met ingehouden woede. 'Dit is tegen het protocol.'

Kate's telefoon ging opnieuw over; een onbekend nummer. Ze zette hem stil zonder op te nemen, maar vrijwel meteen ging hij weer, nu met een andere beller.

'De aasgieren cirkelen al,' zei Pip somber. 'Je moet dit voor zijn, Kate. Trek de regie naar je toe en geef een verklaring voordat de speculaties op hol slaan.'

Kate's telefoon trilde opnieuw, nu met een e-mailmelding waardoor ze scherp ademhaalde. 'Equinova,' zei ze vlak. 'Ze "pauzeren onze partnergesprekken in het licht van recente ontwikkelingen".' Ze liet een holle lach horen. 'Dat gaat snel. Niet eens wachten op het B-monster of mijn kant van het verhaal.'

'Ze zijn als de dood,' zei Pip fel. 'Lafbekken in maatpak.'

Kate stak haar telefoon weg en vocht zichtbaar om haar kalmte te bewaren. 'Ik moet bij Misty kijken,' zei ze. 'En daarna moet ik onze advocaat bellen.'

Marcus schudde zijn hoofd terwijl Kate wegliep; zijn blik was weinig bemoedigend. En terwijl hij zag hoe Marcus en Pip veelbetekenende, sombere blikken wisselden, besefte Ben dat dit niet alleen Kate raakte.

De reputatie van de hele Ridgewater-operatie stond op het spel.

Hoofdstuk Twaalf

Kates vingers trilden terwijl ze door de stroom aan koppen op haar laptop scrolde. 'Nationale dressuurhoop in dopingschandaal!' schreeuwde een site in vet rood. 'WK-droom ontspoord: merrie van McKenzie test positief,' verkondigde een andere, vergezeld van een wedstrijdfoto van haar en Misty die ooit triomf had verbeeld maar nu schande illustreerde. Al een uur ververste ze dwangmatig de paardensportnieuwssites, terwijl ze zag hoe haar reputatie in realtime instortte, elke nieuwe kop weer een spijker in de doodskist van haar carrière.

De reactiesecties waren nog erger. 'Altijd al geweten dat de McKenzies foefelen,' schreef een anonieme poster. 'Thuisgefokte paarden komen niet zonder hulp tot Grand Prix,' sneerde een ander. Kates maag trok samen toen ze een bijzonder venijnige reactie las: 'Als je geen talent kunt kopen, dan speel je vals.'

Een melding pingde en Kate kromp ineen. Weer een e-mail, dit keer van een ruitersportzaak die haar met korting had voorzien van materiaal in ruil voor vermeldingen op sociale media. 'In het licht van recente beschuldigingen... moeten wij onze merkintegriteit beschermen... beëindigen wij onze samenwerking per direct.' De formele taal verzachtte de klap allerminst.

Ze sloot de e-mail zonder te antwoorden en keerde terug naar het browsertabblad, niet in staat zichzelf te weerhouden om meer berichtgeving te lezen. Een profiel van haar wedstrijdverleden werd nu geframed als een reeks verdachte successen. Gespeculeer over welke andere middelen mogelijk in eerdere wedstrijden waren gebruikt. Vragen over het fokprogramma en de trainingsmethoden van Ridgewater. Het gif verspreidde zich verder dan alleen haar, naar alles wat haar familie had opgebouwd.

'Wij hebben exclusieve citaten van bronnen dicht bij de McKenzie-operatie,' beweerde een artikel, al wist Kate dat niemand die werkelijk dicht bij Ridgewater stond ooit met de pers zou praten. De 'bron' beschreef vervolgens een cultuur van foefelen en paarden te hard pushen, compleet uit de duim gezogen onzin, vaag genoeg om niet verifieerbaar – en niet technisch gezien lasterlijk – te zijn, maar specifiek genoeg om overtuigend te klinken.

Haar telefoon trilde met een appje van Marcus: 'B-staalanalyse versneld. Uitslag binnen 48 uur.' Kate legde de telefoon neer zonder te antwoorden. Wat viel er te zeggen? Zij wist dat ze Misty niets verboden had gegeven. Maar het B-staal zou ook positief zijn, want wat er ook was gebeurd, wat iemand ook had gedaan, het was echt geweest. De stof had in Misty's systeem gezeten. Het was het enige wat verklaarde wat Kate niet had kunnen begrijpen: Misty's sloomheid tijdens die proef. Verre van prestatiebevorderend had het middel Misty moe en vlak gemaakt, maar dat deed er voor de bond niet toe. Een verboden stof is een verboden stof.

Het geluid van motoren doorbrak haar spiraal van gedachten. Kate keek op van haar scherm en kantelde haar hoofd om te luisteren. Meer voertuigen, niet slechts één of twee, en ze reden niet het erf op maar stopten buiten. Ze kwam overeind van haar bed, waar ze al zo lang in kleermakerszit had gezeten dat haar voeten sliepen, en liep naar het raam.

Wat ze zag, benam haar de adem. Drie witte busjes met satellietschotels op het dak stonden net buiten de hoofdingang van Ridgewater geparkeerd. Ernaast hadden verschillende kleinere auto's zich half in de berm gezet. Mannen en vrouwen met camera's en microfoons stonden bij het gesloten hek, sommigen spraken in opnameapparaten. Een paar fotografen met enorme telelenzen richtten hun apparatuur op het huis en klikten erop los, ook al dacht Kate dat er weinig te zien was, alleen paarden die vredig in hun weides graasden.

Ze stapte snel terug, al dacht ze dat de afstand te groot was om een duidelijke foto door haar slaapkamerraam te kunnen maken. Toch joeg de gedachte dat ze zo vastgelegd kon worden, onwetend en onvoorbereid, een rilling door haar heen. Ridgewater was altijd haar toevlucht geweest, de plek waar ze zichzelf kon zijn zonder de druk van wedstrijden of publieke blik. Nu voelde het alsof de muren in glas veranderden en haar blootstelden aan het oordeel van de wereld.

Een flits van blauw licht trok haar aandacht. Een politiewagen rolde tot stilstand naast de mediavoertuigen en Jake Harrison stapte uit, zijn lange gestalte onmiskenbaar, zelfs op deze afstand. Zijn komst veroorzaakte een golf van activiteit onder de verslaggevers, die direct op hem afstormden, microfoons als wapens naar voren gestoken.

Kate ging weer bij het raam staan, aan de zijkant waar het gordijn haar deels aan het zicht onttrok. Ze kon niet horen wat er gezegd werd, maar Jakes lichaamstaal sprak boekdelen. Hij stond met de armen over de borst, benen stevig uit elkaar, een fysieke barrière tussen de reporters en het hek van Ridgewater. Zijn gezicht bleef onbewogen terwijl de journalisten vragen op hem afvuurden, hun monden snel bewegend, handen gebarend.

Een bijzonder agressieve verslaggeefster, een vrouw in een felblauwe blazer, stapte dichter naar Jake, haar microfoon bijna tegen zijn borst. Jake week niet, vouwde zijn armen niet los, keek alleen op haar neer met de geduldige uitdrukking van een man die wel voor hetere vuren had gestaan.

Kate kon haar ogen niet van het tafereel losmaken. Dit was echt. Dit gebeurde. Het schandaal was niet alleen koppen op een scherm of meldingen op haar telefoon, maar echte mensen aan haar hek, echte beschuldigingen die werden geschreeuwd, echte schade aan Ridgewaters reputatie met elke minuut die verstreek.

Er naderde nog een voertuig, dit keer een bekende pick-up van een van hun buren. De persmeute draaide zich om, camera's gingen verwachtingsvol omhoog, om vervolgens teleurgesteld te kijken toen ze beseften dat het niemand was die met de McKenzies te maken had. Jake gebruikte de afleiding om dichter naar het hek te stappen, zichzelf letterlijk tussen het hek en de reporters te plaatsen, duidelijk makend dat niemand het terrein op zou komen.

Een van de mannelijke verslaggevers gebaarde heftig, zijn gezicht verwrongen van frustratie. Kate kon zich voorstellen wat hij zei: het publiek had recht op informatie, dit ging om sportieve integriteit, waarom verstopte de familie McKenzie zich als ze niets te verbergen hadden? Jake schudde één keer beslist zijn hoofd en wees toen naar het bordje 'Privéterrein' dat duidelijk op het hek hing.

De vrouw met de blauwe blazer probeerde een andere aanpak, haar uitdrukking verzachtte, vermoedelijk om een beroep te doen op Jakes goede inborst. Opnieuw dat onbewogen hoofdschudden. De boodschap was helder: geen commentaar, geen toegang, geen compromis. Zet één voet op dat terrein en je wordt opgepakt voor huisvredebreuk.

Kate zakte neer op het vensterbankje, haar benen plots te zwak om haar te dragen. Nog maar een paar dagen geleden was ze een gerespecteerde amazone met een rooskleurige toekomst. Nu verstopte ze zich in haar eigen huis terwijl de politie de pers op afstand hield. Hoe had alles zo snel kunnen instorten?

Haar telefoon trilde weer, en ze keek omlaag naar een appje van Sarah: 'Neem geen telefoontjes op van onbekende nummers. Reageer niet op persverzoeken. We komen hier doorheen.'

De eenvoud van die laatste zin kneep haar de keel dicht. 'We komen hier doorheen.' Alsof het slechts om een lastige wedstrijd of een pittig paard ging. Alsof haar carrière en de reputatie van Ridgewater niet voor haar ogen aan flarden werden gescheurd.

Buiten was Jake niet van zijn plaats geweken, nog steeds wachter aan het hek als een wachter op post. De verslaggevers gingen door met hun spervuur, maar zijn houding verzwakte geen moment. Op dat moment voelde Kate een golf van dankbaarheid voor zijn standvastige aanwezigheid, terwijl een ander deel van haar de pijnlijke waarheid erkende: als alles normaal was geweest, had Jake hier helemaal niet hoeven staan.

Kate sloop de trap af, gedreven door de behoefte aan thee en even weg van de eindeloze stroom beschuldigingen op haar scherm. De keuken was altijd een toevlucht geweest, het hart van het Grote Huis waar familie samenkwam, beslissingen werden genomen en troost gevonden werd in het ritueel van de waterkoker. Ze bewoog zich stil, hopend gesprekken, uitleg of erger nog, medelijden te vermijden. Haar hand sloot net om de waterkoker toen de deur met zo'n kracht openvloog dat hij tegen de muur stuiterde.

Pip stormde binnen, haar kleine gestalte trillend van woede, gezicht rood aangelopen. Ze smakte haar hand op het aanrecht, waardoor de fruitschaal opsprong en Kate de waterkoker bijna liet vallen.

'Die verdomde verslaggever die naar Ridgemont is verhuisd heeft me in de voederwinkel in het nauw gedreven!' Pips stem was scherp genoeg om glas te snijden. Ze ijsbeerde over de keukenvloer, elke stap een ingehouden explosie van energie ondanks haar geringe lengte. 'Danny Wareham, van de Courier-Mail. Ken je hem?'

Kate schudde haar hoofd en vulde de waterkoker op de automatische piloot.

'Nou, hij kent ons in elk geval.' Pip pakte een appel uit de fruitschaal maar legde die meteen weer terug, alsof ze te boos was om aan eten te denken. 'Hij klemde me vast in het schappenpad met supplementen en vuurde vragen af alsof hij een verhoor leidde. Wilde alles weten over jouw 'dopingprogramma'.' Ze maakte venijnige aanhalingstekens in de lucht met haar vingers. 'Vroeg of Ridgewater 'systematische problemen met prestatiebevordering' had.'

Kates maag trok samen. 'Wat heb je hem gezegd?'

'Niets wat geschikt is voor publicatie.' Pips knokkels werden wit terwijl ze de rand van het aanrecht vastgreep. 'Ik had hem bijna een dreun verkocht, Kate. Ik balde echt mijn vuist en alles. Toen bedacht ik me wat dat ons nu zou aandoen en zei hem maar dat hij op kon sodemieteren.' Ze blies haar adem scherp uit. 'Maar hij is vasthoudend.

Zegt dat hij het 'echte verhaal' wil, wat dat ook moge betekenen.'

Kate zette twee mokken op het aanrecht, de vertrouwde handeling die haar houvast gaf in de chaos. 'Hij doet gewoon zijn werk,' zei ze, al proefde het bitter.

'Zijn werk?' Pips stem sloeg verontwaardigd over. 'Zijn werk is onze reputatie naar de knoppen helpen op basis van één test? Een test die fout kan zijn? Hij beschuldigde mij er praktisch van dat ik onderdeel ben van een of andere samenzwering. Ik! Alsof ik ooit iets zou doen wat een paard kwaad doet!'

De keukendeur zwaaide opnieuw open, dit keer met Sarah in de deuropening. Haar uitdrukking was strak, haar tablet stevig in één hand. 'Ik heb net aan de lijn gehangen met die dierenarts uit Brisbane, die voor de rencommissie werkt,' zei ze zonder omhaal. 'Hij vraagt of we willen dat hij Misty komt onderzoeken, zegt dat hij misschien kan helpen vaststellen wanneer en hoe de bute in haar systeem is gekomen.'

'Kan hij dat echt?' vroeg Kate, met een flardje hoop.

Sarah haalde haar schouders op. 'Hij denkt dat er een kans is, op basis van leverenzymen of zoiets. Ik heb gezegd dat we hem terugbellen.' Ze legde de tablet neer en keek van Kate naar Pip. 'Maar wat we meteen moeten doen, is de banden met Vanessa Hughes verbreken.'

'Wat?' Kate stokte met de koelkastdeur open terwijl ze de melk pakte.

Sarahs kaak stond vast, haar houding strak van zekerheid. 'Dat meisje is vanaf dag één alleen maar gedoe geweest. Haar moeder laat steeds hatelijke opmerkingen over onze faciliteiten vallen, Vanessa verzet zich tegen degelijke trainingsmethoden, en nu hebben we, heel toevallig, een dopingschandaal precies op het moment dat jij haar voorbijsteekt.'

'Denk je dat Vanessa dit gedaan heeft?' Pips ogen werden groot.

Een moment was het compleet stil in de keuken, en toen piepte de koelkast als herinnering dat de deur nog openstond. Verbijsterd door wat Sarah zojuist had gesuggereerd sloot Kate de deur automatisch en zette het melkpak op het aanrecht.

'Ik vind het een opmerkelijk toeval dat dit gebeurt vlak nadat ze zo beschamend publiekelijk faalde, terwijl ze een fortuin aan die hengst heeft uitgegeven en nog steeds niet in de buurt komt van jouw niveau.' Sarah kruiste haar armen. 'We moeten ze zeggen dat ze Cavalier ergens anders stallen.'

'Je kunt die beschuldiging niet uiten zonder bewijs.' Kate schudde haar hoofd. 'Vanessa rijdt niet eens op Grand Prix-niveau; het gaat er niet om dat ik haar versla. Zij is hier ook de dupe van, want ik ben haar coach, en ze heeft haar lessen niet afgezegd! Nee. We kunnen het ons niet veroorloven om haar stallingsgeld te verliezen. Niet nu.' Ze haalde haar telefoon uit haar zak en opende haar e-mail, en liet hun het scherm zien. 'Drie annuleringen van vaste leerlingen sinds vanmorgen, allemaal met vage smoesjes over 'planningsconflicten'. We weten allemaal wat dat echt betekent.'

Pip boog zich over het scherm, haar blik nog donkerder. 'Lafaards.'

'Ze beschermen hun eigen reputatie,' zei Kate vermoeid. 'Ik kan het ze niet kwalijk nemen. Wie wil er getraind worden door iemand die ervan beschuldigd wordt paarden te dopen?'

Sarah pakte de telefoon en scrolde door de berichten met een steeds dieper frons. 'Dit is belachelijk. Jij hebt deze mensen jaren je expertise gegeven, en ze laten je vallen zodra er een zweem van schandaal is? Zonder zelfs de feiten af te wachten?'

'Zo werkt het,' zei Kate, terwijl ze heet water over de theezakjes schonk. 'Reputatie is alles in deze wereld. Verliezen we die, dan verliezen we alles.'

'Niet alles,' hield Pip vol. 'We hebben de waarheid nog aan onze kant.'

Kate schonk haar een vermoeide glimlach. 'Van de waarheid kun je de voerrekeningen niet betalen.'

Sarah gaf de telefoon terug, nadenkend. 'In elk geval weten Ma en Pa het nog niet. Een schrale troost dat ze ergens midden op de Nullarborvlakte zitten zonder bereik.'

'Ja, maar ze komen uiteindelijk weer in bereik,' zei Kate, en de gedachte voegde een nieuwe laag aan haar angst toe. Haar ouders hadden Ridgewater aan haar en haar zussen toevertrouwd; hen teleurstellen voelde erger dan welke publieke vernedering dan ook. 'En hoe langer dit duurt, hoe groter de schade.'

Pip nam de mok thee aan die Kate haar gaf en koesterde die tussen haar handen. 'En Ben dan? Hij is schrijver. Hij moet toch iets weten over omgaan met de pers.'

Kate voelde een knoop in haar borst strakker trekken. 'Ik wil hem hier niet bij betrekken.'

'Hij is al betrokken omdat hij hier woont,' merkte Sarah op, al noemde ze tactvol niet Kates relatie met Ben, wat die dan ook precies was. Kate had niets gezegd, maar haar zussen wisten dondersgoed dat er iets gaande was; Kate had haar eigen bed al weken nauwelijks gezien. 'En hij kan nuttige inzichten hebben.'

Kate roerde suiker door haar thee, en kocht tijd voordat ze antwoordde. 'Ik wil niet dat hij me zo ziet. Beschuldigd, defensief.' De bekentenis kostte haar moeite, maar het was de waarheid. Haar relatie met Ben was nog nieuw, nog zoekend naar vorm. Dit soort druk kon haar verpletteren nog voor ze sterker werd.

Pip leek in de tegenaanval te willen gaan, maar een flits van beweging buiten het raam trok hun aandacht. Er reed weer een nieuwswagen aan en voegde zich bij de voertuigen bij het hek.

'Het zijn net vliegen,' mompelde Sarah.

Kate nipte van haar thee, maar de warmte verdreef de kilte die zich in haar botten genesteld had nauwelijks. Eén test, één stof die ze nooit had toegediend, en het leven dat ze had opgebouwd, rafelde voor haar ogen uiteen. Erger nog, het bedreigde het levensonderhoud van haar familie, de erfenis die haar ouders aan haar en haar zussen hadden toevertrouwd. Ze dacht aan Misty in haar stal, zich er niet van bewust dat haar carrière, en die van Kate, aan een zijden draad hing: een B-staal en het oordeel van de publieke opinie.

'We hebben een plan nodig,' zei Kate uiteindelijk, terwijl ze haar mok neerzette. 'Niet alleen voor de pers, maar ook om Ridgewater draaiende te houden terwijl dit zich afspeelt.'

Sarah knikte. 'Eerste prioriteit is dat de paarden verzorgd worden en de klanten die loyaal zijn gebleven de service krijgen waarvoor ze betalen.'

'En uitvinden wie je dit heeft aangedaan,' voegde Pip fel toe, haar ogen flitsten. 'Want iemand heeft het gedaan, Kate, ook al was het Vanessa niet. We weten allemaal dat jij Misty geen bute hebt gegeven, dus betekent het dat iemand anders het wél heeft gedaan. En als ik erachter kom wie, dan zullen ze wensen dat Danny Wareham hun grootste probleem was.'

Kate reageerde daar niet op. Ze kon zich nu niet veroorloven om zich te richten op wraak of zelfs gerechtigheid. Overleven kwam eerst, voor haar, voor Ridgewater, voor alles wat haar familie had opgebouwd. De rest moest wachten.

Kate zat in kleermakerszit op haar bed, de blauwe gloed van de laptop het enige licht in de kamer terwijl de avond over Ridgewater neerdaalde. De gestage stroom meldingen was geslonken tot een druppel, maar elke nieuwe voelde nog steeds als een verse beschuldiging. Ze klikte een nieuw bericht open en zette zich schrap voor wat het zou bevatten.

Een berichtje van een concurrent die ze al jaren kende: 'Zo jammer om te horen. Hou vol!' De woorden leken op het eerste gezicht steunend, maar Kate wist wel beter. Geen vragen naar haar kant van het verhaal, geen concrete hulp, niet eens een duidelijke uitspraak van geloof in haar onschuld. Alleen vage sympathie en een dooddoener waarmee de afzender zichzelf kon wijsmaken dat die z'n plicht had gedaan zonder werkelijk stelling te nemen. De ondertoon was duidelijk: afstand, geen steun.

Kate scrolde verder en vond variaties op hetzelfde thema. 'Denk aan je in deze moeilijke tijd.' 'Wat een schok, hopelijk wordt het snel uitgezocht.' Elk bericht zorgvuldig geformuleerd om de situatie te erkennen zonder echte solidariteit te bieden, elke afzender die zich net ver genoeg positioneerde om niet besmet te worden door associatie.

Een paar waren directer in hun afkeer. 'Moest me afmelden voor je clinic volgende maand, sorry voor het ongemak.' Geen uitleg nodig; ze wilden hun paarden of reputatie nu niet in de buurt van de naam McKenzie hebben.

Er verscheen een e-mailmelding bovenaan haar scherm, en de naam van de afzender deed haar hart zinken. Vitality Plus, het supplementenbedrijf dat haar had gesteund tijdens Duchess' blessure en de lange, onzekere periode daarna. Ze waren haar eerste echte sponsor geweest, die een kans op haar waagden toen ze nog maar net naam begon te maken op het circuit.

Met een gevoel van onvermijdelijkheid klikte Kate de boodschap open.

'Geachte mevrouw McKenzie, In het licht van recente ontwikkelingen schorten wij tijdelijk onze contractuele verplichtingen op zoals uiteengezet in sectie 8.3 van onze sponsorovereenkomst. Hoewel wij begrijpen dat de B-staaluitslag nog in behandeling is, moet Vitality Plus de integriteit en marktperceptie van ons merk vooropstellen. Wij waarderen onze relatie met Ridgewater en hopen op een snelle oplossing van deze kwestie. Mocht het B-staal negatief zijn of ander ontlastend bewijs aan het licht komen, dan zullen wij deze beslissing graag heroverwegen...'

Kates kaak verstrakte terwijl ze de corporate-taal las, elke zorgvuldig geformuleerde zin nog een klap voor het partnerschap waarvan ze dacht dat het was gebouwd op wederzijds respect en gedeelde waarden. Ze hadden natuurlijk het contractuele recht om de steun op te schorten. De moraliteitsclausule had bij het tekenen als een formaliteit geleken, een standaardbepaling waarvan ze nooit had gedacht dat die ingeroepen zou worden.

Ze sloot de e-mail zonder te antwoorden. Wat kon ze zeggen? Nogmaals haar onschuld betuigen? Smeken dat ze in haar geloofden? Geen van beide sprak haar trots aan of leek de uitkomst te zullen veranderen.

In plaats daarvan opende ze de instellingen van haar telefoon en begon ze systematisch elke socialmedia-app van haar toestel te verwijderen. Instagram, weg met één tik en bevestiging. Facebook, Snapchat, elk pictogram dat van haar scherm verdween als stenen die in een vijver zakken, en slechts kringen van lege ruimte achterlieten. Er zat iets kil bevredigends in die kleine daad van controle, in het kiezen voor ontkoppeling in plaats van het opgelegd te krijgen.

De laatste app verdween en Kate legde de telefoon opzij, zich vreemd genoeg lichter voelend ondanks alles. Ze kon niet stoppen wat mensen zeiden, kon niet sturen hoe het verhaal zich verspreidde of vervormde bij elke doorvertelling, maar ze kon er wél voor kiezen het niet in real time te zien gebeuren.

Een zachte klop op de deur onderbrak haar gedachten.

'Kate?' Bens stem was zacht, voorzichtig. 'Mag ik binnenkomen?'

Ze overwoog te weigeren, maar uitputting won het van haar behoefte aan afzondering. 'Is open.'

Ben kwam binnen, balancerend met twee dampende mokken thee. De vertrouwde geur van kamille met honing zweefde de kamer binnen, een attente geste die onverwacht haar keel samentrok.

'Dacht dat je dit wel kon gebruiken,' zei hij, terwijl hij een mok op haar nachtkastje zette. Hij bleef even staan, onwennig in het schemerlicht, en nam toen plaats op de rand van het bed, zorgvuldig op respectvolle afstand. 'Hoe hou je je?'

Kate klapte haar laptop dicht en borg het bewijs van haar digitale terugtrekking op. 'Ik heb wel eens betere dagen gehad.'

Ben knikte, zijn ogen zacht van bezorgdheid. In het blauwe licht van het raam leken zijn trekken scherper, de zorglijntjes rond zijn mond dieper dan normaal. 'Kate, laat me helpen. Wat je maar nodig hebt; research, telefoontjes, van alles. Ik ben goed in informatie opdiepen, patronen vinden. En ik ken mensen in de uitgeverij die misschien contacten in de sportjournalistiek hebben. Misschien kunnen we iemand zover krijgen jouw kant van het verhaal goed te vertellen.'

Het aanbod was oprecht, zijn uitdrukking ernstig. Op een ander moment was Kate misschien geroerd geweest door zijn bereidheid om zijn professionele contacten voor haar in te zetten. Nu voelde ze echter onwillekeurig haar schouders verstrakken.

'Ik moet dit zelf aanpakken,' zei ze zacht maar vastberaden. 'Ik moet mijn naam zuiveren, bewijzen dat ik het niet was.'

'Je hoeft het niet alleen te doen,' hield Ben aan, terwijl hij naar haar hand reikte, die op het bedsprei rustte.

Kate verlegde zich een fractie, een subtiele maar onmiskenbare terugtrekking. De gekwetstheid die over Bens gezicht flitste, deed haar maag zich van schuldgevoel omkeren, maar ze kon zichzelf er niet toe brengen de troost te accepteren die hij bood. Niet nu, nu alles zo wankel voelde.

'Ik weet dat je het goed bedoelt,' zei ze zachter, 'maar ik kan niet...' Haar stem verstomde terwijl ze worstelde om de kluwen emoties onder haar ribben onder woorden te brengen. 'Ik kan nu op niemand leunen. Als ik begin, stop ik misschien niet meer, en ik moet scherp blijven. Helder van geest.'

Wat ze niet kon zeggen, was dat kwetsbaarheid gevaarlijk voelde, een luxe die ze zich niet kon permitteren. Dat de tederheid in zijn ogen de zorgvuldige muren bedreigde die ze had opgetrokken om elk uur van deze nachtmerrie door te komen. Dat zijn hulp aannemen betekende erkennen dat ze die nodig had, en dat op dit moment het enige wat haar overeind hield de overtuiging was dat ze dit gevecht zelf kon, moést, voeren.

Ben knikte langzaam, nam haar woorden en wat daaronder lag in zich op. 'Ik begrijp het,' zei hij, al zeiden zijn ogen iets anders. Hij stond op, aarzelde even, alsof hij hoopte dat ze van gedachten zou veranderen. Toen ze stil bleef, liep hij naar de deur. 'De thee staat hier als je wilt. En ik ook, als je er klaar voor bent.'

De deur sloot zacht achter hem en liet Kate opnieuw alleen. Ze staarde naar de dampende mok op haar nachtkastje, de zachte geur van kamille in schril contrast met de bitterheid in haar mond. Ze had geen plan, geen idee hoe ze een beschuldiging moest bestrijden die met elk uur substantiëler leek te worden. Geen duidelijk pad om haar onschuld te bewijzen terwijl ze niet eens wist hoe Misty de verboden stof binnen had gekregen.

Buiten haar raam stonden de nieuwswagens nog steeds bij het hek, geduldige roofdieren die wachtten op hun moment. Daarachter was de bredere paardensportgemeenschap zich al aan het schikken naar een verhaal waarin Kate McKenzie gewoon weer een ruiter was die de lijn was overgestoken in de jacht op roem.

Ze reikte naar de thee, waarvan de warmte in haar koude vingers trok. Morgen moest ze sterker zijn. Meer strategisch. Klaar om terug te vechten, ook al wist ze nog niet hoe. Maar vanavond, in de beslotenheid van haar verduisterde kamer, stond Kate zichzelf toe het gewicht te erkennen dat op haar schouders drukte, en de angst dat dit keer al haar inzet, kunde en vastberadenheid misschien niet genoeg zouden zijn om haar hier doorheen te helpen.

Hoofdstuk Dertien

Er waren twee weken verstreken sinds de positieve testuitslag, en Kate voelde zich uitgehold. Het B-staal had bevestigd wat ze al wist; iemand had Misty bute gegeven vóór de wedstrijd, maar de Federatie had niets met 'iemand'. Ze wilden weten wie verantwoordelijk was voor het paard, en dat was Kate. De brief met de voorlopige schorsing lag op haar bureau naast een groeiende stapel geannuleerde kliniekaanmeldingen en beëindigde sponsorovereenkomsten. Zelfs haar meest trouwe leerlingen dreven weg, hun ouders beriepen zich in verontschuldigende appjes op 'planningsproblemen' of 'nieuwe trainingskansen' die het probleem nooit echt bij de kop pakten.

Kate stond bij het deurtje van Misty's stal en keek hoe de merrie tevreden haar hooi wegkauwde. In elk geval wist Misty niet dat haar carrière in het ongewisse hing, dat het kwalificatievenster voor de nationale selectie razendsnel dichtging terwijl Kate een strijd voerde die steeds onhaalbaarder leek. De vacht van de merrie glansde nog steeds zilver in het ochtendlicht, haar bewegingen waren nog altijd vloeiend en krachtig. Voor haar was er niets veranderd.

'Daar ben je.' Ben's stem klonk zacht achter haar, bedachtzaam op de manier waarop iedereen op Ridgewater tegenwoordig sprak, alsof harde geluiden de weinige zelfbeheersing die Kate nog had, zouden breken.

Ze draaide zich niet om. 'Ik kijk gewoon even hoe het met haar gaat.'

'Je hebt een uur geleden ook al gekeken,' zei Ben, niet onvriendelijk. 'En het uur daarvoor.'

Kate zuchtte en stak haar hand tussen de tralies om over Misty's hals te strijken. 'Wat moet ik anders doen? Trainen voor wedstrijden waaraan ik niet mag meedoen? Lesgeven aan leerlingen die opeens allemaal planningsproblemen hebben ontdekt?'

Ben kwam dichterbij, raakte haar net niet aan maar stond zo dichtbij dat ze zijn warmte kon voelen. 'Ga met me mee naar Sydney.'

De woorden waren zo onverwacht dat Kate zich naar hem toekeerde, ervan overtuigd dat ze zich vergist had. 'Wat?'

'De filmpremière is dit weekend,' zei Ben. 'De verfilming van mijn eerste boek. Ik mag een introducé meenemen, en...' Hij aarzelde, zijn handen gleden zijn zakken in. 'Je moet hier even weg, Kate. Gewoon een paar dagen.'

Kate schudde haar hoofd. 'Ik kan niet zomaar weg. Ik moet me voorbereiden op de hoorzitting...'

'De hoorzitting is over drie weken,' viel Ben zachtjes in. 'En je hebt je verdediging al honderd keer doorgenomen. Sarah en Marcus kunnen het hier een weekend aan.' Zijn blik verzachtte. 'Je slaapt al dagen niet goed. Je werkt jezelf de vernieling in.'

'Dat is niet...' begon Kate, maar ze hield op, want het was waar. Slapen was ongrijpbaar geworden, haar nachten vulde ze met het formuleren van argumenten in haar hoofd of met scrollen door paardenfora waar vreemden over haar schuld discussieerden. 'Ik hoor niet thuis in Sydney op een filmpremière. Die mensen... dat is niet mijn wereld.'

'Precies,' zei Ben, een kleine glimlach krulde zijn mondhoek op. 'Dat is juist de bedoeling. Niemand daar kent of intereseert zich voor dopingschandalen in de paardensport. Een weekend lang kun je gewoon Kate zijn. Niet Kate McKenzie, de geschorste dressuurruiter.'

De gedachte aan anonimiteit, aan over straat lopen zonder zich af te vragen of mensen over haar fluisterden, was ineens onweerstaanbaar aantrekkelijk. Kate keek langs Ben naar de ingang van de stal, waar een smalle strook van de buitenwereld zichtbaar was. De nieuwswagens waren eindelijk bij het hek verdwenen, maar hun afwezigheid betekende niet dat het verhaal weg was. Het was gewoon geëvolueerd van nieuwsflits naar een doorlopend schandaal, het soort dat sudderde in vakroddel en online discussies.

'Wanneer zouden we vertrekken?' vroeg ze, een vraag die op zichzelf al een bekentenis was.

Ben's glimlach werd breder. 'Vanmiddag. Ik heb de vluchten al geboekt.'

'Was je zó zeker dat ik ja zou zeggen?'

'Nee,' gaf hij toe. 'Maar ik had hoop. En ik dacht: als je nee zegt, slik ik de kosten van je ticket en ga ik alleen.'

Er flakkerde iets warms in Kate's borst, de eerste vonk van iets anders dan angst of woede in weken. 'Ik heb niks om aan te trekken naar een filmpremière.'

'Dat regelen we in Sydney,' zei Ben, haar bezorgdheid wegwuivend. 'Al vind ik je werkelijk verbluffend in wat je ook draagt, zelfs als het gewoon een spijkerbroek is en een van die bodywarmers waar je zo dol op bent.'

Tot haar eigen verbazing schoot Kate in de lach. 'Een bodywarmer op een Hollywoodpremière. Dan kom ik om een heel andere reden in de krant.'

Toen ze in Sydney landden, ging de zon al onder. Hun taxi laveerde door verkeer dat onmogelijk dicht aaneengesloten leek. Kate staarde uit het raam en zoog de anonimiteit in zich op; duizenden mensen, ieder met hun eigen zorgen, waar geen van allen iets te maken hadden met haar of dressuur of verboden middelen.

De taxi sloeg een levendige straat in met chique winkels en restaurants. Mensen in verzorgde kleren bewogen zich over de trottoirs, lachend en pratend, zich niet bewust van de auto en haar passagiers. Kate keek naar hen, eigenaardig gefascineerd door hun zorgeloze gezichten, hun evidente gebrek aan zorgen over iets ernstigers dan waar ze gingen eten of welke bar ze straks aandeden.

'Dus,' zei Ben, haar aandacht weer naar hem trekkend. 'De planning voor de komende dagen is vrij simpel. Vanavond is er een industrieborrel met uitgevers, filmvolk, de gebruikelijke meute. Morgen is de eigenlijke première, met de rode loper en al die onzin. En zondag is van ons om te doen waar we zin in hebben voordat we terugvliegen.'

Kate voelde een kriebel van zenuwen. 'Wat gebeurt er precies op een filmpremière? Moet ik me voorbereiden op... ik weet niet, paparazzi of zo?'

Ben lachte, warm en oprecht. 'Er zullen fotografen zijn, ja, maar die zijn vooral in de acteurs geïnteresseerd. De schrijver staat vrij laag op de roemladder, geloof me. Meestal is het vooral in oncomfortabele kleren rondhangen terwijl je doet alsof je erbij hoort, glimlachen als iemand een camera jouw kant op draait, en proberen geen drank over mensen te gooien die je honderd keer zouden kunnen kopen en verkopen.'

Die nuchtere omschrijving, gebracht met Ben's kenmerkende zelfspot, ontlokte Kate een lach. Hij borrelde op van diep binnenin, onverwacht en een beetje roestig van het lange stilstaan, maar oprecht. Ze kon zich niet herinneren wanneer ze voor het laatst zo had gelachen, zeker niet sinds het dopingschandaal was losgebarsten.

Ben's ogen werden even groot en verzachtten toen, alsof haar lach een onverwacht cadeau was. Zijn hand kneep zachtjes in de hare. 'Ik heb dat geluid gemist,' zei hij zacht.

Kate's glimlach doofde niet, ook al voelde ze een lichte warmte in haar wangen stijgen. 'Ik was bijna vergeten hoe het voelde,' gaf ze toe.

De taxi stopte voor een strak hotel, waarvan de verlichte entree luxe beloofde en – belangrijker nog voor Kate – anonimiteit. Terwijl de portier hun deur opende, boog Ben zich dichter naar haar toe, zijn adem warm bij haar oor.

'Welkom in mijn wereld, Kate McKenzie. De komende drie dagen trekt hier niemand zich ook maar iets van paarden aan.'

De hotellobby glansde van gepolijst marmer en smaakvolle verlichting, waardoor Kate zich pijnlijk bewust werd van haar door de reis verkreukelde verschijning. Een kleine, gezette vrouw in een getailleerd marineblauw pak ijsbeerde bij de receptie, haar telefoon tegen haar oor gedrukt terwijl ze in mitrailleursalvo's sprak. Op het moment dat ze Ben zag, beëindigde ze haar gesprek halverwege een zin en marcheerde op hen af met de doelgerichte tred van iemand voor wie tijd letterlijk geld is.

'Ben! Eindelijk. De studio belt om de haverklap elke vijftien minuten.' Haar afgemeten Britse accent paste bij haar efficiënte bewegingen terwijl ze Ben met luchtkusjes op beide wangen begroette.

'Jij ook hallo, Verity,' zei Ben, warm-tolereert van toon. 'Kate, dit is mijn agent, Verity Helliwell. Verity, dit is Kate McKenzie.'

Verity wierp Kate nauwelijks een blik waardig. 'Aangenaam,' zei ze, al klonk het meer als formaliteit dan als gevoel. 'Ben zei dat hij iemand meenam. Zit je in het uitgeversvak?'

'Nee,' zei Kate, met het vreemde gevoel dat ze voor een of andere test was gezakt. 'Ik ben...'

'Kate is topsporter,' viel Ben soepel in. 'Een van Australië's beste ruiters.'

Verity's wenkbrauwen gingen een fractie omhoog. 'Hoe fascinerend,' zei ze op een toon die het tegendeel suggereerde. Meteen wendde ze zich weer tot Ben. 'De productie wil je morgen vóór de première spreken. Ze staan erop te bespreken wanneer je met de scenarioschrijvers voor het vervolg kunt gaan zitten. Ik heb gezegd dat het voorbarig is, maar je weet hoe ze zijn: altijd de volgende stap vastspijkeren voordat de huidige zich überhaupt bewezen heeft.'

Kate deed onwillekeurig een stapje achteruit, zich ineens meer een accessoire dan een deelnemer aan het gesprek voelend. Dit was Ben's wereld; jachtig, stads, bevolkt door mensen die in vakjargon praatten en als begroeting twee wangkusjes gaven.

'Ik praat niet over een vervolg voordat we zien hoe deze het doet,' zei Ben, met een steviger toon dan Kate van hem gewend was.

Verity wuifde het weg. 'Ja, ja, dat heb ik al duidelijk gemaakt. Maar je weet hoe dit gaat. Gewoon gracieus afketsen.'

Terwijl Verity doorpraatte, liet Kate haar aandacht afdwalen naar de andere hotelgasten. Een stel met bijpassende designkoffers bij de balie, een vrouw op stiletto's die waarschijnlijk meer kostten dan Kate's hele garderobe, tikte ongeduldig op haar telefoon. Iedereen leek thuis in deze glanzende, dure wereld. Iedereen behalve zij.

Ze voelde een warme druk in haar onderrug en besefte dat Ben zijn hand daar had gelegd, haar subtiel weer bij het gesprek trekkend. 'Kate en ik willen ons even opfrissen,' zei hij tegen Verity. 'We zien je bij de borrel.'

'Prima, maar kom niet te laat,' zei Verity. 'Stipt acht uur.' Met een laatste knik naar Kate, die meer op een bijzaak leek dan op erkenning, marcheerde Verity naar de uitgang, alweer bellend.

'Sorry daarvoor,' zei Ben terwijl ze haar nakeken. 'Verity kent maar één stand: vol gas. Ze is briljant in haar werk, maar sociale fijnzinnigheid is niet haar sterkste kant.'

'Ze lijkt... doelmatig,' zei Kate diplomatiek.

Ben lachte. 'Dat is de vriendelijkste omschrijving van Verity die ik ooit heb gehoord. Kom, we gaan onze kamer bekijken. Ik meen het woord "suite" gehoord te hebben.'

De suite bleek groter dan het hele Grote Huis op Ridgewater, een halve verdieping van het hotel met ramen van vloer tot plafond die in drie richtingen spectaculair uitzicht op de skyline van Sydney boden. Een aparte zitruimte had een pluche bank, fauteuils en een glanzende mahoniehouten eettafel met acht stoelen, terwijl de slaapkamer een kingsize bed had waarin je met gemak met z'n vieren kon slapen. De badkamer glansde van marmer en glas, met een diep ligbad naast een raam met privacyglas.

'Dit is...' Kate viel stil, verblind en even met geen woord te vangen.

'Over de top?' suggereerde Ben terwijl hij zijn tas op een bagagerek zette. 'Welkom bij wat de filmwereld "standaardaccommodatie" noemt. De uitgever had ons iets half zo groot gegeven, maar de studio betaalt, dus...' Hij maakte een wijds gebaar.

Kate liep naar de ramen en staarde uit over de stadslichten. Het stedelijk landschap pulseerde van energie, van doelgerichtheid, van duizenden levens die zich tegelijk afspeelden en waarvan geen enkel iets te maken had met het dopingschandaal van Kate McKenzie.

Het korte moment van rust werd onderbroken door het besef dat ze niets geschikts had om naar een industrie-evenement te dragen. Ze opende haar kleine koffer op het bed en bekeek de inhoud met groeiende wanhoop.

'Alles oké?' vroeg Ben, die uit de badkamer kwam.

Kate keek op, een marineblauwe trui in haar handen geklemd. 'Ik heb niets om aan te trekken,' gaf ze toe. 'Ik heb er niet echt over nagedacht. Ik heb één jurk die misschien kan voor vanavond, maar niets voor de première, en al helemaal geen schoenen die met beide werken.'

Ben bestudeerde haar even, trok toen zijn telefoon. 'Geef me één minuut,' zei hij, stapte het kleine balkon op en sloot de deur achter zich.

Kate kon hem door het glas zien gebaren terwijl hij sprak, al kon ze zijn woorden niet horen. Ze draaide zich terug naar haar zielige excuus voor een koffer en vroeg zich af of er in het hotel een winkel was waar ze iets — wat dan ook — geschikters kon vinden dan wat ze had meegenomen.

Ben kwam een paar minuten later terug, zichtbaar in zijn nopjes. 'Probleem opgelost,' zei hij. 'Ga maar douchen. Het wordt zo geregeld.'

'Wat heb je gedaan?' vroeg Kate wantrouwig.

'Een gunst ingeroepen,' antwoordde Ben cryptisch. 'Vertrouw me.'

Precies drieëntwintig minuten later klopte het op de deur. Een jonge vrouw met drie grote kledinghoezen begroette hen met een professionele glimlach. 'Meneer Crossley? Ik kom van de garderobeafdeling van de studio. Ik begrijp dat je kledingopties nodig had?' Ze keek naar Kate, die na het douchen een hotelbadjas droeg, en taxeerde haar met een professioneel oog. 'En dit moet jouw gast zijn.'

Voor Kate begreep wat er gebeurde, had de vrouw de kledinghoezen in de kast van de suite gehangen en begon ze efficiënt dozen met schoenen uit te pakken. 'We hebben meerdere opties in jouw maat meegebracht,' legde ze aan Kate uit. 'Rood zal prachtig staan bij jouw teint; goed voor morgen, zou ik zeggen. Zwart is behoudender maar nog steeds elegant, en blauw heeft wat meer pit als je zin hebt in iets avontuurlijks. Misschien beter voor vanavond, want het is korter.' Ze haalde een zilverkleurig avondtasje en een fluwelen doosje tevoorschijn. 'We hebben ook accessoires toegevoegd. Alles is in bruikleen, natuurlijk; we regelen zondag de ophaling.'

Toen de wervelwind aan activiteit was gaan liggen en de garderobe-assistente vertrokken was, bleef Kate in ongeloof naar de open kast staren. 'Is dit echt net gebeurd? Hoe wist ze mijn maat?'

Ben grijnsde. 'Ik heb foto's gestuurd van de labels van wat kleren en schoenen van je. Filmstudio's houden een voorraad designeroutfits aan voor precies dit soort situaties. Sterren die last minute iets nodig hebben, partners van leidinggevenden die iets vergeten zijn in te pakken, dat werk.' Hij knikte naar de kledinghoezen. 'Toe maar, pas iets.'

Bijna in een roes pakte Kate de hoes die de assistente voor vanavond had aangewezen. De stof gleed als water door haar vingers, zware zijde in een rijke elektrisch blauwe tint die onder het licht scheen te gloeien. Ze nam de jurk mee naar de badkamer, stapte er voorzichtig in en trok hem over haar heupen omhoog. De achterkant vroeg om acrobatiek om dicht te ritsen, maar toen het uiteindelijk lukte en ze zich naar de spiegel draaide, verstarde ze.

De vrouw die haar aankeek was een vreemde. De asymmetrisch gesneden jurk sloot overal precies goed aan, liet één lange slanke been en een blote schouder zien, en de kleur deed haar huid stralen en maakte haar blauwe ogen intenser. Het transformeerde haar van een sporter in casual kleren naar... iemand totaal anders. Iemand glamoureus. Iemand die thuishoorde in deze wereld van premières, cocktailparty's en marmeren hotellobby's.

Ze kwam de badkamer uit, licht ongemakkelijk, niet gewend aan het gevoel zo uitgesproken vrouwelijk te zijn. Ben was weer aan de telefoon, met zijn rug naar haar toe, maar bij het geluid van de deur draaide hij zich om en stokte halverwege zijn zin, zijn mond ging een stukje open.

'Ik bel je terug,' zei hij afwezig in de telefoon, zonder zijn blik van Kate af te wenden. Hij legde de telefoon neer zonder te checken of het gesprek beëindigd was. 'Je ziet er...' begon hij, waarna hij zijn hoofd schudde, kennelijk met geen woorden toereikend.

'Is het te veel?' vroeg Kate, ineens onzeker onder zijn intense blik.

'Nee,' zei Ben snel. 'Het is perfect. Jij bent perfect.' Hij stak de kamer over naar haar toe, zijn ogen weken niet van haar gezicht. 'Je bent altijd mooi, Kate. Maar nu ben je adembenemend.'

Kate voelde haar wangen kleuren, maar voor een keer wimpelde ze het compliment niet weg. Ze keerde terug naar de spiegel en bekeek haar spiegelbeeld met nieuwe ogen. De vrouw die terugkeek was nog steeds Kate McKenzie, maar een versie van zichzelf die ze zelden zag; sterk en toch zacht, atletisch en toch vrouwelijk, zelfverzekerd op een manier die niets te maken had met dressuurscores of klasseringen.

De netwerkborrel gonste van gesprekken en klinkende glazen, lichamen dicht op elkaar in een rooftopbar met uitzicht op de haven. Kate bleef dicht aan Ben's zijde, en keek met stille fascinatie hoe hij zich een weg baande door het gezelschap van filmexecutives, acteurs en uitgeefmensen die leken te communiceren in een taal die evenveel uit enthousiasme als uit cynisme bestond.

'Ongelooflijke cijfers voor het derde kwartaal,' zei een grijzende man in een duur pak tegen een kring knikkende toehoorders. 'De Aziatische markten vreten álles met een misdadelement. Als we dit goed positioneren, kijken we naar onze grootste internationale opening tot nu toe.'

Vlakbij maakte een vrouw met een geometrisch kapsel en oversized bril theatrale gebaren met haar champagneflûte. 'Schat, het gaat niet om de verfilming, het gaat om het potentieel voor een uitgebreid universum. Niemand geeft nog om losstaande projecten.'

Kate nipte van haar drankje, dankbaar voor haar anonimiteit. Wanneer introducties nodig waren, hield ze het op: 'Kate,' met een glimlach, en meestal was dat genoeg. In dit gezelschap waren mensen veel meer geïnteresseerd in wat je voor hun carrière kon betekenen dan in wie je werkelijk was.

Ben bewoog zich door de ruimte met een curieuze mix van zelfvertrouwen en ongemak. Hij werd duidelijk gerespecteerd – mensen zochten hem op, feliciteerden hem, vroegen zijn mening over van alles – maar Kate zag ook hoe hij van het ene op het andere been ging staan tijdens langere gesprekken, hoe zijn glimlach net iets te strak werd als de loftuitingen té uitbundig werden.

'Het punt is,' zei hij tegen een journalist die hem bij de bar klem had gezet, 'de echte eer komt de regisseur en de scenarist toe. Mijn werk was alleen het eerste bouwplan maken. Zij hebben iets gemaakt dat mensen daadwerkelijk willen zien.'

De journalist knikte en krabbelde aantekeningen. 'Maar je had vast wel enige inspraak in het adaptatieproces?'

Ben haalde zijn schouders op en zijn ogen zochten even die van Kate over de schouder van de man heen, met in hun diepte een stille vraag om redding. 'Ze hebben me om advies gevraagd bij een paar plotpunten, maar meestal ben ik uit de weg gegaan. Schrijvers die erbovenop hangen, worden doorgaans teleurgesteld. Je kunt het beter aan de filmploeg overlaten.'

Kate greep haar moment, liep naar voren en raakte Ben even aan zijn elleboog. 'Sorry dat ik stoor, maar Verity zocht je. Iets over dat telefoontje waar je op wachtte?'

Ben's gezicht verried een moment verwarring, waarna begrip doorbrak. 'Juist, ja. Neemt je me niet kwalijk?' zei hij tegen de journalist, die met tegenzin een stap opzij deed.

'Bedankt voor de redding,' mompelde Ben terwijl ze naar een rustiger hoek liepen. 'Die vent probeert me al de hele avond de adaptatie te laten afkraken. Blijkbaar verkoopt "controverse" meer kranten dan "auteur tevreden met verfilming van zijn boek". Het maakte hem niet uit dat ik 'm nog niet eens gezien heb.'

Kate glimlachte. 'Dacht ik al. Je had dezelfde blik als paarden krijgen als ze in een hoek worden gedrukt waar ze niet in willen.'

Voordat Ben kon reageren, kwam er een breedgeschouderde man met zilveren slapen en een op maat gemaakt nachtblauw pak op hen af, hand uitgestoken. 'Ben Crossley! James Watson, Universal International,' zei hij met een luide Amerikaanse tongval. 'Fijn dat we elkaar eindelijk spreken.'

Ben schudde de man ogenschijnlijk hartelijk de hand. 'James, goed je eindelijk eens in levenden lijve te ontmoeten. Dit is Kate, een goede vriendin.'

Watson knikte beleefd in Kate's richting en wendde zijn aandacht toen volledig tot Ben. 'De vroege vertoningen scoren fantastisch in Europa. We mikken nu op een gelijktijdige release in achtentwintig landen, en de Aziatische distributiedeals zijn rond.'

'Uitstekend nieuws,' zei Ben, al zag Kate een lichte verstrakking rond zijn ogen.

'De studio heeft het al over vervolgpotentieel,' ging Watson verder, zijn stem vertrouwelijk verlagend. 'Ik weet het, ik weet het, schrijvers haten dat woord voordat de eerste nog uit is, maar de cijfers liegen niet. Wij willen vooraan staan als je klaar bent om over het volgende boek te praten.' Hij overhandigde Ben een visitekaartje. 'Bel me rechtstreeks als je zover bent. Hoeft niet via de gebruikelijke kanalen.'

Terwijl het gesprek doorging, merkte Kate dat ze weer naar de achtergrond verdween. Ze vond het niet erg. Er zat iets bevrijdends in op een plek zijn waar niemand haar geschiedenis kende, waar haar naam geen last van verwachtingen of teleurstellingen meedroeg. Niemand hier gaf om dressuurscores of dopingbeschuldigingen. Ze was gewoon Ben's gezelschap, een vrouw in een blauwe jurk met een glas champagne, die toekeek hoe de machinerie van de industrie haar werk deed.

Twee uur later deden Kate's voeten pijn van de ongewone hakken. Ben ving haar blik op aan de andere kant van de ruimte, waar hij gevangen zat in een gesprek met een groep uitgeefdirecteuren, en ze zag haar eigen vermoeidheid weerspiegeld in zijn uitdrukking.

Twintig minuten daarna zaten ze in een taxi, Ben die met zichtbare opluchting zijn stropdas losser maakte. 'God, ik dacht dat we nooit zouden ontsnappen. Dat soort avonden duurt altijd twee keer zo lang als nodig.'

'Waar gaan we heen?' vroeg Kate, toen ze merkte dat ze van het hotel af reden.

'Iets echts,' zei Ben met een mysterieuze glimlach. 'Ik weet niet hoe het met jou is, maar na al dat netwerken kan ik wel wat authentieks gebruiken.'

De taxi zette hen af bij een felverlichte diner die leek te zijn getransplanteerd uit de jaren vijftig. Rode skaileren banken langs de ramen, en een counter met krukken met chroomranden langs een muur. De geur van gebakken uien en pruttelende koffie woei naar buiten terwijl Ben de deur voor haar openhield.

'De beste late night-burgers van Sydney,' zei hij, haar naar binnen leidend. 'En de milkshakes zijn een buikpijn dubbel en dwars waard.'

De tl-verlichting was hard na de zorgvuldig gecureerde ambiance van de rooftopbar, maar Kate vond het vreemd genoeg troostrijk. Ze schoven in een booth achterin, en Ben bestelde voor hen beiden: burgers met alles erop en eraan, friet, en chocolademilkshakes.

'Dit past mij beter,' gaf Ben toe zodra de serveerster weg was. 'In dit soort tenten ontmoet je interessantere mensen.'

Kate glimlachte en zakte ontspannen in de bank. 'Ik vind het leuk om deze kant van je te zien. Op het feest leek je... niet helemaal jezelf.'

'Dat was ik ook niet,' zei Ben simpel. 'Dat is de dans die je in dit wereldje doet. Je laat ze de versie van jezelf zien die ze willen zien, zegt de dingen die ze willen horen, en bewaart de echte gesprekken voor plekken als deze.' Hij keek met oprechte genegenheid om zich heen. 'Ik heb een scène geschreven die zich in precies zo'n zaak afspeelt. De studio wilde het in een strakke, moderne koffiebar draaien. Ik heb moeten vechten om het echt te houden. Uiteindelijk hebben ze het hier opgenomen, en de eigenaren er goed voor betaald.'

Hun eten kwam, enorme burgers die nauwelijks op de borden pasten, dikke frieten die glansden van de olie en bestoven waren met zout, en milkshakes met slagroom en maraschinokersen. Kate kon zich niet heugen wanneer ze voor het laatst iets zó glorieuze ongezonds had gegeten. Als topsporter was haar dieet zorgvuldig afgesteld op prestaties, met magere eiwitten, complexe koolhydraten, en precies getimede voeding ter ondersteuning van training en herstel.

Ze beet in de burger en sloot haar ogen in een moment van zaligheid. 'Oh, mijn God,' mompelde ze met volle mond. 'Dit is geweldig.'

Ben grijnsde, zichtbaar voldaan. 'De breuk met het voedingsschema waard?'

'Absoluut,' zei Kate en pakte een friet waar ze knapperig in beet. 'Maar zeg het alsjeblieft niet tegen mijn zussen. Die zouden me dat eeuwig nadragen.'

Ze aten een paar minuten in ontspannen stilte, het simpele genot van goed eten in een pretentieloze omgeving spoelde de gekunsteldheid van de avond weg.

'Zin in een wandeling?' vroeg Ben toen ze klaar waren. 'We zitten niet ver van Bondi.'

De nachtelijke lucht was koel en ziltig terwijl ze langs het beroemde strand slenterden. Ze hadden allebei hun schoenen uitgedaan en droegen die in de hand terwijl ze liepen langs de waterlijn waar het zand het stevigst was. De oceaan strekte zich donker en onbegrensd voor hen uit, terwijl achter hen de lichten van de stad tegen de nachtelijke hemel glinsterden.

'Ik vergeet soms dat Australië dit allemaal heeft,' zei Kate, ademhaalde diep. 'Als je op een property opgroeit, vernauwt je wereld zich tot dat land, die dieren, die gemeenschap. De rest kan net zo goed een ander land zijn.'

Ben knikte, met begrip in zijn ogen. 'Bij mij was het andersom. Opgegroeid in de buitenwijken, altijd omringd door mensen en lawaai. De eerste keer dat ik op de boerderij van een vriend logeerde, kon ik niet slapen omdat het te stil was.' Hij glimlachte bij de herinnering. 'Nu zoek ik die stilte juist op. Grappig hoe dingen veranderen.'

Kate wiebelde met haar tenen in het koele zand en voelde hoe de spanning van de dag – van de afgelopen weken – met elke stap wat meer wegebde. Het ritmische geluid van de golven die op het strand braken vormde een zachte achtergrond voor hun gesprek, waardoor ze soms dichter naar elkaar toe moesten leunen om elkaar te verstaan, hun schouders raakten elkaar af en toe terwijl ze liepen.

'Dank je dat je me hierheen hebt gebracht,' zei Kate na een comfortabele stilte. 'Niet alleen naar het strand, maar naar Sydney. Deze hele avond. Ik had het harder nodig dan ik besefte.'

'Iedereen moet soms ontsnappen. Zelfs de meest toegewijde atleten en gekwelde schrijvers.'

Kate lachte zacht, het geluid droeg over het milde geruis van de golven. 'Is dat wat we zijn? De atleet en de schrijver?'

'Onder andere,' antwoordde Ben, terwijl zijn hand in het donker de hare vond. Zijn vingers waren warm tegen haar huid, en Kate trok haar hand niet terug. Ze liepen verder, hand in hand, terwijl de stadslichten achter hen twinkelden en de immense oceaan zich voor hen uitstrekte, een perfecte balans tussen beschaving en wildernis, tussen chaos en rust.

Voor het eerst in weken was Kate volledig in het moment. Ze was niet in haar hoofd pleidooien aan het repeteren voor haar hoorzitting, noch de schade aan haar carrière aan het inventariseren. Er was alleen het zand onder haar voeten, de zilte lucht die haar longen vulde, en Ben's hand, stevig in de hare, terwijl ze langs de rand van het continent liepen, twee kleine figuren tegenover de onmetelijkheid van de nacht.

Hoofdstuk Veertien

De rode loper lag vóór hen als een karmozijnen rivier, afgezet met hekken waarachter fotografen namen en aanwijzingen riepen terwijl beroemdheden poseerden. Kate stond net achter Ben aan de rand van de loper; haar fonkelende, geleende rode jurk voelde ineens zowel te opzichtig als op de een of andere manier niet voldoende tussen de couturejurken en maat-tuxedo's.

'Klaar?' vroeg Ben, terwijl hij voor de laatste keer zijn vlinderdas rechtstreek. In een smoking zag hij er opvallend knap uit; zijn soms wat onhandige slungeligheid was veranderd in iets elegants.

'Zo klaar als ik ooit zal zijn,' antwoordde Kate, terwijl ze de neiging onderdrukte om haar jurk opnieuw glad te strijken. Ze had een uur doorgebracht bij een kapper die de studio naar hun hotel had gestuurd, en haar normaal strak getemde blonde haar was omgetoverd tot losse golven die zacht haar gezicht omlijstten.

Ze zetten een voet op de loper en meteen laaide de energie op. Kate had verwacht zich blootgesteld te voelen, maar merkte tot haar verbazing dat ze zich in Bens schaduw juist beschut voelde.

'Ben Crossley! Hierheen!' Een verslaggever zwaaide vanachter een fluwelen koord. 'Hoe voelt het om je personages tot leven te zien komen op het scherm?'

Ben stapte naar de verslaggever toe en positioneerde zich automatisch zo dat Kate in beeld was, terwijl hij haar tegelijk afschermde van directe vragen. 'Het is onwerkelijk,' antwoordde hij met zijn mediasmile in de aanslag. 'Deze personages hebben jaren in mijn hoofd geleefd, en nu worden ze vertolkt door ongelooflijke acteurs. Ik ben gewoon dankbaar dat het verhaal aansloeg bij lezers, en hopelijk nu ook bij kijkers.'

Er volgden meer vragen, vooral over of de film trouw was aan het boek, of Ben inspraak had gehad in het script, waar hij als volgende aan werkte. Hij beantwoordde alles vlot en wimpelde de meer indringende vragen af met zelfspot, waarbij hij constant dat zorgvuldige evenwicht bewaarde tussen benaderbaarheid en privacy.

Kate nam het allemaal met stille fascinatie in zich op. Dit verschilde niet zoveel van de persmomenten die ze na grote wedstrijden had gedaan, al gingen de vragen nu over plottwists in plaats van trainingstechnieken. Ze merkte dat ze genoot van dit zijaanzicht van roem: dichtbij genoeg om het mechaniek te observeren, maar niet onderworpen aan de eisen ervan. Niemand vroeg naar haar carrière of haar doelen of, gelukkig, haar recente schandalen. Ze was simpelweg Bens gast, een vrouw in een rode jurk.

Terwijl ze verder over de loper liepen, zag Kate een lange, atletisch gebouwde man, wiens gezicht ze herkende uit actiefilms, dichtbij poseren voor foto's. Zijn glimlach was bijna verblindend wit tegen zijn bruine huid, een weelderige manenbos donker haar die over zijn brede schouders viel. Toen hij klaar was met de fotografen, draaide hij zich om en zag Ben.

'Crossley!' riep hij, met de zelfverzekerdheid van iemand die weet dat alle ogen hem volgen, op hen aflopend. 'Fantastisch boek, man. Echt een vette rol. Elk moment ervan genoten.'

'Dank je, Drake,' zei Ben, terwijl hij de hand van de acteur schudde. 'Ik ben zó blij dat ze jou gecast hebben, gezien jouw bijzondere talent om van hoge gebouwen te springen.'

Drake Lawrence – zo heette hij, herinnerde Kate zich nu – lachte, en richtte toen zijn aandacht op haar; zijn blik gleed waarderend over de rode jurk. 'En wie is deze verschijning?'

'Dit is Kate,' zei Ben, terwijl zijn arm bijna onmerkbaar dichter om haar taille schoof. 'Ze is op bezoek uit Queensland. Kate, Drake Lawrence, die je zo in onze film van een gebouw ziet springen.'

Kate stak haar hand uit, een handdruk verwachtend, maar Drake bracht die in plaats daarvan naar zijn lippen en hield daarbij haar blik vast. 'Queenslands verlies is zeker Sydneys winst,' zei hij, zijn stem een toon lager. 'Zeker in zo'n jurk.'

Kate voelde tot haar eigen verbazing een glimlach aan haar lippen trekken. De flirt was zo schaamteloos, zo Hollywood, dat het bijna amusant was in plaats van vleiend. 'Dank je,' zei ze. 'Al kan ik geen eer opeisen voor de jurk. Ik leen voor één avond een snufje glamour.'

'Ik laat je graag meer van Sydneys glamoureuze kant zien zolang je in de stad bent,' ging Drake verder, terwijl hij haar hand nog een moment langer vasthield dan nodig. 'Ik ken alle plekken die de toeristen missen.'

'Ik denk dat haar schema vrij vol zit,' viel Ben in, luchtig van toon maar met een onderstroom die Kate niet eerder bij hem had gehoord. Zijn arm klemde iets steviger om haar taille. 'We zijn hier alleen dit weekend.'

Drakes ogen flitsten tussen hen heen en weer; een veelbetekenende glimlach spreidde zich over zijn gezicht. 'Ah, ik snap het. Nou, mocht er iets veranderen...' Hij toverde van nergens een visitekaartje tevoorschijn en bood het Kate aan. 'Mijn privé-nummer. Voor het geval Queensland na al deze opwinding wel heel stil lijkt.'

Kate nam het kaartje aan met een diplomatieke glimlach en stopte het in haar geleende avondtasje, zonder enige intentie het ooit te gebruiken. 'Heel attent.'

Drake knipoogde naar haar en klopte Ben toen op de schouder. 'Goed werk, Crossley. Kan niet wachten om te zien wat ze met je boek hebben gedaan.' Met nog een laatste waarderende blik op Kate liep hij door om een andere groep verderop op de loper te begroeten.

Ben keek hem na, zijn kaak in een stand die Kate herkende als ingehouden ergernis. 'Sorry daarvoor,' zei hij na een moment. 'Drakes reputatie bij vrouwen is... omvangrijk.'

'Jaloers?' vroeg Kate, niet in staat hem die kleine plaagstoot te besparen.

Bens oren kleurden licht. 'Bezorgd om jouw welzijn. Die man gaat door afspraakjes heen zoals de meesten door keukenrol.'

Kate lachte en leunde een tikje tegen hem aan. 'Ik kan één flirtende acteur wel aan. Bovendien ben ik heel tevreden met mijn huidige gids.'

De spanning in Bens schouders ebde weg en hij glimlachte naar haar, zijn ogen warm. 'Goed om te horen. Al kan ik geen insider-toegang tot exclusieve clubs beloven.'

'Ik overleef die teleurstelling wel,' verzekerde Kate hem.

Toen de lichten doofden en de studiologo's op het scherm verschenen, betrapte Kate zichzelf erop dat ze meer naar Ben keek dan naar de film. Zijn profiel in het flakkerende licht was een studie in ingehouden emotie; zijn lippen bewogen zachtjes mee met bepaalde dialogen, hij vertrok zijn gezicht bij wijzigingen ten opzichte van zijn originele tekst, en lachte verrast wanneer een acteur een zin anders bracht dan hij zich had voorgesteld.

De film zelf was een stijlvolle thriller, prachtig gefilmd, met vertolkingen die Bens personages levendig tot leven brachten en ja, een spectaculaire stunt waarbij Drake Lawrence van een gebouw sprong. Kate raakte oprecht geboeid door het verhaal, ondanks dat misdaadfilms haar normaliter weinig zeggen. Er zat iets bijzonders in om dit te beleven naast degene die deze wereld had gecreëerd, het te zien door zijn ogen én de hare.

Toen de laatste scène wegstierf in zwart en de aftiteling begon te rollen, barstte de zaal los in enthousiast applaus. Om hen heen gingen mensen staan voor een staande ovatie. Ben bleef even zitten, met een verwilderde uitdrukking en ogen die in het schemerlicht verdacht glansden.

Toen het zaallicht aanging en mensen richting de uitgangen begonnen te bewegen, velen die even stopten om Ben te feliciteren, draaide hij zich naar Kate, met een onverwachte kwetsbaarheid op zijn gezicht.

'Wat vond je ervan?' vroeg hij, zijn stem zacht onder het omgevingsrumoer. 'Eerlijk?'

Kate kneep in zijn hand, begrijpend dat haar mening hem op een andere manier raakte dan die van critici en producenten. 'Het was briljant,' zei ze eenvoudig, wetend dat hij de oprechtheid in haar stem zou horen.

Opluchting en plezier golfden over zijn gezicht. 'Echt? Zeg je dat niet alleen maar?'

'Wanneer heb jij mij ooit dingen voor de lieve vrede weten zeggen?' vroeg Kate met een kleine glimlach.

Ben lachte; de spanning viel van zijn schouders. 'Touche.'

Ze liepen langzaam richting uitgang, waarbij Ben vaak stopte om felicitaties in ontvangst te nemen of Kate aan allerlei mensen uit het vak voor te stellen.

Toen ze eindelijk de koele nacht in stapten, realiseerde Kate zich tot haar schrik dat ze al uren niet aan het dopingschandaal had gedacht, niet aan Misty, niet aan haar schorsing. Het gewicht dat wekenlang op haar drukte, was tijdelijk gelicht, waardoor ze gewoon aanwezig kon zijn in dit moment, in deze glamoureuze, onbekende wereld die zo ver van haar dagelijkse realiteit af lag.

Die vrijheid toverde een glimlach op haar gezicht, een oprechte uitdrukking die haar gelaat deed oplichten terwijl ze op hun auto wachtten. Ben keek naar haar, nieuwsgierig naar de plotselinge verandering in haar stemming.

'Wat is er?' vroeg hij.

Kate schudde licht haar hoofd. 'Ik realiseer me gewoon dat ik vanavond niet Kate McKenzie, in ongenade gevallen dressuuramazone, ben geweest. Ik was gewoon Kate. En dat voelt...' Ze zocht naar het juiste woord. 'Bevrijdend.'

Bens arm sloeg steviger om haar schouders; begrip lag in zijn ogen. 'Dat was de bedoeling,' zei hij zacht. 'Iedereen moet soms herinnerd worden aan wie ze zijn, onder al die labels.'

Morgen zouden ze teruggaan naar Queensland, naar Ridgewater, naar de realiteit van haar situatie en alle complicaties die daarbij hoorden. Maar vanavond had haar iets kostbaars gegeven: een herinnering dat het schandaal haar niet definieerde, dat er een wereld bestond buiten het oordeel van de paardensportgemeenschap, en vooral dat ze er niet alleen voor stond.

Ze schoof de auto in, Ben vlak achter haar, en voor het eerst in weken leek de toekomst niet meer zo somber.

Zonlicht overstroomde de royale hotelsuite en maakte van de toch al luxe ruimte iets bijna etherisch. Ben boog voorover op de pluche bank, ellebogen op zijn knieën, terwijl Verity over de glanzende vloer voor hem ijsbeerde. Het korte, gezette postuur van de agente bewoog met verrassende gratie terwijl ze het nieuwste bod van de filmstudio uiteenzette. Ben knikte op gepaste momenten, maar zijn aandacht dwaalde steeds weer af naar Kate, die op de aangrenzende bank zat in haar reiskleding en voor de derde keer in evenzoveel minuten op haar horloge keek.

'Luister je wel?' beet Verity hem toe, halverwege haar pas halt houdend om Ben met een doordringende blik te fixeren.

'Natuurlijk,' reageerde Ben automatisch. 'Rechten voor een sequelverfilming, royaal voorschot.'

Verity's perfect gevormde wenkbrauwen gingen nog hoger. 'Plus internationale toerverplichtingen, promotionele optredens en een rol als scriptconsultant.'

'Ja, die ook.' Ben wierp opnieuw een blik op Kate en merkte hoe haar mondhoeken een fractie aanspanden toen ze naar haar telefoon keek. Hun vlucht terug naar Brisbane vertrok over ruim vier uur en ze moesten nog uitchecken, lunchen en zich door het verkeer in Sydney worstelen om het vliegveld te halen. Kate was de hele ochtend stil geweest; de tijdelijke adempauze van haar zorgen was duidelijk vervlogen nu de terugkeer naar Queensland dichterbij kwam.

'Ik wil uiterlijk volgende week een antwoord,' ging Verity verder, waardoor Ben zijn aandacht weer bij haar moest houden. 'De momentum van de première van gisteravond houdt niet eeuwig aan, en hun enthousiasme om geld naar je te smijten evenmin.'

Ben haalde een hand door zijn haar, dat nog altijd een tikje stug was van de stylingsproducten van de avond ervoor. 'Ik zeg geen nee, Verity. Ik moet alleen even nadenken over de planning. De nieuwe serie begint echt vorm te krijgen en ik wil die niet overhaasten.'

'De nieuwe serie,' herhaalde Verity, met een toon ergens tussen nieuwsgierig en sceptisch. 'De hippische misdaadromans. Ja, je noemde die gisteravond.'

'Niet alleen genoemd,' zei Ben, terwijl hij met frisse geestdrift overeind kwam. 'Ik heb daadwerkelijk flinke vooruitgang geboekt. Het onderzoek is...' Hij pauzeerde, op zoek naar het juiste woord. 'Openbarend.'

Verity's uitdrukking bleef twijfelend. 'Uitgevers houden van gevestigde merken, Ben. Je hebt een schare fans opgebouwd met je outbackdetective. Paarden en dressuur zijn een forse koerswijziging.'

'En precies daarom is het spannend,' wierp Ben tegen, terwijl hij naar zijn telefoon op de glazen salontafel greep. 'Kijk, ik wil je wat beelden laten zien. Onderzoeksmateriaal van de wedstrijd in Queensland.'

Hij verbond zijn telefoon met het scherm en scrolde door bestanden tot hij de video vond die hij zocht. 'Dit bedoel ik met echte dramatiek,' legde Ben uit zodra de beelden begonnen te spelen, met een brede pan van de stallen op het Queensland State Equestrian Centre. 'Het gaat niet alleen om de proeven zelf, maar om alles wat er achter de schermen gebeurt.'

Op het scherm bewogen deelnemers doelgericht door de stalgangen; grooms leidden glanzende paarden, trainers gaven lastminute-instructies. Ben voelde een steek van voldoening bij hoe goed hij de sfeer had gevangen, de spanning en de pracht en praal die de meeste buitenstaanders nooit zagen.

'Alleen al de economische ongelijkheid is fascinerend,' klonk Bens stem uit de speakers terwijl de camera over rijen boxen bewoog. 'Sommige ruiters komen aan in transport dat meer waard is dan een rijtjeshuis, terwijl anderen tweedehands spullen bij elkaar sprokkelen. Maar eenmaal in de ring draait het allemaal om de samenwerking met het paard.'

Verity kwam dichter bij het scherm, haar professionele interesse duidelijk geprikkeld ondanks haar aanvankelijke scepsis. 'De setting heeft zeker visuele aantrekkingskracht,' gaf ze toe. 'Heel filmisch.'

'En authentiek,' voegde Ben gretig toe. 'Dat zadel daar,' hij wees terwijl het beeld een groom toonde die een glanzend leren zadel oppoetste, 'dat is Hermès. Tussen de zes- en tienduizend dollar. En elk paard moet een eigen, op maat passend zadel hebben.'

'Dure hobby,' mompelde Verity, met opgetrokken wenkbrauwen.

'Geen hobby,' corrigeerde Kate zacht vanaf de bank. 'Een beroep. Een levenswerk.'

Ben knikte instemmend. 'Precies. Deze mensen zetten alles opzij voor deze toewijding. Hun relaties, hun financiën, hun fysieke welzijn. De druk is immens.' Hij gebaarde naar het scherm. 'Ze krijgen maar minuten om zich voor te bereiden, voor ze proeven rijden die de koers van hun hele carrière kunnen bepalen.'

'En waar is jouw moord in al deze elegantie?' vroeg Verity, die altijd het commerciële oog hield.

'Daar zit nu juist de crux,' antwoordde Ben, zijn stem dalend alsof hij een geheim deelde. 'Deze wereld draait om schijn, reputatie, nalatenschap. Als dat bedreigd wordt, kunnen mensen wanhopige keuzes maken.'

Op het scherm ging de cameratoer door de stallen verder, langs rijen paarden die over de boxdeuren heen keken. Ben voelde de vertrouwde golf van creativiteit terwijl hij keek; in zijn hoofd vertaalde hij de beelden al naar proza, de zintuiglijke details die zijn fictieve wereld tot leven zouden wekken. De bijzondere lichtval door de lichtstraten, de symfonie van prusten en stampen, de onmiskenbare geur van paarden, leer en ambitie.

'Kijk naar de spanning in hun gezichten,' zei Ben, terwijl hij wees toen de camera een ruiter vastlegde die instructies kreeg van een coach. 'Ze hebben duizenden uren en dollars geïnvesteerd voor vijf minuten voor de jury. Olympische dromen die afhangen van de vraag of je paard met het goede been uit de stal is gekomen.'

Kate verschoof weer op de bank, en Ben ving haar blik op, een complexe mix van verlangen en pijn. Voor haar was dit geen onderzoeksmateriaal of creatieve inspiratie. Dit was haar leven, op dit moment aan diggelen. Ben voelde een steek van schuld om zijn enthousiasme over een wereld die haar zoveel verdriet deed, maar ging door. Als Verity het potentieel van deze setting begreep, kon het een boekencontract betekenen waardoor hij langer op Ridgewater kon blijven, om er voor Kate te zijn, wat er ook zou komen.

'En hier,' ging hij verder toen de camera een sectie in bewoog waar de paarden van de topruiters werden getoond, 'zie je het verschil in presentatie. Elke stal is als een kleine ambassade, die het merk van de ruiter vertegenwoordigt, hun sponsors, hun positie in de gemeenschap.'

De beelden speelden door; de camera bewoog gestaag terwijl hij de rituelen en voorbereidingen van vóór de wedstrijd vastlegde. Ben gebaarde enthousiast en wees details aan waarvan hij wist dat ze zich zouden vertalen naar krachtige scènes in zijn manuscript.

'Wacht, wat is dat meisje aan het doen?' vroeg Verity plotseling, haar stem scherp terwijl ze voorover boog en naar iets op het scherm wees. Ben stokte halverwege zijn zin, van zijn stuk gebracht door de onderbreking. Hij was zo gefocust geweest op het uitleggen van de economische kanten van de sport dat hij niets bijzonders had opgemerkt in de beelden die op dat moment speelden.

'Welk meisje?' vroeg Ben, terwijl zijn ogen het drukke stallengebied op het scherm afspeurden. Deelnemers, verzorgers en officials bewogen door het kader, ieder gericht op zijn eigen taak, wat samen een complexe choreografie van pre-wedstrijdactiviteit vormde.

'Daar,' priemde Verity haar vinger naar de rechterkant van het scherm. 'Die daar. Donker haar, dure kleren. Ze gedraagt zich vreemd, kijkt om zich heen alsof ze bang is betrapt te worden.' Verity's ogen knepen samen met het instinct van iemand die decennia lang cruciale details heeft opgespoord die verborgen zaten in dichtgetimmerde contracttaal. 'Het lijkt alsof ze iets in haar schild voert.'

Ben kneep zijn ogen samen naar het deel dat Verity aanwees. De camera had langzaam over het stallengebied gepand, om de algemene sfeer te vangen in plaats van op één persoon in te zoomen. Op de achtergrond, deels aan het zicht onttrokken door een passerende verzorger, bewoog een bekende figuur zich met ongewoon veel omzichtigheid.

'Kun je terugspoelen?' vroeg Kate ineens. Ze kwam van de bank omhoog en liep dichter naar het scherm, haar nonchalante houding vervangen door felle focus.

Ben klungelde met zijn telefoon en zette de video zo'n dertig seconden terug. 'Hier?'

'Nog iets verder,' drong Kate aan, haar stem gespannen.

Ben voldeed, spoelde verder terug en liet de beelden vervolgens weer op normale snelheid afspelen. Dit keer keken ze alledrie gespannen toe terwijl de camera langs de rij stallen schoof. En daar was het, onmiskenbaar zodra je wist waar je moest kijken: Vanessa Hughes, die schichtig over haar schouder keek voordat ze naar Misty's stal liep. Haar hand dook in haar jaszak en kwam weer tevoorschijn met meerdere kleine witte zakjes tussen haar vingers geklemd.

Bens duim tikte op het scherm van zijn telefoon en bevroor de video op dat belastende frame.

'Dat is Misty's stal,' zei Kate, haar stem nauwelijks meer dan een fluistering. Ze stapte dichter naar het scherm, haar gezicht bleek, ogen wijd van ongeloof. 'En dat is...'

'Vanessa,' maakte Ben haar zin af, terwijl zijn hart sneller begon te slaan toen de betekenis van wat ze zagen tot hem doordrong. 'Dat is Vanessa Hughes.'

'Wacht, dat is jouw paard?' vroeg Verity, terwijl ze met groeiende belangstelling tussen hen in keek. 'En wie is dat meisje?'

Kate antwoordde niet; haar ogen bleven op het scherm gericht. Ben vergrootte het bevroren beeld met zijn vingers en zoomde in op Vanessa's hand en de witte zakjes die daar duidelijk zichtbaar waren.

'En wat heeft ze daar precies vast?' vroeg Verity, al klonk in haar toon door dat ze het antwoord al vermoedde.

'Dat lijken...' begon Ben, maar hij stopte en draaide zich naar Kate voor bevestiging. 'Kate, zouden dat kunnen zijn wat ik denk?'

Kate's hand trilde licht toen ze het scherm aanraakte, haar vingertop bleef zweven boven het beeld van de witte zakjes. 'Eenportiezakjes,' zei ze, haar stem won aan kracht door haar zekerheid. 'Zo wordt bute precies verpakt. Witte zakjes met de doseringsinformatie erop.'

Bens maag trok samen bij de implicaties. In gedachten ging hij terug naar die dag op de wedstrijd, de tijdlijn reconstruerend. Hij herinnerde zich dat hij deze sequentie filmde terwijl Kate met potentiële sponsors sprak, een uur of wat vóór haar proef. Hij herinnerde zich hoe Misty onder haar gebruikelijke niveau had gelopen, de onkarakteristieke loomheid die Kate had verbaasd. Nu viel alles op zijn plaats. De beelden hadden Vanessa vastgelegd terwijl ze saboteerde.

'Ze heeft je paard gedrogeerd,' stelde Verity onomwonden vast, en ze benaderde de situatie met de directheid van iemand die gewend is plotpunten te wegen. 'Opzettelijk je optreden en je reputatie gesaboteerd.'

'Ze moet het in het kleine beetje voer hebben gedaan dat ik Misty gaf terwijl ik naar die sponsorafspraak ging,' zei Kate, haar stem nu sterker, de woede begon de schok te verdringen. 'Bute heeft ongeveer een uur nodig om maximaal effect te bereiken. De timing klopt precies. Misty was prima in het losrijden, maar tegen de tijd dat we de ring in gingen voor onze proef...'

Ben drukte weer op afspelen en liet de video verder gaan. De camera volgde Vanessa terwijl ze nog eens om zich heen keek, daarna Misty's stal in glipte en enkele seconden uit beeld verdween, om vervolgens snel weg te lopen. De hele sequentie duurde nog geen dertig seconden, makkelijk te missen als je er niet specifiek naar zocht. Als Verity het verdachte gedrag niet had opgemerkt, hadden ze het misschien nooit gezien.

Ben voelde zich misselijk bij de wetenschap dat hij dit cruciale bewijs al die tijd had gehad. Weken van Kates lijden, haar isolatie, de ineenstorting van haar professionele status, de gemene speculaties en stopgezette sponsoringen, terwijl het bewijs van haar onschuld vergeten op zijn telefoon stond. Hij was zo gefocust geweest op het vangen van de sfeer, de achtergronddetails voor zijn roman, dat hij de beelden niet eens goed had teruggekeken.

'Ik had dit weken geleden moeten checken,' zei hij; de woorden voelden volstrekt inadequaat vergeleken met de omvang van zijn nalatigheid. 'Kate, het spijt me zo. Als ik die dag alles wat ik filmde gewoon had doorgenomen...'

'Je kon niet weten waar je naar moest zoeken,' zei Kate, maar haar aandacht bleef op het scherm gericht, haar ogen volgden het vernietigende bewijs van Vanessa's verraad.

Verity, die hen beiden met een scherpzinnige blik had gadegeslagen, schraapte haar keel. 'Zelfverwijt kan wachten,' zei ze kordaat. 'Wat nu telt, is wat jullie met dit bewijs doen.'

Haar pragmatische ingreep rukte Ben uit zijn schuldspiraal. Ze had gelijk. Wat telde was niet dat hij dit eerder niet had ontdekt, maar wat ze nu met die kennis deden.

Hij bestudeerde Kates gezicht en zag hoe de eerste schok plaatsmaakte voor iets sterkers. Haar ogen werden hard, haar kaak spande zich vastberaden, haar houding richtte zich op alsof er een fysieke last van haar schouders was getild. De verandering was opmerkelijk, alsof je iemand uit de schaduw het licht in zag stappen.

'Je had de hele tijd gelijk,' zei Ben zacht. 'Iemand heeft dit je doelbewust aangedaan.'

'Vanessa,' zei Kate, haar stem nu vast van zekerheid. 'Het is zo logisch. Ze was woedend nadat ze had gefaald in de wedstrijd, ondanks haar dure paard en trainingen. Ze probeert al tijden te bewijzen dat ze beter is dan ik.' Er ontsnapte haar een bitter lachje. 'Blijkbaar was mijn paard drogeren en mijn reputatie slopen makkelijker dan haar eigen rijden echt verbeteren.'

Ben greep naar zijn telefoon en koppelde die los van het scherm met handen die niet langer trilden, nu vastberaden. 'We moeten dit meteen bij de juiste mensen krijgen. De bond sowieso, maar ook de politie. Wat Vanessa deed was niet alleen tegen de wedstrijdregels, het was strafbaar.'

'Jake weet precies hoe we dit moeten aanpakken,' stemde Kate in, verwijzend naar Pips verloofde, de politieagent die tijdens het ergste van de mediahectiek de wacht had gehouden bij de poort van Ridgewater.

Ben scrolde al door zijn contactpersonen en vond Jake's nummer met een veeg van zijn duim. De urgentie van het moment gierde door zijn aderen, de eerdere schuld verdrongen door doelgerichte vastberadenheid. Hij drukte op bellen en zette de telefoon op luidspreker zodat Kate mee kon luisteren.

Jake nam op bij de derde toon, zijn stem voorzichtig. 'Ben? Alles goed?'

'Jake, met Ben,' zei hij, de woorden tuimelden gehaast uit hem. 'Ik denk dat we hebben wat we nodig hebben om Kate vrij te pleiten. Ik stuur je de video nu meteen.'

'Welke video?' Jake's toon verscherpte direct; zijn professionele interesse was gewekt. 'Wat hebben jullie gevonden?'

Ben haalde diep adem en dwong zichzelf helder en bondig te spreken. 'Ik filmde bij de wedstrijd voor onderzoek, achtergrondmateriaal voor mijn nieuwe boek. Gewoon algemene beelden van het stallengebied, de voorbereidingen, niets specifieks. Maar toen we het net terugkeken, zagen we iets.' Hij wierp een blik op Kate, die hem bemoedigend toeknikte. 'Vanessa Hughes, die Misty's stal ingaat met wat zakjes bute lijken, ongeveer een uur voor Kates proef.'

Er volgde een moment stilte, toen klonk Jake's stem, gespannen van ingehouden opwinding. 'Weet je absoluut zeker dat zij het is? En dat wat ze vastheeft identificeerbaar is?'

'Zij is het,' bevestigde Kate, terwijl ze dichter naar de telefoon boog. 'Zonder twijfel. En de zakjes zijn duidelijk zichtbaar. Witte eenportiezakjes, precies zoals de bute-zakjes met enkele dosis die we in de medicatiekast hebben.'

'De kast die steeds ontgrendeld bleek te zijn,' voegde Ben toe, denkend aan de ogenschijnlijk kleine beveiligingsproblemen die Ridgewater in de weken vóór de wedstrijd teisterden. 'Jake, dit was niet opportunistisch. Ze heeft dit gepland. Ze heeft bewust situaties gecreëerd waarin ze bij de medicatie kon.'

'Stuur me de video nu meteen,' zei Jake, kort en professioneel. 'Niet editen, niet verbeteren, er niets aan doen. Stuur de ruwe beelden exact zoals ze zijn opgenomen, en back-up het in godsnaam overal waar je aan kunt denken. Vanaf daar neem ik het over.'

Ben navigeerde snel naar zijn e-mail en voegde het videobestand toe. 'Ik stuur hem nu,' bevestigde hij. 'Wat gebeurt er daarna?'

'Eerst bekijk ik het om te bevestigen wat jullie zien,' antwoordde Jake. 'Daarna gaan we ermee naar de bond met een formele klacht. Tegelijkertijd start ik via de juiste kanalen een officieel onderzoek. Dit raakt aan strafrecht: knoeien met een wedstrijd, een dier in gevaar brengen, mogelijk fraude afhankelijk van hoe we het insteken.'

De e-mail vertrok met een zacht whoesh-geluid, en Ben voelde een vreemde lichtheid door zich heen stromen. Na weken van machteloosheid ondernamen ze eindelijk actie. 'Hij is verstuurd,' bevestigde hij.

'Mooi,' zei Jake. 'Wanneer zijn jullie twee terug in Queensland?'

'Onze vlucht vertrekt over een paar uur,' antwoordde Kate, terwijl ze op haar horloge keek. 'We zijn vanavond terug.'

'Perfect. Kom meteen naar het Big House als jullie thuiskomen; ik werk vandaag niet, dus ik ben daar. We bedenken samen de volgende stappen.' Er viel een korte stilte, toen voegde Jake eraan toe, met een iets zachtere stem: 'Dit is goed, Kate. Echt goed. Hou nog even vol.'

Toen het gesprek eindigde, draaide Ben zich om en zag Kate naar hem staren, haar ogen glanzend met onuitgesproken tranen. Maar dit waren geen tranen van wanhoop of frustratie, zoals die hij haar de afgelopen weken had zien wegslikken. Deze waren anders.

'We hebben bewijs,' zei ze simpelweg, alsof ze de woorden proefde om te voelen hoe ze klonken. 'Echt bewijs.'

'Ja,' bevestigde Ben, terwijl hij de neiging onderdrukte haar hier, in het bijzijn van Verity, in zijn armen te trekken. 'En we gaan ervoor zorgen dat iedereen het ziet.'

Verity, die met professionele belangstelling had zitten toekijken, sprak eindelijk. 'Nou, ik snap absoluut waarom je je tot deze wereld aangetrokken voelt voor je volgende serie,' zei ze droog. 'Het drama schrijft zichzelf bijna.' Ze pakte haar tablet van de salontafel en schoof die in haar strakke leren map. 'Ik laat jullie twee maar even om je vlucht voor te bereiden. En Ben,' voegde ze eraan toe, terwijl ze bij de deur pauzeerde, 'als dit allemaal is uitgezocht, verwacht ik een volledige opzet van die ruitercrimeserie. Hier zit duidelijk materiaal in dat het onderzoeken waard is.'

Nadat ze weg was, bleven Ben en Kate een moment in stilte staan, het bevroren beeld van Vanessa nog steeds op het scherm, een visuele herinnering aan verraad die binnenkort bewijs van rehabilitatie zou worden.

'Ik kan niet geloven dat het er al die tijd was,' zei Kate uiteindelijk, haar stem vast ondanks de emotie die in haar ogen te lezen was. 'Als ik denk aan hoe de afgelopen weken waren, wat mensen zeiden, hoe ze naar me keken, terwijl het bewijs van wat er echt is gebeurd gewoon in jouw telefoon stond...'

'Ik weet het,' zei Ben, terwijl de schuld dreigde terug te keren. 'Ik had grondiger moeten zijn.'

Kate schudde haar hoofd en verraste hem door zijn hand te pakken. 'Nee. Als je specifiek naar bewijs had gezocht, had je dit misschien nooit vastgelegd. Je was gewoon Ben, die observeert en alles in zich opneemt voor zijn schrijven. En daardoor hebben we nu de waarheid.'

Haar vingers klemden zich steviger om de zijne, warm en sterk ondanks de lichte tremor die er nog doorheen trilde. Ben keek neer naar hun verstrengelde handen en weer terug naar haar gezicht, waar hij de vastberadenheid zag die de wanhoop had vervangen, het doel dat de machteloosheid had verdreven.

'We moeten ons klaarmaken om te gaan,' zei hij uiteindelijk. 'Jake wacht, en we hebben veel te doen.'

Kate knikte, kneep nog één keer in zijn hand en liet hem toen los. 'Ja,' stemde ze in. 'Het is tijd om naar huis te gaan en mijn naam te zuiveren.'

Hoofdstuk Vijftien

Kate staarde naar het aquarel-landschap aan de muur van de wachtkamer van Joe Ashford, zonder echt de glooiende heuvels of het rimpelloze meer te zien dat het doek beheerste. Haar been stuiterde van de zenuwen, haar vingers wrongen in haar schoot. Naast haar zat Ben voorovergebogen, ellebogen op zijn knieën, en wierp haar af en toe een bezorgde blik toe. De klok op het bureau van de receptioniste leek met opzet traag te tikken, elke seconde rekte zich eindeloos uit terwijl ze wachtten tot Joe hen binnenriep. Er hing zoveel af van deze afspraak; haar reputatie, haar carrière, de toekomst van Ridgewater. Kate haalde diep adem en probeerde haar bonkende hart tot rust te brengen. Na weken van machteloosheid hadden ze eindelijk iets concreets, iets tastbaars. Bewijs.

'Mr Ashford kan jullie nu zien,' kondigde de receptioniste aan, haar professionele glimlach bood noch medeleven noch oordeel.

Kate stond op op benen die zowel loodzwaar als vreemd wiebelig voelden. Bens hand streek langs de kleine van haar rug toen ze de receptioniste volgden door een kort halletje naar Joe's kantoor; het gebaar was zo subtiel dat het toevallig had kunnen zijn, en toch putte Kate er kracht uit.

Joe Ashford stond op toen ze binnenkwamen, zijn lange gestalte ontvouwde zich achter een fors eiken bureau, waarop keurige stapeltjes papier lagen. Zijn handdruk was stevig, zijn uitdrukking voorzichtig optimistisch terwijl hij naar de leren stoelen voor zijn bureau gebaarde.

'Kate, goed je te zien,' zei hij. Zijn blik verschoof naar Ben. 'En je moet Mr Crossley zijn. Jake zei dat je iets belangrijks had ontdekt.'

Ben knikte en boog zich licht naar voren. 'Zo zou je het kunnen noemen.'

Joe zakte terug in zijn stoel, handen gevouwen op het bureau. 'Laat maar eens zien wat jullie hebben gevonden.'

Ben graaide in zijn schoudertas en haalde zijn laptop tevoorschijn. Kate volgde zijn bewegingen, hoe hij de computer klaarzette en het scherm zo draaide dat Joe het goed kon zien. Haar mond voelde droog, haar hart bonsde tegen haar ribben. Dit voelde monumentaal, een kantelpunt tussen de nachtmerrie van de afgelopen weken en wat er daarna ook maar zou komen.

'Ik filmde bij de wedstrijd voor onderzoek,' legde Ben uit. 'Achtergrondmateriaal voor een nieuwe boekenserie waaraan ik werk. Ik wilde de sfeer vastleggen, de bedrijvigheid achter de schermen. Pas toen we de beelden in Sydney terugkeken, zagen we iets.'

Joe knikte, zijn uitdrukking veranderde in gerichte concentratie. 'En wat precies zagen jullie?'

'Dit,' zei Ben eenvoudig, terwijl hij het scherm nog wat verder naar Joe toe draaide en op Afspelen drukte.

Kate had de beelden inmiddels meerdere keren gezien, ze kende elk detail van Vanessa's heimelijke handelingen uit haar hoofd, maar Joe het voor het eerst zien bekijken, joeg een nieuwe golf spanning door haar lijf. Haar vingers klemden zich in de leren armleuningen terwijl de video liep.

Joe boog dichter naar het scherm, zijn ogen knepen licht samen. De beelden toonden het drukke stalgebied, deelnemers en grooms liepen doelgericht rond, paarden waren zichtbaar in hun boxen. En toen, aan de rand van het frame, verscheen Vanessa, haar houding ongewoon ineengedoken, ogen die schichtig rondgleden alsof ze controleerde of niemand toekeek.

'Dat is Vanessa Hughes,' zei Kate zacht. 'Ze is mijn leerling, maar ook een concurrente. Ze rijdt Cavalier, de Hannoveraanse hengst.'

Op het scherm liep Vanessa naar Misty's box en greep in de zak van haar jas. Joe boog nog dichterbij, zijn wenkbrauwen trokken samen.

'Kunt je 'm daar pauzeren?' vroeg hij.

Ben tikte op een toets en bevroor het beeld precies op het moment dat Vanessa's hand uit haar zak kwam, de witte zakjes duidelijk zichtbaar tussen haar vingers.

'Dat zijn bute-zakjes voor één dosis,' legde Kate uit, haar stem vaster dan ze had verwacht. 'Precies zoals de zakjes die wij in onze medicijnkast hebben. De kast die in de weken vóór de wedstrijd herhaaldelijk onbeveiligd werd aangetroffen. Marcus heeft een inventaris gemaakt en het aantal klopte niet, er misten zes zakjes.'

Joe bestudeerde het beeld een lange tel, zijn uitdrukking verhardde. 'En dit is ongeveer een uur voor jouw proef?'

'Ja,' bevestigde Ben. 'Ik filmde terwijl Kate met potentiële sponsors sprak.'

Joe knikte langzaam en drukte weer op afspelen; hij keek toe hoe Vanessa nog één keer om zich heen keek en vervolgens Misty's box in glipte. De video liep nog een seconde of twintig door, waarin te zien was hoe Vanessa weer naar buiten kwam en zich haastig verwijderde, haar missie blijkbaar volbracht.

'De timing sluit naadloos aan bij hoe bute werkt,' voegde Kate toe. 'Het duurt ongeveer een uur voor het volledig effect heeft. In de warming-up was Misty prima, maar tegen de tijd dat we de ring inreden voor onze proef was ze... anders. Afgestompt.'

Joe spoelde terug, bekeek de sequentie opnieuw en liet zich toen achterover in zijn stoel zakken, zijn uitdrukking somber maar tevreden. 'Dit,' zei hij, terwijl hij tegen het scherm tikte, 'is precies wat je nodig heeft, Kate. Helder, ondubbelzinnig bewijs van opzettelijke sabotage.'

Er ontspande iets in Kates borst, een knoop van spanning die ze zo lang had meegedragen dat ze bijna was vergeten dat hij er zat. 'Denkt je dat het genoeg is?' vroeg ze, nauwelijks durvend te hopen.

'Meer dan genoeg,' zei Joe beslist. 'Dit is niet alleen een overtreding van de wedstrijdbepalingen. Het is een strafbaar feit. Knoeien met een competitie, dierenwelzijnsovertredingen, fraude. En civielrechtelijk zijn de implicaties ook aanzienlijk; de schade aan jouw reputatie en broodwinning is aantoonbaar.'

Hij opende een la en haalde een blocnote tevoorschijn. 'Dit is het plan. Eerst dienen we dit bewijs onmiddellijk in bij de Ruiterbond, met een formeel verzoek om een versnelde beoordeling en volledige rehabilitatie. Tegelijkertijd starten we een civiele procedure tegen Vanessa wegens sabotage, smaad en financiële schade, oh, en we vragen een straatverbod aan zodat ze bij je en Ridgewater uit de buurt blijft. Jake handelt de strafrechtelijke kant af; we werken mee met wat de officier van justitie passend acht, maar ik zal in elk geval aandringen op fraude en dierenmishandeling.'

Kates handen trilden lichtjes terwijl ze zijn woorden tot zich liet doordringen. Na weken van machteloos toekijken hoe haar levenswerk instortte, vochten ze eindelijk terug.

'Hoe snel denkt je dat de Bond zal reageren?' vroeg Ben, en sprak daarmee de vraag uit die Kate nog niet onder woorden had kunnen brengen.

'Gezien de helderheid van dit bewijs ga ik duwen voor een oplossing binnen dagen, niet weken,' antwoordde Joe, terwijl hij al aantekeningen maakte. 'Ze zullen zich zo snel mogelijk van dit schandaal willen distantiëren. Een dopingincident is één ding; doelbewuste sabotage door een mede-deelnemer is iets totaal anders. Veel zeldzamer, en ze zullen het veel serieuzer oppakken.'

Hij keek op en ontmoette Kates blik rechtstreek. 'Dit is een gelopen race, Kate. Wat je is overkomen was doelbewust, kwaadaardig en bewijsbaar. We gaan dit rechtzetten.'

Kate knikte, een vreemde mix van emoties spoelde door haar heen – opluchting, genoegdoening, zeurende woede en daaronder, behoedzame hoop.

Joe schoof verschillende documenten over het bureau naar haar toe. 'Ik heb jouw handtekening hierop nodig om de boel in gang te zetten.'

Kate reikte naar de papieren, maar haar handen trilden te erg om de pen goed vast te pakken. Ze voelde een warme druk op haar schouder toen Ben zijn hand daar legde, stevig en aarding gevend. Ze haalde diep adem, nam de pen aan en zette met weloverwogen zorg haar handtekening. Elke krabbel voelde als het terugnemen van een stukje van zichzelf, van haar toekomst.

'Ik dien dit vandaag nog in,' beloofde Joe terwijl hij de getekende papieren bijeenlegde. 'En ik neem meteen contact op zodra ik iets hoor.'

Toen ze zijn kantoor verlieten en de heldere ochtend in stapten, voelde Kate zich lichter dan in weken. Nog niet bevrijd van de last die ze droeg, maar eindelijk in staat om een pad vooruit te zien, een weg terug naar het leven en de carrière die haar waren ontnomen. Bens hand vond de hare terwijl ze naar de auto liepen, en ze trok zich niet terug.

'Het komt goed,' zei hij zacht.

Voor het eerst sinds de nachtmerrie begon, geloofde Kate dat het weleens waar kon zijn.

Haar telefoon ging over op weg terug naar Ridgewater, Jake's naam lichtte op het scherm. Ze haalde diep adem en tikte op het scherm om het gesprek via de handsfree te laten lopen.

'Nou, het is rond,' zei Jake. 'Tegen Vanessa zijn aanklachten ingediend; ze probeerde de schuld te geven aan de groom, de bond, mogelijk geesten, ik weet het niet. Ze barstte in tranen uit zodra we haar de video lieten zien en haar moeder viel bijna flauw. Je had haar vaders gezicht moeten zien toen het kwartje viel.'

Kate liet langzaam haar adem ontsnappen, niet helemaal een lach, niet helemaal een zucht. 'Mooi.'

'En nu?' vroeg Ben.

'Ze zit in de verhoorkamer op het bureau te wachten op haar advocaat. Haar vader had het verstand haar te zeggen geen woord meer te zeggen tot de advocaat er was, maar hij zei haar ook, heel strak, terwijl ik haar in de auto zette, dat ze mazzel heeft als zelfs zijn geld haar uit de gevangenis kan houden na deze stunt.' Jake zweeg even, zei iets gedempt tegen iemand op de achtergrond en sprak toen weer. 'De advocaat is er, ik moet gaan. Maar Kate? je hoeft zich geen zorgen te maken. Ik ben er vrij zeker van dat Vanessa het nooit meer in haar hoofd zal halen zich hier nog te vertonen.'

De staande klok in de hoek van de lounge van het Grote Huis tikte gestaag, elke seconde onderstreept met mechanische precisie die de mensen in de kamer leek te bespotten: allemaal verstild in verschillende houdingen van verwachting. Kate zat stokstijf tussen Ben en Pip op de versleten leren bank, haar telefoon met witte knokkels omklemd. Het was drie dagen geleden dat ze Joe hadden gesproken, drie dagen van hernieuwde hoop, getemperd door het besef dat niets zeker was tot ze officiële bevestiging hadden. Ze liet haar blik over haar familie gaan, iedereen ging op zijn eigen manier met de spanning om. Sarah liep heen en weer bij het raam en bleef af en toe staan om naar de weiden te staren, alsof het antwoord kon opdoemen tussen de grazende paarden. Emma had het binnen niet uitgehouden, trok haar laarzen aan en zei dat ze met de paarden ging werken, en Zoe was met haar meegegaan. Jake stond bij de deuropening, armen over elkaar, zijn stilstand verraden alleen door het af en toe tikken van zijn wijsvinger tegen zijn biceps.

'Ze zeiden in de ochtend,' mompelde Kate, terwijl ze voor haar gevoel voor de honderdste keer de tijd checkte. 'Het is bijna middag.'

'Bondsbureaucratie,' zei Pip, haar kleine gestalte gespannen van ingehouden energie. 'Ze moesten vast vijftien commissies bijeenroepen om één e-mail te sturen.'

Bens hand rustte op het bankkussen tussen hen in, dichtbij genoeg dat Kate de warmte kon voelen zonder hem daadwerkelijk aan te raken. Hij was al zo sinds hun terugkeer uit Sydney: aanwezig en steunend, maar voorzichtig om haar niet te benauwen, alsof hij begreep dat ze ruimte nodig had om alles te verwerken wat er gebeurde.

'Joe had gebeld als er een probleem was,' zei Sarah, terwijl ze stopte met ijsberen en Kate aankeek. 'Geen nieuws is geen slecht nieuws.'

Kate knikte, al trok de knoop in haar maag strakker. Het was op de een of andere manier makkelijker geweest toen ze actief vochten. Dit wachten voelde alsof je boven een afgrond hing, noch vallend, noch veilig.

'Misty ziet er goed uit vanochtend,' bood Pip aan, duidelijk in een poging haar af te leiden. 'Emma heeft haar gelongeerd. Ze is weer helemaal zichzelf.'

'Iemand wel,' mompelde Kate, en meteen had ze spijt van de zelfbeklag in haar stem. Ze haalde diep adem, klaar om zich te verontschuldigen, toen haar telefoon pingde met een e-mailmelding.

De kamer verstilde op slag. Zelfs het tikken van de klok leek naar de achtergrond te verdwijnen terwijl alle ogen zich op Kate richtten. Haar hand trilde zo erg dat ze de telefoon bijna liet vallen, en een moment lang kon ze zich er niet toe zetten naar het scherm te kijken.

'Wil je dat ik 'm lees?' vroeg Ben zacht.

Kate schudde haar hoofd. Dit was aan haar om onder ogen te zien, wat de uitkomst ook was. Ze ontgrendelde het scherm met een veeg van haar duim en tikte op de melding. Het logo van de Bond verscheen bovenaan de e-mail, gevolgd door een formele kop en compacte tekst. Ze dwong zichzelf te focussen, voorbij de bureaucratische taal te lezen om de beslissing te vinden die erin verscholen zat.

'...na bestudering van het ingediende bewijs... duidelijke visuele documentatie van toediening van een verboden substantie zonder medeweten of toestemming van de ruiter... het panel van de Bond concludeert dat Kate McKenzie geen verantwoordelijkheid draagt voor het positieve testresultaat... onmiddellijke herinzetting van de competitieve status... oprechte verontschuldigingen voor het veroorzaakte leed...'

Kates zicht vertroebelde, de woorden dansten voor haar ogen. 'Ze hebben het bewijs geaccepteerd,' zei ze, nauwelijks hoorbaar. 'Ik ben vrijgepleit.'

Even bleven de woorden in de lucht hangen, alsof de kamer collectief zijn adem inhield. Toen slaakte Pip een juichkreet die onmogelijk luid leek uit zo'n klein persoon, en de stilte spatte uit elkaar.

Sarah liet het raam achter zich en stak in drie snelle passen de kamer over om Kate in een felle omhelzing te trekken. 'Ik wist het,' zei ze, haar stem dik van emotie. 'Ik wist dat ze hun verstand wel moesten gebruiken.'

Kate beantwoordde de omhelzing, haar lichaam begon plots te beven nu de spanning van weken wegebde. Ze voelde Bens hand op haar rug, hoorde Pips onafgebroken stroom triomfantelijke uitroepen, zag Jake's brede glimlach over Sarah's schouder. De opluchting was zo diep dat het bijna pijn deed, spoelde door haar heen in golven die haar beheersing dreigden te overspoelen.

'Laat eens zien,' eiste Pip, die naar de telefoon probeerde te gluren die Kate nog steeds vasthield. 'Ik wil precies lezen wat die bureaucratische windbuilen hebben gezegd.'

Kate gaf haar de telefoon en nam een tissue van Ben aan om ogen te deppen die ondanks haar goede wil toch vochtig waren geworden. 'Ze zetten me per direct terug,' kreeg ze eruit, haar stem nu vaster. 'Geen schorsing, geen proeftijd, volledige wedstrijdrechten hersteld.'

'En ze zouden kruipend om vergeving moeten vragen voor wat ze je hebben aangedaan,' voegde Sarah toe, haar beschermende woede nog altijd hoorbaar onder haar opluchting.

Jake's telefoon ging over en onderbrak het moment. Hij keek naar het scherm en stak toen een vinger op. 'Het is de officier van justitie,' zei hij, en stapte de gang in om op te nemen.

Kate liet zich terugzakken op de bank, zich ineens bewust van hoe moe ze was. De genoegdoening was zoet, maar wist de weken van stress, de beschadigde relaties, het voortdurend twijfelen aan zichzelf en anderen niet uit. Ze was vrijgepleit, maar de ervaring had sporen achtergelaten die niet verdwenen met een e-mail.

Ben leek haar gedachten te raden; zijn hand vond de hare en kneep zachtjes. 'Stap voor stap,' fluisterde hij, alleen voor haar. 'Je hebt je naam terug. De rest volgt.'

Jake kwam terug, zichtbaar tevreden. 'Dat was het parket,' bevestigde hij. 'Ze gaan door met strafrechtelijke aanklachten tegen Vanessa: dierenmishandeling en fraude.' Hij stopte zijn telefoon weg. 'Ze komt voor de rechter, maar ze heeft nu al ingestemd met schuldig pleiten om gevangenisstraf te vermijden.'

'Gevangenisstraf?' herhaalde Kate, verrast door de zwaarte. 'Werd dat overwogen?'

Jake knikte. 'Alleen al de fraude-aanklachten kunnen tot vijf jaar opleveren. Met de plea deal wordt het waarschijnlijk een voorwaardelijke straf, een forse boete en taakstraf, plus heel goed mogelijk een verbod om ooit nog paarden te bezitten of te starten. De officier is zelf paardenhouder. Hij was zichtbaar hoogst verontwaardigd; hij gaat Vanessa echt niet sparen, ondanks papa's peperdure advocatenteam.'

Kate liet haar hoofd tegen de kussens van de bank zakken, en zichtbaar viel de last van weken van haar schouders. Het was voorbij. Echt voorbij. De nachtmerrie die haar leven had beheerst eindigde niet met een slepende strijd, maar met snelle gerechtigheid.

'Er is meer,' zei Sarah. 'Ik wilde niets zeggen tot de Bond had beslist, maar ik kreeg een bericht van Vanessa's moeder. De familie Hughes wil zich wanhopig van het schandaal distantiëren.' Haar stem verzachtte iets. 'Ze verkopen Cavalier en hebben mij gevraagd als tussenpersoon op te treden.'

'Hem verkopen?' Kates gedachten gingen meteen naar de prachtige voshengst met de onrustige ogen. Hoeveel problemen ze ook met Vanessa had, voor Cavalier voelde ze oprechte genegenheid; hij verdiende veel beter dan de behandeling die hij had gekregen.

Sarah knikte. 'Ik zoek een goed thuis voor hem,' beloofde ze. 'Iemand die zijn talent waardeert en hem goed behandelt.'

Kate knikte, opgelucht. 'Het is een goed paard. Hij verdient een ruiter die hem begrijpt.'

Pip sprong van de bank op, haar ontembare energie niet te beteugelen. 'Dat vraagt om champagne! Ik trek die fles open die we hebben bewaard.'

Terwijl Pip richting keuken verdween, bleef Kate op de bank zitten, plots overmand door de finaliteit van alles. De e-mail van de Bond veegde niet alleen haar naam schoon, hij erkende het onrecht, officieel vastgesteld wat haar was aangedaan. Na weken bekeken te zijn met achterdocht en twijfel, na haar moeizaam verdiende reputatie te hebben zien afbrokkelen, was de bevestiging bijna te veel om te bevatten.

'Gaat het?' vroeg Ben zacht, zoekend in haar gezicht.

'Ik denk het,' antwoordde Kate, haar stem vaster dan ze had verwacht. 'Het komt wel goed.'

En voor het eerst sinds de nachtmerrie begon, geloofde ze dat écht.

De veranda-treden van The Shack waren koel onder Kates benen, het verweerde hout gladgesleten door jaren van gebruik. Ze leunde tegen de railingpaal en keek hoe de zon naar de horizon zakte, lange schaduwen werpend over de weiden van Ridgewater. De warmte van de dag hing nog in de lucht, maar een zachte bries ritselde door de bladeren van de eucalyptusbomen langs de erfgrens en bracht de geur van eucalyptus en verre regen mee. In de dichtstbijzijnde wei graasde Misty vredig, niet ver van Legend, de oude hengst die een waakzaam oog hield op zijn dochter. Het tafereel was zo volkomen normaal, zo onaangetast door de chaos die Kates leven de laatste tijd had beheerst, dat het bijna onwerkelijk aanvoelde.

Kates telefoon lag zwaar in haar hand, het scherm oplichtend met alweer een bericht van een sponsor die 'zijn inzet voor haar succes wilde herbevestigen.' Ze scrolde met een vermoeide duim door de meldingen, elk bericht zo vergelijkbaar dat ze in elkaar overliepen. Vitality Plus wilde de 'samenwerking weer opbouwen.' Het zadelmerk was 'dolblij haar reis te blijven ondersteunen.' De rijbroekfabrikant vond dat ze 'samen weer positief vooruit konden.'

Geen van hen erkende dat ze haar bij het eerste teken van problemen hadden laten vallen. Niemand repte over hun haast om zich van haar naam te distantiëren zodra die hun merk kon schaden. In plaats daarvan schreven ze alsof de relatie slechts kort, in goed overleg, op pauze had gestaan, en niet was verbroken door hun eenzijdige beslissing.

Kate legde de telefoon naast zich neer, te moe om de keurige, professionele antwoorden te formuleren die van haar werden verwacht; misschien vroeg ze Sarah het maar af te handelen. Haar lichaam deed pijn van een vermoeidheid die verder ging dan het fysieke, een tot in haar botten zittende uitputting die slaap alleen niet kon verhelpen. De vrijspraak waarvoor ze zo hard had gevochten, was er, maar hij wiste de tol van de afgelopen weken niet magisch uit.

Het geluid van voetstappen op het grind trok haar aandacht. Pip kwam aanlopen vanuit de richting van het Grote Huis, haar kleine gestalte afgezet tegen de donker wordende lucht. Ze droeg twee mokken, waar in de koelende avondlucht zachtjes stoom van opsteeg.

'Dacht dat je dit wel kon gebruiken,' zei Pip, terwijl ze Kate een van de mokken overhandigde en naast haar op de treden ging zitten.

Kate nam de thee aan met een dankbare knik en vouwde haar handen om het warme keramiek. 'Dank je.'

Ze zaten een paar minuten in gemakzalige stilte, nipten van hun thee en keken hoe de zon de wolken met strepen oranje en roze verfde. In de wei hief Misty haar hoofd, oren gespitst naar iets in de verte, waarna ze weer verder graasde.

'Je ziet eruit alsof je een oorlog achter de rug hebt,' merkte Pip uiteindelijk op, haar stem zacht ondanks de botte woorden.

Kate wist een vermoeide glimlach op te brengen. 'Soms voelt het zo.'

'Maar je hebt wel gewonnen,' herinnerde Pip haar, terwijl ze speels met haar schouder tegen die van Kate duwde. 'Je naam is gezuiverd, Vanessa krijgt strafrechtelijke vervolging en zal nooit meer starten, en sponsors buiten over elkaar heen om weer bij je in het gevlij te komen.'

'Ik weet het,' zei Kate, terwijl ze in haar thee staarde. 'Ik zou dolblij moeten zijn.'

'Maar?'

'Maar ik voel me... leeg.' Kate zocht naar woorden voor de vreemde leegte in haar, het uitblijven van de triomfantelijke vreugde die ze had verwacht. 'Alsof ik zo lang gevochten heb dat ik ben vergeten wat ik moet doen nu de strijd voorbij is.'

Pip knikte, begrip donker in haar ogen. 'De adrenalinedip. Na Kit stierf, voelde ik iets soortgelijks. Je staat zo lang in crisismodus dat normaal opeens verkeerd aanvoelt.'

Kate keek haar aan en werd opnieuw getroffen door de stille kracht van haar schoonzus. Pip sprak zelden over Kits dood, over het verdriet dat haar bijna had gebroken. Toch had ze zichzelf weer opgebouwd, opnieuw een doel gevonden op Ridgewater met haar pony-trainingsprogramma, en uiteindelijk een nieuwe liefde met Jake. Als Pip dat had overleefd, kon Kate hier zeker van herstellen.

'Het wordt makkelijker,' ging Pip verder, haar blik op de horizon gericht. 'Niet meteen, maar beetje bij beetje. Je gaat weer echt slapen. Eten smaakt weer naar iets anders dan karton. Je lacht weer zonder je daar schuldig over te voelen.'

Kate nipte van haar thee en liet de warmte en Pips woorden in zich zakken. 'De sponsors willen antwoorden,' zei ze na een moment. 'Ze willen statements, posts op social media, optredens op hun events. Alsof er niets is gebeurd.'

'Laat ze wachten,' zei Pip resoluut. 'Je bent ze geen directe vergeving verschuldigd alleen maar omdat jij opeens weer goed is voor hun imago.'

Kate knikte, dankbaar voor Pips beschermende verontwaardiging namens haar. 'Ik blijf maar denken aan hoe snel ze me lieten vallen. Hoe niemand mijn kant van het verhaal wilde horen.'

Pip stak haar hand in de zak van haar jeans en haalde een licht gekreukeld visitekaartje tevoorschijn. 'Over jouw kant van het verhaal gesproken,' zei ze, terwijl ze het kaartje in Kates hand drukte. 'Dit is van Danny Wareham, die journalist die ik bijna een mep verkocht in de voerwinkel. Schijnbaar is hij naar de streek verhuisd. Hij kwam gisteren langs terwijl jij bij Joe was. Zegt dat hij niet uit is op sensatie, alleen het echte verhaal wil vertellen.'

Kate draaide het kaartje rond tussen haar vingers, haar scepsis duidelijk op haar gezicht. 'Dat zeggen journalisten altijd.'

'Weet ik,' gaf Pip toe. 'En normaal gesproken zou ik hem zeggen waar hij zijn notitieboekje kan steken. Maar Jake heeft hem gecheckt. Hij heeft een solide reputatie, specialiseert zich in diepgravende stukken in plaats van roddel. En...' Ze aarzelde. 'Ridgewater kan wel wat positieve publiciteit gebruiken, Kate. Iets dat het hele verhaal vertelt vanuit óns perspectief, niet alleen de smeuïge stukjes.'

Kate stopte het kaartje in haar zak met een niet-committerende knik. 'Ik denk erover na,' zei ze, terwijl ze haar blik weer op Misty richtte, die in de verte stond te grazen, zalig onbewust van hoe dicht ze bij het verliezen waren geweest van alles waarvoor ze hadden gewerkt.

'Geen haast,' zei Pip, en volgde haar blik. 'Neem alle tijd die je nodig hebt. Dat verhaal loopt niet weg.'

Kate knikte, en een klein gewicht viel van haar af bij het simpele besef dat ze niet meteen overal over hoefde te beslissen. De sponsors konden wachten. De pers kon wachten. Voor nu was het genoeg om hier te zitten, te kijken naar de zonsondergang boven Ridgewater, en het eerste, voorzichtige ontrollen van rust na de storm te voelen.

'Hoe gaat Ben hiermee om?' vroeg Pip na weer een comfortabele stilte.

Kates lippen krulden in een kleine, maar oprechte glimlach. 'Goed,' zei ze eenvoudig. 'Hij is... stabiel.'

Pip knikte, en begreep alles wat onuitgesproken bleef. 'Mooi. Je verdient stabiel.'

In de wei draafde Misty een paar passen, gooide met haar hoofd met haar kenmerkende uitbundigheid, en dook toen weer in het gras. Kate keek naar haar en permitteerde zichzelf weer een toekomst te verbeelden; wedstrijden, misschien zelfs olympische kwalificatie. Het pad dat definitief geblokkeerd had geleken, lag weer open.

Het zou niet makkelijk zijn. Er zouden fluisteringen zijn, schuine blikken, de nasleep van een schandaal die blijft hangen, ook na vrijspraak. Sommige bruggen waren onherstelbaar verbrand. Maar Ridgewater stond nog, haar familie bleef onwrikbaar in hun steun, en Misty was zo gezond en vurig als altijd.

En wanneer ze er klaar voor was, zou Kate de teugels weer oppakken, letterlijk én figuurlijk. Die gedachte nestelde zich in haar borst als een kleine, warme kool; nog geen vlam, maar wel de belofte van één. Voor nu was dat genoeg.

Hoofdstuk Zestien

Bens telefoon trilde tegen het bureau, Veritys naam flitste over het scherm. Hij aarzelde even voor hij opnam; zijn agent belde zelden met, Klein nieuws.

'Goedemorgen, Verity,' nam hij op, terwijl hij achteroverleunde in zijn stoel.

'Ben!' Veritys stem knalde met karakteristieke felheid door de speaker. 'Waar bent je geweest? Ik probeer je al uren te bereiken!'

'Ik ben gaan wandelen en heb mijn telefoon laten liggen,' zei hij, een blik werpend op zijn notitieboek vol krabbels over Ridgewaters ochtendroutine. 'Wat is er gebeurd?'

'Wat is er gebeurd?' Verity lachte op het randje van hysterisch. 'Alleen maar de grootste kans van jouw carrière, dat dus. De studiobazen zijn dolgelukkig over de prestaties van de film. De cijfers van het openingsweekend lagen zevenendertig procent boven de prognoses!'

Ben tikte rusteloos met zijn pen tegen zijn notitieboek. 'Fantastisch nieuws,' zei hij, terwijl zijn blik afdwaalde naar Kate en Misty, die vanmorgen buiten aan het werk waren; Kate had gezegd dat ze een ontspannen ervaring wilde voor haar eerste rit terug. Misty leek bijna te dansen terwijl ze over een van Ridgewaters brede, grasgroene weiden galoppeerden, en zelfs van hier kon Ben Kates glimlach zien.

'Fantastisch dekt de lading niet eens,' ging Verity verder, haar woorden buitelen over elkaar heen. 'Ze willen je onmiddellijk terug in Sydney. Nu. Ze zetten een vervolg in de hoogste versnelling en willen dat je direct samenwerkt met het scenarioteam.'

Bens pen verstarde. 'Meewerken aan het scenario? Ik dacht dat we hadden afgesproken dat zij daar hun eigen mensen voor zouden inhuren.'

'Dat was voordat jouw film de nieuwe gouden gans van de studio werd,' zei Verity. 'En de zinnen die de meeste aandacht krijgen zijn degene die je schreef, en die ze letterlijk hebben overgenomen. Ze hebben een schrijfinspanning van acht weken ingepland vanaf komende maandag. Daarna willen ze je voor een promotietour langs twaalf steden in Noord-Amerika, gevolgd door belangrijke Europese markten – Londen, Parijs, Berlijn, Rome. Het contract dat ze aanbieden is...' Ze hield dramatisch in. 'Laten we het zo zeggen: je zou dat ruitersportcentrum van je zó kunnen kopen en nog geld overhouden.'

Buiten steeg Kate af, terwijl ze met zichtbare genegenheid Misty's hals klopte. Ben keek toe hoe ze de singel losser maakte en haar stijgbeugels opschoof, klaar om de merrie terug naar de stallen te leiden.

'Ben? Luistert je?'

'Ja,' zei hij, terwijl hij zichzelf dwong zijn aandacht terug bij het gesprek te brengen. 'Dat is... veel om te verwerken, Verity.'

'Verwerken?' herhaalde ze ongelovig. 'Wat valt er te verwerken? Dit is alles waar we voor gewerkt hebben! Ze willen ook de voorkeursrecht op de filmrechten voor de nieuwe serie, en creatieve consultatie bij alle verfilmingen. Het papierwerk is vanmorgen binnengekomen. Ik heb het je gemaild ter lezing, maar ze hebben uiterlijk donderdag een antwoord nodig. Mijn advies is dat je meteen tekent. Zelfs ik, meesteronderhandelaar dat ik ben, kan niets verzinnen om nog te vragen dat ze niet al vooraf aanbieden. Dit is de deal van jouw leven.'

Donderdag. Over drie dagen. Ben haalde een hand door zijn haar; zijn maag trok samen onder de plotselinge druk van de beslissing die voor hem lag.

'Ik moet erover nadenken,' zei hij zacht.

'Erover nadenken?' Veritys stem schoot een octaaf omhoog. 'Ben, elke andere auteur die ik begeleid zou hier een moord voor doen! De studio wil je volgende week hier. Hun bedrijfsappartement wordt op dit moment in orde gemaakt.'

'Ik begrijp het,' zei Ben, terwijl hij toekeek hoe Kate Misty naar de wasplaats leidde. 'Het is alleen... ingewikkeld.'

Er viel een stilte, daarna klonk Veritys stem weer, zachter, maar met een vastberaden ondertoon. 'Het gaat om dat paardenmeisje, nietwaar?'

Ben verstrakte bij die neerbuigende typering. 'Haar naam is Kate. En ja, ze is onderdeel van de afweging.'

'Luister,' zei Verity, in de toon die ze gebruikte bij lastige contractonderhandelingen. 'je hebt een heerlijke landelijke vakantie gehad. Het is goed geweest voor jouw schrijven, dat kan ik niet ontkennen; je had die herschreven versie ver voor de deadline klaar en ik wil echt horen over die nieuwe serie die je aan het ontwikkelen bent. Ik begrijp dat je daar misschien bepaalde... banden hebt opgebouwd. Maar dit is jouw carrière, Ben. jouw levenswerk. Gooi niet alles wat je hebt opgebouwd weg voor een plattelandsromance.'

De woorden prikten. Was dat hoe anderen zijn tijd op Ridgewater zagen? Een vakantieliefde, een tijdelijke afleiding van zijn echte leven?

'Ik moet ophangen, Verity,' zei hij korzeliger dan hij bedoeld had. 'Ik bekijk het contract en bel je terug.'

Hij beëindigde het gesprek voor ze kon antwoorden en liet de telefoon met een klap op het bureau vallen. Minutenlang liep hij heen en weer in de kleine ruimte van The Shack, telkens weer met zijn handen door zijn haar strijkend tot het rechtop stond. De kans was ontegenzeggelijk uitzonderlijk – het soort waar de meeste schrijvers alleen van dromen. En toch liet de gedachte om Ridgewater te verlaten, om Kate te verlaten, hem vanbinnen leeg achter.

Hij liep weer naar het raam en keek toe hoe Kate Misty naar de wasplaats leidde. In de maanden die hij op Ridgewater had doorgebracht, had hij iets gevonden waarvan hij niet eens wist dat hij het miste; een gevoel van ergens thuishoren, van een doel dat verder reikte dan de solitaire grenzen van zijn schrijven. En Kate... met Kate had hij delen van zichzelf ontdekt waarvan hij het bestaan niet kende.

Maar was het eerlijk om te blijven? Om haar misschien tegen te houden nu ze net haar carrière aan het terugveroveren was? Kate moest zich richten op kwalificatie voor internationale wedstrijden, niet op het inpassen van een romanschrijver in haar zorgvuldig gestructureerde leven.

Voor hij zich kon bedenken, griste Ben zijn jas mee en liep naar de deur. Hij moest rechtstreeks met Kate praten, begrijpen wat zij wilde, voor hij een beslissing nam.

De wandeling naar de wasplaats duurde maar een paar minuten, maar tegen de tijd dat hij aankwam bonsde zijn hart in zijn borst. Kate stond met haar rug naar hem toe en spoot Misty's benen af met de slang. Ze droeg haar gebruikelijke rijkleren: rijbroek, laarzen en een tactisch shirt, haar blonde haar strak in een paardenstaart die nu door de inspanning los begon te raken.

'Heb je een handje nodig?' vroeg Ben, terwijl hij zijn aanwezigheid kenbaar maakte.

Kate wierp een blik over haar schouder; een kleine glimlach krulde haar mondhoek. 'Ik denk dat we het onder controle hebben,' zei ze, terwijl ze zich weer naar Misty draaide. 'Het was een heerlijke rit vandaag. Ze genoot van de sessie buiten; ik moet dat vaker inplannen.'

Ben leunde tegen de reling van de wasplaats en keek toe hoe Kate bezig was. 'Ik ben net door Verity gebeld,' zei hij, mikkend op achteloos, al hoorde hij de spanning in zijn eigen stem.

'Je agent?' vroeg Kate, haar aandacht nog steeds gericht op Misty's glanzende vacht. 'Goed nieuws, hoop ik?'

'De film doet het goed,' bevestigde Ben. 'Beter dan verwacht, blijkbaar. De studio wil dat ik terug naar Sydney kom.'

Kates handen verstarden even, voor ze weer vergingen. 'Voor hoe lang?'

'Dat is het 'm juist,' zei Ben, terwijl hij haar profiel bestudeerde op een reactie. 'Ze willen me daar meteen. Acht weken scenario-ontwikkeling, gevolgd door een internationale publiciteitstour. Amerika, Europa... mogelijk maanden.' Hij noemde niet het enorme bedrag dat was aangeboden. Dat woog voor hem niet mee.

Nu draaide Kate zich wel om, water droop van de slang in haar hand. Haar gezicht was zorgvuldig neutraal, maar Ben zag de lichte verstrakking van haar kaak, het feit dat haar ogen de zijne net niet ontmoetten.

'Dat klinkt als een geweldige kans,' zei ze beheerst.

'Dat is het,' beaamde Ben, wachtend op meer, op een teken van wat ze werkelijk dacht.

Kate draaide de kraan dicht, hing de slang op de haak en pakte een zweetmes om het overtollige water van Misty's vacht te halen. 'Je moet het doen,' zei ze, opnieuw met haar rug naar hem toe. 'Dit kun je niet laten schieten, Ben. Hier heb je voor gewerkt.'

De woorden voelden als een stomp in zijn maag. Hij had gehoopt op... wat? Protest? Teleurstelling? Een teken dat zijn afwezigheid voor haar iets zou betekenen?

'En eerlijk gezegd,' ging Kate verder, met een stevige stem waarin een onderstroom klonk die hij niet helemaal kon plaatsen, 'moet ik me kunnen focussen op mijn training zonder... afleiding.'

Dat woord bleef tussen hen hangen: scherp en onverwacht. Ben richtte zich op, geprikkeld door haar typering.

'Is dat wat ik ben?' vroeg hij zacht. 'Een afleiding?'

Kate antwoordde niet meteen. Toen ze zich uiteindelijk omdraaide, was haar uitdrukking beheerst, maar in haar ogen school een kwetsbaarheid die haaks stond op haar volgende handelingen.

'Ik moet Misty wegzetten,' zei ze, terwijl ze de merrie aan het touw nam. 'We kunnen hier later over praten.'

Voor Ben iets kon zeggen, liep Kate met Misty weg; haar passen doelgericht, haar rug recht. Hij keek haar na, terwijl frustratie en pijn in zijn borst kolkten. Dit ging niet alleen over zijn carrièrekans – het ging over wat er tussen hen lag, dat onuitgesproken iets dat geen van beiden dapper genoeg was geweest te definiëren.

Toen Kate in de schuur verdween, bleef Ben bij de wasplaats staan; de middagzon verwarmde zijn schouders, maar verdreef niets van de kilte in zijn maag. Hij was op zoek gegaan naar helderheid, maar had alleen meer verwarring gevonden, meer vragen zonder antwoorden.

En de klok tikte door naar een beslissing die niet op 'later' kon wachten.

Ben sjokte terug richting The Shack, handen diep in zijn zakken, terwijl Kates afwijzing zich in een eindeloze lus door zijn hoofd bleef herhalen. Een afleiding. Het woord voelde als een klap, na alles wat ze de afgelopen maanden hadden gedeeld. Hij was zo in gedachten verzonken dat hij bijna tegen Sarah opliep, die ogenschijnlijk zomaar voor hem opdook, armen over elkaar, met een blik in haar ogen die precies wist hoe de vork in de steel zat.

'Sorry,' mompelde hij, een stap opzij zettend om haar te passeren. 'Ik keek niet waar ik liep.'

'Dat is duidelijk,' zei Sarah, zonder de minste moeite te doen om opzij te gaan. In plaats daarvan kantelde ze haar hoofd richting de schuur. 'Dat ging lekker, zo te zien.'

Ben bleef staan en realiseerde zich plotseling dat hun gesprek bij de wasplaats wellicht toeschouwers had gehad. Voor hij kon antwoorden, kwam Emma uit de zadelkamer, een poetstas in haar handen. Ze zette die op een nabije hekpaal en voegde zich bij haar zus.

'Laat me raden,' zei Emma, met een meelevende blik. 'Kate trok de "ik moet me focussen"-kaart?'

'Met als bijgerecht "je bent een afleiding",' bevestigde Ben, terwijl hij met een hand door zijn toch al warrige haar ging. 'Kijk, ik waardeer jullie betrokkenheid, maar dit is tussen Kate en mij.'

'Normaal gesproken zou ik het daarmee eens zijn,' zei Sarah, iets milder nu. 'Maar Kate is mijn zus, en ik heb haar elke betekenisvolle relatie zien saboteren die ze ooit heeft gehad.'

'Ze saboteert ze niet,' verbeterde Emma zacht. 'Ze offert ze op. Dat is iets anders.'

Ben keek van de ene naar de andere vrouw, zich tegelijk ongemakkelijk voelend bij deze familie-interventie en wanhopig nieuwsgierig naar hun inzicht. 'Wat bedoel je?'

'Ze bedoelt,' klonk Pips stem terwijl ze de hoek van de schuur omkwam met een van haar pony's aan de hand, 'dat Kate zichzelf heeft wijsgemaakt dat de enige manier om te slagen is om alles weg te snijden wat niet direct met haar doelen te maken heeft. Inclusief mensen die haar gelukkig maken.'

'We zagen jullie praten,' legde Emma uit, terwijl ze tegen de hekpaal leunde. 'En daarna zagen we Kate praktisch terug naar de schuur rennen, haar neus knijpend op die rare manier die ze heeft als ze overstuur is en het niet wil laten merken.'

'Ik ben gevraagd terug naar Sydney te gaan,' zei Ben, met de behoefte zichzelf te verdedigen. 'De filmstudio heeft me, nou ja, geen klein fortuin geboden om meteen aan het vervolg te beginnen. Kate vindt dat het het beste is als ik ga.'

'En wat vind jij?' vroeg Sarah, met een onwrikbare blik.

Ben aarzelde, overvallen door de directheid van de vraag. 'Ik denk... ik weet niet wat ik moet denken. De kans in Sydney is ongelooflijk, carrièrebepalend. Maar...'

'Maar je wilt niet weg,' vulde Emma aan, met een kleine glimlach om haar lippen. 'Dat moet je ook niet doen. Soms leveren de grootste risico's de mooiste beloningen op. Ik was Ryan bijna kwijt omdat ik te bang was toe te geven wat ik echt wilde. Trots is een armzalige vervanger voor liefde, Ben.'

Ben voelde zijn gezicht warm worden bij het woord 'liefde', dat noch hij, noch Kate hardop hadden durven uitspreken, al hing het al weken tussen hen in.

'Kate heeft haar hele leven lang mensen op afstand gehouden als ze te dichtbij kwamen,' zei Sarah, haar stem zachter van begrip. 'Laat haar dat niet bij jou doen.'

'Niet dat ze het je makkelijk maakt,' voegde Pip er snuivend aan toe. 'Kate is koppig als een muilezel, maar zonder jou zou ze doodongelukkig zijn. Dat kan iedereen met ogen in zijn hoofd zien.'

Ben keek naar de drie vrouwen, zo verschillend van elkaar en van Kate, maar eensgezind in hun felle bescherming van hun zus – en blijkbaar ook van hem. Dat besef ontroerde hem en overweldigde hem tegelijk.

'Ik weet niet zeker of ik in haar wereld pas,' gaf hij toe, en hij gaf woorden aan de angst die sinds zijn eerste dag op Ridgewater onder de oppervlakte had gesluimerd. 'Topniveau, olympische dromen, generaties familie-erfenis... ik ben maar een schrijver die hier toevallig in is gerold.'

Pip maakte een meewarig geluid ergens tussen een lach en een snuif. 'Ik ben opgegroeid in Manilla zonder twee cent om samen te wrijven, maat, en toen stierf Kit toen we nog geen paar maanden getrouwd waren. En toch ben ik hier nog. Als Ridgewater de plek is waar je hoort te zijn, laat het je niet gaan.'

'Kate heeft haar plek gevonden,' zei Emma instemmend. 'En die is bij jou.'

'Hoe kunnen jullie daar zo zeker van zijn?' vroeg Ben, de twijfel niet uit zijn stem kunnend houden. 'Ze noemde me net nog een afleiding.'

'Omdat ze doodsbang is,' legde Sarah eenvoudig uit. 'Kates hele identiteit draait om het zijn van een ruiter op wedstrijdniveau. Toen ontmoette ze jou, en ineens was er iets anders in haar leven dat net zo belangrijk werd.'

'Het dopingschandaal heeft haar bijna gebroken,' voegde Emma zacht toe. 'Niet alleen door wat het met haar carrière deed, maar omdat het liet zien hoe snel alles wat ze had opgebouwd kon verdwijnen. De enige die haar erdoorheen gegrond hield, was jij.'

'Ze liet ons niet eens helpen zoals ze jou liet helpen,' zei Pip, met een zachtere uitdrukking. 'Weet je hoe zeldzaam dat is? Kate leunt niet op mensen, Ben. Nooit gedaan. Maar op jou leunt ze wel.'

Ben liet hun woorden op zich inwerken en probeerde ze te rijmen met Kates afwijzende houding bij de wasplaats. 'Waarom duwt ze me dan nu weg? Nu alles eindelijk weer normaal begint te worden?'

'Omdat "normaal" precies is wat haar angst aanjaagt,' zei Sarah. 'Toen alles instortte, kon ze het nodig hebben van steun rechtvaardigen. Nu ze weer aan het opbouwen is, valt ze terug in oude patronen. Isolatie staat gelijk aan focus en focus staat gelijk aan succes, in haar hoofd.'

'Onzin natuurlijk,' voegde Pip eraan toe met haar kenmerkende botheid. 'Maar zo werkt haar brein nu eenmaal.'

Ben dacht aan hoe hij Kate had zien vechten om terug te komen na het schandaal, haar kwetsbaarheid en kracht in gelijke mate. Hij was verliefd geworden, niet alleen op haar vastberadenheid en talent, maar op haar zeldzame momenten van onbewaakte vreugde, haar droge gevoel voor humor, de manier waarop ze zachter werd als ze dacht dat niemand keek.

'Ze zal er spijt van krijgen als je weggaat zonder hiervoor te vechten,' zei Emma zacht. 'En jij ook.'

'Wat als ze niet wil dat ik ervoor vecht?' vroeg Ben, zijn diepste angst hardop uitsprekend. 'Wat als dat "afleiding"-commentaar niet een duw was, maar gewoon de waarheid?'

Pip rolde haar ogen zo overdreven dat Ben ondanks zichzelf moest glimlachen. 'Voor een slimme vent ben je soms ongelooflijk langzaam van begrip. Kate zegt niet wat ze bedoelt als ze bang is. Ze zegt wat ze denkt dat haar zal beschermen.'

'En op dit moment probeert ze zichzelf te beschermen tegen hoe zeer het gaat doen als jij vertrekt,' besloot Sarah.

De woorden raakten Ben harder dan hij verwacht had. Hij was zo gefocust geweest op zijn eigen gevoel van afwijzing dat hij er niet bij stil had gestaan dat Kates gedrag voort kon komen uit angst in plaats van onverschilligheid. Dat besef verschoof iets fundamenteels in zijn begrip van hun situatie.

'Wat moet ik dan doen?' vroeg hij, terwijl hij tussen de drie zussen heen en weer keek.

'Ga terug en praat met haar,' stelde Emma voor. 'Echt praten, niet zomaar elke verdedigende onzin accepteren die ze naar je hoofd slingert.'

'Laat haar je de waarheid vertellen,' knikte Pip ferm. 'Desnoods wrik je die eruit met een hoevenkrabber.'

Sarah glimlachte bij dat beeld. 'Wat zij proberen te zeggen is: laat haar zich niet verschuilen achter handige excuses. Kate heeft iemand nodig die niet wegloopt bij het eerste teken van moeilijkheden.'

Ben richtte zich op, een hernieuwd gevoel van doelvastheid in zich opborrelend. De inzichten van de zussen gaven hem iets wat hij miste: context voor Kates gedrag en de moed om het uit te dagen in plaats van het voor zoete koek te slikken.

'Dank jullie,' zei hij eenvoudig; zijn besluit was genomen. 'Ik denk dat ik nu weet wat me te doen staat.'

Terwijl hij zich weer naar de schuur keerde, riep Pip hem na: 'Onthoud – koppig als een muilezel, maar de moeite waard!'

Ben vond Kate in de zadelkamer, met haar rug naar de deur terwijl ze Misty's hoofdstel schoonmaakte. Haar bewegingen waren methodisch; elk stukje leer kreeg zorgvuldige aandacht terwijl ze de zeep in de plooien werkte. Ze moest zijn voetstappen gehoord hebben, maar ze draaide zich niet om, al spanden haar schouders zichtbaar aan. Ben bleef in de deuropening staan, verzamelde zijn moed en stapte naar binnen.

'Ik heb mijn besluit genomen,' zei hij zonder omhaal, zijn stem vaster dan hij zich voelde.

Kates handen verstarden een fractie van een seconde voordat ze weer vergingen. 'Over Sydney?' vroeg ze, haar toon zorgvuldig neutraal.

'Ja,' antwoordde Ben, terwijl hij haar nauwlettend in de gaten hield. 'Ik ga. Aan het eind van de week.'

Kate verstijfde halverwege een beweging; haar rug nog steeds naar hem toe, haar schouders ineens strak. De stilte rekte zich tussen hen, dik van onuitgesproken woorden.

'Wanneer?' vroeg ze uiteindelijk, onnatuurlijk kalm.

'Vrijdagochtend,' zei Ben, een stap dichterbij komend. 'Verity heeft de vlucht al geboekt.'

Kate knikte stug en hervatte haar poetsen met hernieuwde felheid. 'Dat is logisch. Je moet ze niet laten wachten.' Haar woorden waren praktisch, redelijk, en totaal in tegenspraak met de spanning die van haar lichaam afstraalde.

'Is dat alles wat je te zeggen hebt?' drong Ben aan, terwijl de frustratie in zijn borst groeide.

Kate hing het hoofdstel zorgvuldig aan de haak en draaide zich toen naar hem om, haar gezicht een masker van zelfbeheersing dat haar ogen net niet haalden. 'Wat wil je dat ik zeg, Ben? Ik heb al gezegd dat het een geweldige kans is. Je moet hem grijpen.'

'Dat is niet wat ik vraag,' zei Ben, nog een stap dichterbij komend. 'En dat weet je.'

Kate kruiste haar armen over haar borst, een fysieke barrière tussen hen. 'Ik weet niet wat er verder nog te bespreken valt. We hebben allebei onze carrières. Die van jou brengt je naar Sydney.'

'Hou op,' zei Ben, laag en indringend. 'Hou op met doen alsof dit alleen maar over carrières en kansen gaat. Hou op met doen alsof wat er tussen ons is niet telt.'

Er flitste iets over Kates gezicht – pijn, angst, verlangen – voor ze het weer in de hand kreeg. 'Wat wil je van me, Ben?'

'De waarheid,' zei hij eenvoudig. 'Wat wil je écht? Niet wat je denkt dat je zou moeten willen, of wat het meest praktisch is. Wat wil jij, Kate McKenzie, ten diepste?'

'Het maakt niet uit wat ik wil,' antwoordde Kate, haar stem gespannen. 'Wat telt is wat er gedaan moet worden.'

'Dat is geen antwoord,' zei Ben, nog dichterbij komend, nu zó dichtbij dat hij het lichte trillen van haar onderlip kon zien.

'Wat wil je dat ik zeg? Dat ik je ga missen? Dat ik niet wil dat je gaat?' Haar stem brak op het laatste woord: de eerste barst in haar zorgvuldig opgetrokken façade.

Ben voelde een golf van hoop bij die flits van kwetsbaarheid. 'Ja, eigenlijk wel,' zei hij zacht. 'Dat is precies wat ik wil dat je zegt.'

'Ik kan dit niet,' fluisterde ze zo zacht dat Ben dichterbij moest stappen om haar te horen. 'Ik kan niet zijn wat jij nodig hebt en intussen blijven wie ík moet zijn.'

'Jij bepaalt niet wat ik nodig heb,' antwoordde Ben, terwijl hij haar handen pakte en stevig vasthield, ondanks haar poging zich los te trekken. 'Dat bepaal ik zelf.'

Kates ogen vonden de zijne eindelijk, glanzend van onuitgestorte tranen. 'Je begrijpt het niet. Alles wat ik ooit heb gedaan, moest ik compleet doen. Honderd procent toewijding, geen afleiding, geen concurrerende prioriteiten. Zo ben ik succesvol geworden.'

'En hoe bevalt dat?' vroeg Ben zacht. 'Want van waar ik sta, ziet het er vooral eenzaam uit.'

De eerste traan rolde over Kates wang, snel gevolgd door een tweede. 'Ik ben doodsbang om te falen,' gaf ze toe, nauwelijks hoorbaar. 'In de wedstrijdsport, op Ridgewater... bij jou.'

Bens hart trok samen bij de ongefilterde eerlijkheid in haar stem, de kwetsbaarheid die ze zo zelden liet zien.

'Denk je dat ik niet bang ben?' vroeg hij, zijn eigen stem ruw van emotie. 'Mijn hele leven heb ik me een bedrieger gevoeld – in het uitgeefwereldje, in relaties, overal. Toen kwam ik hier, en voor het eerst vond ik een plek waar ik hoor.' Hij slikte. 'Bij jou.'

Kate keek naar hem op; haar zelfbeheersing stortte eindelijk in terwijl meer tranen zilveren sporen over haar wangen trokken. 'Ik weet niet hoe dit moet, Ben. Ik weet niet hoe ik iets voor mezelf kan willen dat niet met paarden of competitie te maken heeft. Ik weet niet hoe ik ruimte moet maken voor de dromen van iemand anders naast de mijne.'

'Ik ook niet,' gaf Ben toe. 'Ik heb nooit geprobeerd een leven op te bouwen met de doelen van iemand anders in gedachten. Elke relatie die ik had, was tijdelijk, makkelijk. Ik was altijd degene die vertrok als het ingewikkeld werd.' Hij liet één van haar handen los om zacht een traan van haar wang te vegen. 'Maar dit keer wil ik niet weg. Ik wil jou niet achterlaten.'

'En je carrière dan?' vroeg Kate, klein. 'De film, de tour... alles waar je voor gewerkt hebt?'

'En jouw olympische dromen dan?' kaatste Ben terug. 'Jullie familie-erfenis, alles waarvoor jij gevochten hebt?'

Een schaduw van een glimlach raakte Kates lippen. 'We zijn een mooi stel, nietwaar?'

'Misschien is dat precies de bedoeling,' zei Ben, terwijl zijn duim zacht over de rug van haar hand streek. 'Misschien hebben we allebei iemand nodig die begrijpt wat het betekent om gedreven te zijn, om iets te hebben dat zóveel uitmaakt.'

Kates vrije hand schoof aarzelend naar zijn borst en rustte boven zijn hart. 'Ik ben bang dat ik je teleurstel,' bekende ze. 'Dat ik me verlies in de competitie en jou verwaarloos. Of dat ik je ga verwijten dat ik mijn doelen niet haal omdat ik niet scherp genoeg was.'

'En ik ben bang dat ik jouw wereld nooit echt zal begrijpen,' antwoordde Ben eerlijk. 'Dat ik altijd de buitenstaander blijf, dat ik je tegenhoud omdat ik je niet kan geven wat je nodig hebt.'

Kates ogen zochten zijn gezicht. 'Wat doen we dan?'

'We proberen het,' zei Ben eenvoudig. 'We maken fouten. We zoeken het samen uit. Maar we lopen niet weg zonder hiervoor te vechten.'

'Ik weet niet of ik dat kan,' fluisterde Kate, haar kwetsbaarheid onverbloemd in haar ogen.

'Jawel, dat kun je,' hield Ben aan, zijn handen klemden de hare steviger. 'Jij bent de moedigste persoon die ik ken, Kate. Je bent teruggekomen van een schandaal dat de meesten zou hebben vernietigd. Je staat zonder aarzelen oog in oog met dieren van een halve ton. Dan kun je mij zéker aan.'

Dat woord bleef tussen hen hangen; geen van beiden had het tot nu toe hardop durven zeggen. Kates adem stokte en haar ogen werden iets groter.

'Is dat wat dit is?' vroeg ze, bijna onhoorbaar. 'Liefde?'

'Zeg jij het maar,' antwoordde Ben, zijn hart bonzend, zeker dat ze het door zijn borstkas heen kon voelen.

Kate stapte naar voren, overbrugde de laatste afstand, haar lichaam trilde licht. 'Ik wil niet dat je gaat,' fluisterde ze uiteindelijk. 'Ik probeer mezelf al de hele tijd ervan te overtuigen dat het beter is, dat we ons allebei op onze carrière moeten focussen, maar de waarheid is dat ik het niet kan verdragen om aan je vertrek te denken.'

Opluchting spoelde zo krachtig door Ben heen dat hij er duizelig van werd. Zijn armen sloten zich om haar heen en hij trok haar stevig tegen zich aan.

'Dan blijf ik,' zei hij in haar haar. 'We komen er wel uit. Het scenario kan ik op afstand doen. Over de tour valt te onderhandelen. Geen van dat alles weegt op tegen het verlies van jou.'

Kate hief haar gezicht naar het zijne, haar ogen nog altijd glanzend van tranen, maar nu vermengd met iets dat verdacht veel op hoop leek. 'Weet je het zeker? Ik wil niet dat je spijt krijgt...'

Ben smoorde haar woorden in een kus, tegelijk wanhopig en teder, en goot erin alles wat ze bang waren geweest te zeggen. Kate reageerde meteen, haar armen gleden om zijn nek, haar lichaam smolt tegen het zijne. De zoute smaak van haar tranen vermengde zich met de warmte van haar lippen en werd iets bitterszoets en onmiskenbaar juist.

Toen ze eindelijk uit elkaar kwamen, buiten adem, rustte Kates voorhoofd tegen zijn borst, terwijl zijn armen nog steeds stevig om haar heen lagen. De onzekerheid over hun toekomst hing nog steeds tussen hen – hoe twee veeleisende carrières in balans te brengen, hoe twee heel verschillende werelden te verbinden – maar voor het eerst voelde Ben de zekerheid dat ze die antwoorden samen zouden vinden.

'Ik meende wat ik zei,' murmelde hij tegen haar haar. 'Ik hou van je, Kate McKenzie. Paardenobsessie, competitiedrang, koppige onafhankelijkheid en al.'

Kates zachte lach tegen zijn borst klonk tegelijk verrast en verwonderd. 'Ik hou ook van jou,' fluisterde ze; de woorden klonken onwennig op haar tong, maar waren er niet minder oprecht om. 'Al snap ik nog steeds niet helemaal waarom.'

'Ik zal zo lang als nodig is besteden om je daarvan te overtuigen,' beloofde Ben, en ze glimlachte en reikte omhoog om hem opnieuw te kussen.

Hoofdstuk Zeventien

Ben zat aan het bureau in The Shack, zijn laptop open voor zich, vingers die een nerveus ritme tikten op het verweerde hout. De tijd voor het gesprek met Verity lichtte op zijn scherm: 10.55 uur, nog vijf minuten totdat zijn agent hem zou vertellen of de filmstudio de herziene voorwaarden had geaccepteerd die Ben had voorgesteld, voorwaarden die betekenden dat hij zich op de lange termijn op Ridgewater kon vestigen. Hij keek uit het raam naar de weitjes die zich in de verte uitstrekten, badend in fel zonlicht, en voelde een zekerheid in zijn borst landen. Dit was nu thuis. Kate was nu zijn thuis.

Precies om elf uur trilde zijn telefoon. Ben haalde diep adem en nam op, zette hem op luidspreker zodat hij zo nodig aantekeningen kon typen.

'Goedemorgen, Verity,' zei hij, mikkend op laconieke zelfverzekerdheid.

'De studio heeft me teruggebeld. Ze accepteren jouw voorwaarden met twee aanpassingen: drie weken aanvankelijk in Sydney met de scenarioschrijvers in plaats van twee, en ze willen het laatste woord over welke promotionele optredens je kunt overslaan.'

Ben knipperde, overrompeld. 'Dat is... onverwacht redelijk.'

'Klink niet zo verbaasd,' zei Verity droog. 'Zelfs filmmanagers herkennen het als ze afgetroefd zijn. Ze waarderen jouw werk genoeg om jouw eigenaardigheden te accommoderen.'

'Dan hebben we een deal,' zei Ben, terwijl een tevreden glimlach zich over zijn gezicht verspreidde.

'Die hebben we. Vanmiddag krijgt je de papieren.' Verity aarzelde. 'Gefeliciteerd, Ben. Dit is nog steeds een mijlpaaldeal voor jouw carrière, ongeacht waar je 's nachts slaapt.'

Nadat het gesprek was beëindigd, leunde Ben achterover in zijn stoel, terwijl een prettige ongeloof hem overspoelde. Hij had een gevecht verwacht, een langdurige onderhandeling. In plaats daarvan had hij op de een of andere manier alles binnengehaald wat hij wilde. Zijn carrière zou blijven floreren, maar nu op voorwaarden die hem toestonden een leven op Ridgewater op te bouwen. Met Kate.

De deur van The Shack ging open en Kate kwam binnen. Haar haar was vastgebonden in haar gebruikelijke paardenstaart, haar rijkleren vertoonden al het lichte stof van een ochtend in de bak. Voor Ben had ze er nog nooit zo mooi uitgezien.

'Hoe ging het?' vroeg ze, haar uitdrukking zorgvuldig neutraal ondanks de bezorgdheid in haar ogen.

Ben haalde nonchalant zijn schouders op, al kon hij zijn glimlach niet helemaal onderdrukken. 'Het lijkt erop dat ik nu officieel een inwoner van Ridgewater ben.'

Kate's uitdrukking transformeerde; hoop, ongeloof en vreugde joegen over haar gezicht voordat ze ze wist te bedwingen. 'Ze zijn akkoord gegaan? Zomaar?'

'Zomaar,' bevestigde Ben, terwijl hij opstond. 'Blijkt dat ik hier, goed schrijvend, meer waarde voor ze heb dan ongelukkig in Sydney.'

'En Verity vond het oké?'

'Verity gaat waar het geld is,' zei Ben met een lachje. 'En in dit geval is het geld hier bij mij.' Hij zette zijn koffie neer en trok haar tegen zich aan. 'Precies waar ik hoor.'

De zon brandde neer toen Ben en Kate later die middag uitstapten uit Kate's pickup aan de rand van de zestiende fairway van de Ridgemont Country Club. Ben kneep zijn ogen samen en tuurde over de strook vrijgemaakt land tussen de fairway en de perceelsgrens waar piketpaaltjes toekomstige bouwplaatsen markeerden, terwijl hij probeerde zich de luxe villa's voor te stellen die de ruimte binnenkort zouden innemen. Ryan Wardell, Emma's verloofde, stond op hen te wachten naast zijn glanzende Range Rover; zijn gebruikelijke zakelijke kledij had plaatsgemaakt voor een chino en een poloshirt die er in de hitte toch onberispelijk gestreken uitzagen.

'Daar zijn ze!' riep Ryan, terwijl hij ze wenkte met het enthousiasme van een man die op het punt staat een belangrijke deal te sluiten. 'Perfecte timing. De architect heeft me vanmorgen de definitieve renderings gestuurd.'

Kate zette haar hoed rechter en trok hem lager om haar ogen tegen de schittering te beschermen. 'Het is zeker een indrukwekkende locatie,' zei ze, terwijl ze het vrijgemaakte land bekeek dat zacht afliep naar een groep eucalyptus.

'Wacht maar tot je ziet wat we gaan bouwen,' antwoordde Ryan, terwijl hij een grote set bouwtekeningen over de motorkap van zijn auto uitrolde. 'De Ridgemont Villas gaan luxe wonen in de regio herdefiniëren.'

Ben boog zich voorover om de tekeningen te bekijken en was onder de indruk van de strakke maar klassieke lijnen die erin slaagden het landschap te complementeren in plaats van te domineren. De ontwerpen toonden elegante tweelaagse gebouwen met veel beschaduwde buitenruimtes, in plaats van de moderne glazen dozen waar Ben een beetje bang voor was geweest.

'Elke villa ligt op net iets minder dan een halve acre,' legde Ryan uit, terwijl zijn vinger de perceelsgrenzen volgde. 'Privacy is gegarandeerd met strategische beplanting en afrastering tussen de kavels. We gebruiken uitsluitend inheemse soorten voor de gemeenschappelijke ruimtes en bevelen hetzelfde aan voor de privé-tuinen.' Hij wierp Kate een blik toe. 'Natuurlijk droogtebestendig en diervriendelijk.'

Kate knikte goedkeurend. 'Verstandige keuze. De lokale grondwaterstand zal je dankbaar zijn.'

'De interieurs zijn volledig aanpasbaar,' vervolgde Ryan, terwijl hij meerdere gelamineerde pagina's neerlegde met ruime, open plattegronden. 'Ik heb indelingen voor drie-, vier- en vijf-slaapkamerconfiguraties, maar we kunnen aanpassen om een thuiskantoor, gym, wat je maar wilt, op te nemen. Elke villa krijgt noordgerichte leefruimtes om het natuurlijke licht en passieve verwarming in de winter te maximaliseren, een garage voor twee-en-een-halve auto – die halve is natuurlijk voor een golfkar – en ik heb een lokale zwembadbouwer geregeld voor het ontwerp en de installatie van een zwembad en/of spa.'

Ben bestudeerde de plattegronden met oprechte interesse. Na jaren in krappe stadsappartementen had het idee van ruimte – echte, royale ruimte – een onmiskenbare aantrekkingskracht. Hij zou een bibliotheek kunnen hebben, een echte naslagbibliotheek. Het water liep hem er bijna van in de mond.

'Zonnepanelen zijn standaard,' voegde Ryan toe, duidelijk op dreef. 'Batterijopslag optioneel maar aanbevolen. We mikken op de hoogst mogelijke energielabels. De hele ontwikkeling is binnen vijf jaar na oplevering klimaatneutraal.'

'Planning?' vroeg Ben hoopvol.

Ryan grijnsde. 'De grondwerken zijn bijna klaar, dus de bouwers kunnen volgende maand echt beginnen. De eerste villa's zijn over acht maanden bewoonbaar, ervan uitgaande dat het weer meewerkt. Als je vandaag wilt tekenen, krijgt je voorrang bij de kavelkeuze en bent je er tegen medio volgend jaar in.'

Hij sloeg een prijslijst om, en Kate's wenkbrauwen schoten omhoog. 'Dat is... een flinke investering,' zei ze voorzichtig, terwijl haar vingers een nerveus ritme tegen haar been tikten.

Ben merkte haar ongemak op en realiseerde zich tot zijn schrik dat Kate geen idee had van zijn financiële situatie. Geld was zelden ter sprake gekomen in hun gesprekken. Ze wist dat hij succesvol was, zeker, maar de details waren nooit relevant geweest, tot nu.

Ryan knikte, terwijl hij Kate's reactie verkeerd interpreteerde. 'Premiumprijzen voor premiumwoningen. Maar kijk naar de locatie: aan de golfbaan, een kwartier van de stad en,' hij grijnsde naar Kate, 'letterlijk grenzend aan Ridgewater. Ik gooi er een golfkar bij als je wilt, om mee naar jouw werk te rijden.'

Kate's glimlach bleef beleefd maar gespannen. 'Het is prachtig, Ryan. Echt. Maar dit is Ben z'n beslissing, niet de mijne.'

Ben schraapte zijn keel. 'De prijs is geen probleem,' zei hij zacht. 'Dit ziet er voor mij heel redelijk uit, Ryan.'

Kate draaide zich naar hem toe, haar voorhoofd gefronst in verwarring.

'Ik had dit waarschijnlijk eerder moeten vermelden,' ging Ben verder, zich opeens ongemakkelijk voelend onder haar blik. 'De boeken hebben het behoorlijk goed gedaan. Heel goed, eigenlijk. En de filmrechten, buitenlandse uitgeefcontracten, merchandisinglicenties...' Hij haalde zijn schouders op. 'Laten we zeggen dat ik er warmpjes bijzit.'

Kate's uitdrukking verschoof van verwarring naar doorbrekend begrip. 'Hoe warmpjes precies?'

Ben trok even met een mondhoek; hij was nooit iemand geweest die makkelijk over geld sprak. 'Nou, het eerste boek was onverwacht een bestseller. De volgende vier deden het nog beter. De verfilming...' Hij aarzelde. 'De film waarvan we net de première bijwoonden? Mijn aandeel uit het openingsweekend alleen al zou één van deze villa's dekken. Met de sequel-deal die ik net heb getekend, zou ik de halve ontwikkeling kunnen kopen.'

Kate staarde hem aan, met stomheid geslagen. Ben kon bijna zien hoe ze alles wat ze over hem dacht te weten aan het herijken was, terwijl ze zijn voorkeur voor een simpel leven in overeenstemming bracht met deze nieuwe informatie.

'Je bent miljoenen waard,' zei ze uiteindelijk, geen vraag maar een vaststelling.

'Ja,' gaf Ben toe. 'Ik heb altijd vrij bescheiden geleefd. Ik zag nooit het nut van protserig uitgeven als ik eigenlijk alleen maar een rustige plek nodig had om te schrijven.' Hij gebaarde om zich heen. 'Maar dit? Dit voelt als een investering in onze toekomst.'

Het woord 'onze toekomst' hing tussen hen in, vol belofte.

Ryan, die het persoonlijke moment aanvoelde, hield zich discreet bezig met het herordenen van de plannen.

Ben liep naar een piketpaaltje dat een van de villalocaties markeerde. 'Deze,' zei hij, wijzend naar een kavel aan de westelijk rand van het project. 'Die krijgt het beste uitzicht op Ridgewater vanaf de bovenverdieping, en ligt het dichtst bij het achterpad dat op jouw terrein aansluit.'

Kate voegde zich bij hem, nog steeds een tikje beduusd. 'Je meent het echt.'

'Volledig,' bevestigde Ben. 'En als dit eenmaal gebouwd is, kunnen we The Shack vrijhouden voor je ouders als ze terugkomen. Jim en Ingrid hebben hun eigen plek op Ridgewater nodig.'

Kate's uitdrukking verzachtte door deze attentheid voor haar familie. 'Pap heeft The Shack zelf gebouwd, weet je. Het was bedoeld als hun pensioenhuis.'

'Dan moet het dat ook worden,' zei Ben eenvoudig. 'Intussen hebben wij onze eigen plek, dicht genoeg om deel van Ridgewater te zijn maar met wat ruimte voor onszelf.'

Ryan kwam naderbij, aanvoelend dat het moment rijp was. 'Dus, hebben we een deal?' vroeg hij, terwijl hij zijn hand uitstak.

Ben knikte en schudde Ryan stevig de hand. 'Die hebben we. Stuur vanmiddag de papieren maar door, dan laat ik mijn advocaat ze morgen doornemen.'

'Uitstekend!' straalde Ryan, terwijl hij Ben op de schouder klopte. 'Welkom in de buurt, maat.' Hij grijnsde naar Kate. 'En in de familie.'

Kate was stil op de terugweg naar Ridgewater, terwijl ze alles wat ze had gehoord verwerkte. Ben liet haar denken; hij begreep dat het veel was om te bevatten. Uiteindelijk, toen ze de grindweg naar het landgoed opdraaiden, verbrak ze de stilte.

'Je had het wel mogen zeggen, hoor,' zei ze, terwijl ze hem even aankeek en daarna haar aandacht weer op de weg richtte. 'Dat je stiekem schatrijk bent.'

Ben grinnikte. 'Ik ben een schrijver die dezelfde drie T-shirts in roulatie draagt. Het leek niet relevant.'

'Tot je nonchalant besluit een luxevilla te kopen,' merkte Kate op, al trok er een glimlach aan haar mondhoek.

'Slechts een van mijn vele impulsaankopen,' waarschuwde Ben haar. 'Ik heb jaren aan royalty's die een gat in mijn bankrekening branden.'

Kate schudde haar hoofd, maar haar glimlach werd breder. 'Beloof me één ding?'

'Alles.'

'Geen paarden kopen zonder het eerst met mij te overleggen. Daar trek ik de grens.'

Ben lachte en zakte achterover in zijn stoel. 'We zullen zien,' ontweek hij, zich afvragend wat ze zou zeggen als ze hoorde van de andere impulsaankopen die hij zojuist had gedaan.

Kate's hoofd tolde nog steeds van de villaverklaring toen zij en Ben door de voordeur van het Grote Huis liepen. Het besef dat Ben terloops een luxe pand kon kopen ter waarde van meer dan de meeste mensen in een decennium verdienden, was lastig te rijmen met de man van wie ze dacht dat ze hield. Ze was niet verliefd geworden op een rijke auteur; ze was verliefd geworden op Ben, de licht verfrommelde schrijver die haar begreep op manieren waarop niemand anders de moeite had genomen. Nu ontdekte ze dat Ben onverwachte complicaties meebracht, waaronder de soort financiële middelen die de toekomst van Ridgewater, en die van haarzelf, fundamenteel konden veranderen.

Sarah keek op van haar laptop aan de keukentafel, een tevreden grijns die zich over haar gezicht verspreidde. 'Perfecte timing,' zei ze. 'Ik heb net de papieren voor Cavalier afgerond. Hij is officieel verkocht.'

Kate bleef stokstijf staan. 'Nu al? Dat ging snel.'

Sarah knikte, zichtbaar in haar nopjes. 'Ik weet het. Ik heb hem niet eens echt hoeven adverteren. De agent belde vanmorgen.'

'Welke agent?' vroeg Kate, met een lichte frons terwijl ze haar hoed op het aanrecht legde. 'Er is niet eens iemand geweest om hem uit te proberen. Hebben ze hem ongezien gekocht?'

'Blijkbaar hadden ze hem genoeg zien rijden op wedstrijden om zijn kwaliteit te kennen,' antwoordde Sarah met een schouderophalen. 'De agent heeft alles geregeld. Niet eens over de prijs gemarchandeerd.'

Kate wisselde een blik met Ben, die verdacht stil was geworden. Iets in zijn uitdrukking – een lichte trek rond zijn lippen, een behoedzame ontwijking van haar ogen – zette haar instincten op scherp.

'Dat is vreemd,' zei Kate langzaam, terwijl ze Ben's gezicht observeerde. 'Paarden op Grand Prix-niveau vergen doorgaans uitgebreide keuring, proefritten. Geen serieuze koper koopt een hengst als Cavalier zonder grondige beoordeling.'

Sarah klapte haar laptop dicht en stopte een lok aardbeiblond haar achter haar oor. 'Ik vond het ook vreemd, maar het geld is al overgemaakt. Volledige vraagprijs.' Ze keek van Kate naar Ben, haar ogen iets vernauwd. 'De agent was er erg op gebrand de identiteit van de koper vertrouwelijk te houden.'

Kate's achterdocht stolde toen Ben van het ene op het andere been verschoof, een gebaar dat ze inmiddels herkende als zijn tic wanneer hij iets achterhield. 'Ben,' zei ze behoedzaam, 'had jij hier iets mee te maken?'

Ben ontmoette eindelijk haar blik, met een mengeling van schaamte en verrukking in zijn uitdrukking. 'Ik was het,' gaf hij toe. 'Ik wilde niet dat de familie Hughes wist dat ik de koper was, dus heb ik via een agent gewerkt. Ik dacht dat het... ongemakkelijk kon zijn, gezien alles wat er gebeurd is.'

Sarah's mond viel open. 'Jij hebt Cavalier gekocht?'

Jij hebt Cavalier gekocht?' echode Kate, haar stem die met ongeloof omhoog schoot. De implicaties overspoelden haar als een golf. Eerst een villa, nu een paard ter waarde van enkele tonnen. Wie wás deze man? Ze worstelde om woorden te vinden; haar emoties waren een warboel van shock, verwarring en iets anders wat ze niet meteen kon plaatsen. 'Waarom?' kreeg ze uiteindelijk uit haar mond. 'Waarom zou je hem kopen?'

Ben kwam dichterbij, zijn stem verzachtend. 'Dit is geen trofeeaankoop, Kate. Het gaat er niet om indruk te maken of geld uit te geven om het uitgeven.' Hij gebaarde naar het raam, waar de weitjes van Ridgewater zich in de verte uitstrekten. 'Het is een investering in jouw carrière, in de toekomst van Ridgewater.'

Sarah glipte stilletjes de keuken uit en liet hen met rust.

'Cavalier verdient beter dan wat hij bij Vanessa had,' ging Ben verder. 'Je hebt altijd gezegd dat hij met de juiste ruiter op het hoogste niveau kan meedoen. Nu kan dat, met jou.' Hij pauzeerde en hield haar gezicht nauwlettend in de gaten. 'Je hebt straks twee Grand Prix-paarden, Kate. Net als de andere toppers. Zoals jij verdient.'

Kate leunde tegen het aanrecht, had de steun nodig terwijl ze de omvang van wat Ben had gedaan verwerkte. 'Je hebt me een Grand Prix-hengst gekocht,' zei ze; de woorden klonken onwerkelijk zodra ze ze uitsprak.

'Nou ja, hij wordt dat, als jij hem daar brengt,' nuanceerde Ben. 'En een nieuw fundament voor

Ridgewaters fokprogramma. Al jouw merries zijn dochters of kleindochters van Legend, dus moet je voor dekken naar buiten. Een hengst van Cavaliers kaliber, met zijn bloedvoering en wedstrijdrecord... hij kan veranderen wat jij kunt aanbieden.'

De gedachte maakte haar duizelig. De McKenzies waren altijd voorzichtig geweest met de financiën van Ridgewater, met behoedzame, stapsgewijze verbeteringen wanneer er geld was, en ze fokten hun eigen toppaarden omdat kopen financieel nooit haalbaar was. Het idee om ineens toegang te hebben tot een hengst als Cavalier, niet alleen om te rijden maar ook om in te zetten als dekhengst, opende mogelijkheden waarvan Kate zich nauwelijks had toegestaan te dromen.

'Zijn bloedlijnen passen bij zowel Duchess als Misty,' zei ze langzaam, terwijl haar hoofd al de mogelijke nakomelingen doorrekende.

Ben glimlachte, zichtbaar opgelucht dat ze de voordelen overwoog in plaats van het cadeau af te wijzen. 'Precies. Het gaat niet alleen om het onmiddellijke wedstrijdpotentieel. Het gaat om toekomstige generaties Ridgewater-paarden.'

Kate schudde haar hoofd, nog steeds worstelend om alles volledig te bevatten. 'Ben, dit is... het is te veel. De villa was al overweldigend, maar dit...'

'Er is nog iets,' zei Ben, terwijl hij in zijn zak greep en een set sleutels tevoorschijn haalde. 'Ik heb ook die mooie zwart-met-gouden truck van Vanessa's ouders gekocht. De truck die je gebruikt is prima, maar hij wordt ouder. Emma spaart toch voor een truck om Phoenix mee naar wedstrijden te brengen? Ik dacht: zij kan die van jou krijgen, en jij gebruikt de nieuwe om Misty en Cavalier naar concoursen te rijden.'

Kate staarde naar de sleutels die aan zijn vingers bungelden en had het gevoel dat ze in een alternatieve werkelijkheid was beland waar haar stoutste dromen plots voor haar ogen vorm kregen. 'Je hebt de truck ook gekocht,' herhaalde ze zacht.

'Dat heb ik,' bevestigde Ben, terwijl zijn uitdrukking opnieuw onzeker werd. 'Kate, als dit te veel is, als ik over een grens ben gegaan...'

'Nee,' viel Kate hem in de rede, zichzelf verrassend met de zekerheid in haar stem. 'Dat is het niet. Het is alleen...' Ze zocht naar woorden voor de storm aan gevoelens die in haar binnenste raasde. 'Ik ben dit niet gewend. Dat iemand zoiets voor mij doet. Mijn hele leven heb ik gewerkt en gespaard en elke dollar opgerekt om mijn dromen na te jagen, want zo doen we dat, dat is de McKenzie-manier. En nu laat jij ze gewoon... uitkomen.'

Ben's schouders zakten een fractie. 'Niet uitkomen laten,' verbeterde hij zacht. 'Steunen. Het talent, de vaardigheid, de toewijding; dat is allemaal jij, Kate. Dat is altijd zo geweest. Ik haal alleen een paar financiële hordes weg.'

'Wanneer heb je dit allemaal geregeld?'

'Ik heb wat telefoontjes gepleegd nadat jij gisteravond in slaap viel,' gaf Ben toe. 'Na ons gesprek in de zadelkamer wist ik dat ik op Ridgewater zou blijven. Deze beslissingen... waren gewoon logisch.'

Kate bestudeerde zijn gezicht, op zoek naar elk spoortje van bijbedoelingen of verwachtingen, maar vond alleen oprechte genegenheid en een vleugje zenuwen. Dit ging niet over controle of pronken met zijn geld. Dit was Ben die, op zijn manier, koos voor hun gezamenlijke toekomst, voor de toekomst van Ridgewater.

'Dank je,' zei ze uiteindelijk, haar stem dik van emotie. 'Ik weet niet eens wat ik verder moet zeggen.'

'Je zou kunnen zeggen dat we je nieuwe paard gaan bekijken,' stelde Ben voor, met een hoopvolle glimlach om zijn lippen.

Ondanks de emotionele wervelwind merkte Kate dat ze terugglimlachte. 'Ja,' stemde ze toe. 'Laten we Cavalier gaan zien. Mijn Cavalier.'

De woorden voelden vreemd en prachtig op haar tong, een tastbaar symbool van hoe dramatisch haar leven was veranderd sinds Ben Crossley er binnengewandeld was.

De hitte van de dag liet eindelijk los en maakte plaats voor de mildere warmte van de vroege avond terwijl Kate en Ben richting de hoog omheinde hengstenweide liepen. Kate voelde zich opmerkelijk kalm nu, uren na de schok van Ben's onthullingen. De eerste desoriëntatie was gezakt naar iets stillers, een diepe onderstroom van dankbaarheid en verwondering onder haar nuchtere oppervlak. Ze wierp een blik op Ben naast haar, zijn lange gestalte ontspannen terwijl ze het vertrouwde pad bewandelden, en verbaasde zich erover hoe volledig hij zich in het weefsel van haar leven had genesteld.

'We hebben hem pas een paar dagen geleden voor het eerst losgelaten,' zei Kate, doorbrekend wat een comfortabele stilte tussen hen was. 'Vanessa stond het nooit toe, hij moest constant op stal blijven, voor het geval hij zichzelf zou blesseren.'

Ben knikte, zijn handen in zijn zakken. 'Het is toch zonde om iets zo magnifieks opgesloten te houden.'

'Dat is Vanessa,' antwoordde Kate. 'Alles voor de show, niets voor het welzijn van het paard.' Ze glimlachte strak. 'Ze zal nooit meer een paard bezitten. Het was een voorwaarde om schuldig te mogen pleiten aan de aanklachten wegens dierenmishandeling.'

Ze bereikten de weide, met stevige palen en hoge liggers, speciaal ontworpen om hengsten veilig te huisvesten. Binnenin graasde Cavalier aan het einde, zijn voskleurige vacht koperig glanzend in het namiddaglicht. Hij hief zijn hoofd op toen ze dichterbij kwamen, oren nieuwsgierig naar voren.

'Hij ziet er nu al anders uit,' constateerde Kate, terwijl ze tegen het hek leunde. 'Meer ontspannen.'

'Hij wéét het,' zei Ben eenvoudig. 'Paarden weten altijd wanneer er iets veranderd is.'

Kate keek toe hoe Cavalier hen van een afstand inschatte, zijn neusgaten licht trillend toen hij hun geur opving op de bries. Na een moment van overweging begon de hengst naar hen toe te lopen, in beheerste passen, zijn bewegingen vloeiend en gracieus ondanks zijn forse bouw.

'Hallo, knapperd,' riep Kate zacht, terwijl haar hart sneller ging slaan toen hij naderde.

Cavalier stopte enkele meters van het hek, en bestudeerde hen met intelligente ogen. Kate had hem ontelbare keren gehanteerd tijdens lessen met Vanessa, maar dit was anders. Dit was de eerste keer dat ze hem zag als háár paard, een verlengstuk van haar sportieve dromen en de toekomst van Ridgewater.

Ze klom voorzichtig op de onderste regel van het hek en stak haar hand uit met de palm omhoog. 'Het is goed,' murmelde ze. 'Alles wordt nu anders.'

De hengst zette nog een bedachtzame stap, en nog een, tot zijn fluwelen neus haar vingers kon besnuffelen. Kate bleef stil, en liet hem zich opnieuw met haar geur vertrouwd maken. Na een moment onderzoek stapte Cavalier dichterbij en liet haar met haar hand over zijn glanzende hals strijken.

'Zo is het,' fluisterde ze, terwijl ze de krachtige spieren onder haar vingers voelde. 'Je bent nu thuis.'

Die simpele aanraking had zoveel betekenis dat Kate een brok in haar keel voelde. Dit was niet zomaar een paard. Dit was een nieuwe partner om haar dromen naar het hoogste wedstrijdniveau te dragen, een hengst waarvan de genetica het fokprogramma van Ridgewater generaties lang kon beïnvloeden.

'Ik had nooit gedacht dat ik twee paarden op topniveau zou hebben,' gaf ze toe, haar stem zacht van verwondering terwijl ze Cavaliers hals bleef strelen. 'Ik moest het altijd met één tegelijk doen.'

Ben leunde naast haar tegen het hek. 'Nu heb je opties. Misty voor de directe wedstrijden, en Cavalier om wat geleidelijker op te bouwen.'

Kate knikte, nog steeds onder de indruk van de mogelijkheden die plotseling voor haar openlagen. 'Misty zit nu op haar piek, maar hij is vier jaar jonger. Als Misty met pensioen gaat van de sport, zit hij nog in zijn prime. En tegen die tijd hebben we jonge paarden van hem, die we door de klasses kunnen brengen.'

'Strategisch nadenken,' zei Ben met een glimlach. 'Dat is mijn Kate.'

De terloopse liefkozing verwarmde haar. 'Dank je,' zei ze, en draaide zich eindelijk volledig naar hem toe. 'Niet alleen voor Cavalier, maar omdat je in mij gelooft. In de toekomst van Ridgewater.'

'Onze toekomst,' antwoordde Ben eenvoudig.

Cavalier tikte zachtjes met zijn neus tegen Kate's schouder en draafde toen een paar passen weg om een bijzonder aantrekkelijk plukje gras te inspecteren. Kate keek hem na en besefte ineens hoezeer haar perspectief de laatste maanden was verschoven. Voor Ben werd haar wereld gedefinieerd door een enkelvoudige focus: haar rijden, haar paarden, haar doelen. Partnerschap begreep ze alleen in de context van de sport, het delicate evenwicht tussen paard en ruiter.

Nu leerde ze een ander soort partnerschap kennen, een dat haar ambities versterkte in plaats van daar iets van af te doen. Ben vroeg haar niet minder gefocust of minder vastberaden te zijn. Hij bood steun die vergrootte wat zij kon bereiken.

'Duchess wordt binnenkort weer hengstig,' zei ze, terwijl haar gedachten vanzelf naar de praktische kant afdwaalden. 'Zij en Cavalier zijn een perfecte match.'

Ben luisterde met oprechte interesse; hij had inmiddels genoeg paardenkennis in zich opgenomen tijdens zijn tijd op Ridgewater om haar gedachtegang te volgen. 'Zou je Misty ook drachtig laten worden?'

Kate schudde haar hoofd. 'Niet zolang ze in de sport loopt. Maar we zouden ICSI kunnen doen – dan nemen ze een eitje en bevruchten het in een lab, en plaatsen het in een draagmerrie. Zo kan Misty haar sportcarrière voortzetten terwijl we toch veulens van haar krijgen.'

'Draagmerries,' herhaalde Ben, duidelijk de informatie opbergend voor later. 'Als een paardenversie van IVF?'

'Precies,' bevestigde Kate. 'Duur, maar de moeite waard voor een merrie als Misty, en we hebben een eindeloze voorraad draagmerries met Emma's off-the-track volbloeden. We zouden zelfs embryo's kunnen invriezen voor later. Misschien moeten we eigenlijk ook ICSI met Duchess doen, dan beperken we haar niet tot maximaal één veulen per jaar...' Ze stopte, zich ineens bewust van hoe ver vooruit ze aan het plannen was. 'Sorry, ik draaf door.'

'Niet verontschuldigen,' zei Ben, terwijl hij naar haar hand reikte. 'Ik vind het heerlijk om je te zien plannen. Het is een van de dingen die ik het meest in je bewonder: dat je vijf stappen vooruit kunt zien.'

'Vroeger was ik niet zo,' gaf Kate toe. 'Maar met jou betrap ik mezelf erop dat ik aan volgend jaar denk, aan over vijf jaar, en verder.'

'Dat maakt me blij,' zei Ben zacht. 'Want ik denk precies zo.'

Ze stonden in prettige stilte en keken toe hoe Cavalier zijn nieuwe weide verkende. De hengst leek met de minuut meer op zijn gemak, zijn bewegingen steeds losser. Opeens zakte hij door zijn knieën, rolde op zijn zij in het dikke gras en genoot schaamteloos van het simpele plezier dat hem zo lang was ontzegd.

Kate lachte om het gezicht van het dure sportpaard dat zich gedroeg als een gewone weidemerrie. 'Kijk nou. Hij voelt zich al thuis.'

'Slim paard,' merkte Ben op, terwijl hij een arm om haar middel sloeg.

Terwijl de zon onderging boven Ridgewater, leunde Kate in Ben's omhelzing en voelde een tevredenheid die verder ging dan de uitzonderlijke gebeurtenissen van de dag. De villa, het paard, de truck; het waren zeker grootse gebaren. Maar het echte cadeau stond naast haar: deze man die haar ambities begreep en ze zonder voorbehoud steunde. Die Ridgewater niet alleen zag als een plek waar hij verbleef, maar als een thuis dat hij hielp opbouwen.

Cavalier stond op, schudde zich krachtig uit en draafde een paar uitbundige passen voordat hij weer ging grazen. In de vallende schemer schetste zijn silhouet een belofte van mogelijkheden die nog moesten ontvouwen, net als de relatie die Kate's leven had getransformeerd toen ze het het minst verwachtte.

'Zullen we teruggaan?' vroeg Ben zacht. 'Het is straks donker.'

Kate knikte en wierp nog één blik op haar nieuwe paard. 'Ja,' stemde ze in. 'Laten we naar huis gaan.'

Het woord voelde anders nu, rijker. Thuis was niet meer alleen Ridgewater. Thuis was waar zij en Ben samen hun toekomst bouwden.

Hoofdstuk Achttien

Kate zette nog een datum omcirkeld op de wedstrijdkalender, haar pen zwevend boven de Nationale Kampioenschappen begin april. Zes maanden om zich voor te bereiden. Zes maanden om Misty naar topvorm te brengen en met Cavalier een echte wedstrijdcombinatie te worden. Zes maanden om haar reputatie te herstellen. De gedachte gaf haar die bekende draai in haar maag, maar ze schoof het opzij. Focus op het trainingsschema, niet op het gefluister dat haar de ring in zou kunnen volgen.

De keuken van The Shack baadde in ochtendzon, die de versleten houten tafel verwarmde waarop wedstrijddata en trainingsschema's voor haar lagen als een tactische kaart. Zoals altijd was Kate bij het krieken van de dag opgestaan, had ze Misty en Cavalier gewerkt, en zat ze nu haar comeback uit te stippelen. Het voelde goed om weer te plannen, om vooruit te kijken in plaats van steeds het verleden te moeten verdedigen.

'Koffie,' kondigde Ben aan, terwijl hij een dampende mok naast haar elleboog neerzette. Zijn haar was nog vochtig van de douche, zijn vertrouwde geur van zeep en koffie wikkelde zich om haar heen als een behaaglijke deken.

'Dank je,' mompelde ze, terwijl ze met een glimlach opkeek. 'Ik denk dat ik voor de Nationals in april ga met Misty. Er zijn om de twee, drie weken wedstrijden tussen nu en dan.'

Ben boog zich over haar schouder en keek mee naar haar papieren. 'Redelijke aanpak. En Cavalier?'

'Langere termijn,' zei Kate. 'Hij heeft minstens drie maanden echt hertrainen nodig voordat ik overweeg hem mee te nemen naar een wedstrijd. Vanessa heeft zoveel gaten in zijn opleiding geslagen; het is alsof je een huis hebt met een prachtige façade maar rotte funderingen. Hij was heel erg dichtgeklapt; nu hij eindelijk uit zijn schulp kruipt, schrikt hij van alles. Ik moet zijn vertrouwen opbouwen, en ik begin zeker met kleinere wedstrijden.'

'Gelukkig weet jij precies wat hij nodig heeft,' zei Ben, en de rustige zekerheid in zijn stem verwarmde haar meer dan de koffie. Hij kneep zacht in haar schouder voordat hij tegenover haar plaatsnam, zijn eigen mok tussen zijn grote handen geklemd.

Kate's telefoon pingde met een inkomend bericht, gevolgd door nog een, en nog een. De gestage stroom meldingen was de vorige avond begonnen, nadat de bond hun officiële verklaring had verspreid waarin ze haar naam zuiverden, Vanessa als haar saboteur aanwezen en Vanessa levenslang van alle competitie uitsloten. Ze pakte het toestel voorzichtig op, half verwachtend dat elk bericht beschuldigingen of twijfel zou bevatten.

Het eerste was van een medewerkster die ze al jaren kende: 'Zo blij dat je terug bent in de ring. Het was niet hetzelfde zonder jou.'

Het volgende kwam van haar zadelpasser: 'Net het nieuws gehoord! Wanneer kan ik komen checken hoe Cavalier ligt? Wedden dat die prachtige jongen een goede setup nodig heeft nu hij een goede ruiter heeft.'

Kate scrolde door de berichten, met in haar binnenste een ingewikkelde mix van dankbaarheid en aanhoudende pijn. Waar was al die steun geweest toen ze eerst werd beschuldigd? Hoeveel van deze mensen hadden zich stilletjes gedistantieerd en vanaf de zijlijn toegekeken terwijl haar reputatie instortte?

'Nog meer weldoeners?' vroeg Ben, terwijl hij haar gezicht nauwlettend volgde.

'Ja,' antwoordde Kate, terwijl ze de telefoon neerlegde. 'Iedereen herinnert zich ineens dat ze aan mijn kant staan.'

Bens gezicht bleef neutraal, maar in zijn ogen lag begrip. 'Mensen zijn ingewikkeld. Ze lopen achter de meute aan totdat ze beseffen dat die het mis had, en dan haasten ze zich om bij te sturen.'

'Ik weet het,' zuchtte Kate. 'En ik zou dankbaar moeten zijn. Het is alleen...'

'Het is alleen dat het fijn was geweest om íets van deze steun te krijgen toen je het echt nodig had,' maakte Ben haar zin af. 'Je hoeft niet te doen alsof het geen pijn doet.'

Kate's telefoon zoemde opnieuw, dit keer met een e-mailmelding. Ze tikte hem open en haar wenkbrauwen schoten omhoog terwijl ze las. 'Vitality Plus wil ons sponsorcontract verlengen. Volledig ondersteuningspakket, inclusief wedstrijdkleding, supplementen en twee keer de verschijningsfee die ze eerder boden.'

'Twee keer?' Ben zette zijn mok met een zachte bons neer. 'Dat is nog eens een excuus.'

'Het is niet eens een excuus,' zei Kate, terwijl ze de rest van de mail scande. 'Ze formuleren het alsof onze samenwerking gewoon "on hold" was terwijl het onderzoek liep. Alsof ze me niet meteen lieten vallen zodra de beschuldigingen opdoken.'

Bens mond trok in een scheve glimlach. 'Het geheugen van bedrijven is prettig selectief.'

Kate wilde net reageren toen het geluid van banden op grind via het open raam binnenkwam. Er naderde een auto, langzaam rijdend over de lange oprijlaan richting The Shack. Ze voelde haar schouders verstrakken, een restant van weken waarin ze onverwachte bezoekers met camera's en scherpe vragen had gevreesd.

'Dat zal de journalist zijn,' zei Ben, terwijl hij opstond en naar buiten keek. 'Zwarte sedan, één persoon.'

Kate haalde diep adem en streek reflexmatig haar paardenstaart glad. 'Ik weet nog steeds niet of dit een goed idee is. Wat als hij alles wat ik zeg verdraait?'

Ben liep naar haar kant van de tafel en legde zijn hand op haar schouder. 'Danny Wareham is niet zo. Jake staat voor hem in, en Pip ook, en dat wil wat zeggen, want zij stond op het punt hem een dreun te verkopen toen ze elkaar voor het eerst ontmoetten.'

'Waar,' gaf Kate toe, met een aarzelende glimlach die aan haar lippen trok. 'Pips standaarden voor journalisten liggen nog lager dan de mijne.'

'En bovendien,' voegde Ben zachter toe, 'doen we dit samen. Ik ben vlak naast je.'

Kate legde haar hand op de zijne en putte kracht uit dat eenvoudige contact. 'Samen dan.'

Ze stapten de veranda van The Shack op toen de auto tot stilstand kwam. Het portier ging open en er stapte een man uit die in niets leek op de roofzuchtige roddelreporter die Kate half had verwacht. Danny Wareham was iets langer dan gemiddeld, atletisch gebouwd, met kort bruin haar en een gezicht dat meer gewend leek aan bedachtzame concentratie dan aan sensatiebeluste pret. Hij droeg een eenvoudig overhemd met knopen en een spijkerbroek, een professionele camera bungelde aan zijn schouder en onder zijn arm zat een leren notitieboek.

'Kate McKenzie?' riep hij, terwijl hij naderde met een warme glimlach en een uitgestoken hand. 'Danny Wareham. Dank je dat je met dit interview instemt.'

Kate nam zijn hand aan en merkte de ferme, maar niet overdonderende greep op. 'Meneer Wareham.'

'Zegt je maar Danny,' drong hij aan, terwijl hij zich tot Ben wendde. 'En je moet Ben Crossley zijn. Aangenaam. Ik heb al jouw boeken gelezen. De karakterontwikkeling in Red Dirt Radicals vond ik bijzonder sterk.'

Bens wenkbrauwen gingen een fractie omhoog terwijl ze elkaar de hand schudden. 'je hééft ze echt gelezen?'

'Beroepsrisico,' antwoordde Danny met een zelfspotte glimlach. 'Journalisten die geen romans lezen, missen de helft van de menselijke ervaring. En jouw plots zijn oprecht verslavend.'

Ondanks haar blijvende voorzichtigheid betrapte Kate zichzelf erop dat ze haar mentale beeld van de man bijstelde. Hij kwam oprecht professioneel over, zonder de agressieve energie die ze was gaan associëren met de media.

'Zullen we gaan zitten?' stelde Ben voor, terwijl hij naar de comfortabele stoelen op de veranda gebaarde. 'Kate heeft wat aantekeningen gemaakt over de tijdlijn van de gebeurtenissen, als dat helpt.'

'Dat zou uitstekend zijn,' zei Danny, terwijl hij zijn tas naast een stoel neerzette. 'Ik wil absoluut helder hebben wat de volgorde was. Mijn doel hier is nauwkeurigheid, geen sensatie.'

Kate wisselde een blik met Ben toen ze gingen zitten. Zijn kleine knikje gaf stille geruststelling, en Kate voelde haar spanning een fractie wijken. Misschien zou iemand dit keer eindelijk haar verhaal vertellen zoals het écht is gegaan.

Danny schikte zijn notitieboek, zette zijn recorder op het tafeltje tussen hen in en keek op met heldere ogen die oprechte interesse leken te bevatten in plaats van hongerige nieuwsgierigheid. 'Mag ik ons gesprek opnemen?' vroeg hij, zijn vinger boven het apparaat. 'Dat heeft mijn voorkeur boven meeschrijven; zo kan ik meer aanwezig zijn en weet ik zeker dat ik je correct citeer.'

'Prima,' antwoordde Kate, verrast door de consideratie.

Ben zat dicht genoegbij dat zijn knie af en toe de hare raakte, een subtiele herinnering aan zijn aanwezigheid. Hij had zijn stoel iets naar haar toe gedraaid, wat een eensgezind front creëerde dat Kate geruststelde zonder op te vallen.

'Laten we beginnen met de tijdlijn,' stelde Danny voor. 'De wedstrijd waar Misty positief testte, was de State Equestrian Championships, klopt dat?'

Kate knikte en gleed in het zakelijke relaas dat ze had geoefend. 'Ja, Misty en ik reden de Grand Prix Special. We presteerden onder ons gebruikelijke niveau, omdat ze sloom en moe leek, wat ik nu begrijp te wijten was aan de fenylbutazon in haar systeem. Na onze proef selecteerden officials haar voor een willekeurige dopingcontrole, standaardprocedure waar ik heel vertrouwd mee ben. Drie dagen later kreeg ik bericht van de positieve uitslag.'

'En jouw eerste reactie?' vroeg Danny, terwijl hij haar gezicht observeerde.

Kate's vingers spanden onmerkbaar in haar schoot. 'Ongeloof. Volledig ongeloof. Ik heb mijn hele carrière gebouwd op eerlijk rijden. Het idee dat Misty een verboden stof in haar systeem had, was... niet te bevatten.'

'Toch was de bond er snel bij om je te schorsen,' merkte Danny op, een blik op zijn aantekeningen werpend.

'Standaardprotocol,' erkende Kate, haar stem vast ondanks de herinnerde pijn. 'Als een paard positief test, wordt de ruiter voorlopig geschorst in afwachting van onderzoek. Wat níét standaard was, was de onmiddellijke veronderstelling van schuld in het hof van de publieke opinie.'

Bens hand gleed kort naar haar onderarm, een vluchtige aanraking van solidariteit. Kate putte kracht uit het contact en ging verder met meer emotie dan ze had gepland. 'Sponsors verdwenen van de ene op de andere dag. Combinaties die ik al jaren kende, hadden ineens geen tijd meer om met me te praten. De telefoontjes, de e-mails, mensen die om uitleg vroegen of me simpelweg vertelden hoe teleurgesteld ze waren. Het was...' Ze hield in, zoekend naar woorden.

'Isolerend,' vulde Ben zachtjes aan.

'Ja,' gaf Kate toe, terwijl ze even zijn blik ving. 'Isolerend.'

Danny's blik ging tussen hen heen en weer, opmerkzaam maar niet opdringerig. 'Wanneer begon je sabotage te vermoeden in plaats van besmetting of een ongeluk?'

'Vrijwel meteen,' antwoordde Kate. 'Ik ken mijn managementprotocollen. Wij zijn nauwgezet met voer, supplementen, medicatie. Maar het bewijzen was iets heel anders, en ik had echt geen idee wie het gedaan zou kunnen hebben. Zonder bewijs was het alleen mijn woord tegen de testresultaten.'

'En toen ontdekte Ben de video,' moedigde Danny aan.

Kate's uitdrukking verzachtte iets. 'Ja. Ben had achtergrondmateriaal gefilmd voor zijn nieuwe boekenreeks, waarin hij misdrijven wil verkennen die zich afspelen in de wereld van high-stakes paardensport.' Ze pauzeerde, keek Ben opeens paniekerig aan. 'Wacht. Mag ik dat zeggen?'

Ben grijnsde. 'De aankondiging van de uitgeefdeal voor de reeks staat aanstaande maandag in Publisher's Weekly, dus tenzij Danny van plan is hen te passeren?' Hij keek vragend naar de journalist.

'Aanlokkelijk, maar ik beloof dat ik het niet doe,' zei Danny met een lach. 'Mijn redacteur mikt op een feature in het magazine niet aanstaande, maar die daaropvolgende zondag, dus je zit goed.'

'Poeh.' Kate legde een hand op haar borst. 'Hoe dan ook,' vervolgde ze, 'Ben's video legde geheel per toeval vast hoe Vanessa Hughes met bute-zakjes Misty's stal binnenliep.'

'Niet per toeval dat ik filmde,' verduidelijkte Ben. 'Maar zeker niet als bewuste registratie van een misdrijf. We hebben de beelden pas weken later teruggekeken.'

Danny wendde zich tot Ben. 'Wat was jouw reactie toen je besefte wat je had vastgelegd?'

'Misselijk,' antwoordde Ben meteen. 'Fysiek misselijk. Het idee dat ik het bewijs al die tijd had terwijl Kate door die nachtmerrie ging...' Hij schudde zijn hoofd; de herinnering was duidelijk nog pijnlijk.

Kate reikte naar zijn hand, een instinctieve beweging. 'We vonden het toen we het moesten vinden.'

Danny noteerde de interactie, zijn blik bedachtzaam. 'Laten we het over Vanessa Hughes hebben. Zij was jouw leerling, klopt dat? Wat denkt je dat haar dreef?'

Kate zuchtte en woog haar woorden zorgvuldig. 'Vanessa komt uit enorme weelde. Heel haar leven heeft geld haar problemen opgelost. Maar in de dressuur bestaat geen snelweg naar excellentie. Je kunt het duurste paard ter wereld kopen, maar als je het werk niet doet, zul je niet slagen. Ik denk dat ze het Cavalier kwalijk nam dat hij, ondanks zijn afstamming en prijskaartje, haar niet de resultaten gaf die ze wilde, terwijl Misty, een eigen fokproduct, op Grand Prix-niveau voor mij won.'

'Ze kon niet accepteren dat talent en hard werken zwaarder wegen dan financiële voordelen,' concludeerde Danny, terwijl hij kort iets noteerde.

'Precies,' knikte Kate. 'Al is de ironie dat zij en Cavalier met echte toewijding buitengewoon hadden kunnen zijn. Het is een opmerkelijk paard.'

'Dat nu van je is,' merkte Danny op.

Kate glimlachte flauwtjes. 'Ja. Weer een onverwachte wending in dit verhaal.'

Danny boog zich iets naar voren, zijn uitdrukking verzachtend. 'Dit is misschien persoonlijker, maar ik denk dat het relevant is voor het volledige verhaal. Hoe hebben jullie,' hij gebaarde tussen Kate en Ben, 'deze crisis samen doorstaan? Voor zover ik begrijp, was jullie relatie nog vrij nieuw toen het schandaal losbarstte.'

Kate keek naar Ben, en er ging woordeloos iets tussen hen. Hoe leg je uit wat ze voor elkaar waren in die donkere weken? Hoe hij naast haar bleef staan toen anderen wegliepen, zijn onwrikbare geloof in haar onschuld, de ruimte die hij maakte voor haar woede en verdriet zonder het te willen oplossen of wegpoetsen.

'Ben was mijn constante factor,' zei ze eenvoudig. 'Toen al het andere in mijn leven onzeker werd, bleef hij standvastig.'

'Kate heeft deze nachtmerrie met opmerkelijke moed doorstaan,' voegde Ben toe, zijn diepe stem warm van bewondering. 'De meeste mensen zouden bezweken zijn onder die druk en publieke aandacht. Zij niet.'

'Bijna wel,' corrigeerde Kate zacht. 'Er waren momenten...'

'Maar je deed het niet,' hield Ben vol. 'Dát is het punt. Je ging door, je vocht door, omdat je met absolute zekerheid wist dat je onschuldig was.'

Danny volgde hun uitwisseling met oprechte interesse. 'Het klinkt alsof jullie elkaar in evenwicht hielden. Ben bood de emotionele steun, terwijl Kate de focus hield op het zuiveren van haar naam.'

'Dat is nogal inzichtelijk,' erkende Ben, zichtbaar verrast en enigszins onder de indruk.

Kate bekeek Danny met nieuwe ogen en merkte de intelligentie op achter zijn vragen, en het ontbreken van de roofzuchtige gloed die ze bij journalisten was gaan verwachten. Hij leek oprecht geïnteresseerd in het menselijk aspect van het verhaal, niet alleen in het schandaal.

'Als ik mag,' ging Danny verder, 'welke impact heeft deze ervaring op hoe je jouw carrière vanaf nu benadert? Is jouw perspectief veranderd?'

Kate overwoog de vraag en waardeerde de diepgang ervan. 'Het heeft me voorzichtiger gemaakt, zeker. We hebben extra veiligheidsmaatregelen ingevoerd hier, en mijn paarden zullen nooit meer zonder toezicht zijn wanneer ze van het terrein af zijn.' Ze hield even in, dacht verder. 'Maar het heeft ook verduidelijkt wat er echt toe doet. Vóór dit alles lag mijn focus bijna uitsluitend op wedstrijdresultaten, ranglijsten, kwalificatiescores. Nu geef ik daar nog steeds om, maar ik begrijp ook hun kwetsbaarheid. Reputatie, relaties, de eenvoudige vreugde van werken met de paarden; die zijn kostbaarder geworden.'

Danny knikte en maakte een korte aantekening. 'Dat is een krachtige verschuiving in perspectief.' Hij sloeg zijn notitieboekje om naar een lege pagina en zijn toon veranderde. 'Er wordt veel gesproken over de toekomst van Ridgewater; niet alleen na het schandaal, maar ook over het bypassvoorstel. Wat voor effect heeft dat op jullie allemaal?'

Kate's kaak spande zich. 'Het is er altijd, als een schaduw over alles wat we doen. Als de gemeenteraad de oostelijke route goedkeurt, krijgen we te maken met onteigening van het hele terrein. We zouden ergens anders opnieuw moeten beginnen, op de een of andere manier.'

'Het gaat ook niet alleen om het land,' voegde Ben eraan toe. 'Het zou de gemeenschap verscheuren. Er zijn boerderijen die hier al generaties zitten. De milieuschade zou enorm zijn.'

Danny krabbelde iets neer en fronste. 'Heeft het Department of Transport and Main Roads naar jouw zorgen geluisterd?'

Kate schudde haar hoofd. 'We zijn naar elke vergadering geweest, hebben zienswijzen ingediend, petities gestart. Niemand lijkt te willen praten over waarom die oostelijke route zo hard wordt doorgedrukt, terwijl er alternatieven zijn. Soms voelt het alsof de beslissing al genomen was voordat we überhaupt iets mochten zeggen.'

Danny keek peinzend. 'Klinkt als iets om dieper in te duiken.'

Kate glimlachte, een tikje wrang. 'Veel succes. Als je ontdekt wie er werkelijk aan de touwtjes trekt, laat het ons weten.'

Terwijl het interview doorging, merkte Kate dat ze zich geleidelijk ontspande en haar antwoorden minder voorzichtig werden. Danny stelde doordachte vervolgvragen, verwees af en toe naar zijn aantekeningen maar hield vooral oogcontact, betrokken in een echt gesprek in plaats van een uitvragend verhoor.

'Ik waardeer jouw openhartigheid,' zei hij uiteindelijk, terwijl hij zijn recorder controleerde. 'Dit wordt een veel genuanceerder artikel dan de sensationele stukken die tot nu toe de toon hebben gezet.'

'Dank je dat je de tijd neemt om het hele verhaal te horen,' antwoordde Kate, verbaasd dat ze het meende.

Danny glimlachte, schakelde de recorder uit en stopte die weg. 'Eigenlijk, als je het niet erg vindt, heb ik een persoonlijkere vraag, off the record.' Zijn uitdrukking werd iets voorzichtiger. 'Mijn dochter, Lucy, smeekt al om rijlessen. Ze is acht, paardenverslaafd, leest elk ponyboek dat ze maar te pakken kan krijgen. Sinds we hier zijn komen wonen, kijk ik naar mogelijkheden in de buurt en, nou ja...' hij aarzelde. 'Zou Ridgewater openstaan voor een volslagen beginner? Ik weet dat jullie focussen op training op hoog niveau.'

De vraag verraste Kate, die plotseling naar Danny keek als vader in plaats van als journalist. 'We bieden wel lessen voor kinderen aan,' bevestigde ze. 'Mijn schoonzus Pip traint en verkoopt pony's en runt ons programma voor jonge ruiters. Ze is uitzonderlijk goed met beginners.'

Danny's gezicht lichtte op. 'Dat is geweldig nieuws. Lucy zal in de zevende hemel zijn.'

'Wilt je de faciliteiten zien?' stelde Kate voor. 'Ik kan je rondleiden, zodat je beter ziet wat we aanbieden.'

'Dat waardeer ik,' zei Danny, oprecht enthousiast. 'Als je tijd heeft.'

Kate wisselde een blik met Ben, die haar bemoedigend toeknikte. 'Natuurlijk,' zei ze, terwijl ze uit haar stoel opstond. 'We kunnen het terrein rondlopen, dan krijgt je een goed beeld van Ridgewater.'

Toen ze zich klaarmaakten om de veranda te verlaten, voelde Kate een subtiele verschuiving in haar kijk op de journalist. Danny Wareham was niet alleen een schrijver op zoek naar een verhaal; hij was een vader die waakte over het geluk van zijn dochter, een professional die trots was op nauwkeurigheid, iemand met meer lagen dan alleen zijn beroep. Net als zij, eigenlijk. Dat besef maakte iets los in haar borst dat strak had aangevoeld sinds het schandaal uitbrak, een herinnering dat niet iedereen haar bekeek door de smalle lens van beschuldiging en oordeel.

De zon verwarmde Kate's schouders terwijl ze het grindpad bewandelden dat van The Shack naar de hoofdtrainingsgebieden leidde. Ridgewater lag voor hen uitgestrekt, een vertrouwd landschap dat door Danny's nieuwsgierige blik nieuw aanvoelde. Ze betrapte zichzelf erop dat ze dingen aanwees die ze normaal als vanzelfsprekend beschouwde: het doordachte drainagedesign van de pistes, de subtiel glooiende helling van het land die water tijdens de felle zomerse stormen in Queensland van de stallen wegleidde. Het was vreemd om haar thuis door de ogen van een buitenstaander te zien, maar niet onaangenaam.

'Mijn ouders hebben dit allemaal ontworpen en gebouwd,' legde ze uit, terwijl ze met een armbeweging de lay-out van het terrein aanwees.

'Indrukwekkend,' merkte Danny op, terwijl hij stopte om de rondlongeercirkel te fotograferen waar Emma een jonge vos aan het longeren was. 'Hoeveel paarden hebben jullie doorgaans in training?'

'Dat verschilt,' antwoordde Kate. 'Momenteel hebben we in totaal zo'n zestig paarden op het terrein, maar sommige zijn jonge dieren die nog te jong zijn om te rijden, of fokmerries met veulen. Een paar zijn niet van ons; die staan hier gestald op ofwel volpension – wat betekent dat wij voor ze zorgen – of deelpension, wat betekent dat hun eigenaren dagelijks komen voeren en rijden. Cavalier stond hier trouwens op full care.'

Na wekenlang zichzelf verdedigd te hebben tegen beschuldigingen en wantrouwen, was het verfrissend eenvoudig om gewoon de wereld te delen waar ze van hield. Als Danny's artikel ook maar een fractie van de werkelijkheid van Ridgewater weergaf, zou het eerlijker zijn dan alles wat er de afgelopen maanden over haar was gepubliceerd.

Ze liepen langs de wasplaatsen waar Sarah een met modder besmeurd jaarling afspoot, en Kate zwaaide naar haar zus. 'Het veulenseizoen is zo goed als voorbij,' legde ze aan Danny uit toen ze bij het hek kwamen van de wei waar de jonge veulens met hun moeders stonden. 'Er is nog één merrie over die binnen een paar dagen moet veulenen.'

'Jullie fokken én trainen?' vroeg Danny, nadat hij, met Kate's toestemming, foto's had gemaakt van een dartelend veulen.

'Het is essentieel voor onze aanpak,' viel Ben in. 'Ridgewater draait om de volledige cyclus van horsemanship: fokken, opfokken, trainen, concurreren. De McKenzies geloven in het ontwikkelen van paarden vanaf de geboorte, niet in het kopen van kant-en-klare atleten.'

Kate wierp hem een blik toe, aangenaam verrast door zijn verwoording van de McKenzie-filosofie. Soms leek Ben de kern van Ridgewater helderder te begrijpen dan wie er binnen die wereld was opgegroeid.

'Dat is een langere commitment dan de meesten willen aangaan,' constateerde Danny. 'Hoe ziet jullie dagelijkse routine eruit?'

Kate beschreef het ritme van de dagen op Ridgewater, met trainingen bij zonsopgang in de zomer, vóór de hitte erin kwam, de zorgvuldige planning van het werk van elk paard, de avondcontroles en voerrondes. Danny luisterde aandachtig en fotografeerde af en toe iets dat zijn aandacht trok: de nette rij hoofdstellen in de zadelkamer, Emma die Phoenix opzadelde voor een springtraining, Pip die een ruige Shetlandpony borstelde die hen vanonder een dikke voorpluk nieuwsgierig aankeek.

'Het draait allemaal om consistentie,' legde Kate uit toen ze het hoofdstalblok naderden. 'Paarden gedijen op routine en duidelijke verwachtingen. Net als goede journalistiek, stel ik me zo voor: structuur en standaarden die een kader voor excellentie creëren.'

Danny glimlachte om de vergelijking. 'Meer overeenkomsten dan je zou denken. Al vergen mijn onderwerpen zelden zoveel mest uitmesten.'

Kate betrapte zichzelf erop dat ze zijn glimlach beantwoordde; haar eerdere achterdocht bleef wegebben. 'Onze aanpak is heel anders dan die van Vanessa,' zei ze, en greep de kans om het contrast rechtstreeks te benoemen. 'Zij geloofde in snelle oplossingen; het duurste materiaal, de chicste bloedlijnen, maar zo min mogelijk daadwerkelijke uren in het zadel. Als resultaten niet meteen kwamen, zocht ze iemand om de schuld te geven.'

'Terwijl jullie familie gelooft in de langzame, juiste ontwikkeling van zowel paard als ruiter,' concludeerde Danny.

'Precies,' knikte Kate. 'Er bestaan geen snelwegen naar echt horsemanship. Daarom was de dopingbeschuldiging zo...' ze aarzelde, op zoek naar het juiste woord.

'Tegenstrijdig met alles waar jullie voor staan,' hielp Ben haar.

'Ja,' stemde Kate zachtjes in. 'Het raakte het hart van onze filosofie.'

Toen ze de hengstenstal naderden, bereikte hen een zacht mompelende stem; de woorden waren onduidelijk, maar de toon was sussend, bijna hypnotiserend. Kate hield stil: ze herkende het ritme van Zoe's werkstem.

'Klinkt alsof Zoe bij een van de paarden is,' zei ze, en liet haar nieuwsgierigheid haar naar de hoekstal trekken.

Ze liepen zachtjes verder, om niets te verstoren. Het beeld dat hen in Cavaliers stal opwachtte, deed Kate abrupt stilhouden.

Zoe stond naast de voskleurige hengst en liet haar handen in langzame, beheerste cirkels over zijn atlas en langs zijn hals gaan. Cavalier, normaal alert en vaak gespannen, stond met het hoofd laag, zijn onderlip licht trillend, de oogleden half gesloten in een uitdrukking van totale ontspanning. Terwijl ze keken, ontsnapte hem een diepe zucht die uit zijn kern leek te komen; zijn hele lichaam leek zichtbaar te verzachten.

Danny bleef naast Kate staan, zijn camera halverwege naar zijn oog geheven, bevroren in een moment van eerbiedig ontzag. 'Wat doet ze?' fluisterde hij, nauwelijks hoorbaar.

'Dat is Zoe,' legde Ben zacht uit. 'Ze is een bodyworker, gebruikt een methode die half wetenschap, half magie is, afhankelijk van wie je het vraagt.'

'Masterson Method,' voegde Kate toe, haar stem laag houdend om de sessie niet te verstoren. 'Die werkt met het zenuwstelsel van het paard om diepe spanning los te laten. Vanessa stond hem dit nooit toe; hij was zo'n gespannen paard toen zij hem bezat. Kijk hem nu eens.'

Ze keken in stilte toe terwijl Zoe doorging met haar werk en haar handen subtiele spanningspunten in de hals en kaak van de hengst vonden. Cavaliers reactie was diepgaand: zijn spieren lieten zichtbaar los, zijn ademhaling werd dieper, en zijn hele uitstraling veranderde van simpelweg kalm naar diep, fundamenteel ontspannen.

Danny hief zijn camera op met vragende ogen en Kate knikte toestemmend. Hij maakte een paar zorgvuldige foto's; de sluiter klonk fluisterzacht.

Zoe keek op bij het geluid en merkte hun aanwezigheid voor het eerst op. Haar uitdrukking verschoof van diepe concentratie naar lichte irritatie over de onderbreking. 'Had geen publiek verwacht,' zei ze kordaat, haar Britse accent uitgesprokener dan gewoonlijk. 'Ik ben hier bijna klaar.'

'Sorry dat ik stoor,' zei Danny, terwijl hij zijn camera liet zakken. 'Ik heb nog nooit zoiets gezien. Het is opmerkelijk.'

Zoe's wenkbrauwen gingen een fractie omhoog bij de oprechte interesse in zijn stem. 'De meeste mensen zien het subtiele werk niet,' zei ze, en haar toon werd een tikje zachter. 'Ze willen dramatische strekkingen en duidelijke manipulaties. Dit gaat om het aangaan van een gesprek met het zenuwstelsel van het paard, niet om verandering afdwingen.'

'Vertelt het paard je waar de spanning zit?' vroeg Danny, zichtbaar nieuwsgierig.

'Precies,' knikte Zoe, alsof zijn begrip haar verraste en beviel. 'Ik luister alleen met mijn handen. Zijn lichaam doet het loslaten zelf, zodra hij zich veilig genoeg voelt.'

'Vanessa geloofde in het controleren van paarden in plaats van met ze te communiceren,' legde Kate uit, terwijl de hengst langzaam in tevredenheid met zijn ogen knipperde. 'De resultaten spreken voor zich. Hij lijkt een ander paard.'

'Als dag en nacht,' beaamde Ben. 'Hij was een bundel nervositeit telkens als Vanessa in de buurt kwam: hoofd hoog, spieren strak, oogwit zichtbaar bij het minste of geringste.'

'De arme kerel draagt jaren aan opgestapelde spanning mee,' zei Zoe, terwijl ze een zachte hand over Cavaliers nu ontspannen hals liet glijden. 'Fysiek en emotioneel. Paarden slaan het allemaal op in hun lichaam, net als mensen. Maar zij zijn eerlijker in het loslaten als je ze de kans geeft.'

Danny maakte een aantekening en vroeg toen: 'Zou je iets meer willen uitleggen over hoe deze techniek werkt? Ik vind het fascinerend.'

Zoe aarzelde en leek te peilen of de interesse van de journalist echt was of gespeeld. Wat ze ook in zijn uitdrukking zag, het stelde haar blijkbaar tevreden, want ze knikte en ging verder: 'Het is gebaseerd op het besef dat je ontspanning niet kunt forceren. Het zenuwstelsel van het paard moet zich veilig genoeg voelen om spanningspatronen los te laten die vaak zijn uitgegroeid tot ingesleten, beschermende reacties.'

Terwijl Zoe de grondbeginselen van haar aanpak uitlegde, zag Kate hoe de lichaamstaal van de behandelaar gaandeweg veranderde. Haar aanvankelijke kordaatheid maakte plaats voor levendige bevlogenheid terwijl Danny doordachte vragen stelde over specifieke technieken en reacties. Het was hetzelfde patroon dat Kate tijdens hun interview had ervaren: Danny's oprechte nieuwsgierigheid riep een opener, meer betrokken reactie op dan ze had verwacht te geven.

'De meeste mensen denken dat werken met paarden draait om dominantie,' besloot Zoe, terwijl ze Cavalier nog een laatste zachte aai gaf. 'Het gaat juist om partnerschap, om genoeg veiligheid en vertrouwen creëren zodat het paard zijn ware aard kan laten zien in plaats van zijn verdedigingspatronen. Vanessa heeft dat nooit begrepen.'

'Net zomin als de meeste journalisten die over Kate's zaak schreven,' merkte Ben spits toe.

Danny knikte nadenkend. 'Die parallel ontgaat me niet,' zei hij, met een blik op Kate. 'Valse beschuldigingen creëren bij mensen hetzelfde soort spanning en verdedigingshouding als slecht omgaan met paarden bij hen veroorzaakt.'

'Precies,' stemde Kate in, verrast en geraakt door het inzicht. 'En herstel vraagt om hetzelfde geduldige herwinnen van vertrouwen.'

Precies op dat moment schudde Cavalier zich heftig uit, alsof hij de laatste resten van zijn vroegere leven fysiek van zich afwierp. Het was zo perfect getimed dat ze allemaal moesten lachen.

'Dank je,' zei Danny toen ze zich klaarmaakten om hun rondleiding te vervolgen. 'Jullie allemaal. Ik kwam hierheen in de hoop op een nauwkeurige weergave van wat er is gebeurd, maar ik vertrek met een veel dieper begrip van waarom het zoveel uitmaakte; niet alleen de valse beschuldiging, maar ook de kernwaarden die ermee werden aangevallen. En ik denk dat mijn dochter het hier fantastisch zal vinden. Dit is het soort horsemanship dat ik haar wil laten leren.'

'Breng haar gerust een keer langs,' bood Kate aan, verrast door hoe oprecht ze het meende. 'Pip is briljant met beginners. En je zei dat ze acht is? Dezelfde leeftijd als mijn nichtje Jemima. Jem zal haar graag rondleiden.'

'En ik stel intussen een paar vragen over wat er speelt rond de bypassbeslissingen.' Danny tikte tegen de zijkant van zijn neus. 'Ik heb overal bronnen. Ik laat het je weten als ik iets hoor.'

Toen ze Danny een paar minuten later uitzwaaiden, slaakte Kate een voorzichtig hoopvolle zucht van opluchting.

'Dat ging beter dan verwacht,' mompelde Ben, terwijl zijn hand de hare aanraakte.

'Veel beter,' stemde Kate in, terwijl ze haar vingers met de zijne verstrengelde. 'Ik denk dat hij het ware verhaal misschien echt gaat vertellen.'

'En als hij dat doet,' voegde Ben met een zachte glimlach toe, 'is dat weer een stukje van jouw wereld dat terugkomt.'

Kate kneep zacht in zijn hand en voelde een stille zekerheid in haar borst landen. Wat Danny ook schreef, wat de paardensportgemeenschap ook fluisterde, ze wist wie ze was en waar ze voor stond. En met Ben aan haar zijde, Cavalier in haar trainingsprogramma en Misty klaar om terug te keren in de competitie, strekte de toekomst zich voor haar uit met veel meer beloften dan ze een paar weken geleden had durven hopen.

Hoofdstuk Negentien

DE ZONSOPGANG WAS ER een die tegen halverwege de ochtend meedogenloze hitte beloofde. Nu echter was de wereld nog een en al bleke nevel, jacarandageur en het tikken van Misty's voetstappen terwijl ze rond de zandbodem van de overdekte piste draaide, met Kate licht en in balans boven haar. Zonlicht viel in latten door het ijzeren dak, stofdeeltjes draaiden in gouden zuilen. Een ekster liet een lied horen vanaf de bovenste reling. Aan de andere kant van het dressagevierkant stond Ben met één elleboog op de reling, in zijn andere hand een gehavende emaille mok geklemd, waaruit stoom opsteeg terwijl hij af en toe een slok nam en tegen het licht in tuurde.

Ze hadden een ritme gevonden. Kate begon haar dag graag met een trainingsrit, soms zelfs vóór het ontbijt. Ben, geen geboren vroege vogel, slofte gewillig in een T-shirt en trainingsbroek naar buiten, en slaagde er af en toe in haar ochtendlijke gedrevenheid te evenaren met de juiste volgorde van koffie, toast en mild geplaag. De routine paste ze allebei.

Ze vroeg Misty om een travers links, daarna een overgang naar galop op de korte zijde, terwijl ze zocht naar de kenmerkende stijfheid die soms bleef hangen van oude blessures. Vandaag niet; de merrie denderde vrolijk door, blij in haar werk, haar zwevende pas de jaloezie van elke jury en de meeste rivalen. Ze sloten af met een halsstrekken in draf, daarna een lange teugel en een aai. Kate keek naar de reling, zag Bens scheve glimlach, en beantwoordde die met een kort, onbewust stralende blik.

'Is het mogelijk,' riep Ben, 'dat je een soort genetische freak hebt gefabriceerd? Ik ben ervan overtuigd dat ze voor een deel een hovercraft is.'

'Hovercrafts schrikken niet van eksters,' antwoordde Kate, terwijl ze met de zuinigheid van jarenlange gewoonte uit het zadel gleed. Misty liet haar oren slap hangen en duwde haar neus naar Bens mok om beter te kijken. Hij voldeed door haar een vleugje koffie te laten ruiken.

'Sorry, meisje,' zei hij tegen het paard, 'cafeïne remt je groei.'

'Was het maar zo bij mensen,' zei Kate, terwijl ze de teugels over Misty's hoofd haalde en haar uit de piste leidde. Ben sloot zich bij hen aan, en een gemoedelijke stilte daalde neer terwijl ze de omtrek van de wedstrijdweide volgden, Misty blazend en ontspannen. De vroege zon gaf de paarden in de weides een bronzen rand en liet het stof in Kates haar goud glinsteren. Ben keek haar van opzij aan.

'Zo,' zei hij, 'waar stokt het in het schema? Ik zag gisteravond dat je het whiteboard weer had ingekleurd. Bedoelt paars "veel drama" of is dat puur toeval?'

'Paars is voor bevestigde dekkingen,' zei Kate bloedserieus. 'Rood betekent wachten tot de progesteronspiegels stijgen. Groen is vrijgegeven voor competitie.'

Ben knikte, zijn ogen plooiden van plezier. 'Juist. En Cavalier is zeker blauw?'

'Cavalier is blauw,' bevestigde Kate, zonder de droge ondertoon in zijn stem te missen. 'Wat betekent dat hij alleen dekdiensten draait, in elk geval tot zijn zadelpas volgende week. Twee dekkingen gepland, plus een dek met fantoom voor een heel slimme fokker in Warwick die een paar rietjes op ijs wil hebben voordat Cavalier Grand Prix-niveau haalt en we zijn prijs verhogen.'

Bens uitdrukking bleef bewonderenswaardig neutraal, al trok er een glimlach aan de hoek van zijn mond. 'Is er ook een schema voor mij, of kom ik gewoon opdagen rond etenstijd en hoop ik dat ik niet dubbel ben geboekt met een paard?'

Kate grijnsde. 'Als ik een schema voor jou had, zou erop staan: "Ben; niet proberen te rijden, kan neigen tot spontane afstijgingen."'

Ze liepen langs het hek waar Duchess, Kates geliefde pensionado, tevreden stond te grazen. Duchess hief haar hoofd in begroeting en snoof de lucht in hun richting.

Kate hield stil, liet Misty even grazen en legde een hand tegen het hek. 'Ik heb een plan voor volgend jaar,' zei ze, haar stem zakkend met een fractie.

Ben boog zich naar haar toe, een teken dat hij klaar was voor een van Kates uitweidingen over langetermijnplannen, het soort details waarbij de ogen van de meeste mensen zouden gaan glazuren, maar die bij hem vaak rechtstreeks zijn notitieboekje in verdwenen, dat hij in de achterzak van zijn spijkerbroek droeg.

'Vertel,' zei hij, terwijl hij zijn gezicht de aandachtige leegte gaf die hij bewaarde voor haar wetenschapsrants.

'We gaan ICSI doen bij Misty en Duchess volgend fokseizoen,' zei Kate, haar opwinding ingetoomd maar onmiskenbaar. 'De schikking van de rechtszaak is ruim voldoende om het te bekostigen. Cavaliers sperma, uiteraard. We laten de embryo's in draagmerries plaatsen. Wat betekent dat we over een jaar een volledige lichting Ridgewater-gefokte veulens hebben met toplijnbloed.'

'Reageerbuispaarden?'

'In essentie,' zei Kate. 'Intra-cytoplasmische sperma-injectie. Ze halen de eicellen eruit, bevruchten ze in een lab en plaatsen de embryo's vervolgens in ontvangstmerries. Zo kan Misty blijven trainen, kan Duchess meer dan één veulen per jaar krijgen en hoeft ze zelf niet te dragen als ze een pauze nodig heeft, en als er iets met een van hen gebeurt, gaat hun nalatenschap door.'

Ben bekeek haar, het hoofd schuin van bewondering. 'En dit is normaal in de paardenwereld?'

'Nou, niet in de rensport. Volbloeden moeten nog steeds natuurlijk gedekt worden, en de merries moeten hun eigen veulens dragen. Maar in de topsportstallen is het normaal,' antwoordde Kate, 'al was het vroeger alleen weggelegd voor mensen die in het geld zwemmen. De technologie is verbeterd, en de schikking in de zaak-Hughes laat ons in feite een decennium aan traag fokwerk overslaan.'

Ze streelde over Duchess' neus, verzonken in gedachten, en draaide zich toen naar hem toe. 'Wil je mijn échte doel horen?'

'Altijd.'

'Ik wil dat Ridgewater de toonaangevende sportpaardenfokkerij van Queensland wordt,' zei ze, laag maar fel. 'Niet alleen een plek waar mensen hun kinderen naartoe sturen voor lessen, maar een merk. McKenzie-paarden op elke grote wedstrijd, internationaal én lokaal. Paarden met namen die tellen, niet alleen voor ons maar voor de hele sector. Ik wil dat de meiden die we nu opleiden hier over vijf jaar terugkomen om zelf Ridgewater-paarden te kopen.'

Ben knikte, en voor één keer maakte hij geen grap en probeerde hij haar intensiteit niet te ondermijnen. 'Dat is een verdomd mooie erfenis.'

'Het is wat we horen te doen,' zei Kate. 'Papa weet het, ook al doet hij alsof het hem niets kan schelen. Mam droomt er al van sinds ze Zweden verliet, maar het kost echt generaties fokken en trainen om het op te bouwen.' Ze keek hem aan, een korte, scherpe blik. 'Het gaat niet om het geld. Het gaat om...'

'... bewijzen dat de manier waarop je dingen doet ertoe doet,' maakte Ben haar zin af.

'Ja,' stemde Kate in, met een zeldzame zweem van kwetsbaarheid in haar stem. Ze gaf Duchess nog een laatste klopje en klikte naar Misty, die naar de grote stalafrastering opstapte alsof ze alles al die tijd had meegeluisterd.

Ze vielen weer naast elkaar in de pas, Kates tred vlot, die van Ben langer en lomer maar perfect passend bij de hare. Een zwerm corella's spoot op uit de verre hoek van de weide, luidkeels krijsend en de lucht opkloppend terwijl ze neerstreken in de bomen bij het meer.

'Eén ding is zeker, McKenzie,' zei Ben, zijn stem weer luchtig, 'je maakt nog eens een ruiter van me.'

'Doe niet zo mal,' zei Kate. 'Je bent nog altijd een volslagen beginner. Je weet niet eens wat een spronggewricht is.'

'Ik heb uit betrouwbare bron dat dat het puntige stuk aan de achterpoot is,' antwoordde Ben met strak gezicht.

'Het is een begin,' gaf Kate toe, grijnzend.

Ze bereikten het erf, waar Misty bleef staan om op haar halster te wachten. Kate deed het om en gaf daarna de lijn aan Ben terwijl ze in de zadelkamer een roskam en een schone handdoek haalde. Toen ze terugkwam, krabde Ben Misty achter de oren en mompelde onzinwoordjes, de merrie half in slaap van tevredenheid.

Kate werkte vlot, wreef Misty droog. Ben keek toe, nippend van zijn lauwe koffie, en vroeg toen: 'Wat gebeurt

er als je straks een dozijn veulens moet inrijden? Moet je
die allemaal zelf trainen?'

Kate veegde haar voorhoofd. 'Niemand kan dat alleen.
Maar Emma en Sarah zijn er nog, en Pip, en we blijven
werk zoeken voor Zoe ook al doet ze alsof ze het haat,
en via Farm Work sturen ze ons steeds backpackers met
paardervaring voor het werkgedeelte van hun visum.' Ze
hield even in en keek hem toen aan. 'We vinden altijd
mensen die om de paarden geven. Ik ben het nooit alleen.'

Ben glimlachte, zeldzaam onbewaakt. 'Klinkt bekend,'
zei hij. 'Jij doet al het plannen, al het inroosteren, maar
uiteindelijk is het de gemeenschap die het mogelijk maakt.'

'Precies,' zei Kate. 'Jij snapt het.'

Ze haalde de handdoek over Misty's hals en keek toen
naar de merrie met diepe liefde in haar blik. 'Ze is
ongelooflijk,' zei ze zacht. 'De volgende generatie wordt
nog beter.'

Ben stapte dichterbij, voorzichtig om haar niet in het
nauw te drijven. 'Ik dacht na over wat je laatst zei, over de
McKenzie-manier. Ik denk dat die net zo goed op mensen
slaat als op paarden.'

Kate trok een wenkbrauw op. 'Je bedoelt koppig en niet
te managen?'

'Ik bedoel: je fokt op potentie, maar je vormt die
met liefde,' zei Ben, tot beider verrassing. 'Dat houdt
Ridgewater bijzonder. Niet de naam, niet de bloedlijnen,
maar hoe jullie voor elkaar zorgen.'

Kate keek hem aan, opnieuw verbaasd over zijn
scherpzinnigheid. 'Dank je,' zei ze, en ze meende het.

Ze maakten Misty af, en brachten haar terug naar haar
weiland, waar ze zich uitgebreid in het gras rolde en weer
opsprong met verse groene vlekken op haar grijze vacht.
Ben leunde tegen het hek en rekte overdreven zijn rug.

'Dus,' zei hij, 'noemen we dit de Ridgewater
Renaissance, of is dat te pretentieus voor de nieuwsbrief?'

'Te pretentieus,' zei Kate, maar haar ogen fonkelden. 'Maar ik zou het kunnen jatten voor mijn volgende Instagram-post.'

Hij grijnsde, tevreden dat hij had bijgedragen.

De zon stond nu volledig aan de hemel, de weides baadden in licht, en de dag rolde door, of ze er nu klaar voor waren of niet. Kate haalde diep adem, voelde de koelte van de lucht in haar longen en liet die langzaam ontsnappen. Dit was haar thuis, haar toekomst.

Ze liepen terug naar het huis, zij aan zij, hun schaduwen lang over het dauwige gras.

Tegen halverwege de middag drukte de vroege zomerhitte stroperig tegen de ramen van The Shack, maar binnen was de lucht koel en stil. Ben had het bureau bij het grootste raam geconfisqueerd, een strategische plek met panoramisch uitzicht over de lagere weides en, belangrijker, het constante afleiden van naar Kate kijken terwijl ze werkte. Het bureau zelf was een monument voor creatieve entropie: open boeken opgestapeld als minitorens, een gehavend notitieboek waar losse post-its uit puilen, een half opgedronken mok kruidenthee die koud was geworden. Kate had aan de keukentafel wedstrijdinschrijfformulieren netjes in kolommen gerangschikt, met pennen en markeerstiften op kleur gecoördineerd en in rechte hoeken uitgelijnd. Het contrast vermaakte hen allebei.

Ben tikte met de intensiteit van iemand die een deadline probeert in te halen, al was de enige echte druk die van hemzelf. Om de paar alinea's keek hij over zijn laptop heen om te zien of Kate zijn ijver had opgemerkt. Zij deed alsof ze het niet zag, maar hij wist dat de zijwaartse flits van haar blik betekende dat ze aan het meetellen was.

'Wil je nog thee?' vroeg hij, terwijl hij al opstond van zijn stoel.

'Ik zit goed,' antwoordde Kate zonder op te kijken van het formulier dat ze invulde. 'Maar als je wilt ruilen, doe ik de eerste ronde spelling en grammatica op jouw concept als jij deze inschrijvingen voor me afmaakt.'

Ben huiverde met theatrale afschuw. 'Ik schrijf me nog liever in voor een missverkiezing dan dat ik het online portaal van de Equestrian Federation probeer te bedwingen.'

'Terecht,' zei Kate, terwijl ze peinzend met haar potlood op het papier tikte. 'Het is alsof ze je moed willens en wetens willen breken.'

Hij schonk zichzelf toch nog thee in en droeg die terug naar zijn bureau, waar zijn telefoon meteen begon te zoemen met een inkomend gesprek. Hij herkende de naam en wierp Kate een blik toe.

'Verity,' vormde hij met zijn lippen, terwijl hij de telefoon op het bureau legde. Hij tikte op 'accepteren' en zette het gesprek op luidspreker zodat Kate de volle lading van zijn agente's enthousiasme kon horen.

'Crossley!' Veritys stem vonkte van energie, zelfs door een wat haperende verbinding. 'Zeg me dat je zit.'

Ben ging rechter zitten en onderdrukte een grijns. 'Dat ben ik, maar ik kan me, indien nodig, schrap zetten.'

'Ik ben net klaar met de Amerikanen,' zei Verity, zonder aanloop. 'Ze zijn geobsedeerd. jouw opzet voor de nieuwe serie wordt het meest authentieke rurale misdaadproza genoemd dat ooit uit Australië is gekomen. Let op: er is al een biedingsstrijd om de tv-rechten losgebarsten. Kunt je het geloven? Netflix heeft zich erbij gemeld, schat!'

Kate keek op van haar papierwerk, haar ogen groot. Ze gaf hem overdreven twee duimen omhoog en vormde toen met haar lippen, met een opgetrokken wenkbrauw: 'Netflix?'

Ben hield zijn stem beheerst. 'Dat is... fantastisch, Verity. Wanneer willen ze doorpakken?'

'Ik heb de volgende twee hoofdstukken uiterlijk vrijdag nodig, en een uitgebreider opzet voor boek twee, en wilt je alstublieft jouw auteursbio op jouw website bijwerken? De Amerikanen willen het wat... persoonlijker. Misschien mag je wat meer leunen op dat hele "paardenman op een Queenslandse boerderij"-gegeven. Dat is goed voor de branding.'

Ben wierp Kate een blik toe, die smalend deed alsof ze een bokkend paard bereden.

'Dat doe ik,' zei hij in de telefoon, zijn stem professioneel houdend ondanks de lach die in zijn borst borrelde. 'Dank je voor de update, Verity.'

'je bent een ster, lieverd,' zei Verity, haar stem ineens zachter. 'Echt. Het is het beste wat je ooit hebt geschreven.' Ze beëindigde het gesprek zonder op zijn antwoord te wachten, zoals gewoonlijk.

Hij schudde zijn hoofd, een tikje beduusd, en keek de kamer rond, en trof Kate die hem aankeek met een warme, licht geërgerde glimlach.

'Ik hoop dat je klaar bent voor je close-up,' zei ze, terwijl ze haar potlood neerlegde. 'Voor je het weet staat er een documentaireploeg hier binnen, voor b-roll van jou die stallen uitmest en doet alsof je een ouwe rot bent.'

Ben snoof. 'Dan moet ik nog leren hoe ik dat doe zonder paardenstront op mijn shirt te krijgen. Of in mijn haar.'

'Ik kan lessen regelen,' zei Kate. 'Maar dan moet je eerst een vrijwaringsformulier tekenen.'

Ze lachten allebei, het makkelijke ritme van hun gekibbel vertrouwd en troostend. Ben leunde achterover in zijn stoel en rekte zich uit totdat zijn schouders kraakten.

'Had je dit ooit zo voorgesteld?' vroeg hij, nu zachter. 'Dit allemaal. Ik hier. Wij.'

Kate keek peinzend. 'Geen moment. Ik ging er altijd van uit dat ik met een andere paardenmens zou eindigen, of gewoon single zou blijven omdat niemand mijn heel eigen merk van obsessieve controlezucht zou verdragen. Jij was een onverwachte variabele.' Ze ontmoette zijn blik, vast en zeker. 'De beste soort.'

Hij voelde het gewicht daarvan, de waarheid erin, en liet het moment duren.

Ze ging weer verder met haar papierwerk, maar haar glimlach doofde niet. 'Denk maar niet dat ik niet zag dat je stiekem een versie van mijn gelpennenkleurensysteem je onderzoeksnotities in hebt gesmokkeld,' zei ze, opzettelijk achteloos. 'Ik wrijf op je af.'

'Ik geloof dat de uitdrukking "mijn artistieke proces corrumperen" is,' antwoordde Ben, terwijl hij zijn gehavende notitieboek uit zijn zak haalde. Hij sloeg het open op een pagina waar hij inderdaad een rudimentaire kleurcode had geprobeerd voor plotpunten en verhaallijnen. 'Kijk, de blauwe pen betekent moord, rood betekent paard-gerelateerde misdaad, en groen is...'

'Eetscènes?' gokte Kate.

'Correct,' zei Ben. 'Een verrassend aantal, aangezien ik blijf schrijven over landelijk Queensland en niet over een bakkerij. Ik geef jouw macadamiaballetjes de schuld. En nu we het erover hebben, geef de pot even door. Ik heb trek.'

Ze vielen een tijdlang in een gemoedelijke stilte, de enige geluiden het krassen van potlood, het zachte zoemen van de koelkast en af en toe het knarsen wanneer Ben nog een macadamiaballetje at. De zon wierp lange rechthoeken licht over de vloer, stof dwarrelde in lome stromen. Het was het soort middag dat Kate een jaar geleden zou hebben volgepropt met meedogenloze trainingen, vergaderingen of achterstallig papierwerk tot haar ogen scheel keken. Nu betrapte ze zich erop te genieten van de opgelegde rust, de langzame aangroei van een gedeeld leven.

Uiteindelijk sloot Ben zijn notitieboek en legde het netjes op een stapel, en kwam toen bij haar aan tafel zitten.

'Wat staat er nog voor morgen?' vroeg hij, met een blik op haar nette kolommen.

'Alleen nog de definitieve inschrijving voor de pre-season wedstrijd in Toowoomba,' zei ze. 'En dat is Misty, uiteraard, maar ik neem Cavalier mee voor de ervaring.'

'Je zou mij mee moeten nemen voor de ervaring,' zei Ben, terwijl hij een hautaine schrijverspose aannam. 'Als ik het nieuwe gezicht van rural noir ga worden, moet ik veldonderzoek doen.'

Ze reikte over de tafel en kneep in zijn hand, een zeldzaam spontaan gebaar. 'Ik ben blij dat je er bent,' zei ze, ineens oprecht. 'Ik kan me niet meer voorstellen dit zonder jou te doen.'

Ben kneep terug. 'We zijn een team, weet je nog? Ik breng de chaos, jij brengt de kleurtjes. Winnende combinatie.'

Ze bleven samen zitten in het wegstervende namiddaglicht, nog steeds hand in hand, het gevoel van thuiskomen sterker dan ze ooit hadden gedacht te vinden op zo'n onwaarschijnlijke plek.

De schemer kroop onvermijdelijk de weides in, blauwe schaduwen trokken lang van de eucalyptus, de zon zette de randen van de wolken in gesmolten brons. Kate en Ben zaten op de veranda achter The Shack, een fles wijn open tussen hen in en een half geveld kaasplankje balancerend op een krat. Op het oude buitentafeltje stond Kates laptop, met daarop het vertrouwde gezicht van haar vader, Jim McKenzie, wiens snor en door de zon gelooide huid hem zelfs via een licht haperende videoverbinding doen lijken op een gepensioneerde outback-sheriff.

'Werkt dit?' denderde Jims stem, twee keer zo hard als nodig. 'Inga, zie je ze?'

Een blond hoofd schoot naast hem in beeld. Ingrid, gebruind en met een fuchsiakleurige zonneklep, zwaaide naar de camera. 'Hallo, lieverdjes! We zitten buiten bij een bakker in Tanunda. Je vader eet strudel.'

Jim straalde, en draaide vervolgens meteen naar zaken. 'Goed, Katie-meisje, vertel me over Cavalier. Heb je het schema voor de collectes gekregen dat ik heb gemaild?'

Kate grijnsde. 'Ja, pap, en ik heb hem al geleerd op de fantoom te springen, wat een slimmerik, en Marcus heeft de eerste batch naar de kliniek gebracht om onder de microscoop te bekijken. Marcus zegt dat hij uitstekende motiliteit heeft. Hij gaat maandag Duchess dekken en woensdag twee ex-renmerries, als de follikels zich in dit tempo blijven ontwikkelen.'

Ben, die nooit had gedacht dat hij op een dag zo'n gesprek zou kunnen volgen, knikte wijs. 'We hopen op minstens drie drachtig verklaarde merries tegen Kerst,' zei hij.

'Prachtig nieuws! En hoe gaat het met Misty?' drong Ingrid aan.

'Ik denk dat ze eigenlijk een beetje verveeld is zonder de wedstrijden,' gaf Kate toe.

Jims ogen twinkelden. 'Zoals iemand anders die ik ken.'

Er viel een kort, familiair stil moment, zo'n pauze die in andere families ongemakkelijk zou kunnen aanvoelen, maar bij hen gewoon betekende dat iedereen aan hetzelfde dacht. Jarenlang was Kate degene geweest die iedereen vooruit duwde, door, door, door. Pas de schok van haar schorsing had haar lang genoeg stilgezet om op te merken wat ze werkelijk wilde.

Ingrid boog dichter naar het scherm en kneep haar ogen samen. 'Ben, je ziet eruit alsof je bent afgevallen sinds ik je in Perth zag. Voedt Kate je wel?'

'Dat doet ze,' zei Ben. 'Heel efficiënt. Ze heeft me zelfs het recept voor haar macadamiaballetjes gegeven, en ik eet er waarschijnlijk veel te veel van omdat ik niet kan stoppen zodra ik de pot open heb.'

Jim proestte. 'Dat is mijn meisje. En hoe gaat het schrijven?'

Ben aarzelde, en keek naar Kate alsof hij toestemming zocht. Zij rolde liefdevol met haar ogen en gaf hem een knikje.

'Eigenlijk,' zei Ben, 'gaat het goed. Er is vroege interesse in de nieuwe serie. Het zou zomaar kunnen dat ik nog lang over Ridgewater blijf schrijven.'

Ingrid straalde, haar gezicht verzachtte. 'We zijn heel trots op jullie allebei,' zei ze, met een zachte zekerheid die iets in Kates borst losmaakte.

'Op al jullie meiden,' zei Jim.

Er zat een klein haper in zijn stem, een emotie die hij zelden toonde. Kate voelde het als een ruk aan haar eigen hart. Ridgewater was altijd de droom van haar ouders geweest, en met z'n tweeën hadden ze eindeloze uren met zeldzame pauzes gewerkt om het op te bouwen. Nu ze haar ouders ontspannen en oprecht gelukkig zag op hun pensioenavonturen, realiseerde ze zich dat de beste erfenis die zij en haar zussen konden bieden was het haardvuur thuis fel genoeg laten branden zodat zij konden terugkeren wanneer ze maar wilden.

Ingrid, altijd degene die aanvoelde wanneer het sentimenteel werd, hief weer haar glas. 'Op Ridgewater,' verklaarde ze. 'Op nieuwe beginnen.'

'Op Ridgewater,' zongen ze allemaal in, en het geluid was verrassend ongebroken ondanks de duizenden kilometers en een krakkemikkige landelijke wifi-verbinding.

Ze praatten nog zo'n twintig minuten door, over het weer, de dieselprijs, of Pip en Jake ooit een trouwdatum zouden prikken, Jemima's komende schoolvoorstelling, de definitieve plannen voor hun golfvilla. Uiteindelijk bevroor het scherm op een bijzonder onflatteuze stilstand van Jims gezicht midden in een hap strudel.

'Ik denk dat dit ons sein is,' zei Ben, grijnzend.

Kate klapte de laptop dicht en leunde achterover in haar stoel, terwijl ze de laatste oranjerode veeg achter de bergkam zag wegzinken. De wereld viel stil, het dagkoor van cicaden maakte plaats voor af en toe de verre roep van een mopoke en het gebrom van een ute terwijl Emma de weides afging om de avondvoeren uit te delen. Ben schonk Kates glas bij, daarna het zijne, en ze zaten samen de vredige avond in zich op te nemen.

'Weet je,' zei Ben, 'ik had nooit gedacht dat ik me thuis zou voelen op een paardenbedrijf. Ik dacht dat ik de vreemde eend in de bijt zou zijn, toen Ingrid me The Shack aanbood. De stadsschrijver tussen de cowboys.'

'Dat ben je nog steeds,' plaagde Kate. 'Maar je past beter in het plaatje dan je denkt.'

Hij draaide zich naar haar toe, zijn ogen serieus. 'Ik meen het. Ik heb me nog nergens eerder echt thuis gevoeld. Niet echt.'

Kate zweeg even. Ze liet zichzelf voorstellen hoe het zou zijn geweest als het anders was gelopen, als Vanessa haar niet had gesaboteerd, als ze Ben nooit had ontmoet. Misschien had ze dan sportieve successen behaald, maar dit had ze niet gehad. Niet het lachen, het goedmoedig gekibbel, de vreemde harmonie van hun twee werelden die botsten en samenvielen. Ze wilde niet langer nadenken over die andere versie van zichzelf.

'Ik dacht niet dat ik Ridgewater ooit zou willen delen,' gaf ze toe. 'Niet echt. Het was altijd mijn toevluchtsoord. Maar jij voelt niet als een gast. Jij voelt als... onderdeel van de plek.'

Ben pakte haar hand, hun vingers verstrengelden zich op de vanzelfsprekende, geoefende manier. 'Mooi zo,' zei hij, 'want ik ben niet van plan weg te gaan.'

Ze keken samen uit over de weides terwijl het donker viel, snel zoals altijd in de subtropen, veulens die elkaar achterna zaten in de schemer, de oudere paarden die na het avondeten rond de drinkbakken stonden.

Na een tijdje stootte Kate Ben met haar voet aan. 'Zullen we naar binnen? Of plan jij de nachtdienst hier te beginnen?'

Ben deed alsof hij diep nadacht. 'Dan heb ik wel een zaklamp nodig voor de ronde van middernacht.'

'Je kunt er maar beter aan wennen,' zei Kate, glimlachend. 'Morgen is het volle bak. Drie merries scannen, Emma en Pip gaan naar de Laidley Sales en komen terug met een vracht vol "je wilt niet weten wat" dat aandacht nodig heeft, en ik moet de rest van deze inschrijvingen vóór twaalf uur de deur uit hebben.'

Hij leunde achterover en keek naar de speldenpriksterren. 'Ik schrijf terwijl jij Misty en Cavalier rijdt, en dan app je me als je klaar bent en ben ik van jou tot het donker is.'

Kate overwoog het en knikte toen. 'Afgesproken.'

Ze zaten in tevreden stilte, het soort rust dat alleen komt als je eindelijk bent gestopt met wegrennen voor jezelf. Kate voelde een zekerheid tot in haar botten over zich neerdalen. Ze kon de toekomst nu zien, zo helder en uitgestrekt als de weides voorbij het dek. Er zouden zware dagen komen en droogtes en ongetwijfeld nieuwe schandalen en tegenslagen. Maar er zouden ook dagen te paard zijn, en avonden als deze, waarop de wereld precies de juiste maat en vorm had.

Kates telefoon zoemde. Ze reikte ernaar en glimlachte toen ze Sarah's bericht zag.

'Marcus is onderweg terug uit de stad met genoeg pizza voor een heel leger. Komen jullie ook?'

'Pizza!' riep Ben, die over haar schouder meelas, en hij aarzelde geen moment om overeind te krabbelen, alle lange onhandige benen, terwijl hij richting deur stoof. 'Ik trek mijn laarzen aan!'

Lachend wachtte Kate net lang genoeg om Sarah een bevestigend bericht terug te sturen, voor ze hem achterna ging.

Kates energy balls

INGREDIËNTEN

2 kopjes havervlokken
1 kopje macadamianoten, grof gehakt
¾ kopje gedroogde mango, in stukjes
⅓ kopje honing
Snufje zout
1 theelepel vanille-extract
½ kopje kokosrasp

BEREIDINGSWIJZE

Verwarm de honing 30 seconden in een magnetronbestendige maatbeker zodat hij vloeibaarder wordt.

Meng alle ingrediënten, behalve de kokosrasp, in een grote kom goed door elkaar.

Gebruik een theelepel of dessertlepel, afhankelijk van de gewenste grootte, en rol porties van het mengsel tot balletjes.

Rol de balletjes door de kokosrasp tot ze rondom bedekt zijn en leg ze op een met bakpapier beklede plaat om op te stijven.

Bewaar in een luchtdichte glazen pot of bakje: tot 1 week in de voorraadkast of tot 2 weken in de koelkast... áls ze het zo lang overleven!

VARIATIES

Kun je geen macadamianoten krijgen of zijn ze te duur, gebruik dan pecannoten of cashewnoten.

Je kunt de gedroogde mango ook vervangen door gedroogde abrikozen, cranberry's of rozijnen.

*Nu beloof ik je: er komt ook een recept voor Zoe's magische bananenbrood... maar daarvoor moet je **De Amazones van Ridgewater** blijven lezen!*

De Amazones van Ridgewater – waar passie en purpose samenkomen en elk einde een nieuw begin is

Soms worden de grootste gevechten het dichtst bij huis uitgevochten.

Wanneer de overheid van Queensland dreigt Manege Ridgewater te vernietigen met een nieuwe bypass, staan de McKenzie-zussen en hun gekozen familie voor de strijd van hun leven. Maar soms komt redding uit de meest onverwachte hoek: de vervangende dierenarts die Sarah's behoefte aan controle uitdaagt, de politieagent die Pips expertise waardeert, de opgebrande corporate die in Emma's helende handen gelooft, de teruggetrokken auteur die Kate's onverwachte muze wordt, en de cynische journalist die Zoe helpt het onredbare te redden.

Van spoedoperaties bij hun prijsdekhengst tot interstate onderzoeken naar gestolen paarden, van olympische dromen tot het revalideren van getraumatiseerde dieren: deze koppels smeden partnerschappen die in crisistijd worden getest en door een gedeeld doel alleen maar sterker worden. In een wereld waar mens en paard elkaar helen, overwint liefde niet alleen alles – ze verandert alles.

Andere boeken van Caitlyn Lynch

De Verloren Australiërs

Het Meisje in de beek
Het Meisje op het jacht
Het Meisje in het herenhuis

De Reddingsrangers – Eliteromantic-suspense vol actie en Special Forces-helden

Gered door de ranger
   De thuiskomst van de ranger
   De missie van de ranger
   Het bloed van de ranger
   Ranger Vuur (exclusief voor nieuwsbriefabonnees)

De Amazones van Ridgewater – In het hart van Australië: moedige vrouwen en onvergetelijke paarden

Vertrouw op je pad
   Barrières doorbreken
   Balans vinden
   Geschreven in de sterren
   Kerstmis op Ridgewater

Tropische ontsnapping – 7 vrolijke, flirterige tropische romans!

Een bieuw begin op het Rif
   De onverwachte miljardair
   Foute bruiloft, echte liefde
   Op laag luur
   Hartstocht in de ring
   Liefde in beeld
   Liefde in de praktijk

Op zichzelf staande romans

Liefde in de scrum – Een liefdesroman over een rugbyspeler en een rockzangeres
Als wensen paarden waren - Een Ierse romance

Ontdek alle publicaties van Shenanigans Press op onze websitehttps://www.shenaniganspress.com/nl!

Of volg ons op sociale media; we zijn te vinden op Facebook en Instagram.

En vergeet je niet in te schrijven voor onze nieuwsbrief om op de hoogte te blijven van nieuwe uitgaven, acties, winacties en meer!

9 781923 768574